JESSICA GOODMAN

A Mesa dos Jogadores

TRADUÇÃO DE CAI

ALTA NOVEL

Rio de Janeiro, 2022

A Mesa dos Jogadores

Copyright © 2022 da Starlin Alta Editora e Consultoria Eireli.
ISBN: 978-65-5520-600-5

Translated from original They wish they were us. Copyright © 2020 by Jessica Goodman. ISBN 9780593114292. This translation is published and sold by permission of Razorbill, an imprint of Penguin Random House LLC, the owner of all rights to publish and sell the same. PORTUGUESE language edition published by Starlin Alta Editora e Consultoria Eireli, Copyright © 2021 by Starlin Alta Editora e Consultoria Eireli.

Impresso no Brasil – 1ª Edição, 2022 – Edição revisada conforme o Acordo Ortográfico da Língua Portuguesa de 2009.

Todos os direitos estão reservados e protegidos por Lei. Nenhuma parte deste livro, sem autorização prévia por escrito da editora, poderá ser reproduzida ou transmitida. A violação dos Direitos Autorais é crime estabelecido na Lei nº 9.610/98 e com punição de acordo com o artigo 184 do Código Penal.

A editora não se disponibiliza pelo conteúdo da obra, formulada exclusivamente pelo(s) autor(es).

Marcas Registradas: Todos os termos mencionados e reconhecidos como Marca Registrada e/ou Comercial são de responsabilidade de seus proprietários. A editora informa não estar associada a nenhum produto e/ou fornecedor apresentado no livro.

Erratas e arquivos de apoio: No site da editora relatamos, com a devida correção, qualquer erro encontrado em nossos livros, bem como disponibilizamos arquivos de apoio se aplicáveis à obra em questão.

Acesse o site **www.altabooks.com.br** e procure pelo título do livro desejado para ter acesso às erratas, aos arquivos de apoio e/ou a outros conteúdos aplicáveis à obra.

Suporte Técnico: A obra é comercializada na forma em que está, sem direito a suporte técnico ou orientação pessoal/exclusiva ao leitor.

A editora não se responsabiliza pela manutenção, atualização e idioma dos sites referidos pelos autores nesta obra.

Dados Internacionais de Catalogação na Publicação (CIP) de acordo com ISBD

G653m Goodman, Jessica
A Mesa dos Jogadores / Jessica Goodman ; traduzido por Carolina Palha. - Rio de Janeiro : Alta Books, 2021.
336 p. ; 14cm x 21cm.

Tradução de: They Wish They Were Us
ISBN: 978-65-5520-600-5

1. Literatura americana. 2. Ficção juvenil. 3. Mistério. I. Palha, Carolina. II. Título.

2021-4046
CDD 813
CDU 821.111(73)-3

Elaborado por Vagner Rodolfo da Silva - CRB-8/9410

Produção Editorial
Editora Alta Books

Diretor Editorial
Anderson Vieira
anderson.vieira@altabooks.com.br

Editor
José Rugeri
j.rugeri@altabooks.com.br

Gerência Comercial
Claudio Lima
comercial@altabooks.com.br

Gerência Marketing
Andrea Guatiello
marketing@altabooks.com.br

Coordenação Comercial
Thiago Biaggi

Coordenação de Eventos
Viviane Paiva
eventos@altabooks.com.br

Coordenação ADM/Finc.
Solange Souza

Direitos Autorais
Raquel Porto
rights@altabooks.com.br

Produtoras da Obra
Illysabelle Trajano
Maria de Lourdes Borges

Produtores Editoriais
Larissa Lima
Paulo Gomes
Thales Silva
Thiê Alves

Equipe Comercial
Adriana Baricelli
Daiana Costa
Fillipe Amorim
Kaique Luiz
Maira Conceição
Victor Hugo Morais

Equipe Editorial
Beatriz de Assis
Brenda Rodrigues
Caroline David
Gabriela Paiva
Henrique Waldez
Marcelli Ferreira
Mariana Portugal

Marketing Editorial
Jessica Nogueira
Livia Carvalho
Marcelo Santos
Thiago Brito

Atuaram na edição desta obra:

Tradução
Carolina Palha

Copidesque
João Guterres

Revisão Gramatical
Hellen Suzuki
Kamila Wozniak

Diagramação
Joyce Matos

Capa
Larissa Lima

Editora afiliada à: ASSOCIADO

Rua Viúva Cláudio, 291 – Bairro Industrial do Jacaré
CEP: 20.970-031 – Rio de Janeiro (RJ)
Tels: (21) 3278-8069 / 3278-8419
www.altabooks.com.br – altabooks@altabooks.com.br
Ouvidoria: ouvidoria@altabooks.com.br

*Para mamãe e papai,
pelas raízes e pelas asas.*

PRÓLOGO

É UM MILAGRE qualquer um sair vivo do ensino médio. Tudo é arriscado, uma armadilha estrategicamente posicionada. Se você não for destruído pelo seu coração — pisoteado e explodindo —, você pode ser vítima de uma morte totalmente clichê, mas igualmente trágica — um acidente decorrente de embriaguez, um sinal vermelho ultrapassado enquanto digita, excesso de comprimidos. Mas não foi assim que Shaila Arnold se foi.

Claro, tecnicamente, a causa da morte foi um trauma contundente pelas mãos do namorado, Graham Calloway. Com vestígios de água do mar nos pulmões, o afogamento era a suposição mais óbvia, mas em uma inspeção mais detalhada, não dava para ignorar o inchaço em sua cabeça e a poça de sangue espesso e pegajoso entranhada nos longos cabelos cor de mel.

Trauma contundente. É o que diz a certidão de óbito; o que foi registrado nos livros dos recordes. Mas isso *nem de longe* diz como Shaila morreu. Não tem como. Sinto que ela morreu de raiva, de traição. De querer muito de uma vez. De nunca se sentir satisfeita. Sua raiva consumia tudo. Sei disso porque também era como eu me sentia. *Por que tivemos que sofrer daquele jeito? Por que fomos escolhidas? Como perdemos o controle?*

É difícil lembrar como éramos antes, quando a raiva era apenas temporária. Um sentimento passageiro causado por uma briga com a minha mãe, ou pela insistência do meu irmão mais novo, Jared, de comer o último pedaço de torta de maçã no Dia de Ação de Graças. Era fácil de lidar com a raiva, porque ela era passageira. Uma onda oscilante que se quebrava na praia antes de a calmaria voltar a se estabelecer. As coisas sempre se acalmavam.

Agora, é como se um monstro vivesse dentro de mim. Ele se instalou, fica à espreita esperando para rasgar meu peito e se mostrar. Eu me pergunto se foi assim que Shaila se sentiu em seus últimos momentos de vida.

Dizem que apenas os bons morrem jovens, mas isso é só uma frase de uma canção idiota do Billy Joel que gostávamos de cantar. Não é real. Não é verdade. Sei disso porque Shaila Arnold era muitas coisas — brilhante, engraçada, confiante, indomável... mas, sinceramente, ela não era exatamente boa.

Um

O PRIMEIRO DIA da volta às aulas sempre significa a mesma coisa: uma homenagem a Shaila. Hoje *seria* o primeiro dia do seu último ano. Mas agora, há três anos, aliás, ela está morta. E temos mais um lembrete disso.

— Pronta? — pergunta Nikki, enquanto entramos no estacionamento. Ela joga a sua BMW preta brilhante, presente dos pais pela volta às aulas, no estacionamento e toma um enorme gole do café gelado.

— Porque eu, não. — Ela vira o espelho, passa uma camada do batom rosa melancia nos lábios e aperta as bochechas até ficarem vermelhas.

— Eles podiam só fazer uma placa em homenagem a ela ou algum tipo de levantamento para a caridade, sei lá. Mas isso é brutal.

Nikki estava em contagem regressiva para o primeiro dia do último ano desde que entramos de férias, em junho. Ela me ligou hoje às 6h07, e quando rolei na cama para atender, ainda sonolenta, ela nem me cumprimentou.

— Se arruma em uma hora ou pega outra carona! — gritou, o som de um secador de cabelo soprando ao fundo.

Ela nem precisou buzinar quando apareceu. Eu sabia que estava na frente da minha casa por causa dos agudos ensurdecedores de

Whitney Houston em "How Will I Know". Nós duas temos uma queda pela música dos anos 1980. Quando me sentei no banco da frente, Nikki já estava com dois Starbucks Venti e parecia membro honorária do esquadrão do glitter. Seus olhos escuros brilhavam com a sombra cintilante, e ela enrolou as mangas do blazer marinho da Gold Coast Prep até os cotovelos de uma maneira engenhosa, mas que passava um ar descolado. Nikki é uma das únicas pessoas que fazem nossos uniformes horríveis parecerem legais.

Graças a Deus, meus pesadelos pararam na noite passada, e as bolsas constantes sob meus olhos se foram com eles. Não posso reclamar dos minutos extras para aplicar uma camada grossa de rímel e dar um jeito nas minhas sobrancelhas.

Quando Nikki saiu da minha garagem, eu estava até tonta de ansiedade. Nosso momento havia chegado. Finalmente chegamos ao topo.

Mas agora que estamos realmente aqui, estacionadas na Gold Coast Prep pela primeira vez, um arrepio percorre minha espinha. Ainda temos que passar pelo memorial de Shaila, e ele paira sobre nós como uma nuvem, pronto para varrer toda a diversão e fechar o tempo.

Shaila foi a única estudante a morrer enquanto ainda era aluna da Gold Coast Prep, então ninguém sabia como agir ou o que fazer. Mas, de alguma forma, houve um veredito. A escola começaria o ano com uma cerimônia de quinze minutos em homenagem a ela. A tradição duraria até nos formarmos. E, como agradecimento, os Arnolds doariam uma nova ala inglesa em nome de Shaila. Muito estratégico, diretor Weingarten.

Mas ninguém queria se lembrar de Graham Calloway. Ninguém o mencionava.

A MESA DOS JOGADORES

A homenagem do ano passado não foi tão ruim. Weingarten se levantou e comentou o quanto Shaila amava matemática — ela odiava — e como teria ficado feliz de começar Cálculo AP se ainda estivesse conosco — ela teria detestado. O Sr. e a Sra. Arnold apareceram, como no ano anterior, e se sentaram na primeira fila do auditório, enxugando as bochechas com lenços de algodão, do tipo antiquado, que, de tão gastos, estavam quase translúcidos e provavelmente tinham ranho residual de décadas.

Nós seis sentamos ao lado deles, na frente, bem no meio, nos identificando como os sobreviventes de Shaila. Nosso grupo começou com oito. Mas, depois daquela noite, viramos seis.

Quando Nikki chega ao lugar reservado para a representante de turma, Quentin já nos esperava. "Somos do último ano agora, cara!", diz ele, e bate uma folha de caderno contra a minha janela, mostrando um rabisco de nós três desenhado às pressas. Nele, Nikki segura seu martelo cerimonial de representante de turma do último ano; eu, um telescópio com o dobro do meu tamanho; e Quentin está coberto de tinta vermelha flamejante, combinando com o seu cabelo. Nosso pequeno trio faz o meu coração se derreter.

Abro a porta do carro e grito ao ver o Quentin de carne e osso, me jogando nele.

— Aaah, você! — digo, enterrando meu rosto em seu peito macio.

— Aaah, Jill — diz ele, com uma risada. — Vem cá, Nikki. — Ela se lança em nosso abraço, e sinto o cheiro úmido da roupa mal lavada de Quentin.

Nikki deixa um beijo pegajoso na minha bochecha. Em segundos, os outros aparecem. Robert, com seu cabelo penteado para trás, dá a última baforada em um Juul sabor menta e o enfia no bolso de sua jaqueta de couro. Ele *deveria* receber uma suspensão por usá-la no lugar do blazer da escola, mas isso não acontece. — Não acredito que temos que fazer isso de novo — diz ele.

— O quê? Escola ou Shaila? — Henry chega por trás de mim me pegando pela cintura e morde minha orelha. Ele tem um cheiro forte de homem, uma coisa meio grama recém-cortada misturada com perfume francês caro. Fico corada, lembrando que esta será a primeira vez que seremos vistos na escola como um casal, e me aproximo dele, me aninhando em um abraço de lado.

— Ah, o que você acha?! — Robert revira os olhos.

— Cala a boca, seus idiotas — diz Marla, chicoteando sua trança loira platinada sobre seu ombro musculoso. Seu rosto está bronzeado dos dias do treinamento de verão no melhor campo de hóquei da Nova Inglaterra. Ela está com o taco de hóquei pendurado nas costas, preso em uma bolsa de lona colorida, a parte de cima da alça colada no corpo aparecendo. A alegoria perfeita do time do colégio. Fica bem nela.

— Tanto faz — murmura Robert. — Vamos acabar logo com isso.

— Ele caminha à frente, nos levando para o pátio gramado, bem cuidado e intocado após um verão sem alunos. Se você ficar no ponto certo, abaixo da torre do relógio e dois degraus à direita, consegue vislumbrar uma faixa do estreito de Long Island, a apenas 1km abaixo na estrada, e os veleiros altos em uma dança lenta um ao lado do outro. A maresia faz meu cabelo se enrolar. A chapinha não compete com o clima daqui.

Fico para trás e observo meus amigos caminhando na minha frente. Suas silhuetas perfeitas contra o sol. Por um momento, não existe nada além dos Jogadores. Somos um campo de força. E só nós sabemos tudo o que passamos para chegar até aqui.

Os alunos das turmas anteriores — Nikki os chama de *sub*, para encurtar — trotam pelas passarelas pavimentadas, mas ninguém

A MESA DOS JOGADORES

chega perto do nosso minibatalhão. Eles mantêm distância, puxando as blusinhas brancas engomadas, afivelando os cintos e enrolando as saias xadrez plissadas. Ninguém se atreve a nos olhar nos olhos. Eles já sabem as regras.

Estou suando quando chegamos ao auditório e, quando Henry abre a porta para mim, fico apavorada. A maioria dos assentos forrados de veludo já está ocupada, e grandes olhos esbugalhados se viram para nos ver andando pelo corredor até nossos lugares, na primeira fila, ao lado do Sr. e da Sra. Arnold. Ambos estão vestidos de preto. Quando nos aproximamos, eles se levantam e mandam beijos, de lábios franzidos, para cada um de nós. Os sons de batidas ecoam pela sala cavernosa, e os ovos mexidos que comi no café da manhã se reviram dentro do meu estômago. A coisa toda me lembra do funeral do meu avô, quando ficamos horas recebendo convidado após convidado, até que minha boca enrugada murchasse como uma flor. Sou a última a cumprimentar a Sra. Arnold, e ela crava suas unhas vermelhas na minha pele.

— Olá, Jill — murmura em meu ouvido. — Feliz primeiro dia de aula.

Forço um sorriso e me afasto do seu abraço apertado e mais demorado do que o necessário. Quando me espremo entre Henry e Nikki, meu coração se acelera. Shaila nos encara de uma moldura dourada, sentada em um cavalete no meio do palco. Seus cabelos dourados caem em ondas e os seus olhos verdes profundos ficaram mais elétricos com a dose de Photoshop. Ela parece a mesma de sempre, eternamente com 15 anos, enquanto o resto de nós adquiriu mais espinhas, ciclos menstruais mais dolorosos e bafo de dragão ainda pior.

O auditório cheira a cópia recém-feita e a lápis afiado. Foi-se o almíscar que se instalara no final do ano letivo da primavera passada. Este lugar foi a única coisa que os Arnolds acertaram em seu memorial. O auditório era o local favorito de Shaila no campus. Ela estrelava todas as peças da classe que podia, emergindo dos ensaios da tarde em uma euforia que eu mal conseguia entender.

— Eu preciso dos holofotes — disse uma vez com sua risada profunda e plena. — Pelo menos, eu admito.

— Bom dia, Gold Coast — diz o diretor Weingarten. Sua gravata-borboleta está ligeiramente torta e seu bigode grisalho, acima do queixo pontudo, parece recém-aparado. — Vejo muitos rostos novos nas nossas fileiras e quero lhes dar as boas-vindas do fundo do meu coração. Venham comigo.

As pessoas se voltam para os novatos, adolescentes que passaram suas vidas em escolas públicas e até hoje pensavam que o primeiro dia de aula significava sala de aula e chamada, não falar sobre uma garota morta. Agora, neste novo e estranho lugar, suas expressões perplexas os traem. Eles são óbvios. Já fui um deles, no sétimo ano. Minha bolsa só chegou uma semana antes do início das aulas, e vim para a Gold Coast Prep sem conhecer uma única alma. A memória quase me dá urticária.

— Bem-vindos — diz o restante do auditório em uníssono. Nossa fileira permanece em silêncio.

— Vocês podem estar se perguntando por que estamos aqui, por que começamos todos os anos neste mesmo espaço. — Weingarten faz uma pausa e enxuga a testa com um lenço de papel. O ar-condicionado zumbe ao fundo, mas sua testa ainda brilha de suor sob as fortes luzes do palco. — É porque reservamos um momento para nos lembrarmos de uma das nossas melhores alunas, uma das mais brilhantes, Shaila Arnold.

As cabeças se voltam para o retrato de Shaila, mas o Sr. e a Sra. Arnold mantêm o foco no diretor Weingarten, à frente.

A MESA DOS JOGADORES

— Shaila não está mais conosco — diz ele. — Mas sua presença era radiante, memorável. Ela vive em sua família, em seus amigos e dentro desses corredores.

O Sr. e a Sra. Arnold acenam com a cabeça.

— Estou aqui para lhes dizer que a Gold Coast Prep é, e sempre será, uma família. Devemos sempre nos proteger — diz ele. "Não vamos permitir que outro aluno da Gold Coast sofra algum tipo de mal. — Nikki me dá uma cutucada nas costelas. "Então, lembrem-se sempre disso — continua o diretor Weingarten. — Na Gold Coast Prep, nós nos esforçamos para fazer o bem. Nosso objetivo é ser grandes. Nós sempre estendemos a mão uns para os outros."

Ah, o lema da Gold Coast!

— Junte-se a nós se você é assim — diz ele, sorrindo.

Os 523 alunos da Gold Coast Prep, com idades entre 6 e 18 anos, levantam a voz. Até as crianças menores foram instruídas a memorizar essas palavras estúpidas antes mesmo de colocarem os pés no campus.

— Na Gold Coast Prep, a vida é boa. O tempo que passamos aqui é maravilhoso. Nós sempre estendemos a mão uns para os outros — diz o refrão em uma ladainha entoada de forma assustadora.

— Muito bom — diz o diretor Weingarten. — Agora, vamos para a aula. Este vai ser um ano e tanto!

O clima de luto já tinha passado quando chegou a hora do almoço. Prestar a homenagem a Shaila é um obstáculo que superamos.

Meu estômago se revira quando vejo a mesa dos Jogadores do último ano. Os juniores e os segundanistas já se reuniram, mas a mesa perfeita, aquela reservada para nós, está vazia e nos chamando.

Ela é, de longe, a mais exuberante, disposta bem no meio do refeitório, então todos têm que passar por nós e testemunhar o *deleite* que é ser um de nós, mesmo na hora do almoço. As mesas que nos rodeiam estão reservadas para os outros Jogadores, os subs, e então, a partir deles, a distância que você senta de nós determina tudo.

Meus pés formigam de empolgação enquanto Nikki e eu passamos pelo bufê de saladas, despejando couve-de-folhas massageada, queijo feta marinado e pedaços de frango grelhado em nossos pratos. Quando passamos pela mesa de sobremesas, tiro um pedaço de massa de biscoito crua da tigela de vidro. A bolinha amanteigada na bandeja é há décadas um sinal de ser uma garota descolada. Shaila comeu uma dessa todos os dias que passou aqui. Um bando de calouros nos deixou passá-los no caixa, como deveriam, e seguimos para a mesa que sempre soubemos que seria nossa. Mesmo agora, ainda fico surpresa ao encontrar meu lugar vazio, esperando por mim. Ver aquela cadeira me esperando, aquela que sem dúvida é minha, ainda provoca uma emoção estranha. Mas é um lembrete. Depois de tudo, eu faço parte desse lugar. Eu mereço isso... eu sobrevivi.

Nikki e eu somos as primeiras a chegar e, quando nos sentamos, a sensação familiar de estar em um aquário começa a tomar conta de nós. Sabemos que estamos sendo vigiadas. Isso faz parte da diversão. Nikki joga seu longo cabelo preto por cima do ombro e abre o zíper da mochila, sacando uma caixa de papel neon.

— Vim preparada — diz ela. A tampa se abre, revelando dezenas de mini-Kit Kats nos sabores abóbora, chá-verde e batata-doce. Seus pais devem ter trazido da última viagem de negócios que fizeram ao Japão — sem ela, é claro. Alguns segundanistas ficam de butuca para descobrir que artefato glamoroso Nikki Wu trouxe para a escola.

A MESA DOS JOGADORES

— Coisas de *Darlene* — diz ela, apontando para os invólucros de cores vivas. Nikki revira os olhos ao pronunciar a segunda sílaba do nome da mãe.

Os pais de Nikki são magnatas do setor têxtil e se mudaram de Hong Kong quando estávamos no sétimo ano. Durante seu primeiro semestre na Gold Coast, ela vivia debruçada no celular, trocando mensagens com os amigos de lá. Ela estava totalmente desinteressada pela nossa realidade de subúrbio. Sua indiferença em relação a nós lhe dava um ar de distante e intocável. Naquela primavera, ela virou a melhor amiga de Shaila, enquanto ensaiavam o musical do ensino fundamental. Shaila conseguiu o papel principal, a Sandy de *Grease*, para surpresa de ninguém, e Nikki se inscrevera para trabalhar com o figurino. Foi quando descobrimos que ela era basicamente um prodígio da moda, desenhando leggings de couro e saias rodadas que pareciam saídas da Broadway.

Quando ficou claro que eu teria que compartilhar Shaila como melhor amiga, passei a controlar o meu ciúme. Eu estava determinada a navegar pelos seus gostos recém-compartilhados ("Bravo, não Netflix") e me atualizar depois que elas beberam pela primeira vez na festa do elenco ("Cerveja e depois licor, nunca fiquei tão louca!"). Funcionou bem, e, no oitavo ano, estávamos unidas.

Mas, durante o último ano de Shaila, Nikki e eu lutamos silenciosamente pela atenção dela, competindo uma com a outra. No entanto, foi estúpido, porque Shaila não tinha uma favorita. Ela era leal a nós duas. Quando ela morreu, Nikki e eu passamos de rivais a inseparáveis. O laço que nos unia foi rompido, então criamos um novo. Foi como se toda a tensão tivesse se evaporado e tivéssemos sido deixadas uma com a outra e com a necessidade feroz de intimidade. Desde então, Nikki se tornou minha Shaila. E eu me tornei a dela.

— Feijão-vermelho é o meu favorito — diz ela, desembrulhando uma barra e colocando-a na boca. Pego a caixa e a rasgo, revelando um rosa brilhante. É doce e deixa minha mão pegajosa.

— Aargh — falo. — Mil vezes morango.

— Só se for com matcha.

— Aff. Esnobe.

— Chama-se provar!

— E chocolate amargo?

Nikki mastiga, refletindo sobre a sugestão.

— Simples. Clássico! Me convenceu.

— Esse é o auge.

— Assim como nós. — Nikki abre seu sorriso esplendoroso, em seguida, pega uma embalagem cor de lavanda. — A vida é muito curta para comer só um.

— A pura realidade.

Atrás de mim, o zumbido do refeitório se torna um rugido. Eu me viro e vejo os meninos caminhando em nossa direção. Calouros e alunos do segundo ano se espalham, abrindo caminho para eles. Robert está alguns passos à frente dos outros, correndo pelo salão. Henry vem logo atrás. Sua mochila está pendurada em um ombro, e seu cabelo louro pesado cai todo arrumado para o lado. Sua gravata está solta em volta do pescoço e ele cumprimenta Topher Gardner com um soco, um jogador júnior atarracado e cheio de espinhas, sedento pela sua atenção. Quentin fica na retaguarda, piscando para algum estudante fofo do segundo ano do time de beisebol enquanto ele passa. A criança muda de cor e fica um tomate. Robert chega em seu assento primeiro e abre um refrigerante, bebendo metade da lata de uma vez.

— Ei, linda — diz Henry, deslizando para o assento do meu lado. Ele pressiona seus lábios bem na minha "saboneteira". Isso faz um

A MESA DOS JOGADORES

arrepio percorrer meus braços, e ouço um suspiro na mesa atrás de nós. Um grupo de calouras de olhos arregalados, com saias compridas demais, se apossou dos assentos da primeira fila. Se elas pensam que vão reivindicar aquela mesa o ano todo, estão erradas. Ela também está reservada para nós. Vamos dar aos Jogadores calouros de presente. Elas verão.

Mas, por enquanto, as meninas caem na risada, sussurrando por trás das mãos em concha, seus olhos disparando em nossa direção. Marla desaba em seu assento e, assim, estamos todos juntos novamente. É espaçoso, pois as mesas são feitas para oito pessoas. Shaila e Graham nos reorganizaram. Mas aprendemos a nos espalhar e a ocupar mais espaço do que precisamos. Isso ajuda. E agora, como todos nós, Jogadores, estamos aqui, o jogo começou.

O clima que nos cerca é frenético, com frações de conversas focadas no final de semana, sempre o final de semana.

— Falaram que Anne Marie Cummings vai bater uma punheta pra você se você disser que gosta daquela banda podre dela.

— Reid Baxter prometeu que nos daria uma ajuda esta noite. Não deixe ele ficar se ele continuar saindo pela tangente.

— Ah, se você não quer a Sharpie em cima de você, não fique tão bêbado da próxima vez!

Os balõezinhos de conversa flutuam sobre nossas cabeças e se dispersam pela sala, pombos-correio, compartilhando as notícias mais importantes com o resto da escola. Alguns dias, nós nos aproximamos tanto que parece que nossas cabeças vão fundir. Mas em outros nos enrolamos dentro de nós mesmos, formando parcerias e alianças. *Quem está do meu lado? Amigo ou inimigo?*

— Aaaiinn. — Nikki tenta abrir a lata de soda com uma faca.

Robert resmunga, mas sorri na direção dela. Se é uma boa semana, eles passam o almoço cochichando indecências um para o outro sobre suas bandejas. Se é uma semana ruim, ela finge que ele não existe.

— Ah, que bosta! — Nikki põe a língua para fora e pressiona os braços contra o corpo, fazendo seu peito se erguer e seus seios ficarem bem embaixo do queixo. Robert se inclina para trás e levanta as sobrancelhas, impressionado. Esta semana promete.

— Tudo bem, Srta. Wu — diz Quentin. — Desembucha.

Nikki se inclina e abaixa a voz, então temos que esticar o pescoço para ouvi-la, embora nada do que ela diga seja novo. Ela vai dar uma festa hoje à noite. (Não brinca!) Seus pais foram para Paris no final de semana. (Será que é uma boa?!...) Ela já providenciou um barril de cerveja. (Ninguém está surpreso.)

Henry se vira para mim e passa a mão na minha coxa, por baixo da mesa. Seu polegar desenha pequenos círculos na minha pele.

— Pego você às 20h30 — diz ele.

Forço o melhor sorriso que consigo e tento ignorar o calor no meio das minhas pernas. A pele dele brilha como o verão, e juro que ainda vejo o bronzeado que seus óculos de sol deixaram na ponta do seu nariz daquele dia em que oficializamos. Foi uma das tardes mais quentes do verão, sufocante em terra, mas fria no barco de seus pais, no meio do estreito. Nosso grupo de mensagens estava inativo. Todos os outros já estavam de férias antes do início de seus programas de elite de verão. Eu ainda não tinha começado meu trabalho como conselheira no planetário local. Só havia nós dois.

Você gosta de estrelas, certo?, Henry mandou essa mensagem do nada.

Todo mundo sabe que sou obcecada por astronomia. Bem, por astronomia *e* por astrofísica, para ser exata. Essa é *a minha* há muito tempo. Fiquei obcecada por tudo lá em cima quando tinha 5 anos, e pa-

A MESA DOS JOGADORES

pai começou a me levar para o Hotel-mansão de Ocean Cliff depois de toda tempestade, quando o céu ficava mais claro, para apontar constelações, galáxias, planetas e estrelas. Era o ponto mais alto da Gold Coast, uma enorme formação rochosa que se estendia sobre a água. "É assim que entendemos o caos", dizia papai, nós dois sentados nas rochas. Ele diz que sempre quis ser astronauta, mas virou contador por algum motivo que nem ele nunca entendeu bem. Quando chegamos em casa naquela primeira noite, ele prendeu um monte de estrelas radiantes em espiral no teto do meu quarto.

Conseguir detectar *aquelas coisas* lá em cima, pequenos milagres que sempre existiram, me enche de paz. Isso faz com que os pesadelos desapareçam, torna a escuridão mais fácil de lidar. Bem, às vezes.

O que você acha?!, respondi a Henry.

Passeio de barco ao pôr do sol?

Esperei um pouco antes de responder a essa. Henry não se conteve.

Tenho um telescópio, que podemos usar.

Henry estava andando atrás de mim assim desde o fim das aulas, indo à minha casa, oferecendo carona para as festas, mandando notícias bizarras que ele achava que me fariam rir. Eu estava cansada de declinar, cansada de esperar conhecer algum outro cara. Então pensei *Ah, que seja*, e cedi.

Topo. Mas já tenho o material. Não precisa levar nada.

O Celestron portátil que papai me deu no Hanukkah do ano passado ficava bem destacado na minha mesa de cabeceira.

Algumas horas depois, estávamos na metade do caminho para a costa de Connecticut, a bordo de sua pequena lancha runabout, *Olly Golucky*, nomeada em homenagem ao seu golden retriever de 12 anos. O sol havia se posto, e o calor estava finalmente começando a diminuir. Uma brisa soprou, e as primeiras estrelinhas começaram a surgir através das nuvens. Respirei a maresia e me deitei no convés úmido. As ondas se quebravam à nossa volta, enquanto Henry me contava histórias surpreendentemente engraçadas sobre sua primeira semana como estagiário de verão na CNN. Seu rosto ficou vermelho ao falar sobre ver seus ídolos nos corredores. Foi bem fofo. Então ele pegou uma garrafa de rosé e uma lata de caviar russo que encontrou na pequena geladeira escondida. Ele os apresentou a mim, seus olhos arregalados e esperançosos, com a pergunta:

— É... você quer fazer isso? Nós dois?

A resposta era óbvia. Ele era o capitão da equipe de lacrosse e âncora do canal de notícias da escola. Mais eloquente do que a maioria dos nossos professores. Mais doce quando está embriagado, naquele momento terrível em que a maioria dos outros caras se tornavam monstros. Só agravava o meu lado ele também ter aquela beleza-padrão de modelo Nantucket J. Crew. Cabelo loiro espesso. Olhos verdes. Pele irretocável. Ele estava destinado à grandeza. Era um Jogador. Estar com ele fazia tudo parecer fácil.

Além disso, a pessoa com quem eu realmente queria estar, o cara que inadvertidamente me trouxe exatamente a este lugar, estava a centenas de quilômetros. Foi uma burrada. Henry estava aqui e disposto. Adam Miller, não.

— Claro — respondi. Henry largou a garrafa e envolveu minha cintura com as mãos pegajosas. Ovas de peixe agarraram-se às minhas costas nuas. Ele nem imaginava que enquanto sua língua estava dentro da minha boca tudo o que eu queria era que Adam me visse, só para ver bem o que perdeu.

O sinal toca, e Robert chuta Henry por baixo da mesa.

— Vamos lá, cara. Temos espanhol.

— Inglês — digo, virando-me para Nikki. Ela joga a cabeça para trás em desespero, mas enlaça seu braço no meu e me puxa para fora das portas duplas e para o pátio. O sol muda enquanto caminhamos, e, se eu apertar os olhos, vejo além do estacionamento dos funcionários, a parte detrás do teatro, e todo o caminho até as barracas de ostras que puxam as cortinas de lona e empacotam as caixas, fechando a loja por hoje.

Nikki e eu atravessamos o campus assim que o sinal toca, e nos jogamos em nossas mesas, uma ao lado da outra. Pego meu *O Grande Gatsby*, um clássico; o Sr. Beaumont prometeu colocar na nossa lista de leitura das férias.

— Oi, meninas — diz o Sr. Beaumont, enquanto passa por nossas mesas. — Aproveitaram as férias?

Nikki inclina a cabeça e ergue os olhos maliciosamente. — Até demais.

— Excelente. — O Sr. Beaumont sorri e empurra os óculos de aro grosso mais para cima no nariz. Ele parece mais bronzeado do que no ano passado, como se tivesse passado as férias todas nadando no Hamptons, como se ele fosse uma versão adulta de um de nós, o que, eu acho, de certa forma, ele é.

Ele veio para a Gold Coast três anos atrás, começando logo após o Dia de Ação de Graças, quando a Sra. Mullen saiu de licença-maternidade. Ele tinha Nikki, Shaila e eu como novatas em inglês, assim que descobrimos sobre os Jogadores. No primeiro dia de aula, ele nos conquistou com um desafio.

— Não mexa comigo, que não mexo com você — disse ele com um sorriso. Uma provocação. Para começar *assim*, ele deve ser legal. Ele sabe das coisas. Meu telefone vibrou com uma mensagem de Shaila bem no meio da aula. OBCECADA, escreveu ela com corações vermelhos. Olhei para ela, e nos falamos pelo olhar.

— Sonha... — murmurei.

Depois que ele chegou, levou poucos dias para descobrirmos que ele cresceu na Gold Coast. Formou-se há dez anos. Ele é um esquisitão na página do anuário, com uma cabeleira escura bagunçada e uma camiseta de lacrosse suja. Henry acha que ele era um Jogador. Havia até uns boatos de que fora ele que começou a coisa toda. Eu nunca acreditei muito, no entanto.

O diretor Weingarten ficou tão satisfeito com o trabalho de Beaumont naquele ano, que o contratou em tempo integral e lhe deu a turma de Literatura Inglesa AP, exclusiva do último ano. Agora, ele chama a nossa turma de "primogênita".

Enquanto ele começa um monólogo sobre East Egg e West Egg, rabisco furiosamente tentando anotar tudo o que ele diz.

— Não sei por que você faz isso — sussurra Nikki, apontando para o meu caderno com uma caneta esferográfica. — Você não precisa disso tudo.

Ela está certa, claro. Há um grande estoque de informações sobre Gatsby nos Arquivos dos Jogadores, com centenas de guias de estudo para exames intermediários e finais da Gold Coast insanamente meticulosos. Há também uma série de SATs anteriores, cópias de exames AP e conselhos sobre redações de faculdade dos reitores de Harvard e de Princeton. Vi aqueles pequenos manuais na primavera passada espremidos entre um monte de provas finais de química orgânica de nível universitário, enviados por um Jogador cujo nome nem reconheci.

Eles nunca mudam as perguntas!, escreveu ele. *Tire esse maldito 10!*

Os Arquivos são nossa entrada para a nata da nata. Uma maneira de nos destacarmos, mesmo que pudéssemos fazê-lo por conta pró-

A MESA DOS JOGADORES

pria. Eles são transmitidos como uma recompensa pela nossa lealdade, uma forma de desfrutarmos de tudo o que é digno de um Jogador. As festas. A diversão. Os privilégios. Isso alivia um pouco o estresse, a pressão. Os Arquivos tornam tudo mais fácil. Luminoso. Não importam a culpa e a vergonha esmagadoras que se instalam no meu estômago sempre que abro o aplicativo que os abriga. Os Arquivos são nossa fortaleza.

Em particular para aqueles de nós cujos pais não podem pagar os professores particulares chiques e o aconselhamento de faculdades particulares que custam quase tanto quanto a mensalidade da Gold Coast Prep. Ou nós que temos que manter uma média de 93 para continuarmos com as nossas bolsas. Os outros não precisam saber desse pequeno detalhe, no entanto.

— Senhorita Wu — grita o Sr. Beaumont para Nikki. — O que a senhorita Newman está escrevendo, que tanto te interessa? Estou surpreso em vê-la olhando para algo diferente no seu telefone.

Nikki se ajeita em sua cadeira, seu cabelo liso escuro caindo sobre seus ombros.

— Senhor Beaumont, o senhor sabe que amei tanto este livro, que queria ver as opiniões de Jill sobre ele?!

— E, Srta. Newman, o que você acha de Gatsby? — pergunta-me ele, como se realmente quisesse saber.

— Bem...

O sinal toca.

— Fica para depois, Srta. Newman. Tenham todos um bom final de semana. Cuidem-se — diz ele para todos, mas sinto seus olhos em mim, como se ele conhecesse nossos segredos, como se soubesse o que acontece com os Jogadores. Tudo o que tivemos que sacrificar. Tudo o que tivemos que fazer para sobreviver. Em particular, as garotas.

Dois

— JILL! — HENRY INCLINA-SE contra seu carro, um Lexus seminovo que ele carinhosamente chama de Bruce. — Vamos sair daqui!

— Sobe um calor no meu peito, e caminho até ele, sentindo cada par de olhos nos seguindo.

Subo em Bruce e coloco minha bolsa sob meus pés, ao lado de uma pilha de livros de capa dura.

— Opa, não se preocupe com isso — diz ele, apontando para os livros. — Mudança. — Eles parecem desolados com palavras como *guerra* e *democracia* impressas em suas capas. Henry liga o rádio na NPR, sua favorita, e contenho um sorriso. É muito fofo quando ele critica o jornalismo.

— Convidamos alguns calouros para vir à Nikki hoje à noite. — Henry sai bruscamente do estacionamento da escola, dando tchau para o Dr. Jarvis, o velho professor de física que sempre tem comida na gravata, mas que discretamente me adora.

— Já? — pergunto. — Não é muito cedo para os subs novatos estarem por aí? — Tento me lembrar de quando comecei a ir às festas dos Jogadores, quando Adam me chamou para ir com ele. O clima tinha um cheiro áspero, mais perto de folhas secas do que de rebarbas de filtro solar. Ainda estamos firmemente enraizados na temporada do FPS.

A MESA DOS JOGADORES

— Robert começou a patrulhar os novatos na pré-temporada sabática — continua Henry. — Ele diz que já temos alguns vencedores.

Mordo meu lábio.

— Ainda é muito cedo, não acha?

— Talvez — diz Henry com cuidado, como se estivesse realmente pensando nisso, como se minha opinião importasse. — Mas temos que começar a pensar nos pops o quanto antes. Isso é o que toda classe sênior sempre diz, certo?

— Ah, os pops. Também conhecidos como desafios popquiz. Também conhecidos como a ruína da minha existência. Fui condenado ao meu primeiro pop uma semana após ser selecionada para ser Jogadora. Aquele idiota do Tommy Kotlove me incitou a invadir o laboratório de química do ensino fundamental após o treino de tênis e a passar um copo para sua namorada, Julie Strauss, usar como vaso de flores. Quase comecei a chorar ali mesmo. Na época, eu não fazia ideia de que aquele seria um dos mais fáceis.

— Ainda acho muito cedo — digo.

— Você sabe, Bryce Miller seria excelente.

— Ele seria — digo pausadamente.

— Adam disse alguma coisa para você sobre isso?

A verdade é que Adam *me mandou* uma mensagem esta manhã, antes da escola. Foi curta, mas ficou martelando na minha cabeça o dia todo: *Cuidado com o meu irmão, tá bom? Eu sei que você me protege, Newman.*

— Tenho certeza de que ele está esperando por isso — digo.

Henry revira os olhos.

— É, bom, Bryce terá que fazer contatos além do irmão. Ser parente de Adam Miller não basta.

— Verdade — digo, desejando que a conversa acabe. O nome de Adam sempre soa deturpado e venenoso na boca de Henry.

— Vamos ver se funciona. Nós sempre conseguimos tudo. — Henry para na frente da minha casa.

Minha pele está formigando, e estou ansiosa para fugir de suas perguntas sobre Adam. Cravo um beijo rápido em sua bochecha. — Até mais tarde.

— Jilly! É você? — diz mamãe, quando abro a porta. — Estou na cozinha. Venha cá!

Ela faz isso com frequência, me recebe em casa com blusas de linho soltas e grandes lenços de seda, suas mãos de artista sempre puxando alguma coisa do forno ou da caixa de tinta. Hoje, ela envolve uma bandeja generosa de lasanha em papel-alumínio. Ela faz isso todos os anos como uma tradição de volta às aulas.

— Como foi? Primeiro dia do último ano! — ela quase grita. Sua empolgação transforma suas finas rugas em crateras.

— Ótimo! — digo, com o maior sorriso que consigo para não lhe dar motivo para duvidar.

— Aquele é o carro do Henry?

— Sim.

Ela balança a cabeça e ri.

— Ah, esse cara.

Mesmo na parte deprimente de ter 50 anos, mamãe ainda é a mulher mais deslumbrante do cul-de-sac, ativa em três clubes do livro, na irmandade do templo e nos vários projetos de serviço comunitário da Gold Coast — tudo isso enquanto cria como uma fonte vasos elegantes e sinuosos que a levam às páginas da *Vogue* e da *Architectural Digest* em toda temporada. Seu jeito *descolado* faz parecer que podemos acompanhar todo mundo na Gold Coast Prep, mas a realidade inclui longas horas ensinando cerâmica na faculdade comunitária e dando aulas particulares para a turma cheia de privilégios de Mayflower. Ela

A MESA DOS JOGADORES

diz que vale a pena fazer o que ama e nos dar a infância que ela nunca teve. Seus pais eram hippies do final dos anos 1970, viciados em drogas e vendiam mercadorias para bandas B do trailer em que moravam. Conseguir colocar Jared e eu na Prep é um título honorário para ela, mesmo que toda essa situação faça eu sentir como se estivesse carregando as esperanças e os sonhos dela e do papai como um precioso tesouro de 5kg nas costas.

Eu nem sequer percebi a cisma que papai e mamãe tinham com o meu desempenho máximo até o quinto ano, quando eles sugeriram que eu me inscrevesse para a bolsa por mérito da Gold Coast Prep para alunos de exatas. Era distribuída no sigilo todos os anos e proporcionava a um aluno sortudo o acesso total à multimilionária ala científica da escola, às aulas de AP e às atividades extracurriculares. Dezenas de ex-alunos do programa acabaram nas melhores faculdades da área, sem surpresa para ninguém. Nunca vi mamãe e papai tão felizes quanto estavam quando entrei.

Não é que haja um *bolsista* colado na minha testa, mas às vezes posso jurar que isso fica óbvio. Sem mocassins de grife ornando com a saia xadrez plissada. Sem carro. Sem verões no Hamptons.

— Quem precisa de uma casa na praia quando você *mora* perto dela?! — disse minha mãe quando comentei que Shaila me convidou para ir à casa dos Arnolds, no leste; estávamos no final do ensino fundamental.

O subsídio não cobre tudo. Ainda há despesas extras, como uniformes, livros didáticos e taxas do Science Bowl. E todas as mensalidades de Jared, é claro. Todos os recursos da mamãe e do papai são dedicados à nossa permanência na Prep, na esperança de que, de alguma forma, isso valha a pena. De que isso faça meu irmão caçula e eu entrarmos em faculdades melhores — Ivies, o ideal — do que se fôssemos para a Cartwright Public High, onde só metade da classe se forma.

Pensar em como pagaríamos a faculdade sempre foi uma questão delicada, que escolhi fingir não perceber. Eu fingia não os ouvir discutindo sobre isso tarde da noite, aos sussurros, quando eles pensavam que estávamos dormindo.

— Só deixe ela entrar primeiro — papai sempre sussurrava. — Depois vamos dar um jeito.

Mas isso valeu a pena? As longas horas que papai passou processando números em um escritório insosso? Os sorrisos falsos que mamãe dava quando tinha que fingir que aqueles bêbados inveterados de vinho eram artistas brilhantes? Ser determinado. E aí entram os Arquivos do Jogador. Preciso dar meu máximo. Por mim, mas, principalmente, por eles.

Mas aqui, em Gold Coast, mamãe está sempre otimista. Ela é a mãe que confia em qualquer pessoa, *porque as pessoas são inerentemente boas, Jill, elas simplesmente são.* Mesmo depois do que houve com a Shaila, ela ainda diz isso.

É o mesmo lema que a fez um dia dizer sim durante uma reunião da irmandade no templo, quando Cindy Miller sugeriu que seu filho de 18 anos se tornasse um tutor barato de inglês para Jared.

— Você está livre — disse mamãe sobre eu não precisar mais ouvir Jared ler em voz alta. — Adam Miller vai fazer isso com ele.

— Quê?! — Fiquei chocada. Todos da Gold Coast Prep conheciam Adam. Claro, ele era incrivelmente lindo, seus braços longilíneos e esbeltos, cabelos escuros e volumosos, e olhos azuis capazes de derreter gelo. Mas ele também era brilhante. Adam ganhou o Prêmio Nacional de Jovem Dramaturgo por três anos consecutivos e havia rumores de que escrevia roteiros para diferentes companhias de teatro regionais... mesmo sendo um *estudante de ensino médio.* As faculdades estavam praticamente implorando para que ele ingressasse em seus programas de escrita de roteiro. Ele também era, obviamente, um Jogador.

A MESA DOS JOGADORES

Então, por que diabos ele queria passar as noites de sexta-feira lendo livros infantis com um aluno do sexto ano?

Mamãe alisou seu suéter de tricô grosso sobre o jeans e prendeu um colar de cerâmica pesado atrás da cabeça.

—Cindy sugeriu isso. Ele quer ter um pouco da *experiência real do trabalho*, ou algo que o valha. Provavelmente para suas provas para a faculdade.

Eles estavam saindo para jantar naquela noite e eu deveria ir para a casa de Shaila maratonar filmes, mas meu cérebro entrou em curto-circuito com a ideia de conseguir sair com o Adam.

Fora da escola.

Só nós dois.

Bom, depois que ele terminasse a tutoria.

Logo mandei uma mensagem para Shaila dando uma desculpa. *Garganta pegando. DESCULPA!!!!!*

Ela respondeu com um emoji triste, mas me safei. Quando eu disse à mamãe que estava me sentindo mal e que ficaria em casa, na sua boca se revelou um sorrisinho astuto.

—Claro, Jill.

Papai riu e passou um pente no cabelo.

—Clássico.

Então a campainha tocou.

Tentei ser discreta, mesmo correndo para a porta, mas Jared se adiantou.

—Você é o tutor? — perguntou ele, olhando para Adam com um sorriso.

—Em carne e osso, parceiro. Você deve ser o Jared. —Adam abriu um sorrisão que tomou conta das suas bochechas. Era assimétrico, como um J, rosado e cheio. Ele cruzou os braços sobre o peito, o que fez com que a sua fina camiseta branca se esgarçasse sobre os seus bíceps. Eles eram perfeitamente talhados e fortes, a pele lisa. Ele parecia muito mais velho sem o blazer e as calças cáqui que todos os garotos da Gold Coast tinham que usar. Meu pescoço ficou vermelho de vergonha. Lutei para camuflar o desejo instantâneo de lamber sua pele. — E você — disse ele —, você deve ser a Jilly.

— Eu... aham — falei. — Isso mesmo, Jill.

— Jill. — Ouvi-lo dizer meu nome foi inebriante. *Fala de novo, vai,* supliquei na minha mente. — Jill — repetiu ele, como se a tivesse lido —, não sabia que você estaria aqui também.

Antes que eu pudesse responder, mamãe irrompeu na sala.

— Adam! Estamos muito felizes por você estar aqui para ajudar o Jared. Vamos dar uma saída, mas nossos números estão no balcão ao lado do seu cheque. A pizza está na cozinha. Sirva-se do que quiser. — Então papai e ela saíram.

Adam me lançou outro daqueles sorrisos de derreter o corpo todo e então se virou para Jared.

— Pronto, parceiro?

Jared resmungou, mas logo desapareceu com Adam na cozinha. Eu me sentei no sofá e coloquei Bravo no mínimo volume possível, para parecer que eu estava ocupada e, definitivamente, não os escutando. Uma hora se passou antes que Jared invadisse a sala.

— Minha vez. — Ele pegou o controle remoto e mudou para algum filme estúpido de super-herói.

Quando vi que Adam não o seguiu, fui até a cozinha na ponta dos pés, curiosa para saber se ele ainda estava lá.

— Ei — disse ele quando apareci na porta.

Meu rosto corou no ato. — Como ele se saiu?

Adam esticou os braços acima da cabeça, revelando uma fina faixa de pele e um leve rastro de penugem encaracolada entre os jeans e a camisa. Tive que disfarçar a respiração pesada.

— Muito bom. O garoto é uma graça. — Ele apontou para a caixa de pizza meio vazia no balcão. — Me acompanha? Odeio comer sozinho. — Ele não esperou que eu respondesse. Em vez disso, pegou a caixa e se dirigiu para o fundo da cozinha, indo para o deque que se projetava sobre nosso quintal. Eu o segui pela porta telada. Ele largou a caixa na mesa de vidro e desapareceu de volta na cozinha. Quando voltou, estava segurando dois copos cheios de gelo e duas latas de refrigerante.

— Valeu — falei quando ele me entregou o meu.

Mas, antes de tomar um gole, ele enfiou a mão no bolso e sacou um retângulo de metal. Desatarraxou a tampa e derramou um líquido escuro e brilhante em seu copo.

— Quer? — perguntou, suas sobrancelhas erguidas. — Não vou contar se você não contar.

Concordei. Sentir o gosto, de primeira me fez tossir.

— Você se acostuma — disse ele com uma risada.

Eu queria dizer a ele que já tinha feito isso. Eu também era descolada. Mas apenas levei o copo aos lábios e tomei outro gole, ouvindo o gelo estalar sob a bebida. Queimou de uma forma que acendeu os nervos nas pontas dos meus dedos. Então fiz o que sempre fazia quando ficava ansiosa. Olhei para cima. As estrelas giraram acima de mim e identifiquei as minhas favoritas. As instruções do meu pai saltavam na minha cabeça. *Encontre a Estrela do Norte. Olhe para baixo, à esquerda. Depois incline a cabeça um pouco mais. Ahá. O Grande Carro, da Ursa Maior.* Uma calma repousou sob a minha pele.

Dei outro gole.

— Então, Jill — disse Adam, estendendo o último som do meu nome. *Ji-llllll.* — Quem é você?

Eu ri.

— Oi?! — Os nervos voltaram à tona. Eu me obriguei a encontrar o cinturão de Órion e a me concentrar nas três luzes piscando, em vez da pergunta de Adam.

— Você me ouviu — disse ele. — Quem é você? Quem é Jill Newman? Mordisquei o interior da minha boca e olhei para baixo, depois de volta para ele.

— Ninguém.

— Não é bem assim.

— Não?

— Não. Você ainda está em processo.

Meu lábio inferior caiu. Era tão precisamente verdadeiro que doeu.

— Normal. Eu também — disse ele. Adam estendeu sua bebida para brindar comigo. — Vamos descobrir juntos.

Então ele estendeu a mão e tirou meu telefone do bolso da calça jeans, um movimento que fez minhas entranhas se fundirem, meus dedos do pé se enroscaram.

— Aqui —, disse ele, digitando com dedos rápidos. — Estou enviando uma mensagem para mim, agora eu tenho o seu número.

Mais tarde, naquela noite, horas depois de terminarmos a última crosta de pizza fria e de ele ter ido para casa, meu telefone tocou.

Eu sei quem você é, escreveu Adam.

Ah, é mesmo? Quero ver.

Minha nova crítica. O aviso de "digitando" parou, mas logo veio um enorme bloco de texto seguido de uma explicação. *A primeira cena da minha próxima peça. Você será a primeira a ler. Aponte os defeitos, Newman. Eu aguento.*

Meu coração batia forte enquanto meus olhos decodificavam as palavras. Reprimi um sorriso e respondi.

Estou honrada.

Foi assim que tudo começou.

Ele passou a aparecer uma vez por semana para ler e fazer exercícios com o Jared. E depois a gente saía. Geralmente, às sextas-feiras.

A MESA DOS JOGADORES

Às vezes, às quartas-feiras, quando mamãe dava aula à noite e o papai chegava tarde. Nunca aos sábados. Eram as noites dos Jogadores.

No começo, não contei a ninguém. Queria manter minhas saídas com Adam em segredo. Eu estava ávida por mais. Na escola, eu o observava alternar entre as aulas e ocupar seu lugar na mesa dos Jogadores mais velhos. Ele não era um Toastmaster, mas reforçava sua unidade. Todos se voltavam para ele em busca de aprovação, para ter certeza de que ele riria de suas piadas, para ouvir suas histórias selvagens e tortuosas.

Tínhamos um entendimento tácito. A minha casa era um ambiente seguro. A escola, não. Por isso, só trocávamos sorrisos secretos pelos corredores, de vez em quando. Então, em uma quinta-feira, quando passei por ele, no intervalo entre o segundo e o terceiro tempo, ele mudou as regras. Adam estendeu o dedo indicador e o pressionou na parte de trás do meu ombro, uma cutucada rápida. Seu toque se ramificou pelas minhas veias, me arremessando em uma realidade alternativa.

Foi assim que Shaila descobriu.

— O que foi aquilo? — disse ela, mordendo a cutícula, um hábito nojento que ela sempre tentava largar. Eu o peguei depois que ela morreu. — Como Adam Miller sabe quem você é?

Contive o sorriso.

— Ele está dando aulas particulares para o Jared. Acho que nossas mães são amigas.

— Hummmm... — murmurou Shaila, seus olhos escrutinadores em Adam, que estava deslizando pelo corredor, virando para a ala de matemática. Uma esteira de alunos ondulou atrás dele. — Ele está namorando a Rachel, você sabe — sussurrou ela. — Rachel Calloway.

— Meu coração disparou e se fragmentou na hora. Rachel era a deslumbrante irmã mais velha de Graham. Capitão da equipe de hóquei na grama. Representante de turma. Ela era uma deusa imponente. Do último ano. Uma Jogadora. Isso só piorou, e muito, o cenário.

— Eu sei — menti.

— Eu o vi uma ou duas vezes durante o verão — disse ela. — Com Graham.

Fiquei quieta, fervendo de raiva por Shaila ter mais uma coisa para esfregar na minha cara. Primeiro um namorado; agora, a atenção de Adam. Mas talvez ela tenha percebido isso, porque logo cedeu o poder.

— Só que ele nunca foi de dar muita ideia para a gente — disse ela. Sempre tive um pouco de inveja de Shaila, do jeito como suas roupas cheiravam a verão e eram supermacias quando você as esfregava entre os dedos, e como Shaila parecia tão satisfeita com suas pernas longas e seus seios crescendo. Ela nunca teve aquelas espinhas oleosas nas costas ou pelos finos e estranhos crescendo acima de seu lábio. Até mesmo seu cabelo continuava perfeito, indiferente à maresia de Gold Coast.

Eu tinha inveja porque as coisas eram muito *fáceis* para ela. Ela era a melhor aluna da turma, corria quilômetros, estrelava espetáculos e deslumbrava qualquer pessoa sem muito esforço. Ela dizia ter apenas um medo real. Totalmente sadio e normal. Altura.

— Não. Sem chance — disse ela no sétimo ano, quando eu implorei para ela se juntar a mim na roda-gigante do Oyster Fest, o festival anual. Ela sempre era montada na foz do Ocean Cliff, então, quando você chegava ao topo, sentia como se estivesse caindo no abismo. — *Você sabe* que tenho medo de altura. — Ela fez uma careta enquanto seus olhos escaneavam a monstruosidade de metal.

Fora isso, Shaila fazia tudo parecer glamoroso, misterioso, uma aventura. Ela passava a sensação de que, se você ficasse com ela, nunca se sentiria entediado.

Até a aparência dela era especial. Seus olhos eram de um tom verde relvado, que ficava mais claro quando ela se empolgava com alguma coisa. Shaila foi a primeira da nossa turma a usar sutiã. A Sra. Arnold até comprou para ela aqueles com bojo, que empurrava tudo para cima e para a frente. Seu corpo sempre parecia estar se transformando a velocidades conflitantes. Eu ainda sentia medo de mim mesma e do poder que achava que não tinha. Mas eu devia ter *alguma coisa* que chamou a atenção do Adam, *alguma coisa* que o manteve por perto, mesmo que ele já namorasse. Minha capacidade de ouvir, talvez. Minha disposição para dizer sim. Do fundo da alma, eu só queria ter algo que Shaila não tivesse. Agora eu tinha acesso ao Adam. Era um desequilíbrio estranho, no qual eu dava as cartas.

— Talvez eu possa ir um dia — disse ela tranquilamente. — Quando ele está em casa?

— Não ficaria um clima chato com a Rachel? — falei, tentando não deixar meu desagrado transparecer. Shaila deu de ombros.

— Nada. Rachel é como uma irmã mais velha para mim. Ela ficaria empolgada. Fora que isso pode nos ajudar a entrar para os Jogadores. Rachel disse que não podia garantir nada.

Ela sabia que eu sempre cedia, mas a fiz prometer não contar a Nikki. Três já seria uma emboscada, argumentei. Não queríamos dar a entender que estávamos pescando convites para festas. Ela concordou.

Naquela sexta-feira, quando Shaila voltou para casa comigo, depois da escola, eu estava ansiosa. Preocupada que ele gostasse mais dela do que de mim. Preocupada que só uma de nós pudesse ocupar o lugar de amiga caloura. Em todas as noites em que ele estava aqui, eu só me concentrava ao máximo para fazer tudo certo, não dar nenhum passo em falso. Colocar mais uma pessoa na jogada era como adicionar mais minas ao terreno.

A campainha tocou, e Shaila disparou para as escadas. Eu estava alguns passos atrás dela, mas ela abriu a porta, posicionando seu corpo bem no meio da cena, entre Adam e eu.

— Shaila — disse ele. Um sorriso de surpresa dominou seu rosto.

— Vou passar a noite aqui — disse ela.

— Legal. — Suas sobrancelhas se ergueram para mim, jocoso. — Graham está fora da cidade também? — perguntou ele.

Ela balançou a cabeça. — Um último fim de semana no Leste.

— Rachel estava *bem bêbada* — disse Adam.

— Graham também. — Shaila torceu o nariz.

Tentei acompanhar a conversa, mas parecia um idioma diferente. Falado por pessoas que conhecem intimamente as peculiaridades de uma certa irmandade, aqueles bastidores secretos. Mas, quando minha inquietação começou a entrar em ebulição, Adam passou por Shaila e me pegou em um abraço de urso, descansando sua cabeça em cima da minha.

— Ei, Newman — murmurou ele em meus cabelos. Passei meus braços em volta dele, sentindo seu calor. Aquela foi a primeira noite em que tive certeza de que Adam e eu éramos amigos. E Shaila viu isso em primeira mão.

Durante a hora seguinte, Shaila e eu assistimos a uns vídeos no YouTube, até que Adam saiu da cozinha e Jared correu para o porão para jogar videogame.

— De que? — perguntou Adam. Ele nem esperou a resposta, em vez disso, se dirigiu para a porta. A essa altura, ele já sabia qual parte do piso rangia, onde pisar para evitar o pedaço pegajoso de seiva. Ele se sentou, bem debaixo da macieira que nunca havia produzido nem um único pedaço de fruta, e remexeu no bolso.

Shaila e eu nos sentamos uma de cada lado dele. Ela mordiscou os dedos e rasgou a pele com os dentes.

— Tenho uma surpresa — disse Adam, colocando as mãos sobre a mesa.

— Bourbon? — perguntei, buscando a linha tênue entre entendedora e empolgada, tentando manter um equilíbrio.

Ele negou com a cabeça.

— Melhor. — Abrindo as mãos como um mágico, revelou um invólucro de palha bagunçado, pequeno e retangular, preso por uma das pontas. Shaila deu uma risadinha.

— Aaah!

— Vocês já fumaram um? — perguntou ele. Olhei para ela. Era uma linha que ainda não havíamos cruzado.

— Uma vez, com Kara — disse ela. — Ela arranjou manga rosa na cidade. — *Manga rosa.* Duas palavras que eu nunca tinha ouvido saírem da boca da Shaila, principalmente em um contexto que incluía sua amiga de família chique que também passou o verão no Hamptons.

Adam balançou a cabeça e ergueu as sobrancelhas para ela, impressionado.

— *Et tu*, Jill? — perguntou ele, apontando o pequeno cigarro na minha direção. Balancei a cabeça. — Bom... agora. Grande dia! — Ele apertou o meu joelho, e o meu estômago se contraiu. O baseado balançou em sua boca, tão rosada e cheia, e acendeu um isqueiro, inalando profundamente.

— Ah — suspirou ele. O ar cheirava a almíscar e a sujeira, ligeiramente parecido com o estúdio de cerâmica da mamãe, e me perguntei se os meus pais faziam o mesmo lá, se eu era a única lenta, a última a saber. Peguei a ponta do Adam e segui seu exemplo, inalando até parecer que o meu cérebro ia entrar em combustão. Meus pulmões se expandiram, e me perguntei por quanto tempo eu deveria manter esse ar estranho dentro de mim. Adam acenou com a cabeça e expirei, liberando a fumaça. Meus membros ficaram pesados, e me senti bem. Outra tarefa concluída. Outra linha cruzada.

Passamos o baseado várias vezes entre nós, e, quando terminado, Adam sacou o seu gêmeo. Logo nós acabamos com ele também. Estávamos famintos e tolos. Adam fez nachos e dançamos pela cozinha ao som da música da Motown. Shaila e eu imprensamos Adam entre nós, de mãos dadas, enquanto ele pulava para cima e para baixo. Caímos no sofá e Adam gargalhou furiosamente quando insisti em assistir a um clipe de pandas rolando colina abaixo.

— Jill! Não dá... não dá! — disse ele, com falta de ar. Ele estava rindo de chorar. E, no meio do barato, me senti realizada e satisfeita. Eu tinha feito Adam Miller rir. Fui eu, a caloura mais engraçada da Gold Coast Prep.

Shaila logo pegou no sono no sofá. Quando Adam percebeu, ele se virou para mim e disse:

— Vamos nos sentar lá fora.

Eu o segui até o deque; mas, dessa vez, ele desceu as escadas e foi até a rede de tecido branco na beira do nosso quintal, pendurada entre dois cedros. Ele acenou para que eu me juntasse a ele. Aos poucos, me afundei ao lado dele, então ficamos deitados colados, invertidos. Sua boca estava longe, mas eu a percebia me provocando.

Inclinei minha cabeça para o céu, tentando localizar algo que eu reconhecesse. Mas uma neblina se instalara sobre a noite escura. Havia apenas nuvens. Eu estava sozinha, com os meus nervos à flor da pele.

Ele descansou a cabeça nos meus pés, e agradeci silenciosamente aos céus por ter pintado as unhas de um azul-canário brilhante naquela manhã. A brisa da baía aumentou e eu me aninhei em suas pernas. Elas eram quentes, e os pelinhos faziam cócegas no meu queixo quando eu chegava perto demais.

— Você é diferente — disse ele.

— Você também!

Ele acariciou os meus pés, fechando o punho em torno de cada um dos meus dedos. — Você tem que sair comigo e com os meus amigos qualquer dia.

— Tá bom.

— Eles vão adorar você.

A MESA DOS JOGADORES

— Talvez — falei.

— Às vezes eu falo de você — disse ele. Um nó se formou na minha garganta.

— Tipo o quê?

— Que você é escrota. — Ele riu e envolveu meu pé com a mão toda. Dobrei em ponta como uma resposta para ele. — Que você é uma de nós.

Pensei naquelas palavras, sem entender o que ele quis dizer.

— Vejo você nos olhando no almoço — disse ele. — A mesa será sua um dia. Não se preocupe. — Tive uma sensação molhada e dei uma olhada furtiva em Adam assim que ele plantou seus lábios no lado mais sensível do meu pé. O movimento gerou uma faísca que correu o meu corpo, e o calor subiu até as minhas coxas. Vacilei e, em um instante, nós dois estávamos no chão em uma pilha de galhos e cabelos e folhas de grama. Os olhos de Adam encontraram os meus. Eles eram ferozmente azuis, injetados de sangue. Ele segurou o meu punho.

— Eu tenho namorada — sussurrou ele. Inalei bruscamente sentindo meu coração pisoteado.

— Pois é. — Abaixei a cabeça para que meus cabelos tapassem meus olhos.

— Nós somos amigos. Você e eu. — A maneira como ele disse isso, a palavra *amigos*, tinha uma atração cósmica e terna, como se não houvesse honra maior que ele pudesse me conceder.

— Amigos — repliquei.

Adam tocou meu queixo com o dedo indicador e ergueu meu rosto para encontrar o dele.

— Amigos. — Seus lábios se suavizaram em um sorriso. Luzes dianteiras piscaram, um sinal de que mamãe e papai chegaram em casa, e Adam me soltou. Ele entrou em casa, e eu fiquei sozinha.

Três

— **FESTÃO HOJE?** — Jared se esgueira pela porta do meu quarto, ele está enrolando os cachos no dedo indicador. Seus cabelos parecem tinta, exatamente como os meus, e nas fotos parecemos gêmeos, embora eu tenha três anos a mais que ele.

— Lá na casa da Nikki — digo, voltando minha atenção para o saco de maquiagem me chamando na minha frente.

— Sim. Ouvi uns alunos falando disso na aula de história. Seu namorado os convidou. — Sua voz falha na palavra *namorado*.

— Henry? É, ele me disse.

Jared encara as suas mãos, e eu me pergunto por um momento se eu deveria ficar em casa com ele. Poderíamos colocar o pijama e nos jogar no sofá com o cobertor extravagante da mamãe, reservado apenas para as noites de cinema. Ele começou a ler *O Apanhador no Campo de Centeio* para a aula de inglês do primeiro ano do Sr. Beaumont e quero convencê-lo de que o Holden é um idiota completo antes de ele começar a glorificar o rapaz presunçoso.

— Posso te perguntar uma coisa? — diz Jared.

— Manda!

— Posso ir um dia? A uma festa?

— Por quê? — pergunto. A pergunta surge antes que eu consiga impedi-la e soa mais rude do que eu pretendia. Mas por que o Jared quer ir a uma festa dos Jogadores? A maioria dos seus amigos faz parte da banda da escola, com ele. Eles passam os sábados vasculhando as estantes da velha loja de quadrinhos no centro da cidade ou assistindo aos destaques da NBA no YouTube. Foi um alívio que ele não tivesse demonstrado interesse nas festas, a necessidade desesperada e faminta de se perder na escuridão, a urgência que todos sentíamos de destruir algo e de nos provar. Eu queria que ele continuasse assim, para mantê-lo seguro. — Quero dizer, por que você quer ir?

Um cacho desgarrado cai sobre sua testa.

— Não sei. Parece divertido.

— Talvez você possa.

— Sério?

— Claro. — Eu me arrependo imediatamente. Não quero que ele veja uma festa dos Jogadores. Ele não faz parte daquilo. Shaila fazia, mais do que qualquer um de nós, e veja como isso acabou.

Seu rosto se ilumina, e, quando me levanto, pronta para ir, ele me abraça com força. Ele está mais alto do que eu, e seus ombros são ossudos, onde antes eram macios. Meu irmãozinho não é mais um bebê.

Henry caminha na minha frente, nos empurrando no meio da multidão como um guarda-costas. Uma mistura de Jogadores e aspirantes esperançosos se dispersa quando passamos, e alguns garotos arrogantes fazem high fives indiferentes ou cumprimentos de socos. Durante o verão, Henry disse-me que Anderson Cooper era seu herói por causa da maneira como se insinuava com as fontes, fazia com que confiassem nele e depois caíam matando, retirando as melhores e mais chocantes informações. Agora me pergunto se essa é a estratégia de Henry para lidar com o ensino médio e com todos aqui.

Um hip-hop ensurdecedor passa pelo aparelho de som, e a casa de Nikki já cheira a cerveja pegajosa derramada, ar abafado. Copos de plástico vermelhos cobrem toda a mesa da sala de jantar, mal escondendo as lascas do chute que Robert deu nela no verão passado. Os pais de Nikki nunca disseram nada, embora seja feita de cristal e tenha sido um presente de algum artista suíço famoso. Ela nem tem certeza se eles notaram.

Agora, Nikki é difícil de passar despercebida. Suspensa sobre um barril com as pernas para cima, ela está de cabeça para baixo, segurando os cabos de metal. Tyler Renford, um garoto quieto do time de golfe, obcecado por ela há anos, segura seus pés, e outra pessoa enfia o bico da bebida em sua boca.

— Nikki! Nikki! Nikki! — grita a multidão. Ela é um suporte natural de barril desde o primeiro ano. Acho que Nikki tinha muita prática, no entanto. Ela teve que fazer isso em todas as festas do Jogador, durante um semestre inteiro. Esse era um dos seus trotes recorrentes. Eu me afasto de Henry e encontro Marla no balcão da cozinha, agora coberta por garrafas e copos de plástico pela metade.

— Graças a Deus — diz ela quando a abraço com força. — Só tem sub neste lugar. Precisamos de reforços. Bebida? — pergunta ela, segurando uma garrafa de vodca. Parece letal.

Faço que sim com a cabeça e ela derrama um pouco em um copo vermelho, completando com soda e suco de abacaxi.

— Avante — diz ela.

— Ao nosso último ano. — Ergo minhas sobrancelhas, e ela solta sua risadinha calorosa.

— Finalmente!

O primeiro gole rasga a minha garganta. Antes que eu decida de outra forma, engulo metade da dose. Não vai demorar muito até que a sensação familiar de calor eletrizante percorra o meu sangue. Olho ao redor da sala escura buscando Nikki, que agora está se levantando.

A MESA DOS JOGADORES

— Onde você estava? Nikki me envolve com força, descansando sua bochecha contra a minha. Ela está em cima de grandes saltos finos, então tem que se abaixar para ficar no nível dos meus olhos. — Essa energia é incrível! — grita ela por cima da música. — Vamos lá. Vamos subir um pouco. Traz os outros!

Encontro o olhar de Henry e faço um movimento em direção à escada em espiral plantada no meio da sala. Marla aponta para ela e murmura:

— Lá para cima? — Aceno confirmando, e ela reboca Quentin e Robert da sala de jantar, onde estavam tentando organizar um jogo de flip cup.

Nós seis subimos as escadas, abandonando a festa. Nikki abre a porta do seu quarto e nós entramos, como fizemos centenas de vezes. No início, foi estranho estar sem duas pessoas, depois de nove meses de saídas ininterruptas. Mas, lentamente, começamos a preencher as lacunas. Nikki começou a falar com o sarcasmo cru e sem filtro de Shaila, e, quando fiquei estressada, amarrei meu cabelo em um coque frouxo, do mesmo jeito que a Shay fazia quando se enterrava nos roteiros durante os ensaios. Marla até adotou o andar pesado de Shaila, que se ouvia pelos corredores da Gold Coast.

Os meninos não tiraram nada de Graham. Nem mesmo Robert, que era seu melhor amigo. Foi como se o tivéssemos apagado completamente.

Quentin dá um salto correndo em direção à cama king-size Califórnia de Nikki e cai bem no meio dela, arruinando o edredom limpo. Nikki liga o globo de boate, dando ao ambiente uma sensação perfeita e extravagante.

— Tem muita gente aqui — diz Henry se jogando na poltrona de veludo roxo, no canto. Eu me empoleiro em seu colo e ele envolve a minha cintura em seus braços, me abraçando em seu torso firme. — Vi os calouros que convidei na varanda dos fundos. Acha que eles estão se divertindo?

— Claro, cara. Dá pra não gostar disso? É só diversão e jogos até eles serem esmagados com os pops — diz Robert.

— Setembro mal começou. Temos muito tempo. — Nikki empurra seu ombro, e Robert afunda ao lado dela, contra os travesseiros, passando um braço em volta dos seus ombros. — Este será o melhor ano de nossas vidas — diz Nikki, e realmente quero que ela esteja certa.

— Espero que sim — diz Marla. — Finalmente chegamos ao topo. Nós comandamos essa merda. — Quentin dá uma cutucada nela e eles tropeçam em Robert.

Henry revira os olhos, mas pula em cima deles, me arrastando com ele, então todos nós caímos em um grande montinho. Se é verdade que nós *comandamos essa merda*, significa que podemos alterá-la.

— Eu amo vocês! — grita Quentin, batendo a cabeça na minha.

— Você está emo demais para o meu gosto — diz Robert.

— Vaaaaamoooos!

Robert saiu de Manhattan para Gold Coast no sexto ano e nunca pegou o jeito de garoto urbano. O perfil suburbano foi reforçado pelo fato de ele poder colocar qualquer um em qualquer clube no SoHo, segundo ele próprio, e de ter sido o primeiro de nós a ter uma identidade falsa, obtida em algum porão no Queens. Por isso ele foi escolhido para ser um Jogador. Como se não bastasse, ainda tinha uma coleção de streetwear insana, seu pai era dono de um monte de resorts no Caribe e a mãe tinha sido Miss EUA. Ele era superconfiante e pretensioso, um sabe-tudo cuja amizade, de alguma forma, era fascinante.

Tudo isso tornava Robert imprevisível e selvagem nas festas, um animal feroz testando os limites de todos ao seu redor. O quanto mais ele nos forçaria a cultura suburbana goela abaixo? Provavelmente por isso ele se ofereceu para demonstrar o pop de inverno dos Jogadores no ano passado.

A MESA DOS JOGADORES

— Então, vai ser assim — gritou ele do topo da escada dos pais de Derek Garry. Robert escorregou da almofada do sofá sob seu assento e voou para a frente, de cabeça. Mas, antes que seus pés o salvassem, ele bateu o crânio direto na parede, com uma *porrada* sonora, o que lhe rendeu uma concussão grave e uma ida ao hospital. — Eu caí da bicicleta — disse ao médico com um sorriso idiota.

— Ah, vamos dar uma pausa — gritou Derek por cima da música estrondosa. Pela primeira vez, não fizemos o mínimo esforço.

Robert apareceu na escola na semana seguinte sem nenhuma cicatriz.

— No pain, no gain! — disse ele quando colocou sua bandeja na mesa dos Jogadores. Demoramos algumas semanas para perceber que ele estava um pouco confuso e mais cruel do que antes. Os Jogadores varreram o episódio para debaixo do tapete. Nunca mais falamos sobre isso.

Agora ele salta da cama de Nikki e dá um salto para a escada, batendo no corrimão e derramando a bebida no tapete conforme desce.

Henry e Quentin o seguem, correndo de volta para a festa. Marla quebra o silêncio.

— Quer, Juul? — Ela vira a cabeça e abre um sorriso malicioso e cheio de dentes. — Não diga ao treinador.

Nikki gesticula um zíper passando pela boca.

— As faculdades não querem atletas que façam isso — disse Marla certa vez, depois que seu hábito ganhou força. — Por outro lado, atacantes de hóquei na grama com 4,0 GPAs? Ouro.

Na varanda de Nikki, nós três ficamos lado a lado, nossos ombros se beijando no meio da noite. A festa se espalhou para o quintal, e vejo alguns alunos do último ano dançando descalços na grama. A casa de Nikki fica bem na direção do mar, e, além do quintal, há uma frágil passarela de madeira que leva até a praia. Se eu apertar os olhos, consigo ver duas bundas nuas correndo para o mar. Devem ser calouros cumprindo seus pops. Meus olhos se voltam para o deque, onde duas subs se beijam em uma espreguiçadeira à beira da piscina, enquanto um grupo de caras comemora, registrando a cena em seus celulares. O vento salgado sopra acima de nossas cabeças, e ergo meus olhos para o céu. A constelação de Touro. Ela está exatamente onde espero que esteja, logo acima de Órion. Imagino suas pernas delgadas galopando na escuridão, dando piruetas acima de suas amigas. É a noite perfeita para vê-la.

— Não quero escolher calouros — diz Nikki. Ela bebe sua bebida e brinca com a lasca de quartzo rosa pendurada em seu pescoço. Ela ficou viciada em cristais depois que a Shaila morreu. — Não estou pronta para ser do grupo dos mais velhos.

— Eu entendo o que quer dizer. Parece que ainda não chegou a hora — diz Marla, soprando uma leve fumaça de vapor no ar, que flutua acima dela como um halo. A bebida zumbe em meus ouvidos.

— Jared quer ser um Jogador — digo.

— E você está surpresa? — pergunta Nikki, virando-se para mim. Uma folha perdida fica presa em seu cabelo.

— Seu irmão? — pergunta Marla. — E daí? Ele é bem fofo.

— Ah, nojento — digo, baixinho. Eu me pergunto se deveria ter contado somente para Nikki.

Marla é uma de nós, escolhida depois de entrar no time do colégio, ainda caloura, e os meninos mais velhos a apelidaram de bunda dos sonhos quando ela chegou à Gold Coast Prep. Ela cresceu com quatro irmãos mais velhos e uma pele quase perfeita, o que a tornava invejável. Mas ela sempre foi um pouco indiferente, isolada em seu próprio mundo. Eu nunca fui à casa dela, nem sei onde fica. Ela raramente ia às nossas festas do pijama, já que preferia, palavras dela, ficar em casa com seus irmãos, que iam para Cartwright e viviam em uma realidade particular. Foi o que Marla nos disse quando pegou Nikki babando em cima deles depois de um jogo. Eles não se interessariam, de qualquer jeito.

Eles não davam muita importância para a Prep, provavelmente porque sabiam que nunca a deixariam, que Marla só se juntou aos Jogadores para garantir sua entrada em Dartmouth. O hóquei na grama ajudaria, dizia ela. O mesmo aconteceria com suas habilidades matemáticas estelares. Mas ela é terrivelmente ruim em testes padronizados. Os guias de estudo extremamente precisos nos Arquivos a ajudaram a obter uma pontuação no SAT altíssima no ano passado.

Assim como o médico moralmente questionável que a diagnosticou com TDAH para que ela pudesse obter mais tempo no teste. O filho fora Jogador anos antes.

Às vezes, os irmãos da Marla iam buscá-la nas festas, acelerando pelas estradas sinuosas e arborizadas de Gold Coast em seu Jeep Wrangler vermelho. Quando paravam, gritavam em uníssono do carro, sem jamais colocar os pés dentro das casas.

— Maaaarlaaa! — uivariam eles, até que ela emergisse de qualquer porta nebulosa. — Maaaarlaaa! — Com um aceno rápido, Marla ia embora, seu cabelo loiro platinado esvoaçando atrás dela enquanto ela se sentava aninhada no banco de trás do carro de seus protetores. Eles eram fantasmas para nós, motoristas fantasmas que andavam em carruagens e desapareciam na noite. Mas eles não podiam protegê-la de tudo.

Eu me perguntava se a lealdade que eu sentia por Jared estava enterrada dentro dela, mas multiplicada por quatro.

— Não sei — digo. Ele não é como nós. Isso não é para ele. Quero dizer, imagine ele lidando com os pops? — Imagino seu rostinho preocupado, confuso e perturbado.

Nikki coloca os braços em volta de mim, me abraçando por trás.

— Ele não precisa passar por isso. Somos os mais velhos. Nós que fazemos as regras.

— Eu sei. É só que... ele é o meu irmão.

— Vai ficar tudo bem — diz Marla. Ela dá uma última tragada profunda antes de colocar o cigarro eletrônico no bolso. — Como você disse, estamos no comando. — Ela faz uma pausa. — Estamos mudando tudo.

Meu celular vibra uma vez, e depois novamente, enterrando-se na minha coxa. Jared, aposto. Adam, espero.

— Tenho que fazer xixi — digo, e deslizo por eles de volta para o quarto. Fecho a porta atrás de mim no banheiro da Nikki e me jogo no vaso sanitário. Meu celular vibra novamente, pela terceira vez. Eu o puxo, esperando encontrar um nome familiar. Adam, Jared, mãe, pai. Em vez disso, é um número que nunca vi.

Abro as mensagens e leio as palavras rapidamente, mas elas não fazem sentido.

Sei que você provavelmente nunca mais vai querer ouvir falar de mim, mas preciso te contar uma coisa.

Graham não matou a Shaila. Ele é inocente.

Você não faz ideia do tamanho da merda. Podemos conversar?

Meu estômago se revira até a minha garganta, e o banheiro da Nikki gira em torno de mim. As paredes estão no chão, a pia está virada de cabeça para baixo, e acho que vou vomitar. Outra mensagem aparece, e o meu coração parece que vai parar. Agarro o celular com tanta força que meus dedos ficam brancos.

Sou eu, Rachel Calloway.

Quatro

NUNCA HAVERIA JULGAMENTO. Eu soube assim que vi Graham Calloway algemado, o rosto vermelho e inchado, inflado como um balão. Talvez tenha sido o choque por tudo, mas ele estava muito diferente na época. Ele se parecia alguém disfarçado de Graham com tênis de basquete caros e um moletom de lacrosse da Gold Coast Prep. Mas, quando a polícia o trouxe à nossa frente, tão perto que consegui ver o pequeno aglomerado de pintas atrás de sua orelha, aquelas nas quais eu babava durante as aulas de história do sétimo ano todo, eu sabia que fora ele, que ele havia matado a Shaila.

Graham e Rachel estavam na Gold Coast desde o pré-escolar. Eles eram sobreviventes. Todos os professores, mesmo os que nunca lhes deram aula, sabiam seus nomes e conheciam seus pais. Graham era muito querido no ensino médio, não porque fosse gentil ou engraçado, mas simplesmente por *estar lá*. O sobrenome garantia sua entrada em tudo. Quando chamava os outros meninos para irem à sua piscina coberta ou passear de buggy nas dunas, ninguém negava. Ele tinha mãos grandes e carnudas, vagamente ameaçadoras, como se ele pudesse derrubá-lo com um dedo se não gostasse do que você dissesse. Na aula, ele fazia barulhos de peido e botava a culpa em qualquer garota que estivesse sentada ao lado dele. Derrubava tubos de ensaio cheios de produtos químicos apenas por diversão. Uma vez até se gabou de esfolar uma gaivota morta, que encontrara na praia.

Mas toda aquela merda pareceu ter desaparecido no verão anterior à volta as aulas. Foi quando Graham e Shaila começaram a namorar. Entrei em um acampamento científico com todas as despesas pagas em Cape Cod, mas me sentia insuportavelmente culpada porque tudo que eu realmente queria era ficar em casa com Shaila. Ela me enviava cartas com uma letra desenhada. *Isso é muito mais intenso do que e-mail*, disse ela na primeira. *Além disso, e se eu ficar famosa? As pessoas vão querer saber tudo sobre* Shaila Arnold: Os Primeiros Anos. Eu devorava aquelas cartas como se fossem o bolo de chocolate triplo da mamãe.

Suas cartas fizeram eu sentir que estava longe no momento exato em que tudo parecia mudar. Ela e Kara Sullivan, sua elegante amiga da família que passou o ano letivo no Upper East Side, foram matriculadas em um curso Modelo da ONU, no Hamptons. Quando os Calloways descobriram, eles colocaram o Graham lá também.

No início, as cartas de Shaila eram cheias de histórias sobre Kara, sobre sua obsessão por artistas como Yayoi Kusama, Dan Flavin e Barbara Kruger, e sobre como Kara a ensinara a comer mexilhões ao vapor sem sujar o rosto de manteiga. Ela parecia incrivelmente legal. Fora que o pai de Kara crescera com os pais de Shaila e de Graham. Todos passavam os verões juntos desde o nascimento. Eles eram iguais. Eu era a única deslocada.

Só em julho Shaila começou a escrever sobre Graham, salpicando suas cartas com pequenas histórias deles comendo rolinhos de lagosta na doca de seus pais, colocando doses de uísque em latas de refrigerante e entrando sorrateiramente nos bares locais destinados aos yuppies que escapavam do verão na cidade.

Em uma carta, Shaila escreveu que Kara tinha começado a namorar um cara chamado Javi, de Manhattan, o que basicamente a forçou a oficializar com Graham. Ela e ele começaram a namorar. E foi só isso.

A MESA DOS JOGADORES

Quando cheguei em casa, em agosto, eles estavam inseparáveis. Até Nikki ficou chocada. Era como se Graham tivesse se tornado uma pessoa diferente. Ele trocou sua pele infantil, como uma cobra faz. De repente, tornou-se gentil, fazendo-me perguntas sobre a bioluminescência de Cape Cod ou sugerindo que eu os acompanhasse, Shaila e ele, para jogar minigolfe. Ele estava mais legal também, até me chamando de Jill, em vez de pelo apelido que cunhou no ensino fundamental, Newmaníaca, porque uma vez ele me viu chorando depois de um teste de biologia. Eu odiava aquilo. Mas sua fase boa só se sustentou por um ano.

Na manhã em que levaram Graham embora, ainda estávamos na praia, em frente à casa de Tina Fowler. Sua irmã, Rachel, estava atrás dele. Ela era um tornado horrorizado, ciente das suas responsabilidades. Lembro-me dos seus braços estendidos em direção a Graham e das lágrimas escorrendo pelo seu rosto. Sua voz se alternava entre um gorjeio e um lamento. Estremeci quando ela gritou. A polícia enfiou a cabeça de Graham mais fundo no banco de trás do carro, e ele se foi. Essa foi a última vez que o vi.

Depois que o carro foi embora, Rachel se virou para nós e nos apontou um dedo trêmulo.

— Vocês todos acreditam nisso?! — gritou ela. Seus olhos estavam vermelhos, e seu cabelo, uma bagunça encrespada. Foi a única vez que ela pareceu um pouquinho menos perfeita.

Ninguém disse uma palavra.

Rachel implorou que Adam a acompanhasse até a delegacia. Mas ele balançou a cabeça em negação. Foi ele quem chamou a polícia quando Shaila desapareceu. Eles encontraram Graham a 800m da areia, quase na entrada do mirante Ocean Cliff, com o sangue da Shaila ainda pegajoso nos seus dedos, espalhado por todo o seu peito. Partículas de areia agarraram-se a ele como o granulado de uma geada.

— Você é um covarde — rosnou Rachel, perfurando o crânio dele com os olhos. — Você é um covarde! — gritou ela dessa vez. E, com um rápido estalo da mão, Rachel deu um tapa na cara de Adam, deixando uma mancha vermelha brilhante em sua pele pálida. Respirei fundo.

Ele piscou, mas não disse nada.

— Depois de tudo o que fiz por todos vocês?! — exasperou Rachel.

— Vão se foder!

Ninguém se moveu. Nem Tina Fowler, sua melhor amiga desde o jardim de infância, nem Jake Horowitz, que ela levou ao hospital na noite em que o apêndice dele estourou, durante uma festa dos Jogadores. Ninguém a seguiu, e logo os Calloways se foram.

Rachel não participou da formatura da Gold Coast. Em vez disso, partiu para Cornell alguns meses antes, e os Calloways venderam sua casa em Fielding Lane por US$6,2 milhões, de acordo com a lista que vi online. A casa deles no Hamptons valia mais. Eles a trocaram por um duplex em Tribeca. Ninguém sabia exatamente para onde Graham tinha ido. O que soubemos foi que ele fora mandado para algum reformatório próprio para aqueles jovens rebeldes ricos demais para irem para uma prisão de verdade.

Rachel e seus pais não foram ao funeral da Shaila, obviamente. Não que os Arnolds quisessem que eles fossem. Teria sido *gauche*, como a Sra. Arnold gostava de dizer.

Shaila foi enterrada durante uma tempestade frenética e impetuosa, do tipo que só acontece no início do verão, quando o oceano bate violentamente antes de parar. Foi clichê. Um funeral na chuva. Que triste!

Acordei horas antes de o meu despertador tocar e fiquei na cama até ouvir uma batida leve na porta. Puxei o vestido preto que mamãe escolhera para mim e tentei me segurar em pé. Meu peito ainda estava tão pisoteado que não tinha como o preencher.

A MESA DOS JOGADORES

Jared tossiu. Ele estava na porta, vestido com um terno escuro.

— Você vai? — perguntei, e me voltei para o espelho. Ele só tinha visto a morte de perto quando vovô Morty bateu as botas, dois anos antes. Mas ele estava com 89 anos. A gente já espera que os idosos morram. Os jovens, não.

— Quero ir, mas mamãe não deixa — disse ele, brincando com um botão da sua camisa.

— Ela quer te proteger.

Jared caminhou até mim, meias nos pés, e envolveu minha barriga em um abraço frouxo. Eu ainda era mais alta do que ele, mas poucos centímetros e apenas por mais um ano. Mesmo com a minha nova identidade, o meu novo rótulo, eu queria ser jovem como ele, protegê-lo de tudo isso. Mas eu me sentia velha e cansada.

— Estou triste — disse ele, sua voz suave e trêmula.

Minhas entranhas doeram, e senti um puxão estranho no peito, como se meu coração estivesse tentando fugir das minhas costelas.

— Eu também — falei. Seus ombros estavam macios no meu toque. Jared me segurou com mais força e senti as lágrimas no seu rosto se espalhando pelo meu vestido. Seu corpo se levantou apenas uma vez.

A cerimônia foi curta, nem chegou a trinta minutos, e terminou com "Somewhere Over the Rainbow", que a Sra. Arnold disse que era a música favorita da Shaila. Talvez quando ela tivesse 6 anos.

A igreja estava lotada, com centenas de pessoas da Gold Coast e do leste. Dezenas de pessoas em ternos elegantes estavam ao fundo, segurando seus Blackberrys. Provavelmente, analistas do fundo de hedge do Sr. Arnold. Kara Sullivan, vestida de preto, roupa exclusiva, sentou-se ao lado da mãe, negociante de arte. Ela chorou silenciosamente, rosto nas mãos, segurando um pedaço de papel, provavelmente a última carta da Shaila para ela. Shaila sempre escrevia cartas. Deve ter sido a forma como manteve contato com a Kara durante o ano letivo, quando ela estava em Manhattan e Shaila, aqui. Eu me pergunto se as cartas da Kara também seriam incluídas no *Shaila Arnold: Os Primeiros Anos.* Estava mais para *Os Únicos Anos.*

Eu me sentei na segunda fila com Nikki, Marla, Robert, Quentin e Henry. A primeira vez que estivemos juntos, os seis. Volta e meia Quentin fungava na manga da camisa e apertava a mão da Marla. Sentei-me imóvel, olhos para baixo, perfurando bolinhas no meu colo, tentando ignorar a culpa que crescia no meu coração.

Estávamos muito perto. Estávamos tão perto... E não a salvamos.

No funeral, Adam estava bem atrás de mim, espremido entre Tina Fowler e Jake Horowitz. Aprumei a postura e olhei para a frente, tentando não mostrar inquietação na frente dele. Durante o louvor do Sr. Arnold, Adam estendeu a mão e apertou o meu ombro, seus dedos se espalhando na minha pele. Eu me sentia crua e partida em filetes como um peixe pronto para ser devorado.

Na manhã seguinte à festa da Nikki, acordo assustada; meu rosto, frio e suado. Outro pesadelo? Eles costumavam ser previsíveis. Dentes caindo. Ficar paralisada durante um teste. Tudo relacionado ao estresse, mamãe me disse. Mas, depois que Shaila morreu, comecei a vê-la o tempo todo. Suas unhas roídas, seu rosto, seus membros longilíneos. Tudo entrava sorrateiramente. O mesmo aconteceu com as visões daquela noite. Chicotadas no vento. Fogueiras rugindo. Seu cabelo dourado balançando enquanto ela marchava ao luar. Às vezes, as estrelas no meu teto ajudavam, quando eu acordava horas antes do amanhecer. Mas passei a manter a luz da mesa acesa.

O show de terror da noite passada foi novo, no entanto. Aperto meus olhos, e o rosto perfeitamente simétrico de Rachel Calloway se aproxima de mim com os olhos estreitos e a boca esticada. Meu peito se aperta, e agito meus olhos abertos. *Foi só um sonho.*

A MESA DOS JOGADORES

O reaparecimento de Rachel na minha vida, entretanto, foi real. Acaricio o edredom até encontrar meu celular, aninhado entre o travesseiro e a cabeceira da cama. Abro o aplicativo de mensagens.

Sou eu, Rachel Calloway.

Esta é quase pior do que as outras: *Graham não matou a Shaila. Ele é inocente.*

Sei lá.

— Toc toc — diz mamãe atrás da porta. — Posso entrar?

Enfio o celular embaixo do travesseiro como se o tivesse roubado.

— Aham — digo. A porta se abre.

— Você não deveria dormir até tão tarde. O dia a espera — diz ela. Em alguns passos rápidos, ela está na janela, abrindo as cortinas translúcidas. O sol está quente e úmido, mais do que o normal para setembro.

— Sou adolescente. Adolescentes precisam dormir — rolo me virando de bruços.

— Leva o Jared para o ensaio da banda hoje? Seu pai e eu vamos fazer algumas coisas.

— Claro.

— Ele tem que sair em cinco minutos. As chaves do carro estão perto da porta.

Resmungo, mas me levanto da cama, deslizando meu celular para o bolso do short de flanela.

Quando desço as escadas, Jared já está esperando na porta traseira da mamãe, mastigando as cutículas. Ele pegou esse meu péssimo hábito. O péssimo hábito da Shaila.

— Como foi a noite? — pergunta ele.

— Tudo bem — digo, e saio da garagem. — Espera. Onde está o seu baixo? — O banco traseiro está vazio.

— Eles têm lá.

— Mas você sempre toca o *seu* baixo. Você vai ficar todo torto carregando essa coisa por aí.

— Não desse tipo. É elétrico.

— Você não toca baixo elétrico, tonto.

— Vire à direita aqui —, diz ele, me ignorando.

Olho para ele através do assento. Ele cavou uma cratera ao longo do dedo médio.

— Sério. Para onde vamos?

— Bryce Miller.

Não consigo esconder a minha surpresa.

— Jura? — Adam e eu tentamos fazer amizade com ele por anos, mas o Bryce sempre foi um babaca, empurrava as crianças na quadra de basquete, puxava as alças do sutiã das meninas. Ele fazia umas brincadeiras perversas que o tornavam indiferente para mim, mas assustador e inacessível para Jared.

Jared faz que sim.

— Ele toca violão. Me convidou para tocar com ele.

— Tá. — Sorrio e penso em mandar uma mensagem para Adam. — A mamãe sabe?

— Sim. Ela ficou *toda encantada* de dizer a Cindy Miller que *os caçulas estavam finalmente se tornando amigos!* — diz ele, imitando o afeto exagerado da mamãe.

Uma risada borbulha no meu peito.

— Vai ser legal para você.

Jared revira os olhos.

— Tanto faz.

Sincronizo meu telefone e coloco a minha lista de reprodução favorita na fila. Os anos 1980 estouram com tudo. Madonna berra no estéreo, e sinto meu estômago se acalmar enquanto pego o caminho para a casa do Adam. Sei de cor, traçaria a curva ao longo da calçada de tijolos de olhos fechados. Adam não deve voltar da escola até as férias de outono, no próximo mês, mas só de estar perto da sua casa, das suas coisas, meu cérebro se agita.

— Valeu — diz Jared quando paro. — Onde está o Bryce? — pergunto. — Quero dar um oi.

Um balanço de madeira chacoalha para a frente e para trás na varanda, rangendo com a brisa. Lembro-me de como ele afunda quando você se senta nele e como afunda ainda mais com o peso de duas pessoas.

— Deixa eu mandar uma mensagem pra ele. — Os dedos de Jared voam sobre a tela, e, em segundos, Bryce abre a porta da frente e caminha em nossa direção sobre o gramado irretocável. A sunga cor de ferrugem baixa nos quadris. Ele parece mais velho do que Jared e, se eu forçar os olhos o bastante, parece o Adam.

Jared pula para fora do carro, batendo a porta atrás dele, e eles se cumprimentam.

— E aí, Jill? — pergunta Bryce, encostando-se na janela do passageiro. — Como você está? — Confiante e tranquilo, assim como o irmão. Um Jogador mais velho não o intimida.

— Não posso reclamar. Como foi sua primeira semana no ensino médio?

Bryce sorri.

— É óbvio que eu adorei.

— Esperado.

— Você falou com Adam hoje?

Nego com a cabeça.

— Ainda não.

— Ah, ele deve te procurar logo — diz Bryce. — Ele acabou de ligar para a mamãe. Está voltando para casa no próximo fim de semana. Algum workshop do National Young Playwright no teatro do condado. Acho que está ensinando as crianças a fazerem direção de palco ou qualquer coisa do tipo.

— Que legal! — Tento esconder a minha empolgação e mordo o lábio, mas Jared revira os olhos. Ele percebeu a minha paixão nada sutil.

Bryce dá um tapa nas costas do Jared.

— Pronto para tocar?

Jared sorri.

— Só vamos!

— Até, Jill!

Aceno e espero até que eles entrem para pegar o celular.

Acabei de deixar Jared na sua casa... Acho que ele e o Bryce finalmente viraram amigos.

Antes que eu acelere o motor, ouço uma vibração.

FINALMENTE!!! Sabia que o nosso plano infalível daria certo um dia.

Meu rosto se queima, e rasgo uma cutícula nos dentes.

Ele disse que você vem pra cá. Mesmo?

Isso! Eu já ia te mandar mensagem. Arranja um tempo para mim? Café da manhã no Diane's? Sábado?

Sinto aquele soco no peito e balanço a cabeça para cima e para baixo, como se ele pudesse me ver.

Com certeza.

Encerro a conversa, mas, antes que eu desvie o olhar, vejo a última mensagem da noite anterior, aquela que estou evitando.

Sou eu, Rachel Calloway.

Desta vez, não sinto medo. Adam saberá o que fazer. Ele sempre sabe. Nós vamos dar um jeito nisso juntos. Sábado.

Cinco

OUÇO ADAM ANTES DE VÊ-LO. Alguma antiga banda punk berra nos alto-falantes da mesma Mercedes vintage que ele dirige desde seu segundo ano na Prep. O som é tão familiar que o déjà vu me deixa zonza. Quando subo ao lado dele, parece diferente de Bruce. Aconchegante e habitável.

— Oi, bebê — diz ele. O cabelo escuro do Adam se enrola e desce em uma bagunça adorável e desgrenhada. Eu me preparo para ver o meu traço favorito nele, sua covinha esquerda. Ela só aparece quando ele dá um sorri largo. Graças a Deus ela surge enquanto coloco o cinto de segurança. Sorrio de volta, e ele me envolve em um abraço. Ele cheira a sabonete de lavanda e notas de tabaco.

— Diane's? — pergunta ele.

— Por favor, estou morrendo de fome!

Ele liga o carro e o som, fazendo curvas rápidas enquanto subimos a enseada. Eu almoçava fora todos os domingos depois da escola hebraica com mamãe, papai e Jared quando éramos pequenos. Dividíamos montanhas de panquecas de mirtilo e tigelas recheadas de batatas fritas. Chocolate quente para mim e Jared, caneca após caneca de café para o papai, que gostava de nos contar histórias sobre o crescimento da ortodoxia moderna em Williamsburg antes de ela se tornar popular. Ouvíamos pacientemente enquanto ele falava sem parar sobre seus avós, que só falavam iídiche e morreram antes de nascermos e antes de o papai se afastar da religião. Ir para o Diane's, pegando esse caminho sem os meus pais, ainda dá a sensação de andar sem rodinhas pela primeira vez. Uma aventura de proporções épicas.

— Então, último ano?

— Último ano — repito. — Tudo na mais perfeita ordem.

Adam ri.

— Essa é a minha Jill. Completamente inabalável.

Enrubesço com a ideia de eu ser dele.

— Agora você deve estar achando tudo chato demais.

Adam ri.

— Nada do que você diz é chato, Newman.

Sinto os pelos da minha nuca se arrepiarem, me viro para ele e o vejo de perfil. Seus braços se projetam ligeiramente para fora da camiseta urze, e os músculos do seu antebraço enrijecem quando ele estende uma das mãos para subir os óculos de acrílico transparente na ponta do nariz.

Eu me inclino para trás no assento e tento relaxar. Observo meus membros e minha postura, como me sento e como meu braço se encaixa perfeitamente no parapeito da janela. *É isso mesmo?* Eu me pergunto quando passamos pelo pedágio vazio de Mussel Bay, a estreita estrada de mão única margeada por água dos dois lados, o pequeno cais de pescadores que vende os melhores mariscos recheados no verão. Quase consigo distinguir Ocean Cliff em meio ao nevoeiro. É tudo extremamente familiar.

Adam para no minúsculo estacionamento, com apenas seis vagas. O sino toca quando empurramos a porta e um sopro de canela e salsicha gordurosa me atinge no rosto.

— Olha só vocês dois! Meus bebês! — Diane enfia uma caneta em seu coque bufante, vermelho à la caminhão de bombeiros, e pula, envolvendo nós dois em um abraço gigante e meloso. Como de costume, ela está usando batom vermelho brilhante e um uniforme de garçonete branco à moda antiga, muito bem passado. Ela se parece um dos funcionários, embora seja dona do lugar.

— Qualquer assento da casa! — Ela pisca, já sabendo que nossa mesa de costume está livre. Adam pega um atalho, e nos sentamos naquela que tem o rasgo grosso do lado.

— É bom estar em casa — diz Adam quando afundamos no couro vermelho.

— Nada do tipo em Providence? — pergunto, abrindo o menu de plástico laminado. É grosso como um livro.

— Não mesmo.

Graças a Deus, penso.

— O que vai ser, meu queridoso? — Diane pergunta com seu forte sotaque de Long Island. — O de sempre?

— Você sabe — diz ele. — E um café. Preto.

— E para você, lindinha? — Ela se vira para mim.

— O mesmo que ele.

— É para já! Vocês dois, divirtam-se! — Ela pisca e vai para a cozinha.

— Amo esse lugar pra caralho — diz Adam. Seus olhos se fixam em um ponto na parede logo acima da minha cabeça. — Me sinto em casa. — Viro a cabeça seguindo o seu olhar, embora já saiba o que está lá. Aninhados em uma moldura azul da Gold Coast Prep, nossos rostos sorriem de volta para nós. A foto foi feita no primeiro ano, a última vez que vim aqui com Shaila. Adam nos trouxe, com Rachel e Graham, depois da última aula do ano, uma semana antes da iniciação. A minha solteirice me enojava, aquela quinta rodada de encontro de casais, e eu, de vela, me horrorizava. Mas Adam me garantiu que eu faria falta. Ele me queria lá.

Nós achávamos que, depois de tudo, Diane daria um fim a essa foto. Mas os Arnolds nunca vieram aqui. E nem os Calloways, obviamente.

— Então, qual é o problema? — disse ela quando Adam lhe perguntou sobre isso no ano passado, durante suas férias de inverno. — Foi um momento. Só porque passou, não significa que não aconteceu.

— Bom — digo. — Como está a vida de dramaturgo?

Adam suspira.

— Prometi a Big Keith que voltaria neste semestre pra dar um workshop pra crianças. Todos os alunos da cidade, do quarto e do quinto ano. Comunidades. Eles vêm pra um final de semana fazendo o workshop de roteiro.

— Isso é incrível — digo, sem tentar esconder o meu espanto. Big Keith era o mentor de Adam. Ele dirigia o departamento de teatro na Gold Coast Prep e o indicou a todos os prêmios. Era uma lenda na Área dos Três Estados. Ele ter convidado Adam para ensinar foi insano.

— Mas não vamos falar disso. Deve ser chato para você.

— Você sabe que não. — Volto meus olhos para ele. Adam inclina a cabeça e ergue uma só sobrancelha, como se não acreditasse em mim.

— Conte-me os dramas dos Jogadores.

Eu rio.

— Não tem dramas.

Adam sorri.

— Sempre tem um drama.

— Nikki e Robert ficam indo e vindo, você sabe disso.

— É, chato. Próximo. Já fez algum pop legal?

Meu coração se aperta. Para mim, os pops são definitivamente a pior parte de ser Jogador. Todo mundo os julga *necessários*, acham que eles nos diferenciam e nos fortalecem. Uma maneira de o abalar e depois colocá-lo de volta no lugar, para provar que pode seguir as regras dos Jogadores, que é digno, que merece tudo o que os Jogadores podem lhe oferecer. Acho que são um meio para um fim.

A MESA DOS JOGADORES

— Ainda não — digo pausadamente. — Temos que personalizá-los, sabe, então acho que estamos esperando para ver quem entra.

Diane se aproxima e derrama longos e escuros jatos de café em nossas canecas, depois desaparece novamente. Adam dá um gole e acena com a cabeça.

— Ah, sim — diz ele antes de dar um gole. — E o *Henry*? Adam levanta uma sobrancelha, e coro instantaneamente.

— Tudo na mesma — digo. — Ele vai fazer a pré-inscrição para a Wharton. O pai dele está obrigando-o. Ele queria ir para a Northwestern fazer jornalismo, mas... você sabe. — A decisão deixou Henry abalado durante todo o verão, mas, depois de um confronto épico com o pai, no Dia do Trabalho, ele me disse que havia se decidido. Wharton. Escola de negócios ou a desdita. Ele pensa em se concentrar em negócios de mídia ou algo assim. Administrar uma rede, ele disse indiferente. Salvar a indústria, talvez. Mas acho que ele está arrasado com a ideia de se sentar em um cubículo de algum arranha-céu em vez de reportar eventos ao vivo na América do Sul ou na África subsaariana.

Adam balança a cabeça.

— Aquele moleque precisa aprender a tomar as próprias decisões. Só porque seu sobrenome é Barnes, não significa que ele *precise* se tornar os royalties de fundos de hedge ou o que o valha. Olha o meu caso! O meu pai estava obcecado pela ideia de eu ser neurocirurgião, como ele, mas liguei o foda-se. Eu seria um péssimo médico. Você sabe disso. Aposto que ele ainda vai se arrepender.

Adam tem razão. Mas concordar com ele parece trair Henry. Tento me manter neutra.

— Você já fez a pré-inscrição para a Brown? — Ele ergue uma sobrancelha. Meneio a cabeça.

— Fiz pelo aplicativo na semana passada.

— Ufa — diz Adam, e solta um suspiro de alívio. — Vou precisar de você lá comigo no último ano.

Mordo o lábio para esconder um sorriso.

Desde que Adam entrou na Brown, tudo o que eu conseguia pensar era em ir para lá também. No começo, eu queria estar lá por *ele* estar lá. Imaginei-nos longe de Gold Coast, com o resto de nossas vidas estendido diante de nós em linhas paralelas. A Brown seria só o começo. Nós nos sentaríamos juntos nos cantos das festas escuras, vestindo suéteres canelados e bebendo sucos batizados, nossas testas quase se tocando enquanto nos perdíamos nas nossas conversas. Andaríamos pelo pátio gramado, com as folhas esmagadas sob os nossos pés, indo para os fundos. Mas, quando comecei a pesquisar, descobri que havia muito mais coisas que eu queria. No ano passado, quando eu disse para a nossa orientadora, Dra. Boardman, que estava pensando em ir para a Brown e que queria estudar física e astronomia, seu rosto se iluminou de alegria.

— Ah, querida, vai ser divertido. — Ela se levantou, atrás da sua mesa de carvalho, e alcançou a prateleira mais alta do escritório, puxando um folheto fino amarelo-claro. — Eles têm um programa Mulheres na Ciência e na Engenharia. É simplesmente perfeito para você — disse ela, seus olhos castanho-escuros grandes e brilhantes. — Eles dão bolsa integral para os melhores alunos. Primeiro você entra, é claro, mas depois faz um teste na primavera para determinar o valor do auxílio.

Corei, envergonhada por ela saber que eu era bolsista, mesmo que fosse óbvio que ela soubesse. Fazia parte do seu trabalho saber.

— Você tem chance — disse ela. — Muita chance. — Ela folheou minha transcrição e, em seguida, inclinou-se para o seu notebook, revirando o meu currículo. — Capitã do Science Bowl por dois anos. Quatro anos de Olimpíadas de Matemática. — Ela continuou rolando a tela. — Ah, olha, você até deu aulas de física para alunos do ensino fundamen-

A MESA DOS JOGADORES

tal! Você dorme? — A Dra. Boardman brincou e jogou a cabeça para trás com uma risada, o coque grisalho balançando para cima e para baixo.

Borboletas zumbiam dentro do meu estômago. Eu esperava que todas aquelas madrugadas acumulando atividades extracurriculares, todo aquele risco para chegar ao topo, valessem a pena. Para me tornar, como a Dra. Boardman gostava de dizer, "interessante" para os conselhos de admissão.

A Dra. Boardman deslizou o folheto brilhante para mim e, na frente, vi belas moças sorrindo, sentadas nos espaços abertos e nas salas de aula, livros didáticos abertos na frente delas.

A Brown investe nas suas cientistas e tecnólogas, dizia uma legenda. *Junte-se aos outros 25 calouros na jornada da sua vida*. As palavras estavam embaixo da foto de um grupo de mulheres olhando a aurora boreal no que parecia ser uma viagem escolar à Noruega. Aproximei o folheto do rosto e olhei as meninas. Eu posso ser uma delas.

Tudo se consolidou quando visitei Adam, no ano passado. Mamãe e eu chegamos de manhã cedo na sexta-feira para eu assistir a uma aula de introdução à astronomia com Mallika, uma estudante alta, de pele escura e incrivelmente confiante do segundo ano de Wisconsin, que *amava* o programa Mulheres na Ciência e Engenharia.

— Estou muito feliz que você esteja aqui! — gritou ela quando nos conhecemos, bem em frente ao laboratório. — Mostrar as opções aos possíveis alunos é o que eu mais gosto na vida. Sou basicamente a embaixadora do programa. Além disso, ouvi dizer que você também ama astronomia, então é perfeito. Acabei de passar um verão na NASA! — Mallika passou a minha frente e abriu as portas de um pequeno auditório, no qual os alunos já se preparavam para a aula. Nós nos sentamos assim que as luzes diminuíram, sinalizando que a professora estava prestes a começar.

— Ela acabou de voltar de uma pesquisa no Observatório Keck, no Havaí! — sussurrou Mallika no meu ouvido.

Conforme as horas se passavam, meu coração se inquietava. Eu queria muito estar lá, entre essas pessoas inteligentes, aprendendo e crescendo e me tornando mais completa, alguém que sabia tudo o que era possível saber sobre as estrelas, sobre o céu e sobre toda a magia de lá em cima. Eu queria ser amiga de pessoas como Mallika, obcecadas pelo mesmo que eu.

Depois que a aula terminou, segui Mallika pelo corredor enquanto ela sorria e brincava com quase todos que passavam.

— Mantenha contato — disse ela, apertando meu braço.

Encontrei Adam no pátio para ele me mostrar, nas palavras dele, "todas as coisas divertidas que eles deixam de fora dessa apresentação inicial".

— Ei, Newman — disse ele quando apareceu e me envolveu em um dos seus deliciosos abraços de urso. — Vamos. — Adam agarrou minha mão e começamos a andar. Tentei me manter presente; eu sempre quis muito andar por aqui sozinha com ele, mas o meu cérebro ainda girava com diagramas, teorias e constelações.

— Tcharam! — disse ele, após uma curta caminhada pelo campus. Ficamos na frente de uma casa em ruínas. As telhas pendiam para o lado, e a varanda parecia prestes a desabar. — Vida universitária.

— É perfeito — falei. E foi. Era exatamente o tipo de lugar em que eu me imaginava com o Adam. Passamos o resto da noite jogando beer pong com seus colegas de quarto, três outros caras do departamento de inglês que se revezavam tragando um bong de meio metro. Era muito parecido com tudo em Gold Coast. Tudo muito... normal.

Minha cabeça começou a girar e, quando olhei para o meu celular, vi uma mensagem da mamãe. *Estamos ficando sem tempo...* escreveu ela.

— Cacete — falei. — Tenho que voltar para o hotel. Adam acenou com a cabeça e colocou o cachimbo de volta na mesa de centro rachada.

— Eu te acompanho.

— Não precisa — falei, envergonhada. Ele riu.

A MESA DOS JOGADORES

— Vamos.

Caminhamos em silêncio até chegarmos à monótona pousada que Cindy Miller recomendara. Desta vez, eu estava totalmente ciente de cada centímetro entre nós. Eu queria que esse fosse o nosso padrão. Que essa fosse a minha vida, permanentemente. Adam parou e se virou para mim.

— Então — começou ele, seus óculos claros ligeiramente tortos, fazendo seus olhos azuis brilharem mais do que nunca. — O que achou?

— Estou apaixonada.

— Eu tinha certeza.

Eu me preparei para algo mágico. Por um momento cósmico que ondularia em minhas veias. Para que nossas bocas se encontrassem. Para que tudo colidisse e desencadeasse o sentido da vida. Fechei os olhos e esperei. Mas nada aconteceu. Em vez disso, Adam me abraçou com uma graça tão gentil que tive vontade de chorar. Ele descansou sua cabeça em cima da minha e respirou profundamente.

— Vejo você em breve, bebê. — E então ele se foi.

Naquela noite, resolvi não ser a garota que iria atrás de um cara na faculdade. *Isso não tem a ver com ele*, disse a mim mesma. Brown era a melhor. Era perfeita para mim. Todos concordavam.

Brown tinha o programa dos meus sonhos e também era o lugar perfeito para eu sair da bolha da Gold Coast, para desafiar tudo o que eu pensava que sabia, para eu encontrar pessoas que cresceram em áreas diversas e interessantes, e não feitas todas do mesmo barro. Um lugar no qual as pessoas viam o quão insano é ter várias casas e carros, no qual os responsáveis realmente queriam que os alunos tivessem uma variedade de perspectivas e de experiências, não apenas fingissem que era assim.

Então, coloquei tudo sobre mim naquela inscrição. Falei com Mallika e com um punhado de professores de astrofísica do departamento, reunindo o máximo de informações que consegui para a minha carta de apresentação. Dei o meu melhor para explicar por que estudar o espaço era a única coisa que eu conseguia me imaginar fazendo e por que seria um investimento válido. Eu poderia ter vasculhado os Arquivos, procurado contatos da Brown ou pedido ajuda ao superexclusivo conselheiro da faculdade que atendia os Jogadores de graça (sua filha fora uma, cinco anos antes). Mas não o fiz. Cada vez que abria o formulário, algo me impedia. Eu queria fazer aquilo sozinha. Queria ver se conseguia. Então, em vez de tudo isso, enviei minha inscrição e rezei.

Por insistência da Dra. Boardman, aproveitei para me inscrever, pelo aplicativo, no programa de honras do estado, que, se aceita, me garantiria aulas gratuitas.

— Além disso, o departamento de física deles não tem um programa de intercâmbio naquele observatório que você adora, no Havaí? — perguntou mamãe quando lhe contei sobre a minha inscrição.

Sim, eles têm, admiti a contragosto.

— Bom, que ótimo.

Agora, no Diane's, Adam estica os braços para trás e se recosta na mesa. Sinto uma pontada de decepção quando ele redireciona a conversa, esquecendo a faculdade e focando os Jogadores.

— Então, quando *você* vai escolher os novatos? — pergunta ele.

— Em algumas semanas, acho.

— Nossos irmãos vão entrar?

Luto contra a vontade de roer minhas unhas. Não quero ter que explicar a ele por que não quero que o Jared se envolva com os Jogadores. Mesmo com as notas garantidas, com a entrada em um outro mundo, com a diversão estarrecedora, não quero que ele passe por isso, que pule um monte de aros idiotas só para provar que pode.

Parte de mim, porém, sabe a verdadeira razão pela qual eu não quero que ele seja um Jogador. Não quero que ele saiba o que fazemos.

A MESA DOS JOGADORES

— Talvez — respondo. — Veremos. — Diane coloca nossos pratos bem na nossa frente, e o meu estômago ronca para a montanha bege. Panquecas caem por cima de batatas fritas e ovos. Troncos pegajosos de carne tostada saem de baixo da pilha.

— Vossa Alteza — diz Adam, cruzando as mãos em posição de oração. — Eu não sou digno.

— Ah, para com isso — diz Diane, desfazendo o gesto dele com um golpe. — Sou imune a esse feitiço de Millah.

Quando ela se afasta, sei que é a hora.

— Preciso lhe contar algo.

Adam dá uma mordida e engole. Seus lábios estão brilhantes de gordura, e quero lambê-los para limpá-los. Ele inclina a cabeça para o lado, minha permissão para continuar.

— Recebi um monte de mensagens estranhas — digo. Meu coração bate em um ritmo ameaçador. — Da Rachel.

Adam larga o garfo.

— Quê?! — Então ele engole em seco. — Deixa eu ver.

Pego meu celular e o entrego a ele, observando-o enquanto ele rola as mensagens.

— Típico! — diz ele, balançando a cabeça.

— Não é nada, certo? Nada do que ela diz é verdade. É um monte de besteira.

Adam desliza o meu celular pela mesa e se recosta nela.

— A Rachel é maluca. — Sua voz corta o ar entre nós como uma faca. — Eu não queria te contar, mas ela me enviou umas mensagens assim durante o verão.

— Sério? — pergunto, atordoada. — Por que você não me contou?

— Eu não queria que te deixar abalada. Sei como isso te afeta. Shaila e tudo mais.

Meus olhos ardem, e balanço a cabeça. O fantasma dela vive em toda parte, mesmo entre mim e ele no restaurante da Diane. Adam estende a mão e a coloca sobre a minha.

— Só não dê espaço para ela, ok? Ela está de olho no seu irmão, não em você.

— Você tem razão. — Concordo com a cabeça.

— Preciso fazer xixi — diz Adam, sem graça. Ele se levanta da nossa mesa e desaparece no banheiro.

Pisco para conter as lágrimas e giro minha cabeça para encarar Shaila. Seu rosto largo e sardento sorri para fora da moldura. Ela não tinha ideia do que estava por vir, do que seríamos solicitados a fazer ou de como tudo terminaria. Eu nem sequer imaginava que aquela seria a sua última noite, marcada por ondas quebrando e vodca quente. Partículas de areia caindo em meus lábios. Um grito estridente. Punhos cerrados em torno dos lençóis. Meu cabelo encrespado, rebelde, com vida própria. A escuridão. A escuridão absoluta.

— Tudo bem? — Adam retorna e repousa a mão no meu ombro. Meneio com a cabeça. — Vai dar tudo certo, Jill. Eu te prometo.

Ele nunca me decepcionou. No final das contas, ele sempre me salva.

— Vamos deixar isso no passado, ok? Os melhores anos da sua vida estão por vir.

— Tá bom. — Eu lhe abro um sorriso tímido.

Eu não quero deixar a Shaila ir, mas Adam está certo. Isso é passado. Ela já se foi. E um monte de mensagens insanas da irmã do seu assassino não a trará de volta.

No dia em que Shaila morreu, os policiais levaram todos nós para a delegacia. Eles distribuíram biscoitos rançosos e copos de isopor com suco de laranja antes de fazerem algumas perguntas sobre softbol.

Então eles chamaram os nossos pais para nos buscar. Primeiro Marla, depois Henry e Quentin, e, finalmente, Robert. Os pais da Nikki estavam em Singapura, então mamãe a chamou para ficar conosco. Ela não gritou conosco por mentir sobre onde tínhamos ido (havíamos prometido ficar na casa da Nikki). Em vez disso, mamãe ficou em silêncio no carro.

Quando chegamos em casa, mamãe fez sanduíches de queijo grelhado, exigiu que tomássemos banho e dividiu um Xanax em dois, colocando metade na palma da minha mão e metade na da Nikki.

— Ligue para a sua mãe, querida — disse ela.

— Eles vão ficar lá mais uma semana — disse Nikki para mim quando desligou. — Festa do pijama até lá? — Ela deu um sorriso tímido. Estávamos sentadas no sofá da sala da minha casa, uma ao lado da outra, rígidas e desajeitadas. Nunca tínhamos feito uma festa do pijama só nós duas. Shaila sempre estava com a gente. Enrolei os meus braços em volta do estômago.

— Eu não chorei ainda — falei, e fechei os olhos. Então tudo voltou em um lapso. A porta fechada. A escuridão desconcertante. O momento em que percebemos que estávamos sozinhos.

A bile subiu até a minha garganta, e, antes que eu conseguisse cobrir a boca, minhas mãos estavam cobertas por uma lama verde pegajosa. Finalmente as lágrimas se formaram nos meus olhos, e eu estava com o cheiro condizente com o do pior veneno que imaginava.

— Que merda, Jill. — Nikki foi buscar um rolo de toalha de papel, caiu de joelhos e começou a limpar o chão.

— Me desculpa — falei, minha voz embargada.

Ela olhou para mim. Seus olhos não estavam mais brilhantes e contornados por sombra rosa, como na noite anterior.

— Você não tem que pedir desculpas.

Eu me afastei dela no sofá e me perguntei se tínhamos permissão para lamentar o que havíamos perdido ou se esse direito estava reservado apenas aos outros. Estávamos sendo punidas pelo que fizemos? Afinal, éramos cúmplices, não éramos? Nikki deve ter se perguntado também, porque ela estremeceu e se enrolou do meu lado. Seus pés descalços pressionaram os meus, formando um coração com nossos corpos. Ficamos assim o dia todo.

Nikki era muito diferente da Shaila; dura onde Shay era macia, em suas clavículas, em seus quadris. Ela se encolhia de medo nos momentos em que Shay ria histérica, durante filmes de terror e quando ela estava chapada. Mas elas tinham duas características semelhantes. Ambas eram teimosas e leais como cachorrinhos.

Estar com Nikki era como olhar em um espelho de parque: em um momento ela era eu e, no seguinte, era Shaila, até que se transformava de volta em si mesma, mas não mais a Nikki que conheci. Foi chocante, mas tocante na mesma medida, como ver um cachorro de três patas. Fiquei fascinada de uma forma que só me fez querer mais a presença dela.

Ela se tornou presença constante na minha casa, e adquirimos o hábito de dormir de conchinha, alternando em intervalos de uma hora para que seus joelhos fossem pressionados nas costas dos meus, e então os meus nos dela. Dormia com meus punhos cerrados contra os dela, e, quando nos virávamos, eu sentia as suas mãozinhas no meio das minhas costas. Quem acordasse primeiro recuava para o lado até que a outra se mexesse e fosse hora de nos virarmos e nos encararmos.

Naquele primeiro mês sem a Shaila, passamos as madrugadas sussurrando enquanto a névoa de verão aumentava, quente e pesada. Conversávamos, até perder a voz, sobre como a Nikki estava desesperada para se inscrever na escola de moda, qual dos irmãos da Marla era o mais gostoso e como conseguir o melhor bronzeado possível até setembro. Eu traçava as constelações na minha pele, desenhando linhas imaginárias de sarda a sarda até Nikki dizer:

— Faz comigo! Faz comigo!

Mas também havia coisas não ditas. Não contei a Nikki sobre os pesadelos, sobre como as visões de Shaila me assombravam na maioria das noites, ou que muitas vezes eu acordava no meio da noite, suada e ofegante, um grito preso na garganta. E ela nunca soube que eu a ouvia chorando no banheiro em ligação com a mãe, implorando para que ela voltasse da viagem de negócios em que estivesse.

Nenhuma de nós admitia que tínhamos medo de nos esquecermos da Shaila. Às vezes, começávamos as frases com: "Lembra como..." só para testar nossas memórias.

"Lembra como a Shaila andava como se estivesse em uma missão? Ou como sempre peidava quando espirrava? Lembra como a Shaila comia pizza ao contrário, a borda primeiro?"

Estávamos desesperadas para relembrar todos os detalhes dela, mas também estávamos desesperadas para seguir em frente. O esquecimento às vezes é bom, porque voltamos a rir, primeiro por acidente, em reality shows idiotas, depois de propósito, até que nossos estômagos doessem.

Aquele verão foi estranho, a mancha nos nossos registros perfeitos, o período de três meses que tivemos que atravessar para que tudo ficasse bem quando chegasse a hora das inscrições para a faculdade. Supere logo agora, todos diziam, e você ficará bem.

Assim, pela primeira vez na vida, tive o verão livre. Sem acampamento de ciências, sem trabalho de tutora de alunos do ensino fundamental, sem meninas no programa de exatas na faculdade comunitária. Seguindo o conselho do diretor Weingarten, mamãe e papai me deixaram em paz, e foi assim que aprendi o que era o tédio e como ele se misturava de forma diabólica com a tristeza. Juntos, eles se tornaram uma gosma espessa e nojenta que só era remediada, ao que parecia, por vodca com água aromática com gás e beques do tamanho do meu dedo mindinho, enrolados por garotos Cartwright aleatórios que afirmavam ter a *mais pura* da Área do Três Estados. Que alívio enorme perceber que os pais de todos os outros concordaram com esse não tratamento para o nosso trauma.

Juntos, nós seis fomos colocados em quarentena nas praias de Gold Coast. Só Henry tinha emprego, como colaborador da *Gold Coast Gazette*. Em vez disso, nos sentíamos como jovens *normais*, andando de bicicleta no cascalho rochoso procurando caranguejos-ferradura encalhados na areia. Venceríamos essa doença infecciosa, todos decidimos, e, em setembro, voltaríamos para a Gold Coast Prep de olhos brilhantes e prontos para dominar nossas aulas de AP. E, mesmo que tivéssemos sofrido essa perda — *Que tragédia! Que situação sinistra!* —, isto era tudo de que precisávamos: um verão fazendo absolutamente nada, sem consequências e sem estresse.

Tire isso da cabeça, a mãe da Nikki disse a ela quando finalmente voltou de Singapura. Então estaríamos de volta aos trilhos e prontos para agarrar o futuro que estava pendurado à nossa frente. Todos nós, menos Shaila.

Adam foi para Londres naquele verão, estudar no National Theatre com um dramaturgo vencedor do Prêmio Pulitzer de quem eu nunca tinha ouvido falar, mas ele voltou para casa uma semana antes de ir para a Brown. Ele disse que fui a primeira pessoa para quem ligou quando pousou em solo norte-americano.

— Ah, que besteira — disse ele. — Eu esperava que todos vocês já tivessem *superado* isso.

Murmurei em concordância, mas me afastei. Nós nos estiramos lado a lado na praia de seixos próxima ao farol de Bay Bridge, onde a costa forma um ângulo reto no ponto em que recua para o mato. As ondas à nossa frente eram suaves, e a água estava tão clara que, de onde estávamos, dava para ver peixes minúsculos.

— Vamos. — Adam se levantou e tirou a camisa em um só movimento. Pequenas pedras se revolveram. Ele estendeu a mão para mim, e a agarrei com relutância.

Tirei o short e a regata, sem me dar tempo de ficar constrangida pelo biquíni amarrotado que coloquei de manhã, ou de cobiçar seu tanquinho. Cambaleei atrás dele até a água. Em segundos, Adam sumiu, afundando abaixo da superfície.

— Dane-se — falei em voz alta, e entrei também, mergulhando completamente.

A água estava quente como um banho de sol de agosto e, pela primeira vez desde que Shaila morreu, eu fiquei sozinha. Foi aterrador. Abri a boca e gritei no silêncio, deixando musgo, sujeira e sedimentos fluírem para dentro e para fora do meu corpo. Imaginei a Shaila ali comigo, apertando minhas mãos nas dela e balançando a cabeça para frente e para trás, gritando de empolgação e felicidade.

Quando voltei à superfície, Adam já estava de volta à praia, a areia ao redor dele, úmida e escura.

— Se sente melhor? — gritou ele.

— Na verdade, não — gritei de volta.

— Mas ajuda.

Nadei até a costa e me joguei ao lado dele. O chão grudou na minha pele molhada como velcro.

— É uma bela merda — falei, embora não tivesse certeza do que estava falando: da morte da Shaila, da partida iminente do Adam ou da ideia de que devemos viver e morrer todos na mesma vida? Isso não parece demais para uma pessoa?

— O que fazemos agora? — perguntei, tentando silenciar os gritos na minha cabeça.

— Seguimos em frente — disse Adam. — Continue.

Balancei a cabeça, mas não fiz a minha outra pergunta: *Como?*

Seis

VOCÊ TEM CERTEZA *de que não quer ir ao Quentin hoje?*, digito, tentando achar o meio do caminho entre obcecada e casual, desesperada e distante. Adam nunca quer ir às festas dos Jogadores agora que está na faculdade, mas, depois de vê-lo no Diane's, gostaria que ele fosse.

Nada, você dá conta. A galera não precisa de mim nesses rolês. Nos vemos na próxima.

Meu estômago se afunda. Já estou com saudades dele e ele ainda nem foi embora. Enfio o celular no bolso e abro a porta da frente do Quentin. A casa fica em uma rua pequena e arborizada que atravessa a fronteira entre Gold Coast e Clam Cove. Todo mundo chama essa área de Gold Cove. As casas aqui são menores, pintadas nas mesmas quatro cores — azul-marinho, carmesim, bétula ou cinza —, porque isso demarca que compõem uma sociedade histórica. Todas datam de 1825, algumas até de antes.

Todas as caixas de correio nesta rua têm uma pequena placa de ouro pregada, um sinal de que essas casas são *especiais*, de que são *antigas*. E, em Gold Coast, antigo não significa somente empoeirado ou descuidado. Significa que você viu grandes feitos sendo realizados, que aprecia as distinções históricas que a cidade recebeu. Ou que você foi capaz de atrair o agente imobiliário certo vinte anos atrás, quando a cidade as vendeu uma por uma. Se você possui uma dessas casas históricas, significa que é parte de alguma coisa, não importa o que essa alguma coisa seja.

Faz todo o sentido Quentin morar aqui. Chamá-lo de obcecado pela história de Gold Coast é pouco; ele sabe recitar todos os prefeitos desde a Guerra de Independência dos EUA. Seu fascínio foi transferido para a Prep no ensino fundamental, quando ele soube que o fundador da escola, Edgar Grace, veio a Mayflower e acabou definindo a área como um oásis à beira-mar. Acho que a estranha vibração colonial inspira sua arte ou algo assim. Do contrário, por que ele saberia que a linhagem de Grace se acabou no início do século XX, quando todos os seus descendentes, tragicamente, contraíram escarlatina? Tão aleatório! Ele basicamente se tornou o guardião da história dos Jogadores também. Foi o primeiro de nós a memorizar tudo atinente aos Jogadores, recita o cântico de trás para frente e consegue dar informações básicas sobre cada Jogador durante as escalações.

Em casa, são só ele e sua mãe, uma romancista galesa que bebe uísque puro. Seu pai morreu de câncer antes de nos aproximarmos, e Quentin nunca o mencionou. A casa deles parece sempre aconchegante, como uma cabana nas montanhas, embora esteja a poucos quilômetros da praia. As escadas rangem um pouco, e a porta da frente é tão baixa que Quentin precisa abaixar a cabeça ao entrar em casa.

As suas *coisas* estão por toda parte, não são organizadas por um serviço de limpeza contratado duas vezes por semana, como acontece na casa da Nikki ou na do Henry. Até o galpão nos fundos é reconfortante. Já pertenceu a um ferreiro ou algo assim, mas a mãe de Quentin o transformou em um estúdio de arte para ele. Agora, cheira a terebintina e a lápis carvão. A última vez que estive lá, havia retratos de todos os Jogadores. Até da Shaila.

— Porra, finalmente! — Nikki se joga nos meus braços, e a envolvo, enterrando o meu rosto na sua jaqueta jeans. É fina e macia, como couro.

— Me desculpa! — digo, envergonhada. — Pequeno atraso. Adam está na cidade!

— Aaaaah! — murmura Nikki. — Você é tipo a confidente dele. Vem cá! — Ela pega minha mão e nos enreda pela sala, passando pela mesa de canto de madeira recuperada e por uma cesta cheia de cobertores de lã. Mas, antes de chegarmos à cozinha, ela para. — Muita atenção! — declama ela, jogando o cabelo por cima do ombro. Ela o repartiu no meio, está parecendo uma princesa indie. — Robert fez o drink, então... já sabe. — Ela finge desmaiar e seu tom de voz cai para um sussurro. Fica difícil de ouvi-la com a música estrondosa. Faço uma careta.

— Deixa que eu preparo a minha própria bebida, então.

Antes que ela possa responder, sinto alguém se mover atrás de mim.

— Aí está ela. — De rompante, Henry me vira para encará-lo e desliza uma das mãos, quente, pela minha lombar. Seus dedos pressionam minha pele, e eu estremeço.

— Aqui estou eu — digo. O rosto de Henry está corado, mas ele parece confiante, os olhos fixos nos meus, como se realmente estivesse feliz em me ver. Uma onda de doçura floresce em meu peito, e, por um segundo, esqueço que passei o dia inteiro babando o Adam.

— Senti sua falta hoje, J — diz Henry, sua boca fazendo um beicinho de leve.

— Ah, é? — Eu me inclino para ele, deixando-me ser envolvida.

— Talvez só um pouquinho. Quer uma bebida? — Concordo com a cabeça. Henry se vira e grita para a cozinha. — Saiam da frente! Saiam da frente! Jill Newman chegou! E a moça quer uma bebida! — Com isso, a multidão se dispersa, deixando um pequeno corredor para eu seguir em direção à ilha da cozinha. Mas me escondo atrás do meu cabelo enquanto todos me olham. Estar no aquário dos Jogadores às vezes é uma merda.

A MESA DOS JOGADORES

Preparo um drink, tranquilamente, com tudo o que está disponível, enquanto Henry se inclina contra a parede, examinando a sala. Ele ergue sua bebida, como em um brinde, para Avi Brill, seu produtor no canal Prep News, que está parado perto da TV. Parece que ele está tentando colocar algum documentário obsoleto, que, de qualquer forma, vai ficar no mudo.

— Clássico — murmura Henry. Então ele se vira para mim. — Falaram que você estava com o Adam.

Os músculos do meu estômago se retesam.

— É.

Henry bufa.

— O quê?! — pergunto, minha mandíbula se apertando. — Você sabe que nós somos amigos

— Eu sei — diz ele, envolvendo a mão em volta da minha cintura novamente. — É que às vezes eu fico com ciúmes. Eu sinto que ele vai estar sempre na sua.

Ele tá na minha? Meu rosto fica vermelho, e torço para que Henry não perceba.

— Quero dizer... eu entendo. — Henry dá um sorriso preguiçoso, como se sua boca estivesse muito pesada, e desliza um dedo pela abertura dos meus jeans. — Você é a melhor. — Henry dá um gole na sua bebida. — Ele sabe que estamos juntos, certo?

— É óbvio. — Levanto minha mão para acariciar a sua nuca. Henry realmente é um dos bons, lembro a mim mesma, ainda que esteja notável que bebeu uns goles do drink do Robert. — Ele só fica na cidade até domingo. Nem vou vê-lo amanhã. Não é nada demais.

— Eu sei, eu sei. — Henry me puxa para ele com força, e seu corpo parece uma placa de concreto.

— Jura que gosta mais de mim do que dele?

— Juro — sussurro em seu peito. Eu desejo que isso seja verdade. Eu quero que seja. Mas dizer isso agora, em voz alta, é mais fácil do que verdadeiro. A verdade é desnecessária. A verdade é perigosa. — Vamos encontrar o Quentin.

O Henry me segue até o quintal. A música está mais baixa aqui, e as luzes penduradas em varais circundam o gramado do Quentin, dando à festa uma sensação mais suave. Finalmente localizo o anfitrião, sentado no escorregador de infância com Barry Knowlton, o aluno do segundo ano que fez parte da equipe estadual de natação no ano passado. Barry está sentado entre as pernas de Quentin com os olhos fixos nele, como se ele fosse a criatura mais linda do mundo. Quentin passa o dedo indicador pelo queixo de Barry, e eles sorriem como manequins. Envolvidos naquele momento privado, estão totalmente alheios a todos nós, fazendo uma bagunça daquelas no quintal do Quentin. A inveja explode no meu estômago, pela intimidade e doçura deles. Eu me pergunto se as pessoas têm ciúmes do Henry e de mim, do que elas pensam que nós temos.

Não, ah, do que nós *temos*. Nós temos.

Os olhos de Quentin de repente encontram os meus, e ele sussurra algo no cabelo do Barry. Em poucos passos, Quentin está do meu lado.

— Precisamos conversar — diz Quentin, colocando-se entre mim e Henry. — Você também, cara — diz ele a Henry. Sua voz é incisiva e urgente. Nós o seguimos para trás de um monte de arbustos, fora da vista do resto do grupo. Henry e Quentin continuam se olhando, parecendo trocar frases inteiras com os olhos por cima da minha cabeça.

Suas mães foram colegas de quarto na faculdade e se mudaram juntas para Gold Coast para garantir que suas famílias crescessem lado a lado. A amizade de Quentin e Henry é óbvia. Faz com que lutem como irmãos, e enfrentem a guerra e a paz. Mas eles sempre disfarçam tudo facilmente graças a um entendimento inabalável de que estão unidos não por escolha, mas pelo elo anterior a eles. Outro vínculo que está alheio a mim. Não importa quantas piadas internas Quentin e eu façamos ou quantas vezes eu sinta a pele nua de Henry na minha, nunca vou entrar no seu cérebro, como eles fazem um com o outro.

Admiti isso uma vez para Henry quando estávamos deitados na doca atrás da sua casa, durante o verão.

— Eu gostaria de ter o que você e o Quentin têm — falei, preguiçosamente.

— Você tem a Nikki — disse Henry, arrastando as pontas dos dedos sobre o meu estômago arrepiado. Seu toque fez cócegas, e suprimi uma risadinha.

— Não é a mesma coisa. Era assim com a Shaila — falei. Foi a primeira vez que admiti isso em voz alta, que Nikki não era suficiente para substituí-la. Então me ocorreu que eu provavelmente também não bastava.

— Sempre tive ciúmes de vocês duas — disse ele. — Da maneira como as garotas se tornam melhores amigas de uma forma tão natural. É meio estranho entre os homens.

Que coisa estranha de se dizer, pensei. Eles tinham tudo com muito mais facilidade em quase todos os sentidos. Especialmente nos Jogadores. Mas a confissão de Henry me fez gostar mais dele. Ele era delicado, frágil. Antes que eu pudesse apertá-lo, ele se levantou e galopou até o fim do cais, dobrando seu corpo como uma bala de canhão, lançando-se na água, logo abaixo.

Agora, Henry e Quentin se acotovelavam de um jeito agressivo.

— Sim, cara — diz Henry, empurrando o ombro de Quentin. — Vou buscar os outros.

— Vambora. — Quentin aponta para um dos enormes salgueiros-chorões que revestem o pátio. Corremos para abrir suas folhas fibrosas como uma cortina de contas.

— Alguma merda de 007, hein? — digo.

— Você ficou o dia todo sem olhar o celular, né?! — pergunta ele.

— Não exatamente. — Quando Adam e eu estávamos juntos, eu esquecia.

— Há algo que você precisa saber. — Quentin enfia a mão no bolso e tira um pedaço de jornal dobrado. É frágil, um *Gold Coast Gazette* já se desfazendo.

— Onde conseguiu isso? — digo, rindo. Minha família é a única que conheço que ainda recebe o *Times* aos domingos, e isso já é arcaico. Papai diz que ele nunca abriria mão disso.

— Anda, lê. — Ele cruza os braços, impaciente.

Meus olhos tentam focar a página na escuridão, e leva alguns segundos para as letras aparecerem. É curto, poucos parágrafos, mas as palavras drenam todo o calor do meu corpo.

Famoso Assassino Local Faz Apelação

Graham Calloway, o rapaz que firmou um acordo depois de confessar que matou Shaila Arnold, de 15 anos, busca se eximir da culpa três anos após a morte. Calloway, que deve ser transferido para a Prisão Federal de Nova York quando completar 18 anos, em junho, divulgou uma declaração por meio do seu advogado, confirmando a notícia:

"À luz das novas evidências, eu, Graham Calloway, acredito que fui injustamente culpado pelo assassinato da Shaila Arnold. Procurarei um novo julgamento para provar a minha inocência. Objetivo me livrar de todas as irregularidades. Eu não matei Shaila Arnold. Retiro a minha confissão."

A família Arnold não pôde ser contatada para comentar o caso, mas o Departamento de Polícia de Gold Coast emitiu sua própria declaração, mantendo a posição original de seus detetives: "Vamos revisar todas as novas evidências, mas respaldamos nossos detetives que investigaram a terrível morte da Srta. Arnold. Não temos comentários adicionais neste momento."

Olho para cima, atordoada e enjoada.

— Eles estão aqui! — grita Nikki. Ela irrompe pelas folhas, fazendo-as sussurrar ao seu redor. Marla, Henry e Robert são rápidos em seus calcanhares, e todos vêm para o círculo abaixo do salgueiro. Os olhos de Nikki se voltam para o recorte na minha mão. — Ele mostrou a ela.

Minha cabeça gira, e caio no chão, apoiada nas minhas mãos.

— Vocês todos sabiam? — gaguejo.

— Eu tentei ligar para você hoje, mas... — A voz da Nikki some.

— Como Nikki não conseguiu falar com você, pensamos que seria melhor falar sobre isso pessoalmente — diz Marla, com delicadeza.

— Você está bem? — sussurra Henry. Ele repousa a mão delicadamente no meu ombro, e seu hálito embriagado esquenta a minha orelha.

— O que isso significa? Minha voz sai rouca, e não consigo entender as minhas próprias palavras.

Por um instante, ninguém diz nada, e tudo o que podemos ouvir é a festa que continua sem nós.

— Ele é mentiroso — diz Robert, finalmente, seu punho envolvendo firmemente uma caneca. — Nós estávamos lá. Todos nós sabemos que foi ele.

Todos ficam em silêncio por um momento. Eu me pergunto se eles estão tentando apagar as memórias daquela noite. Como o fogo cheirando a borracha queimada. O olhar firme e impassível de Shaila antes de tudo começar. Minhas mãos em torno dos seus punhos. Seu passo feroz ao se afastar pela última vez.

— Que besteira — diz Nikki, remexendo a sujeira com o seu coturno. — É claro que ele tem que voltar e arruinar o nosso último ano. — Ela torce o nariz como se a coisa toda fedesse demais, o que não está errado. — Como presidente do conselho estudantil, vou falar com o diretor Weingarten sobre isso na segunda-feira. De jeito nenhum isso vai afetar o resto do nosso semestre!

— Não podemos nos envolver. Não vale a pena — diz Quentin. Ele balança a cabeça e pega uma vareta, arrastando-a pelo chão. — Não com as inscrições para a faculdade chegando.

— Mas e se Graham estiver dizendo a verdade? — digo, baixinho. Cinco pares de olhos se voltam para mim.

— Você não pode estar falando sério. — Henry ri.

— Você é o jornalista — digo. — Não está nem um pouco curioso? Não quer saber o que aconteceu?

A boca de Henry forma uma linha reta.

— Nós já fizemos isso.

— Vamos fazer um acordo de *não* pensar nisso, nenhum de nós? — implora Nikki. — Vamos esquecer isso, ok? Se o ignorarmos, o resto da Gold Coast também o fará. É assim que as coisas são e todos vocês sabem disso.

As cabeças acenam ao meu redor e, uma por uma, elas se levantam e vão embora.

— Vamos, querida — diz Henry, me estendendo a mão. Balanço a cabeça.

— Só me dê um segundo, tudo bem?

Ele acena com a cabeça e volta para a casa. Encolhida na árvore, sozinha, quase esqueço a festa ao meu redor, os outros Jogadores, os subs que querem ser nós, os incontáveis pops vis que completamos para chegar até aqui. Observo meus amigos voltando para dentro. Somos tudo o que temos. Quero protegê-los dentro do meu coração e mantê-los por perto. Quero amarrá-los a mim para mantê-los seguros. Fazer o que não conseguimos fazer pela Shaila.

A MESA DOS JOGADORES

Talvez eles estejam certos. Não vale a pena relembrar o passado. Mas há algo que simplesmente não consigo jogar para debaixo do tapete. Pego meu celular, mão instável, e olho as mensagens da Rachel.

Graham não matou a Shaila. Ele é inocente.

Meu celular parece pesado na minha mão, muito pesado para eu segurá-lo, e o céu começa a girar acima de mim.

— Jill, você está bem? — Henry retorna e se ajoelha ao meu lado. Sua mão desliza pelas minhas costas, a parte desnuda, que a camiseta não cobre. Isso queima a minha pele. Concordo com a cabeça.

— Bebi muito rápido — digo, apontando para o meu copo.

— Vou pegar um pouco de água.

— Obrigada —, murmuro.

O chão está molhado e duro sob minhas mãos, e eu me levanto, ficando de pé, dando uma última olhada no que Rachel disse.

Você não faz ideia do tamanho da merda. Podemos conversar?

Na primeira vez que falei com Rachel, achei injusto ela ter que respirar o mesmo ar que eu. Ela era impressionante, maçãs do rosto muito altas para alguém que usava um uniforme de colégio todos os dias, e olhos tão escuros que mal dava para ver as pupilas. Seus cabelos sempre estavam ondulados de uma forma que parecia que uma cascata descia pelas suas costas. Quando cortei o cabelo naquele ano, mostrei à cabeleireira sua foto de turma como inspiração. Mas a minha juba nunca foi tão alinhada, sempre um pouco rebelde.

Ela me encontrou na biblioteca um dia no início de outubro do meu primeiro ano, com *Odisseia* aberto na minha frente. Bati o punho contra a mesa, esperando que, por algum milagre, eu absorvesse as duzentas páginas finais em trinta minutos, antes da nossa prova. Meu

GPA estava prestes a despencar e, pela primeira vez, tive medo de perder a bolsa de estudos, tudo parecia sair do meu controle.

Planejei ficar acordada até as 3h da manhã para estudar, mas adormeci com o livro grosso espalhado sobre o meu peito e com todas as luzes ainda acesas. Acordei em pânico quando o despertador soou, às 6h07. Foi preciso um esforço hercúleo para eu não cair em soluços ali mesmo nas pilhas de livros.

— Você está um lixo — disse Rachel. Ela apoiou as mãos no livro e se abaixou para que eu pudesse ver o topo do seu decote aparecendo por cima de um sutiã preto rendado. — Beaumont? — perguntou ela.

Fiz que sim. Uma bola parou na minha garganta. Engoli em seco.

— Você conhece o Adam, certo? Você é amiga da Shaila?

Concordei com a cabeça mais uma vez.

— Legal. — Rachel desapareceu, e o meu rosto ficou quente, mortificado achando que ela correria para o Adam para dizer a ele como eu era estranha e nojenta. Que otária estragou tudo de forma tão épica? Um minuto se passou e depois outro, e então Rachel estava parada na minha frente, segurando dois pedaços de papel. — Pega — disse ela.

— É um padrão. A primeira resposta é A. A segunda, B. A terceira, C. Tipo shampoo, enxaguar e repetir. Bem, já deu para entender o cenário. Ele está usando o teste da Sra. Mullen do ano passado. E do anterior. Ela nunca muda isso.

— Quê?! — sussurrei, incrédula por ela *ter* as respostas. Rachel sorriu.

— Confie em mim. Decore e dê um fim. Se alguém te pegar com isso, estamos perdidos, entendeu? — Pensei em como mamãe e papai ficariam desapontados se eu fosse pega trapaceando, se fosse suspensa ou coisa pior. Como eu seria capaz de viver comigo mesma? Mas então me imaginei sendo reprovada no teste, perdendo minha bolsa da Gold Coast Prep e todas as conexões com a faculdade e o status e... a parte mais preciosa da minha vida estaria perdida. Meu peito ba-

A MESA DOS JOGADORES

tia forte enquanto eu lutava com o que estava prestes a fazer. Peguei os papéis em minhas mãos trêmulas. — Você me deve uma — disse Rachel com uma piscadela antes de se afastar, os seus quadris balançando a cada passo.

Na semana seguinte, quando o Sr. Beaumont jogou um papel corrigido na minha mesa, os números vermelhos circulados proclamavam um 98.

— Muito bem, Jill. — Troquei uma resposta para tirá-lo do meu rastro. Eu deveria ter ficado exultante, mas na verdade não consegui sentir nada. Enfiei a prova na mochila e tentei esquecer o que havia feito.

Rachel estava certa, no entanto. Eu retribuiria ao longo daquele ano em vários pops, como pegar seus donuts favoritos no Diane's e pesquisar seu trabalho final de história sobre a Guerra do Vietnã. Até passei o seu vestido de baile para que ela posasse para fotos perfeitas com Adam.

Levaria meses até que eu soubesse todo o escopo dos Arquivos dos Jogadores, como todas as respostas para pequenos testes como aquele. Foi a única vez que usei.

O verdadeiro poder estava nas áreas cinzentas, na qual os ex-Jogadores repassaram o acesso a uma rede de dicas explícita e de alto nível, como atestados médicos provando que você precisava de tempo extra em testes padronizados (Robert e Marla usaram esses) e informações sobre quais departamentos das faculdades gostavam dos Jogadores (um graduado que foi Jogador desde os primeiros anos agora trabalha no programa de artes de Yale; Quentin troca e-mails regulares com ele há meses). Havia até um roteiro sobre como se sair bem em um estudo de caso dado pelo reitor de admissões da Wharton (Henry enlouqueceu ao descobri-lo).

Se toda a manobra da Gold Coast Prep era preparar você para o resto da vida, os Arquivos dos Jogadores davam um passo adiante. Eles o tornavam invencível.

Não recebemos a senha do aplicativo que os abrigava até sermos totalmente iniciados, mas, ao longo do primeiro ano, tivemos amostras do seu poder, como quando um veterano sentiu pena de nós. Shaila nunca tocou no aplicativo. Ela não precisava disso. Quando recebi aquela prova de inglês de volta, Shaila esticou o pescoço para ver a minha pontuação. Ela sorriu em aprovação.

— Da próxima vez, talvez você consiga um 100. — Ela cerrou os dentes e puxou uma cutícula perdida entre o polegar e o indicador. — Só não vá me passar — disse ela. — *Eu* sou a primeira da turma.

Consegui sorrir e esperei ela começar a rir, mas ela sustentou meu olhar com frieza antes de desmontar completamente.

Era óbvio que a Shay era inteligente. Ela fazia as aulas para alunos avançados desde o ensino fundamental, e os pacotes de deveres de casa que me tomavam dias ela resolvia em poucas horas. Inglês era sua matéria favorita. Era comum ela pular o grupo de estudos para procurar o Sr. Beaumont, que ela chamava de "Beau". Ele indicara Shakespeare como preparo para o SAT, disse ela. Ela saía das salas de aula com cópias desgastadas de *A Tempestade* e de *Rei Lear* e com aquele sorriso de vitória.

Depois de um pop particularmente cansativo em que tivemos que ficar no oceano em novembro vestindo apenas biquínis enquanto cantávamos "Let's Get It On", de Marvin Gaye, por uma hora, perguntei à Shay por que ela queria ser uma Jogadora, por que seguir em frente com todas as coisas difíceis se ela não fosse colher as recompensas reais. Ela enrolou uma toalha felpuda em volta do corpo e olhou para mim com uma expressão perplexa e os lábios trêmulos, que haviam tomado um tom pálido de azul.

— Nunca me diverti tanto — disse ela.

Ela morreu com um GPA perfeito.

A MESA DOS JOGADORES

Shaila estava destinada a Harvard. Estava basicamente no seu sangue. A Sra. e o Sr. Arnold se conheceram nos jardins de Harvard. Ouvi a história apenas uma vez, da Sra. Arnold, depois que ela engoliu alguns martínis no aniversário de 14 anos da Shaila.

A mãe de Shaila, antes conhecida como Emily Araskog, era uma doce menina que se mudara para Cambridge para estudar em Harvard no Upper East Side de Manhattan, onde viveu toda a sua vida em uma cobertura com vista para o Central Park. Ela cresceu com um mordomo que usava luvas brancas e um elegante uniforme cinza, completo, com um chapeuzinho que ele inclinava quando ela passava pelas portas ornamentadas, de ferro forjado.

Vem de berço, sussurrara mamãe para papai quando ela conheceu a Sra. Arnold. Descendente de *protestantes anglo-saxões brancos*, a linhagem britânica tradicional que dominou por anos a sociedade norte-americana. Aquilo era verdade. A linhagem dos Araskogs remonta ao Sino da Liberdade, disse a Sra. Arnold.

Um dia, Emily estava sentada em um banco no pátio arborizado de Harvard quando uma bola de futebol a atingiu bem no rosto, derrubando-a no chão. Quando ela olhou para cima, em estado de choque, um homem loiro em um moletom carmesim estava de pé sobre ela.

— Gil Arnold — disse ele, depois de se desculpar profusamente.

Ele levou Emily para jantar e beber, e o resto é história. Eles se casaram uma semana após a formatura, e os Krokodiloes, o grupo *à capella* mais antigo de Harvard, tocaram na festa. Em poucos anos, Gil construiu um fundo de hedge multibilionário em Manhattan, e os Arnolds decidiram fincar raízes na cidade natal de Gil, Gold Coast.

Emily estava hesitante em deixar Manhattan e os amigos próximos dos dois, os Sullivans, cuja filha Kara começou a engatinhar com a bebê Shaila. Mas o outro amigo de infância de Gil, Winslow Calloway, tinha acabado de se mudar e conseguido um terreno na praia. Não seria bom se juntar a eles e estar perto do oceano, com todo aquele espaço? O fato de seus filhos poderem estudar na melhor escola particular da Costa Leste, que ficava a poucos quilômetros de casa, fez Emily se decidir de vez.

E, assim, Shaila foi doutrinada com orgulho carmesim desde o momento em que emergiu do útero de Emily Arnold, nascida Araskog. Envolvida em um cobertor vermelho-rubi, a pequena Shaila foi informada de que seria seu destino seguir os passos de seus pais.

Vinte e quatro horas após a notícia sobre Graham, estou deitada na cama olhando para o meu celular. Rolo a tela de mensagens, passando mensagens de *adios* do Adam antes de voltar para a faculdade e pelo *durma bem, meu anjo* do Henry, até chegar ao número desconhecido, da Rachel.

Eu me pergunto se ela tem pensado em mim tanto quanto tenho pensado nela. Ela sabe que acabaríamos vendo o artigo do *Gazette*, mas será que sabe que ninguém pretendia mexer nisso?

Digito o que quero dizer e fico olhando as letras dançando na tela. Vislumbro Shaila na manhã da iniciação, tomando um gole de café, rindo, a efusão percorrendo os seus membros. Eu a vejo claramente quando fecho meus olhos. Seu rosto solar e os cílios longos e grossos, desafiando-me a traí-la respondendo à Rachel. Mas também vejo os Jogadores, e todos nós prometendo ontem à noite que não nos envolveríamos nisso. Ouço a voz reconfortante do Adam. "A Rachel é maluca", disse ele no Diane's.

Mas e se ela não for?

Mordo o lábio e fecho meus olhos, empurrando Shaila, meus amigos e até mesmo Adam da minha mente. Tomo uma decisão. Eu lhes dou as costas, a todos eles.

Sim, podemos conversar.

Clico em enviar.

Sete

— **CHAMO ISSO** de reunião dos Jogadores sob encomenda! — diz Nikki, batendo um martelo de plástico na mesa de centro. Nós seis estamos esparramados pela sala de estar dela, no primeiro tribunal oficial do ano. Pilhas de bagels e chimia, cortesia do cartão de crédito dos pais dela, estão empilhadas sobre a mesa. Mas ninguém está pronto para começar.

Henry se senta no chão entre as minhas pernas e rola o Twitter furiosamente, lendo uma matéria do seu jornalista favorito do *New Yorker*, que acaba de publicar uma nova investigação.

— Mano, esse cara é uma lenda — murmura Henry. — Eu mataria para entrevistá-lo sobre terceirização.

Afago sua cabeça como um cachorrinho.

— Cara, acho que consigo colocar vocês em contato — diz Robert. — Meu pai conhece todos esses redatores.

— Seu pai conhece todos os redatores do *New Yorker*? — pergunta Quentin, cético.

— Aham, sim. Cresci na cidade, sabe como é.

— Não! Sério? — diz Nikki, fingindo surpresa. — Nenhum de nós fazia ideia.

— Lembre-se de quem comprou falsificações para vocês neste verão — diz Robert. — Eu sou influente.

JESSICA GOODMAN

Todos nós resmungamos e reviramos os olhos, empurrando uns aos outros com cotovelos e travesseiros. Verifico meu celular, mais por ansiedade do que por necessidade, mas não há nada nele. Esperar que Rachel responda está sendo uma tortura.

Ninguém menciona o Graham nem o artigo na *Gazette*. Em vez disso, fingimos que nada aconteceu, como se pudéssemos continuar com os rituais normais dos Jogadores, como de costume. Resolver as coisas é uma tradição da Gold Coast, e estou feliz em seguir o exemplo. Ninguém precisa saber que enviei uma mensagem ao inimigo.

Desvio minha atenção para Marla, que olha fixamente para a tela em seu colo, o portal de admissões de Dartmouth aberto na frente dela. Ela fez a pré-inscrição com a esperança de entrar no time de hóquei na grama.

— Você sabe que não teremos notícias por alguns meses, né?! — sussurro. As admissões ainda estavam tão distantes que tive que me esforçar para não pensar nelas. Marla joga a cabeça para trás contra o sofá.

— Ah, eu sei. É que estou obcecada por isso.

Quentin resmunga perto de nós.

— Sei lá. — Ele submeteu seu portfólio ao programa de arte de Yale e também está morrendo de vontade de ter um retorno. — Nada a ver termos que esperar eras por uma resposta.

Descanso minha cabeça no ombro macio de Quentin e afasto da minha cabeça os pensamentos sobre estar na Brown com o Adam, arrasar no exame de bolsa de estudos para Mulheres em Ciência e Engenharia, que eu só conseguiria fazer *se* estivesse lá. É muita coisa na minha cabeça.

— Ei, olá — grita Nikki antes de bater o martelo de novo. — A Toastmaster vai falar. — Como presidente do Conselho Estudantil e Toastmaster dos Jogadores, com certeza, o poder subiu à cabeça dela.

Quentin resmunga e joga um travesseiro nela.

— Chegou a hora. Temos que escolher os calouros — continua ela. Marla larga o telefone e se endireita. Robert bate palmas e soca o ar.

A MESA DOS JOGADORES

— Carne fresca! Vamos lá!

Nikki abre uma pasta verde puída e tira uma pilha de papéis contendo fotos e biografias de todos os candidatos a calouros. O fichário fora passado de Toastmaster para Toastmaster por sabe-se lá quanto tempo. Talvez o Sr. Beaumont até tenha visto. Ele contém todas as regras oficiais dos Jogadores: como nomear os calouros, canções e cânticos específicos que tivemos que aprender, diretrizes para criar pops e, é claro, as regras de iniciação. Apenas os veteranos têm permissão para ver o fichário, e, quando o Toastmaster do ano passado, Derek Garry, o passou para Nikki antes de ir para Yale, ficamos horas examinando seu conteúdo. Quando chegamos à seção de iniciação, examinamos desesperadamente, em busca de respostas para o que havia acontecido, mas não havia nada.

Hoje, estamos presos no capítulo de nomeações. Ouvimos que todo o maldito processo pode levar horas. Lembro que Adam me disse que levou o fim de semana inteiro, e eles ficaram duas noites seguidas escolhendo o nosso time. Mas Derek usou a mesma linha no ano passado.

— Estão preparados para isso? — diz Nikki, um sorriso se espalhando por seu rosto. Ela passou o verão memorizando o fichário, preparando-se para nos conduzir para um novo ano. Ela estava pronta para finalmente controlar os Jogadores. *Este ano será diferente.*

— Primeiro, Sierra McKinley. Quentin, ela é sua caloura. Qual é a dela?

— Sierra está na minha aula de desenho avançado, AP, como caloura, o que é incrível, e ela é realmente supertalentosa. Eu disse isso a ela na semana passada, e ela não ficou tão nervosa quanto os outros calouros quando falo com eles. Ela só agradeceu e desenhou um pássaro insano, e eu fiquei, tipo, "caramba, isso é demais". Além disso, ela é herdeira daquele hospital perto do pedágio, com quase três hectares de acesso à praia. Mamãe foi lá no 4 de Julho do ano passado e eles soltaram seus próprios fogos de artifício. Tem uma casa de festas muito boa.

Nikki sorri.

— Alguém discorda?

— Ela não vai dar conta! — grita Robert.

— Por que isso, idiota? — pergunto. Ele sorri.

— Você não gostaria de saber.

— Nos teus sonhos, Robert. — Nikki endireita as costas e joga os cabelos sobre os ombros. Foi uma semana ruim para eles. — Próximo, Bryce Miller. — Ela aponta para mim. — Sua escolha?

— O irmão do Adam — digo, explicando. As cabeças ao redor da sala acenam, mas Henry olha para baixo e volta para o Twitter. — No começo eu achava ele um merda, mas ele tem sido muito legal com o Jared, trazendo-o para o ensaio da banda e outras coisas. Estou nessa!

Nikki balança a cabeça em absoluta seriedade.

— Opiniões? — Suas sobrancelhas se erguem para o grupo.

— Escolha óbvia — diz Marla, e agradeço-lhe silenciosamente por me apoiar. — Ser lendário está no seu sangue.

— Tudo bem, então — diz Nikki. — Continuando. — Nikki passou as três horas seguintes conferindo mais uma dúzia de nomes. Discutimos a suspeita alergia a glúten de Gina Lopez, a excessiva coleção de tênis de Carl Franklin, as tentativas realmente boas de Aditi Kosuri de ser uma influenciadora de moda e o surto de crescimento selvagem de Larry Kramer que o levou a perto da marca de 2,10m nesta primavera. Os meninos exigem uma pausa de trinta minutos para uns arremessos de basquete, enquanto Marla, Nikki e eu descansamos ao lado da piscina com um saco de Cheetos e uma caixa de Pocky.

— Estamos quase no Jared, Jill — diz Nikki, limpando o pó de queijo de seus dedos. — O que você quer fazer?

Marla endossa.

— Como eu disse, ele é bem fofo. — Ela ri.

— Mar, eu juro — digo, e dou um tapa em seu braço. Tento organizar os pensamentos. — Nós decidimos que as coisas seriam diferentes.

Que nós seríamos diferentes. Nikki, você é a Toastmaster agora, a primeira garota *desde sempre*. Portanto, estamos no comando.

Elas concordam com a cabeça.

— Eu o quero aqui, se essa promessa ainda estiver de pé — digo. — Nada de ruim pode acontecer a ele ou a qualquer um dos outros. Podemos mudar tudo. Podemos tornar isso divertido, do jeito que deveria ser.

— Ah, por Deus! — diz Nikki. — Vou fazer de tudo para isso.

— Se for o caso, se for realmente o caso, estou totalmente dentro — digo.

Tudo vai ser diferente.

Jared é votado, obviamente, com Sierra, Bryce e alguns outros.

Dou as boas notícias ao Adam.

Aí sim, hein? Aí sim!, responde ele no ato.

Sossega, hein. Queremos que seja surpresa.

Obv, Newman. Sei bem como é... queria estar aí pra comemorar com você.

Meu coração palpita.

Eu também.

Aproveite ao máximo. Como nunca. Ponto-final. O tempo todo. Você sabe das coisas.

Terminamos o dia com pizza e pãezinhos de alho nos pratos de papel na sala da Nikki. Ela coloca um filme antigo do Adam Sandler e ficamos deitados preguiçosos até que o running back do time do colégio, Eli Jaffe, manda mensagem em um grupo com sessenta pessoas dizendo que ele está organizando um torneio de beer pong de última hora. Henry, Robert e Marla pulam para ir até lá, mas Quentin, Nikki e eu ficamos para trás e nos acomodamos para uma maratona de *Real Housewives*.

— Essa merda de Toastmaster é exaustiva — diz Nikki, esparramada no sofá, o pequeno martelo ainda ao seu lado. — Ainda mais do que o conselho estudantil. Pelo menos, lá ninguém me questiona.

— Para de charme — diz Quentin. Sua barriga está coberta de migalhas perdidas de pizza. — Você ama isso.

Nikki afunda ainda mais no sofá.

— Maldição, eu amo. Desta vez, no próximo ano, seremos a escória do lago, de volta ao fundo, depois de anos subindo até o topo. Você está louco se acha que não vou saborear cada segundo. Não estou pronta para voltar.

Pego a mão dela e a aperto.

— A noite de iniciação vai ser incrível — murmura Quentin.

Ele tem razão. É a minha favorita, desde que tivemos a nossa. É uma grande festa na praia, a única cheia de esperança e expectativa, em vez de pavor.

Nossa iniciação aconteceu em uma noite quente de outubro, quando o tempo estava começando a mudar. Shaila sugeriu que todos nos reuníssemos na casa da Nikki, já que seus pais estariam fora, e Nikki aproveitou a chance de ser anfitriã pela primeira vez, de ser uma líder.

Ela abriu uma garrafa de tequila, e todos nós tomamos alguns goles, medindo nossas doses. Eu era próxima de Shaila, Nikki e Graham, é claro, mas foi a primeira vez que saí com Robert e Marla fora da escola. Ninguém sabia disso, mas Robert sempre me intimidou. E Marla ainda era nova, isolada dos grupos formados de amigos. Nessa época, Henry era só o garoto bonito e magro do canal de notícias da escola. Ele ainda tinha que jogar lacrosse no time do colégio ou preencher sua moldura de 1,80m. E Quentin era seu melhor amigo, o artista, cujas pinturas estavam penduradas nos corredores do ensino fundamental. Mas de alguma forma, por algum motivo, Adam, Jake, Rachel e o resto dos Jogadores mais velhos escolheram a nós oito e mudaram as nossas vidas para sempre.

Naquela noite, olhei em volta para o estranho grupo e me perguntei o que cada um de nós tinha a oferecer. Eu me perguntei o que me tornava especial. Por que fui escolhida, em vez de um dos meus 82 outros colegas. Todos os outros pareciam tão prontos, tão vivos, que meu coração se encheu de afeto. Eu esperava que eles se tornassem uma família ou algo parecido.

Depois de uma hora, o celular de Graham vibrou com o sinal verde da Rachel. Ele sussurrou algo no ouvido de Shaila, e os dois começaram a rir. Nikki revirou os olhos para mim e compartilhamos um sorriso irritado de deboche. *Típico casalzinho merda.* Então Graham pigarreou.

— Vamos.

Ele nos conduziu em fila única por trás da casa da Nikki, onde a grama tocava a areia, antes de virar praia. A partir dali, sua casa parecia um OVNI, caída no chão por acaso. Nós oito continuamos em silêncio, guiados pelo céu escuro e por um milhão de pequenas estrelas.

Olhei para cima buscando Orion, depois, Áries e a Ursa Menor. Cada uma delas me deixava à vontade, sinais reforçados de que *tudo ficaria bem.* Meu estômago embrulhou, e me senti à beira de um precipício. Eu sabia que aquela era a noite que esperei por toda a minha vida. Era o meu destino. Foi a Via Láctea mais brilhante que já vi. Continuamos marchando pela areia em silêncio por mais 1km, até que ouvimos os sons de pessoas bêbadas que pensavam estar sussurrando.

— Shhh! Eles estão vindo.

Uma fogueira acesa apareceu, e logo percebemos o som granulado de alguma música house vindo de um alto-falante portátil. Graham parou quando dois faróis se aproximaram. *Merda*, pensei. *Polícia.*

Shaila agarrou a mão dele no escuro, e eles colaram os ombros, o brilho aumentava.

Mas não havia uniformes nem sirenes. Um carrinho de areia parou, e alguém saiu. Apertei os olhos na escuridão. Era o Adam. Seus olhos encontraram os meus, mas ele não sorriu, não mostrou nenhum sinal de que tinha me reconhecido.

— Fiquem quietos — disse Adam, sua boca em uma linha cruel. — Sigam-me e façam o que eu disser. Se não fizerem, haverá consequências. — Ele olhou para mim novamente antes de virar o carrinho, voltando para as chamas.

Corremos atrás dele, respirando pesadamente para acompanhá-lo.

O fogo ficou mais alto à medida que nos aproximávamos, e, quando estávamos bem na frente dele, senti como se tivéssemos encontrado o centro da Terra.

— Em fila! — gritou Adam.

Subimos em uma fileira, e me vi entre Nikki e Shaila, tão perto que meus dedos roçavam os delas. Meus olhos se ajustaram e vi rostos familiares. Rachel. Jake. Tina. Derek Garry. Eles ficaram de pé representando a classe, um punhado de alunos do segundo ano à direita, um punhado de alunos novatos à esquerda e os do último ano no meio, com os braços cruzados, segurando garrafas. Eles pareciam prontos para uma luta. Adam pigarreou.

— Jogadores.

As vozes aumentaram em uníssono, eu entendi as palavras, nítidas e ritmadas.

> *Gold Coast Prep, ouça nosso lamento*
> *Aqui nascidos e criados até morrermos*
> *Por anos e anos, nosso belo mar*
> *Tem nos sustentado e nos mantido livres*
> *Do mato às ondas e do anoitecer ao amanhecer*
> *Subimos e caímos, como reis e peões*
> *Lemos todas as regras, nós as aprendemos bem.*
> *Somos Jogadores até o fim, gritamos.*

Um arrepio percorreu a minha espinha, e a areia se estendeu diante de nós, ecoando as palavras entoadas. O vento farfalhava a grama alta das dunas, e as ondas batiam na costa. E então Jake falou:

— Vocês foram escolhidos pela classe sênior deste ano para serem Jogadores. Mas isso não significa que vocês já o *são*. Significa apenas

A MESA DOS JOGADORES

que achamos que têm potencial. Este ano vocês enfrentarão desafios; alguns divertidos, outros... *não*. Se conseguirem passar por eles, se decidirem continuar, então *serão* Jogadores. Vocês terão acesso a coisas com as quais nem sequer sonharam.

Ao longo da borda do círculo, os outros Jogadores acenavam com a cabeça em movimentos solenes. Parecia que Jake estava nos oferecendo o mundo.

Mas o que teríamos que fazer para obtê-lo?

— Primeiro, vocês precisam provar o seu valor — continuou ele. — Terão que nos mostrar que valem a pena, que merecem. Aqueles que estão diante de vocês já passaram por tudo. — Ele gesticulou indicando atrás dele, oito em cada grupo. Sombras dançaram em seus rostos.

— Trabalhamos muito para fazer deste grupo o que ele é, para defender os valores e a base dos Jogadores que estão diante de nós. — Ele fez uma pausa e deu um sorriso diabólico, que fez os cabelos da minha nuca se arrepiarem. — Nós também nos divertimos muito.

Aplausos explodiram ao redor.

— Façam o que dissermos, ouçam a mim, seu Toastmaster, e vocês ficarão bem — continuou Jake. — Estão prontos? — Ele ergueu um copo de plástico.

— Sim! — disse Shaila. Sua voz soou sozinha, sólida, e saltou contra o fogo crepitante.

— Muito bem! — disse Jake. — Você ganha o primeiro gole, então. — Ele piscou para ela, e senti a tequila espirrando no meu estômago. Dei uma espiada em Adam, parado ao lado de Rachel, encolhido contra ela para se aquecer. Suas bochechas estavam vermelhas, e eu queria que ele me visse, para lembrar que estávamos nisso juntos. Mas seus olhos pousaram em Shaila, curioso para saber se ela morderia a isca.

Jake caminhou em direção a Shaila e afastou os cabelos castanho--claros dos olhos. Ele entregou a ela um jarro de vidro cheio de um líquido claro. Ela deu um bom gole, mas não tossiu, nem arrotou, nem fez nenhum barulho.

— Excelente — disse ela, gerando risinhos ao redor do círculo.

Quem é essa caloura? Corajosa!, eles devem ter pensado. Eu queria que aquela caloura fosse eu.

Shaila me passou a jarra, e finalmente senti o olhar do Adam. Bebi e contive o nojo o melhor que pude. Cheirava a piercing de orelha sujo e tinha gosto de suor, sal e dos meus próprios fluidos. Eu o entreguei e senti fogo em meus pulmões. Mais tarde, descobri que esse era o nosso primeiro pop. Nós tínhamos passado.

— Agora — disse Jake. — Vamos nos divertir um pouco. Só começa de verdade amanhã. — Ele acendeu um isqueiro, e os Jogadores romperam a formação rígida. Alguém lançou um minúsculo fogo de artifício no ar, e ele explodiu no céu. A praia ficou em silêncio por um minuto, e então um estudante do segundo ano gritou: — Vamos lá! — Bem na hora, a música ficou mais alta, estridente na noite.

— Preparada? — disse Adam no meu ouvido, de repente do meu lado. Seu cabelo estava úmido, e a areia grudou nas pontas. Ele era o verdadeiro Adam de novo. Meu Adam, com seu grande sorriso com covinhas. Balancei a cabeça e senti a bebida percorrer os meus membros.

— Estou tão animado por você! — disse ele. — Vamos lá. — Ele agarrou a minha mão e me levou para um círculo de novatos. Fui envolvida em um abraço tão forte que mal conseguia respirar. Antes de me soltar, Adam recuou para o lado da Rachel e passou o braço pela cintura dela. Ela dançou na frente dele e riu quando ele a girou. Quando ela viu que eu estava olhando, correu e colocou os braços em volta de mim, me apertando forte.

— Eu sabia que você entraria — disse ela, sua voz suave e elétrica sobre a música. — Bem-vinda ao começo da sua vida!

— Valeu — consegui dizer. Seus olhos procuraram os meus, e seus lábios estavam rachados pelo vento. Ela havia amarrado o cabelo em um coque alto, de modo que pequenas mechas de seu cabelo escuro caíam perfeitamente ao redor de seu rosto. Ela era magnética.

— Quer saber um segredo? — sussurrou Rachel, inclinando-se no meu ouvido. Sua respiração estava quente na minha pele.

Concordei.

— Você é exatamente como eu — disse ela suavemente, com uma voz maternal. — Assustada. Jovem. — Meu estômago afundou. Nada disso parecia coisa boa. — Mas você vai sobreviver — continuou ela. — Nós somos as mais fortes.

Suas palavras não fizeram nenhum sentido na hora, e, em um instante, ela se foi voando pela areia até a Shaila. Elas se conheciam praticamente desde o nascimento, e, naquela noite, Rachel a abraçou como se fossem irmãs. Eu me perguntei quais segredos elas compartilhavam.

Foi um momento muito íntimo para assistir. Desviei meus olhos e olhei para o céu. A lua cheia pairava alta e grande como um navio, direcionando as estrelas para iluminar seus holofotes mais intensamente sobre nós.

Quando criança, eu vinha a este trecho da praia com meus pais para fazer castelos de areia com Jared, fingindo que éramos criaturas do mar profundo procurando um novo grandioso lar. Nós nos revezávamos sugando nossas bochechas e transformando nossos rostos em pequenas bocas de peixe, pressionando nossas palmas para fora como nadadeiras. Acenávamos para os adolescentes com blusões da Gold Coast Prep que chegavam bem quando estávamos arrumando nossos baldes e pás, tirando a areias das nossas bundas com toalhas úmidas. *Eles parecem tão velhos!*, eu pensava.

— Você será um deles um dia — dizia minha mãe como se lesse a minha mente. Mas, na época, ser um deles parecia impossível.

Oito

— **JARED!** — grito quando abro a porta. É quase meio-dia e estou faminta, mesmo depois de ter devorado meia pizza na Nikki ontem à noite e outra fatia esta manhã. Como ninguém responde, corro escada acima e bato na porta do seu quarto.

— Anda, vamos! — chamo. — Acorda!

Ouço um gemido abafado pela porta. — Não.

— Vou levá-lo ao Diane's.

Mais suspiros pesados. Mas, em poucos minutos, Jared consegue colocar os jeans, o boné de beisebol sobre o cabelo emaranhado e ficar apresentável o suficiente para ser visto em público.

— Serve assim?

Jogo as mãos para cima.

— Serve demais. Vamos.

Quando chegamos ao restaurante, pego a minha mesa e a do Adam, aquela com uma ranhura grossa no meio de um dos assentos, e me arrasto até encostar o ombro na parede. Jared faz o mesmo.

— A que devo a honra de receber *dois* Newmans hoje? — pergunta Diane, sorrindo. Seu cabelo ruivo está particularmente luminoso hoje, aninhado contra o quepe de garçonete, e sua pele está úmida e cora-

A MESA DOS JOGADORES

da, como se ela estivesse correndo desde o amanhecer. — Que alegria, vocês dois!

O rosto de Jared fica vermelho, e eu rio.

— Você sabe que é a melhor pessoa da cidade, né, Diane?

— Não sei mesmo! — Diane joga a cabeça para trás e balança os ombros. Alguém atrás da grelha solta uma gargalhada. — O que vai ser?

— O da casa para mim — diz Jared. — E um café.

Minhas sobrancelhas se erguem.

— Desde quando você bebe café? — Jared dá de ombros, seu rosto ainda corado.

— Olha como ele está com sono — diz Diane. — Ele precisa disso. O de sempre, querida?

Aceno que sim, e Diane pisca enquanto se afasta.

— Não acredito que você tem um *de sempre* aqui — diz Jared, desenhando aspas no ar. — Acho que você tem vindo demais aqui.

— Às vezes. — Um silêncio se estende entre nós, e olho para cima, acima da cabeça de Jared, onde Shaila sorri de volta para mim de dentro do quadro da Gold Coast Prep. Sua cabeça repousa no ombro do Graham, esmagado contra o lado da Rachel. Ele e Rachel parecem obviamente parentes com seus cabelos repartidos da mesma forma, suas mandíbulas angulares. Jared se vira para olhar também.

— Deve ser estranho, não? — pergunta ele.

Antes que eu responda, Diane volta com as nossas canecas. Enquanto ela serve o café, espio pela janela. Os bordos-açucareiros que se alinham no estacionamento ficaram de um vermelho-cereja profundo. Eles são tão brilhantes que parecem fluorescentes. Neon, talvez. Mesmo aqui, o ar cheira a outono, fresco e penetrante.

— Obrigada, Diane — digo. Ela vira o boné branco e desaparece na cozinha.

— Li aquele artigo sobre a Shay — diz Jared. Sua voz é baixa. — É por isso que você queria vir aqui? Quer falar sobre isso?

Meu peito se aperta. Nunca pensei em falar com o Jared sobre Graham, Shaila ou sobre as mensagens da Rachel. Balanço minha cabeça, mas nem sei o que dizer.

— Você deve sentir falta dela — diz ele.

— Sim. Muito. Pisco para conter as lágrimas. Não era assim que eu queria que fosse. — Mas não se preocupe com isso — digo. — A polícia está cuidando do caso. Temos que confiar que eles descobrirão tudo.

— Acho que sim.

Respiro fundo e coloco meu cabelo atrás das orelhas.

— Então, como vai a escola? — pergunto.

— Tudo bem — diz ele. — Mas...

— Mas o quê?

Jared suspira, deixando escapar uma lufada de ar, como um balão sendo esvaziado.

— Acho que vou reprovar em biologia.

— Quê?! — Eu me inclino para mais perto dele. A borda da mesa bate nas minhas costelas. Jared olha para baixo e bate os dedos contra a sua caneca.

— Eu não consigo entender, é muito difícil. Não é a minha.

— Você já recebeu a nota do primeiro semestre?

Ele concorda com a cabeça.

— Sessenta e oito.

— Jesus, Jared. — Por que você não me contou antes? — Solto um silvo. — Eu teria te ajudado.

Jared inclina a cabeça para trás e semicerra os olhos.

— Vamos lá. Você é perfeita nessas coisas.

A MESA DOS JOGADORES

Balanço a cabeça. Quero que ele saiba a verdade, a *real* verdade. Sempre fui considerada a mais inteligente pelos padrões dos Newman. Ambos havíamos estudado na Cartwright Elementary até o quinto ano. As aulas eram grandes e as expectativas, baixas. Mas fui rotulada como *superdotada* no jardim de infância pela Srta. Becky por começar a ler antes de todos os outros. Então, quando Jared anunciou que ele também estava com a Srta. Becky, juntei minhas mãos na mesa do jantar.

— Você é sortudo — sussurrei para ele. — Ela é a melhor.

Mas, no início, Jared teve mais dificuldade com letras e números. Demoraria alguns anos até que ele fosse diagnosticado com dislexia. Ele entrou na Gold Coast como parte de seu programa de extensão de defasagem de aprendizado. Nada de redução na mensalidade. Só a promessa de ser atendido por turmas pequenas e professores e tutores com treinamento especializado. Meus pais aproveitaram a chance. Eles nunca falaram sobre como encontraram uma maneira de pagar por isso. Meu palpite era uma segunda hipoteca e uma tonelada de dívidas. Mas, naquela época, na aula da Srta. Becky, ele simplesmente não conseguia manter o mesmo ritmo que eu.

— A Srta. Becky não gosta de mim — disse ele um dia depois da escola. Seus olhos enormes se encheram de lágrimas, que se derramaram por suas bochechas em grandes cascatas.

— Claro que gosta — eu disse a ele, segurando sua mão e acariciando seus cabelos.

— Não, não gosta — disse ele. — Eu não sou como você.

Eu não sabia o que dizer, então apenas abracei seu corpinho quente ao meu, tentando não chorar também. Não éramos iguais, aprendi. Essa foi a primeira vez que percebi que havia uma possibilidade de que, quando crescêssemos, não tivéssemos as mesmas comidas favoritas, o mesmo gosto por livros ou as mesmas notas. Era um pensamento horrível que nossas pequenas vidas pudessem divergir a qualquer momento, sem aviso prévio. *Isso era só o começo?*, me questionei.

Mas éramos tão parecidos com nossos olhos castanho-esverdeados do tamanho de pires e nosso ódio compartilhado por maionese. Ambos amávamos as estrelas, graças ao papai. À medida que crescemos, começamos a ficar cada vez mais parecidos. A única coisa que nos impedia de ser considerados gêmeos era a nossa idade. Nossos cabelos escuros ondulados, enrolados nos mesmos lugares. Até nossos braços exibiam as mesmas sardas, que transformamos em constelações a cada verão. *Farinha do mesmo saco*, dizia mamãe. *Dois lados da mesma moeda.*

Olho para ele do outro lado da mesa do Diane's e vejo todos aqueles anos que ele passou tentando me alcançar, pulando obstáculos que pareciam muito altos para ele alcançar, para impressionar professores como a Srta. Becky, para entrar no Gold Coast, ser amigo de crianças como Bryce na escola. Foi então que percebi que deve ser exaustivo tentar acompanhar Jill Newman. Assim como era exaustivo tentar acompanhar Shaila Arnold.

— Você vai trazer isso à tona — digo. — Você não vai fracassar. Talvez tire um C, mas isso vai se ajustar até você se formar. — Meu cérebro começa a fazer cálculos, tentando descobrir qual será sua média se ele chegar ao final deste semestre com uma pequena ajuda. Deve haver uma chave de resposta de biologia, ou pelo menos um guia de estudo, nos Arquivos. Um C não vai afetar muito seu GPA geral quando ele for um júnior do segundo semestre. É quando realmente importa.

— É fácil para você dizer — murmura ele, enquanto Diane joga pratos gigantes na nossa frente. Jared levanta a garrafa de vidro pegajosa de calda e encharca sua pilha de panquecas em um fluxo espesso e doce.

— Não é isso. É que eu tive muita ajuda, você nem imagina.

— Ah, é? De quem?

A MESA DOS JOGADORES

De repente, não estou mais com fome, e os ovos na minha frente começam a parecer vômito.

— Os Jogadores — começo, tentando descobrir como explicar isso a ele. — É que...

Faço uma pausa. Juro que senti uma vibração no bolso. *Rachel*. Pego meu celular por debaixo da mesa para verificar, mas não há nada. Alertas fantasmas. *Onde ela está?*, me pego pensando. *Por que ela não me respondeu?* Deslizo o celular de volta para o bolso e olho para Jared, lembrando o que estávamos discutindo, o motivo de estarmos aqui.

— Vamos, Jill. É o quê? — Ele olha para mim com uma sobrancelha levantada.

Algo se agita dentro de mim, e sinto a necessidade de contar tudo a ele, de informá-lo do que está por vir, mesmo que seja totalmente contra as regras. Mas fodam-se as regras. Rachel as quebrou, e isso me ajudou, pelo menos por um tempo. O fato de ela não ter respondido minha mensagem, mesmo que tenha sido uma flecha de piedade atirada em sua direção, não faz diferença agora. Meu irmão precisa saber o que está por vir. Talvez não de tudo, mas pelo menos do começo.

— Na próxima semana — digo —, você vai ser convidado para se juntar aos Jogadores. Tudo fará sentido em breve. Mas... é mais do que festas e a melhor mesa no almoço. É uma tábua de salvação. Um grupo. Estou nele. Nikki também. Shaila também estava. Ele existe há décadas em Gold Coast e todos os anos trazemos novos calouros. É a sua vez agora. Você entrou.

Ele cruza os braços e se inclina para trás, tentando esconder sua empolgação, mas sem ligar os pontos.

— Como isso vai me ajudar com a biologia?

Suspiro, exasperada. Vou ter que mostrar a ele. Puxo o celular do bolso e deslizo a tela até encontrar o aplicativo criptografado reconhecido por seu ícone verde e cinza. Com alguns toques, entro nele.

JESSICA GOODMAN

Coloco o celular sobre a mesa de vinil e o giro para que a tela fique de frente para Jared. Arrasto o dedo indicador por cima dela. Os títulos são infinitos. Biologia. Química. História dos Estados Unidos AP. Cálculo. SATs anteriores de francês. Banco de dados oficial de admissões. História da África. Nutrição 1. Nutrição 2. Estudos sobre a Ásia Oriental. Literatura russa de nível universitário. A lista continua.

Os olhos de Jared se arregalam, e sua boca cai aberta. Vejo um pedaço de panqueca meio mastigada cair contra sua bochecha.

— Ser um Jogador é isso? — pergunta ele, a voz em sussurro. Concordo com a cabeça.

— Sim, é isso.

No momento em que Nikki, Marla e eu chegamos à praia, os meninos já tinham feito a fogueira, e o fogo sobe alguns metros no ar. Uma enorme pilha de madeira está próxima ao fosso, e eles passam uma garrafa de Jameson.

— Jill. — Henry corre para nos encontrar, quando pisamos na areia. Está úmida e fria, esguichando entre meus dedos. Estamos todos embrulhados em nossos melhores trajes gorpcore. Por alguma razão estranha, halfzips caros de lã e gorros confortáveis são o símbolo de status máximo em Gold Coast.

— Vocês estão animadas? — pergunta Henry.

— Sim — digo. — Vai ser a melhor noite de iniciação de todas. — Não estou blefando. Estou pronta para começar de novo com uma nova classe. Com meu irmão. *As coisas vão ser diferentes este ano.* A fogueira queima mais à medida que o resto dos Jogadores entra, e logo chega a hora. Mais garrafas aparecem, e nossas vozes ficam mais altas. Meu celular vibra, e o meu coração para. *Rachel adivinhou, não é possível.* Dou uma espiada na tela. É o Adam. Um sorriso vai se espalhando lentamente pelo meu rosto.

A MESA DOS JOGADORES

Divirta-se muito esta noite. Cuide de B.

Queria que você estivesse aqui, digito, mas excluo. *Sempre, é o que envio.*

Ele responde em um segundo. *Obrigado, Newman.*

Um calor se espalha pelo meu peito, e observo os calouros do segundo ano soltarem fogos de artifício, fazendo toda a praia parecer um bolo de aniversário. A mão de Henry segura a minha. Seus olhos brilham com admiração e travessura, e me inclino para mais perto dele, empurrando meu ombro sob sua axila e enterrando meu rosto em seu peito macio.

— Eu queria que a Shaila estivesse aqui — sussurro, surpreendendo até a mim mesma. Henry me puxa para mais perto.

— Eu sei, querida.

Minha garganta começa a queimar, e estou ansiosa para testar minha sorte.

— Henry, e se... — começo. — E se não foi o Graham?

O Henry solta o braço dos meus ombros e balança a cabeça com um lento estoicismo. — Qual é, Jill? — diz ele. — Achei que tínhamos decidido que isso era uma grande besteira.

Antes que eu possa responder, Nikki sobe em um bloco de cimento perto do fogo.

— Eles estão aqui! — grita ela. — Todos! Quietos!

Um silêncio toma conta de nós. Olho de relance para Henry, tentando lê-lo, mas ele se vira, em direção ao caminho que leva à praia. Eles vêm. Como patinhos, os oito calouros sobem por trás de juncos altos e grossos. Jared anda no meio, entre Bryce e Sierra. Seus olhos estão selvagens e sem foco, e ela tenta sufocar um sorriso. Eles alcançam o fogo e se espalham em linha, de frente para nós. O garoto de 2,13m, Larry Kramer, se lança em um trecho quadrangular, como se estivesse se preparando para sprints do treino de basquete. Tento fazer contato visual com Jared, mas ele mantém seu foco em Nikki, seu olhar firme.

— Como vocês imaginam — diz Nikki, ocupando seu lugar na frente —, foram escolhidos pela turma do último ano para serem Jogadores. — Bryce acena com a cabeça e sorri. Ele deve ter falado com o Adam. Eu me pergunto o que ele disse.

— Mas isso não significa que vocês são Jogadores — continua Nikki, ecoando as palavras de Jake Horowitz, de três anos atrás. Vindas dela, parecem gentis e severas, mas não ameaçadoras ou assustadoras. É a mesma voz que ela usa quando fala em todas as assembleias da escola. Ela seria uma política incrivelmente boa e sabe disso. — Significa apenas que achamos que vocês podem ser. Este ano, enfrentarão uma série de desafios, alguns divertidos, outros... não tanto. Se passarem, se decidirem continuar, então serão Jogadores. Vocês colherão as recompensas e suportarão as perdas. Vocês se tornarão parte de um grupo que lhes dará cobertura para o resto da vida. — Quentin, em pé ao meu lado, se mexe desajeitadamente e solta uma lufada de ar. Seguro sua mão e ele a aperta de volta.

— Estão prontos? — pergunta Nikki, levantando uma sobrancelha e seu copo de plástico.

Robert dá um passo à frente e entrega a Bryce uma garrafa transparente sem rótulo. O pequeno Miller toma um gole e tosse. Ele não se sai tão bem quanto Shaila, mas a passa adiante até que todos estejam quase tendo ataques.

— Eu me lembro da minha primeira cerveja — grita Robert, seu corpo balançando em direção aos calouros. Sierra recua.

O vento aumenta, e eu estremeço. Finalmente Jared olha para mim, e seus ombros relaxam. O alívio enche seu rosto. Mas minha empolgação desaparece quando ele leva a garrafa à boca. Já é muito familiar vê-lo assim. Parece errado, tortuoso. Luto contra a vontade de tirá-la de suas mãos, e, em vez disso, chupo minhas bochechas, transformando minha boca em uma cara de peixe, assim como fazíamos quando éramos crianças. Seus lábios se curvam em um sorriso, e ele toma um gole da garrafa.

Shaila Arnold era uma daquelas pessoas que usava tanto o nome quanto o sobrenome. *Shaila Arnold*. Não havia outras Shailas em Gold Coast. Nem acho que houve algum Arnold. Mesmo assim, quando ela estava viva, era assim que todos a chamavam. Sr. Beaumont, quando dizia seu nome na lista de chamada. Big Keith durante os anúncios do elenco. Apenas aqueles próximos a ela a chamavam de Shay, e apenas às vezes, quando chegava o momento certo. Pessoas que não a conheciam, mas falam dela agora, muitas vezes apagam seu nome como se fosse uma palavra. *Shailarnold*. É assim que Sierra McKinley diz hoje à noite durante a primeira festa do pijama da caloura sênior na casa da Nikki, uma semana após a noite da iniciação. Fizemos a mesma coisa quando eu era caloura. Naquela época, era uma questão de dimensionar a competição disfarçada como um vir a conhecer. Uma festa do pijama para ganhar nossa confiança antes que eles nos quebrassem. *Este ano será diferente*, digo volta e meia para mim mesma. *Este ano será diferente*. Tem que ser.

— Shailarnold era a sua melhor amiga, certo? — pergunta Sierra quando nos sentamos na ilha da cozinha da Nikki. Suas pernas estão nuas, exceto por um minúsculo short de flanela com detalhes de renda nas bordas. Sua camiseta grande o torna quase invisível quando ela se levanta.

— Sim — digo, tentando não mostrar meu desgosto ao ouvir o nome dela na boca de Sierra.

— Eu a conhecia, você sabe. — Sierra traz os joelhos até o peito, e seus olhos percorrem a grande sala da Nikki. De nossos poleiros nos bancos do bar, podemos ver todos. — Westhampton Beach Club — continua ela. — Ela e Kara Sullivan eram minhas orientadoras de natação. — Shaila e Kara passaram muitos verões lá, velejando e aperfeiçoando seus nados costas. Foi onde Shaila menstruou pela primeira vez, no verão, entre o sexto e o sétimo ano. Ela descreveu em detalhes obsessivos em uma das suas cartas mais longas para mim. *Em alguns dias fica MARROM*, escreveu ela. *É nojento e me sinto um monstro. Não consigo nem falar com Kara sobre isso. VOCÊ PODE MENSTRUAR LOGO, PARA ME FAZER COMPANHIA?!?!?! POR FAVOR. EU TE IMPLORO.*

Seu desejo era uma ordem para mim. Um dia depois de abrir a carta, puxei meu short de algodão e encontrei uma poça de gosma escura e espessa cobrindo a minha calcinha. Vazou pelo meu short inteiro, e chorei na cabine, percebendo que andei pelo acampamento de ciências com *manchas de sangue* na minha bunda, na frente dos meninos, enquanto extraía amostras do lago, no refeitório. Fiquei lá até minha conselheira chegar com um absorvente do tamanho de uma fralda.

Quando contei a Shaila, ela ficou emocionada.

Vou comprar bandanas vermelhas brilhantes para usarmos no primeiro dia de aula para que todos saibam que somos MULHERES, escreveu ela na carta seguinte.

E ela fez isso. Usei a minha com relutância, irritada por ter sido forçada a exibir meu segredo profundo e sombrio como uma medalha de honra, quando na verdade parecia uma maldição. Graham, que era só um idiota do ensino fundamental, que ainda não tinha matado ninguém, perdeu a cabeça quando nos viu na biblioteca. Ele apontou para o nosso cabelo combinando e riu.

— O que vocês são? *Irmãs de sangue? Toscas!* — disse ele. — Saiam com esse sangue nojento de perto de mim.

Shaila só riu dele, acenando como se ele fosse insignificante.

— Me desculpa, Graham. Acho que você não sabe lidar com uma *mulher*. Coitadinho! — Graham saiu arrastando os pés, resmungando algo sob sua respiração. Usei aquela bandana idiota com orgulho depois daquele dia. Qualquer vergonha que eu tivesse sentido sobre minha entrada na idade adulta também desapareceu.

Os dois pareciam ter esquecido completamente esse incidente da época em que entramos no colégio, mas, pelo resto do ano, Shaila foi a fada madrinha da menstruação. Ela investiu em dezenas de tiaras de veludo vermelho e, sempre que uma colega fazia a transição, ela a presenteava com uma. Ela até deu algumas para as garotas mais quietas, aquelas que tiveram seus créditos de educação física em badminton, e as que andavam a cavalo, que se sentavam juntas na biblioteca durante o almoço, brincando com aquelas estatuetas assustadoras. Shaila tornou esse rito de passagem legal. Mas ela não percebeu o que isso faria com as meninas que ainda não tinham menstruado. Nem eu percebi, até encontrar Nikki chorando no vestiário no meio do oitavo ano, arrasada porque todas tinham uma bandana vermelha, menos ela. Ela só ganhou uma no nono ano. Tudo isso parece tão distante agora na cozinha da Nikki, com um novo grupo de garotas para cuidar. A responsabilidade parece que vai me soterrar. Olho para Sierra e mordo minha língua, me forçando a não perguntar se ela já menstruou, se ela precisa de uma bandana vermelha. Mas acho difícil. Ela é pequena como uma criança, a pele esticada contra os ossos.

Estou desesperada para encontrar uma maneira de sair dessa conversa. Nikki e Marla estão girando e dançando na frente da TV, liderando alguns calouros afoitos em um arremedo de coreografia da Beyoncé. Suas risadas me fazem recuar.

— Posso te perguntar uma coisa? — pergunta Sierra. Ela se inclina para perto como se estivesse prestes a me dizer que, de fato, começou a sangrar neste exato segundo.

— Claro — digo.

— O que realmente acontece? — pergunta ela, com os olhos arregalados. — Os desafios.

— Eles são chamados de pops. — A condescendência goteja da minha voz.

— Certo — diz ela suavemente. — E todas as regras. A iniciação. O fichário.

— O que você quer dizer?

— Todos nós sabemos das coisas boas: o aplicativo e tudo, as festas, os contatos... mas... — Ela para. — Ouvi uns boatos.

Meu coração bate rápido, um ritmo rápido que machuca meu peito.

— Só quero saber no que estou me metendo.

A culpa bombeia através de mim. Ela está indefesa. Como um cervo bebê aprendendo a andar. Ela deve medir um metro e meio. Penso em todas as outras garotas, as juniores e as secundárias, que fizeram as mesmas perguntas. Aquelas de quem eu ri, cujas preocupações descartei. Como olhavam para mim quando descobriam a verdade. Quando o Toastmaster, sempre um cara, dizia que tinham que fazer alguma coisa, se não... Como ficavam retesadas ou destruídas após o fato. Então, como olhavam para a próxima turma de meninas quando era a vez delas.

— Você vai ficar bem — digo, fingindo desinteresse. — Este ano será diferente.

Sierra não desfaz o olhar, mas seus dedos se fecham em torno de suas coxas.

— O que isso quer dizer?

— Nikki está no comando — digo lentamente, com cuidado. — Este ano será diferente.

Sierra solta a pele e deixa pequenas marcas de unha. Ela se inclina para trás, e espero que saiba que é tudo o que vai conseguir de mim, pelo menos, por hoje.

A MESA DOS JOGADORES

— Vou pegar uma bebida. — Ela pula do banquinho e vai até a geladeira. Olho ao redor da sala novamente, para os calouros nervosos tentando nos impressionar, meus queridos amigos tentando parecer legais, elegantes, adultos. Eu me pergunto como o Jared está se saindo com os meninos. Henry prometeu cuidar dele e de Bryce. Eu me pergunto o que nossos amigos estão dizendo sobre nós, como eles respondem quando lhes fazem as mesmas perguntas. Espero que digam a verdade.

Meu celular entra em erupção sem aviso, uma presença surpreendente contra minha perna. Olho para baixo, e minha respiração trava. Finalmente. É a mensagem que eu estava esperando, aquela que eu meio que achava que nunca viria. De repente, estou com a cabeça leve e preciso sair desta sala, ir para longe de todos.

Empurro a porta da frente. O ar frio de outubro sopra em meu cabelo, e, quando me sento, os degraus de mármore são como gelo contra a minha bunda. Eu me aconchego ao redor do meu celular, colocando meu corpo entre ele e os outros, aqueles a que estou traindo.

Você pode vir para a cidade? Precisamos nos encontrar pessoalmente.

Uma bolha surge, um sinal de que Rachel está digitando, mas então desaparece, como uma promessa não cumprida.

Quando?, pergunto.

Aperto o celular perto do meu peito e resisto à vontade de roer uma cutícula perdida. Mas ela responde rapidamente.

Sexta-feira às 20h? Av. D., 425. Aperte o 6E quando estiver aqui.

É uma pergunta improvável. Mas meu cérebro falha, e meus dedos ficam dormentes enquanto flutuam sobre a tela. Mordo meu lábio com tanta força que sinto gosto de sangue. Então cuspo a resposta, sabendo que isso mudará tudo.

Eu irei.

Nove

ESTA É A semana mais longa de todos os tempos. Cada aula abrange um século. Na sexta-feira, na hora do almoço, estou uma pilha de nervos, rígida e vacilante por completo. Quando me sento na mesa dos Jogadores, Henry dá um beijo molhado na minha bochecha e eu pulo, quase fazendo meu taco de peito de peru e a massa crua de biscoito voar para fora da bandeja.

— Tudo bem? — pergunta ele. Sua boca se transforma em uma carranca. Eu me esforço para sorrir e aceno.

— Só um pouco nervosa com a prova de francês. Último período.

— Você olhou nos Arquivos? — pergunta ele, arrancando um pedaço de seu sanduíche BLT.

Passei a última semana estudando, mas tinha memorizado um antigo guia de estudo na noite passada, só por desencargo.

— Espero que eu tenha tomado a melhor decisão.

— Você vai se sair bem, minha linda. Você sempre consegue. — Ele me abre um sorriso e cutuca meu ombro de brincadeira.

Robert deixa cair sua bandeja e se vira para Henry, sem olhar na minha direção.

— Cara — zomba ele. — A novata vai ser *destruída*.

A MESA DOS JOGADORES

Henry ri com a boca no sanduíche.

— Qual delas? — Dou uma cotovelada no estômago dele, e ele me olha com a sua cara de cachorro arrependido. Mas só balanço a minha cabeça. Sempre que falam assim, fico pensando em todas as coisas que provavelmente foram ditas sobre mim ao longo dos anos. Meus ombros se enrijecem.

— Sierra McKinley, cara. Ela está pedindo demais, comenta em todos os meus posts do Instagram. Fica me secando nos corredores.

— Robert enfia uma batata frita na boca. — Vou fazer da vida dela um inferno com os pops. Ela vai fazer o que eu quiser.

— Você é um idiota — digo.

— Você é policial por acaso? — Robert revira os olhos.

Olho para Henry buscando apoio, mas, de repente, um pedaço murcho de alface se torna superinteressante.

— Que seja — murmuro. Eu deveria revidar, mas não quero confusão. Hoje não.

— Tenho que dar uma revisada final na matéria — digo com os dentes cerrados. Eu me levanto e viro as costas para eles, desejando ter a coragem de gritar. Até separar os dois. Em vez disso, vou embora.

Acabo de sair do corredor quando vejo Nikki e Quentin vindo em minha direção.

— Ei, espere —, diz Quentin. — Para onde está indo?

Balanço a cabeça e respiro profundamente.

— Robert está falando muita merda sobre os calouros. O rosto de Nikki se contorce, irritada. — Desculpa — digo, mas ela vira os ombros para trás como se isso não importasse, como se ela não se importasse que ele já a tivesse esquecido. Ela joga o cabelo por cima do ombro e reajusta o blazer.

— Ele é assim mesmo — diz Quentin. — Ele vai ficar entediado com isso em breve.

— Combinamos de mudar as coisas — gaguejo. — E, até agora, fizemos tudo igual.

— Nós vamos mudar — diz Nikki, sua boca em uma linha reta. — Só relaxe por enquanto. A gente vai dar um jeito. Estamos juntos nessa.

— Estamos mesmo? — pergunto, implorando a eles.

— Claro. — Quentin envolve nós duas em um abraço.

Eu me permiti acreditar nele, é mais fácil do que o contrário. Seus rostos meigos e solidários me fazem querer lhes contar a verdade.

— Tem mais uma coisa — digo baixinho, gesticulando para eles se aproximarem. — Não consigo parar de pensar no Graham. E se ele for, sabe, inocente? E se outra pessoa matou a Shaila?

A questão pesa entre nós. Quentin e Nikki se entreolham rapidamente.

— Jill, qual foi?! — diz ela. — Já combinamos. Acabou. Vamos deixar como está.

— Mas que... — começo. De todos, achei que ela entenderia.

— Vamos. Deixar. Como. Está — diz Nikki com os dentes cerrados.

Quentin balança a cabeça.

— Não vale a pena se envolver. Não precisamos que todo mundo descubra o que aconteceu naquela noite.

Meu corpo inteiro fica tenso, mas me forço a balançar a cabeça, fingindo que concordo e que também vou deixar tudo isso passar.

— É, você tem razão.

— Venha, vamos voltar para o refeitório. — Quentin passa o braço por cima do meu ombro e eu os deixo me arrastarem de volta para a mesa dos Jogadores, onde me divirto por mais 23 minutos, me perguntando como diabos acabei aqui.

Quando chega a aula de francês, respiro tranquila quando percebo que o exame tem exatamente as mesmas perguntas que o guia de es-

A MESA DOS JOGADORES

tudo que memorizei. Passo rapidamente a primeira seção, em seguida, faço uma tradução. Graças a Deus, estudei sozinha para esta parte. Se eu perder alguns pontos aqui, ainda consigo 96, exatamente o que preciso para solidificar uma média de 95 para o semestre. Perfeito.

Quando Madame Mathias avisa que o tempo mínimo passou, deixo minha prova na sua mesa e vou para o corredor.

— Você viu Jill Newman? — Ouço uma voz perguntar atrás de mim. — Ela terminou em cerca de vinte minutos.

— Sempre — alguém diz. — Ouvi que ela e toda aquela mesa idiota têm todas as chaves de resposta de, tipo, anos atrás. Ridículos.

— Nenhum deles é minimamente inteligente. — Injusto para cacete.

— E todos eles vão entrar em Harvard ou Yale. Eles sempre entram. Roubando nossos lugares colando.

— Ridículo. — O calor sobe pelo meu pescoço, e espio por cima do meu ombro, vejo duas meninas da equipe de debate atirando adagas nas minhas costas. Elas fecham a boca quando me veem e rapidamente dão meia-volta nos sapatos de couro, recuando na direção oposta.

Minha pele arde de vergonha, um lembrete de que não mereço o que recebo. Mas mesmo que elas não saibam o que passei para chegar aqui, sei que isso tem um custo. Paguei minhas dívidas. Eu também sofri. Elas não sabem que sou bolsista, que todo dia em Gold Coast é uma luta.

Lágrimas picam meus olhos e pisco para afastá-las, ansiosa para sair daqui e fazer o que esperei a semana toda para fazer.

Quando o sinal final toca, empurro as portas de metal pesado e sinto o vento frio contra o meu rosto, a maresia soprando no meu cabelo. Ela queima. Mas finalmente estou livre. Até que um braço pesado desliza por cima do meu ombro, me parando. Caio de lado, direto no Henry.

— Aí está você. Procurei você depois do almoço. — As pontas dos seus dedos roçam o meu peito, o que enrijece os meus mamilos, mesmo sob camadas de roupas. Estremeço. — Esqueça o Robert, ele é um babaca. Você sabe que ele é assim.

— Não justifica — digo. Só quero esquecer as coisas que ele falou, o que aquelas garotas do debate disseram e tudo dentro das muralhas da Gold Coast. — Mas seria bom se você ficasse do meu lado.

— Você está totalmente certa — diz Henry, jogando a cabeça para trás. — Sinto muito. Da próxima vez, ok? — Ele se inclina, e seus lábios tocam minha testa rapidamente, pudico, antes de mudar de assunto.

— E hoje à noite?

Achei que conseguiria evitar isso: mentir para ele. Um alçapão se abre dentro de mim, e me esforço para segurar meu estômago no lugar.

— Tenho uns compromissos em casa — digo.

— Sério? — Henry inclina a cabeça. — Pensei que Jared iria para o Topher. Os novatos estão jogando aquela coisa de Super Pong.

Merda. Penso no meu irmão parado atrás de uma mesa de beer pong coberta com dezenas de copos vermelhos, enquanto ele tenta afundar uma pequena bola de plástico. Não é mais tão difícil de imaginar.

— Um programa meu com a mamãe. Preciso dar uma atenção a ela, entende?

Ele concorda com a cabeça.

— Totalmente. Vejo você amanhã?

Engulo em seco e forço um sorriso.

— Com certeza.

São 19h59, e estou em frente ao que deve ser o apartamento da Rachel Calloway. A apenas 3km do luxuoso loft de seus pais, em Tribeca, sua porta da frente parece desajeitada, como se alguém pudesse entrar sem a chave. Os foliões do fim de semana gritam uns com os outros dos muitos bares que se alinham na rua, e notas de mijo flutuam de

A MESA DOS JOGADORES

uma cabine telefônica que parece não ser usada desde os anos 1990. Deve haver dezenas de pessoas rindo aqui, fumando cigarros e se amontoando, mas nunca me senti mais sozinha. Fecho minha parka e busco o 6E no interfone rachado.

Zuuum. Uma voz profunda, que reconheço no mesmo instante, estala.

— Olá?

— É Jill Newman — digo, de repente sentindo meus nervos à flor da pele. Pareci inocente? Será que ela percebeu que estou suando frio?

— Você veio — diz ela. — Cuidado com os degraus, eles são íngremes pra caralho.

A fechadura se destrava como um canivete, e empurro a porta, dando de cara com um conjunto de escadas instáveis que parecem abarcar um risco iminente. Ela não estava brincando.

Começo a subir, movendo um pé na frente do outro, com medo de parar agora, sigo. E finalmente, quando chego ao último andar, Rachel está descalça, encostada no batente roxo de uma porta. Ela veste jeans folgados de lavagem ácida e uma camiseta branca fina, quase transparente. Seu cabelo está ondulado e desgrenhado, com grandes camadas volumosas caindo em torno do seu rosto. De alguma forma, ela está mais bonita do que era no colégio, vívida e cinética, com olhos escuros brilhantes e bochechas rosadas redondas. Quero estender a mão e tocar seu queixo, só para verificar se ela é real.

— Jill Newman — diz ela lentamente, inclinando a cabeça. Eu me pergunto como Rachel me vê. Se pareço mais velha ou diferente. Ela não ficou por perto, para ver as coisas mudando.

— Rachel Calloway.

— Vem cá. — Rachel se vira e me conduz para dentro do seu apartamento. O espaço é minúsculo, e, da entrada, vejo o lugar inteiro. Pilhas de livros cobrem a parede de tijolos, e um sofá marrom de meados do século, coberto por grossas mantas de lã, foi empurrado para o lado. As paredes estão vazias, exceto por uma pintura grande, em aquarela, de flores abstratas e arrojadas, que foi pregada no gesso com miniaturas. Parece um projeto de arte inacabado. Plantas frondosas pendem em balanços de macramé de cada lado do sofá.

— Bem-vinda ao mundo real — diz ela, com um sorriso. — Quer um pouco de chá?

Faço que sim e sigo Rachel à sua cozinha, que é um corredor estreito com um fogão e uma geladeira.

Ela espreme o mel em duas canecas de cerâmica pintadas com silhuetas de corpos femininos curvilíneos. Os mamilos são pontas rosadas.

— Fofo — digo.

— Valeu. Minha namorada que fez.

Tento esconder minha surpresa, mas Rachel ri. — Sim, queer. Comecei a falar disso abertamente há alguns anos — diz ela. — Acho que ninguém da Gold Coast sabe. — Ela faz uma pausa. — O nome dela é Frida. É codificadora. Mora aqui no bairro.

— Isso é legal — digo. Estou sendo sincera. Ela e o Adam nunca pareceram realmente se encaixar. Obviamente, é claro que eu acharia isso.

— É bom te ver.

— A você também — respondo, porque o que mais há para dizer? Ficar na frente da Rachel me dá saudades do passado, dos meses que antecederam a morte da Shaila e a nossa iniciação. Quero mergulhar naquelas semanas em que estávamos todos ligados. Mesmo quando parecia uma tortura, quando éramos empurrados para o limite absoluto e eu pensava que explodiria de adrenalina e medo, eu sabia, esperava, que valia a pena. Estávamos agarrados a um fio prestes a se desfazer.

Uma chaleira de um amarelo radiante assobia, e Rachel se vira. Enquanto ela derrama a água quente nas canecas, percebo suas vagas cicatrizes, em relevo, brancas como mármore, alinhando-se nas costas de seus braços e na nuca. Algumas são finas, como se alguém tivesse passado uma agulha de costura na pele dela, e outras são grossas e fundas, assustadoras.

Ela se vira e segue meus olhos.

— Ah — diz ela suavemente. — Tive um ano ruim depois de tudo o que aconteceu. Poderia ter sido pior.

Nunca me ocorreu que Rachel também sofreu, que ela também foi uma vítima do que Graham fez ou deixou de fazer. Seu único crime foi a lealdade, suponho. E ela pagou por isso também.

— Vamos lá — diz ela, pegando as canecas fumegantes e passando por mim em direção ao sofá. — Vamos acabar com isso logo.

As almofadas cedem com o nosso peso, e espero ela começar, tentando não ser a única a preencher o silêncio. Segundos se passam, talvez um minuto, antes de Rachel se levantar novamente, seus dedos bronzeados se unindo.

— Espere um segundo — diz ela.

Ela se retira para trás da porta do quarto e ouço papéis farfalhando, o peso dela passando de um pé para o outro. Ela finalmente surge, segurando um envelope grosso, do tipo antigo, com linhas pautadas e pequenos círculos de papelão amarrados com um minúsculo barbante vermelho.

— Abra — diz ela, e me entrega.

Desenrolo a linha e tiro uma pilha de papéis irregulares. É uma confusão de porcarias aleatórias. Rachel fica quieta, e coloco a pasta de lado. Pego a primeira página. A transcrição do Graham do primeiro ano. Uma média de 87. Que bom que ele não precisava de bolsa. A próxima página é um pedaço grosso de cartolina coberta por uma imagem brilhante de Shaila e Graham. Suas bocas se estendem em grandes sorrisos. Graham passa o braço em volta dos ombros de Shaila, que encosta a cabeça nele. Os dentes brancos deles brilham, e os blazers da Gold Coast estão perfeitamente passados. Sem manchas de grama ou migalhas perdidas. Olho em seus olhos e estremeço, deixando cair o resto dos papéis em uma bagunça no chão.

— Merda — digo. Eu nunca tinha visto essa foto. Parece que foi feita em um jogo de lacrosse, como se eles estivessem encostados na arquibancada. Eu provavelmente estava a poucos metros de distância.

— Não entrou no anuário — diz Rachel. Seus lábios se curvaram com a tentativa de fazer uma piada. — Mas sempre foi minha favorita.

Shaila me encara de volta. Ela era jovem. Estava em processo. Minha garganta se seca, e os meus dedos apertam as bordas do papel. Está tudo tão bagunçado que Graham está vivo e Shaila, morta. Quero jogar minha caneca na Rachel e no seu rostinho presunçoso, por me trazer aqui, me provocando com memórias que tentei violentamente esquecer. Puxo as bordas da foto, querendo arrancar Shaila das mãos do Graham. Então, em um rasgo esmagador, o papel cede, deixando-me apenas com o sorriso da Shaila. Fiz Graham flutuar no chão.

— Tenho outras cópias — diz Rachel.

Isso alimenta minha fúria, e, de supetão, me ponho de pé, batendo meu joelho contra uma caneca. Ela balança antes de cair no chão, um rio de cacos de cerâmica e de um líquido pegajoso. Não peço desculpas porque não tenho do que me desculpar. Em vez disso, abro a boca, pronta para cuspir fogo. Mas Rachel tem outros planos.

— Sente-se, Jill.

Por alguma razão, eu lhe obedeço.

— É isso o que eu queria te mostrar. — Ela se abaixa até a pilha no chão e tira uma única folha de papel branco. Letras pretas dançam na página, mas não consigo me concentrar quando ela a coloca no meu colo.

— O que é isso?

— Veja — diz Rachel, colocando os pés sob a bunda. — Quando eles levaram o Graham embora, parecia que nem sequer examinaram

A MESA DOS JOGADORES

qualquer *evidência* que fosse. Eles acreditaram na palavra. Dito e feito. Caso encerrado. Eles nem mesmo conferiram suas roupas ou olharam Ocean Cliff, ou qualquer coisa. Você acha que a polícia de Gold Coast estava preparada para pegar um *assassino*? Eles mal conseguem acabar com uma festa na enseada.

Eu me lembro disso, como nada realmente *aconteceu*. Os Arnolds apareceram na delegacia com um homem de terno preto, um advogado. Tudo foi abafado, restrito aos adultos. E, então, acabou.

— Ninguém questionou se tinha sido mesmo ele — diz Rachel. — Todo mundo simplesmente *presumiu* porque foi o que ele disse. Mas ele estava dopado. Todos nós estávamos, você bem sabe. — Ela sacode a cabeça. — Ele não se lembrava de nada. Ele não deu detalhes. Ninguém perguntou. E, agora, ele ainda não consegue se lembrar de nada. Como ele teria conseguido? Não tem como.

Olho para cima, e os olhos da Rachel estão vermelhos. Seus lábios franzidos, e suas mãos estão enroladas com força em torno da caneca. Ela inala profundamente, sem olhar para a mancha florescendo que fiz no chão.

— Acabei de fazer 21 — diz ela. — O que significa que finalmente posso agir por mim mesma. Posso pagar pelos advogados que meus pais decidiram não contratar. Posso financiar a refutação do Graham sozinha. Nós vamos lutar contra isso. — Sua voz é áspera e crua, cheia de agressividade. — Estamos vasculhando tudo. As roupas dele, algumas pedras, tudo está na estação de Gold Coast em uma daquelas caixas estúpidas, ocupando espaço. E acabamos de descobrir algo grande. Algo que pode mudar tudo.

— O quê? — sussurro.

— Lembra todo aquele sangue na camisa dele? — pergunta ela. — Era dele. Ele cortou o estômago profundamente. Encharcado. Até o short. Nada era da Shaila. Era tudo do Graham. Ele não a tocou. Nem perto. — Ela aponta para o pedaço de papel na minha mão, e olho para baixo, finalmente entendendo o que estou segurando. Os resultados do exame de sangue.

Abro a boca para responder, mas não sai nada. Do nada, fica muito quente. Estou fervendo. Se a minha pele descascar, acho que revela outra camada.

Rachel agarra minhas mãos nas dela e as aperta com força, trazendo seu rosto anguloso para perto do meu. Sua pele brilha, seus poros minúsculos. Eu me pergunto se ela já teve uma espinha.

— Não foi ele — diz ela. — Eu sei que não foi.

Balanço a cabeça. Como isso é possível? O passado não pode ser reescrito, simplesmente não pode.

— Olha — diz Rachel, finalmente liberando minhas mãos. Eu as puxo de volta para o meu corpo e as coloco em volta dos joelhos. — Você não tem que acreditar em mim ainda. Mas pense nisso. Então talvez você queira nos ajudar.

— Ajudar vocês? — Cuspo a bebida. A ideia é insana. Absurda. — Como eu faria isso?

— Você estava *lá*, Jill. Você é a única que saberia. Você amava a Shaila tanto quanto o Graham. — Rachel fecha os olhos com força, e linhas finas marcam suas pálpebras. — Adam sempre disse que você era destemida. Mais do que os outros. Que você era inteligente, estável e uma boa pessoa.

Meu estômago se revira com a ideia de Rachel e Adam falando de mim por todos esses anos. O que mais ele disse? Ele realmente acreditava nisso? Então me lembro do que ele disse no restaurante da Diane. *A Rachel é maluca.*

— Você é a única que quer justiça para ela — continuou ela. — Que está disposta a lutar por isso. Só pense nisso.

A sala parece pequena, como uma casa de bonecas. O apartamento está se fechando sobre mim e noto que não há janela em sua sala de estar. Eu me pergunto como as pessoas *vivem* na cidade de Nova York. Estas casas não são feitas para isso. Elas são feitas para se sobreviver.

— Preciso ir — digo. Abro a porta frágil e começo a descer as escadas. Rachel grita atrás de mim.

— Só pense nisso.

Não paro até chegar ao andar de baixo, onde giro a maçaneta de metal embaçado e de repente, finalmente, me liberto. A rua cheira a lixo urbano e cerveja pegajosa, mas respiro profundamente, tentando engolir o máximo de ar que posso, para impactar meu corpo, saber que a última hora não foi um sonho.

Estou a quilômetros da estação de trem, ainda mais longe de casa, mas começo a andar. Qualquer lugar que esteja longe de termos técnicos como *evidências* e possibilidades vazias e irregulares.

Reviro suas palavras na minha cabeça até que se tornem um mingau ralo, e então novamente, até que eu comece a perceber os seus motivos. Rachel não quer justiça para a Shaila. Ela quer isso para o *Graham*. E, se eu acreditar nela, significa que outra pessoa que conhecemos é culpada. Qual verdade é pior?

Dez

É FÁCIL FINGIR que Rachel nunca me atingiu. Que ela não plantou teorias fantásticas no meu cérebro. Que ela ainda está gravada em minha mente como a ex de Adam, a irmã de um assassino, uma inimiga, e não como uma possível cúmplice.

Só preciso me concentrar na universidade, como os outros alunos. A resposta da Brown chega semana que vem, e o único antídoto para o estresse, pelo jeito, é entrar totalmente no modo Jogador. Ficar obcecada, como nos últimos três anos, correndo atrás das notificações semanais e bolando sugestões malucas para os pops como a Nikki está fazendo.

Depois da noite das apresentações, pedimos para os calouros não marcarem nada nos próximos finais de semana do ano. Eles só poderiam deixar os Jogadores na mão em caso de emergência familiar, Bar Mitzvahs ou coisas do tipo. No primeiro teste, eles tinham que memorizar fatos sobre os Jogadores e descrevê-los para nós na praia atrás da casa de Nikki. Respostas erradas provocavam uma chuva de ketchup e mostarda. Havia a opção de dar um mergulho na baía gelada para se limpar. Na semana seguinte, eles prepararam a refeição de Ação de Graças na casa de Quentin depois de comer brownies de maconha.

Bryce deixou o peru queimar e disparou o alarme de incêndio, mas Jared fez ótimas couves-de-bruxelas.

Então, na semana passada, no primeiro sábado de novembro, Henry concebeu um novo teste. Os calouros lavariam os carros dos Jogadores cantando minhas músicas favoritas dos anos 1980. Coloquei algumas da Stevie Nicks na lista. Naturalmente, Cher estava lá também. Eles também realizaram pequenas tarefas, como carregar as pochetes dos Jogadores, que continham muitos itens essenciais: cigarros Juuls, balas de menta, absorventes, lápis, mini-Snickers, camisinhas, Advil. Eram nossas farmácias ambulantes.

— Cadê meu chiclete — dizia eu quando cruzava com Sierra McKinley no corredor.

Os calouros ficavam de plantão 24 horas por dia, 7 dias por semana, para idas matinais ao Diane's, limpar nossos armários no ginásio e, basicamente, fazer tudo que quiséssemos. Em um domingo, Nikki até mandou Larry Kramer levar suas roupas à lavanderia só para ver como ele ficava sem jeito dobrando suas calcinhas rendadas. Tudo muito fácil, inofensivo, mas servia para unir a galera. Na universidade, seria dez vezes pior.

Ainda assim, essas tarefas me apavoravam quando eu era caloura. Eu sempre achava que daria tudo errado. Já Shaila ficava mais irritada do que assustada. Ela fazia um escândalo quando recebia mensagens da Rachel pedindo uma dúzia de *pow-dos*, os minidonuts polvilhados totalmente viciantes do Diane's, às 21h de uma terça-feira. Íamos juntas, claro, e depois de inventar desculpas para nossos pais, enquanto pedalávamos nas bicicletas, Shaila gritava:

— Nada é melhor pra te aproximar de uma pessoa do que ser a vadia dela!

Esse era o lema não oficial dos Jogadores.

Só uma vez fiquei assustada de verdade com um desses pops supostamente fáceis. Em uma noite amena de sexta-feira, pouco antes do Dia de Ação de Graças, Rachel mandou uma mensagem, pedindo uma caixa de Bud Lights e um pacote de Twizzlers. Shaila e eu pegamos as bicicletas e fomos ao posto de gasolina perto do Diane's, que ainda hoje é famoso por vender cerveja para menores na surdina.

Shaila foi direto para os freezers, pegou o produto, voltou e colocou a caixa cheia de latas em cima do balcão sem dizer nenhuma palavra. O caixa olhou para ela uma, duas vezes e assentiu com a cabeça. Shaila entregou uma nota novinha, deu um sorriso simpático e disse:

— Pode ficar com o troco.

Eu estava no corredor dos doces, com os punhos fechados, prendendo a respiração. Quando Shaila tirou as cervejas do balcão, deixei todo ar escapar de uma vez. Nesse momento, a campainha soou.

— Jill? Shaila?

A voz era grave e familiar. Quando me virei, senti meu coração afundando. O Sr. Beaumont estava bem na nossa frente, com o colarinho aberto e a camisa fora da calça. Ele parecia tão... gatinho. Não parecia um professor. Não parecia alguém prestes a destruir minha vida e a me expulsar da Gold Coast Prep por comprar cerveja.

— Oi, Beau — disse Shaila, bem casualmente. Ela segurava a caixa com as duas mãos e não se preocupou em escondê-la. — Como você está?

— Não tão bem quanto vocês, meninas — disse ele, rindo. Seu rosto estava corado, e ele passou a mão pelo cabelo. Shaila também riu.

— Você vai abrir o bico?

O Sr. Beaumont colocou a mão no bolso e tirou um maço de cigarros vazio.

— Só estou aqui para recarregar.

— Weingarten odeia fumantes — disse Shaila, quase cantando.

A MESA DOS JOGADORES

— Se eu não contar pra ninguém, vocês também não contam? — O Sr. Beaumont inclinou a cabeça, e esboçou um sorriso descontraído.

Shaila sorriu.

— Não tem ninguém como você na Prep — disse ela.

O Sr. Beaumont riu de novo e balançou a cabeça.

— Nem como você, Shaila.

Meu coração batia rápido, como se estivesse prestes a explodir no meu peito.

— Até amanhã. — Shaila saiu em disparada do posto, e eu corri atrás dela, pegando minha bicicleta. Meus braços tremiam quando toquei no guidão.

— Vamos! — Shaila gritou enquanto disparava pela rua principal em direção à orla, com a caixa de cervejas chocalhando na cesta da bicicleta. Porém, antes de pedalar, olhei para trás. O Sr. Beaumont estava fora da loja. Ele acendeu um cigarro e nos observou indo embora.

Quando chegamos à casa de Rachel para deixar as coisas, Shaila narrou cada passo da nossa aventura em detalhes, caprichando no drama e na tensão.

— Escapamos de pegar uma expulsão!

Rachel revirou os olhos.

— Pelo menos, foi por uma boa causa, né? — Ela riu, enquanto abria uma lata. Rachel então jogou uma lata para Tina Fowler, que se sentou ao lado dela no grande sofá de couro, com seus cabelos loiros acobreados presos no topo da cabeça. — Esses pops têm um propósito, vocês sabem. Eles vão deixá-los mais fortes. Vão uni-los para sempre.

— Rachel passou o ano todo dizendo isso. Todos diziam. Então, acreditamos e passamos a dizer também. — Nada é melhor pra te aproximar de uma pessoa do que ser a vadia dela!

127

Porém, o evento de hoje à noite é um dos maiores. Quando éramos calouros, chamavam essas ocasiões de Showtime. Porém, hoje só falamos "o Show", que acontece algumas semanas antes de chegarem as respostas da primeira rodada de inscrições em universidades dos alunos do último ano. Por isso, todos estão muito animados, prontos para botar pra quebrar e gastar a energia acumulada. É meio confuso. Até Henry está um pouco tenso quando aparece para me levar à casa de Nikki. Ninguém menciona Brown ou Wharton.

— Graças a Deus você chegou — diz Nikki, com um longo vestido cor-de-rosa quase transparente, apesar da temperatura congelante. — Preciso de ajuda!

— Com o quê? — Passo por ela e vou direto para a cozinha, à caça das tigelas com salgadinhos. Henry vem logo atrás de mim.

— Com isso.

Encho a mão com salgadinhos e me viro.

— Com o quê...

Deixando de lado as convenções dos Showtimes anteriores, Nikki converteu sua sala de estar em uma arena, com arquibancada e tudo mais. Em frente à imensa TV, ela instalou um palco improvisado com caixotes cobertos por um tecido brilhante.

— Não é a Broadway, Nikki. Eles só vão ler as mesmas cenas de sexo bregas que já ouvimos um milhão de vezes. — Reviro os olhos. Os roteiros já circulam há muitos anos, sempre sob o crivo dos Toastmasters. Cada turma de veteranos modifica essas histórias um pouco, inserindo uma nova fala aqui, uma marcação ali. Segundo Jake Horowitz, as cenas se baseavam em sex tapes reais feitas pelos Jogadores nos anos 1990, na época das filmadoras. Mas ele só dizia isso para demonstrar como os pops eram piores no passado.

Nikki cerra os punhos e bate o pé.

A MESA DOS JOGADORES

— Quero que seja melhor desta vez! Lembra o ano passado: ninguém conseguia ouvir as sacanagens cretinas por causa das risadas. Foi muito fácil.

— Tanto faz.

A campainha toca, e Nikki me encara.

— Você pode ir lá?

— Claro, alteza — brinco. Nikki se retira, bem séria. Henry revira os olhos.

— E aí, Jill?! — grita Robert, claramente com algumas na cabeça. Quentin e Marla estão logo atrás dele.

— Uau, que louco — diz Marla.

— Enfim alguém que entende minha visão. — Nikki me lança um olhar gélido. Contorno a situação.

— Como posso ajudar? — Com uma feição mais suave, Nikki dispara instruções sobre o arranjo do bar e o ajuste dos cronômetros.

— Vamos lá — sussurra Marla. — Eu te ajudo.

Murmuro um agradecimento, e nos dirigimos para os fundos da sala de estar, onde devemos organizar os copos de plástico e colocar gelo nos baldes.

— Ela está de mau humor? — pergunta Marla. Uma espessa faixa de delineador circula seus olhos castanhos esverdeados, e seu cabelo quase fluorescente está amarrado em um coque no alto da cabeça.

Deixo escapar um suspiro e rasgo um saco de gelo.

— Parece que sim.

— Vamos acabar logo com isso. — Marla balança a cabeça. Suas argolas de ouro tilintam enquanto ela organiza o bar. Marla é a mais séria entre nós, a que mais questiona nossos vacilos. Talvez porque ela seja a menos interessada. Ela sabe que tudo isso é temporário. Marla parte para cima ao menor sinal de mancada, e penso que ela pode entender meus motivos para conversar com Rachel, pois talvez também tenha suas dúvidas.

— Na verdade, queria te fazer uma pergunta — digo, em voz baixa.

— Pode falar — diz ela.

— Não consigo parar de pensar em Shaila — começo. — Em Graham. Você não acha uma loucura ninguém questionar a inocência dele? — Prendo a respiração, e Marla larga as garrafas no balcão. Ela se vira para mim, com a cabeça inclinada para a lateral.

— Loucura total — diz ela. — Mas isso é Gold Coast. Ninguém quer mexer em nada. Todo mundo só finge que tudo é perfeito o tempo todo.

— Você não está curiosa? — pergunto. Belisco a cutícula do meu polegar.

— Claro — diz Marla. — Mas vou ser franca com você. Nada do que a gente disser ou fizer vai mudar alguma coisa. Não somos Arnolds, Millers ou Garrys. Temos sorte de estar aqui. — Com o rosto mais tranquilo, Marla volta a organizar os copos. — Minha mãe trabalha dia e noite no hospital para eu poder frequentar a Prep. Não tiramos férias há dez anos. Por que você acha que os meus irmãos foram para a Cartwright? Meus pais investem tudo em mim. Minha mãe reza toda noite para eu entrar na Dartmouth. A última coisa que eles querem é me ver envolvida em algum lance policial poucos meses antes da formatura.

Depois de três anos de amizade, não acredito que conheço tão pouco da vida de Marla, ignorando a avalanche de expectativas que se abate sobre nós duas. Mas algo me impede de dizer isso a ela. Então, estendo minha mão e aperto a mão dela.

— Você está coberta de razão.

— Logo logo vamos sair daqui — diz ela. — Mas, até lá, temos que continuar fingindo que está tudo bem.

Concordo com cabeça e tento tirar da mente as imagens de Shaila e Graham e todo aquele sangue, espesso e escuro. Sinto um aperto no peito, e meus punhos se fecham em pequenas bolas.

A campainha da casa da Nikki dispara.

— Eles chegaram! — grita ela. — Vamos começar os trabalhos!

A porta se abre, e uma fileira de Jogadores entra na sala de estar. De repente, a festa tem início. O sorriso de Nikki se dilata sempre que alguém elogia a cenografia; não consigo conter minha irritação. *É só o Show.* Não sei por que ela sente tanta necessidade de dar tudo de si.

Um tufo de cabelos escuros capta minha atenção.

— Jared! — Seus olhos brilham, e posso jurar que vejo os músculos de seu rosto relaxando. Atravesso a multidão. Bryce está ao lado dele, e os dois caem na gargalhada. — O que foi? — pergunto.

O rosto de Jared ganha um tom vermelho obsceno, mas Bryce, com a arrogância dos Millers, se aproxima.

— Estamos só nos preparando para o nosso número — diz.

— Qual vocês pegaram? — pergunto.

— O ménage — diz Bryce, sorrindo. Jared começa a rir.

— Talvez eu peça para você se retirar, Jill. Vai ficar muito estranho. — Ele toma um longo gole de cerveja, e eu fecho a mão com força para não bater na lata.

— Vocês vão se sair bem. Basta fazer piadas. É o que todos querem ver.

— Tudo certo, então. Que tal, J? — Bryce ri.

— É isso aí. — Eles fazem um brinde com as latas e derramam cerveja no tapete.

— Jogadores, agrupar! — A voz de Nikki ressoa pela sala, e todos se dirigem para seus assentos. — Vamos lá. — O comando corta o ar como uma navalha enquanto ela abre caminho até o sofá. — Só veteranos aqui.

— Err, por que tão ditadora? — diz Topher Gardner. Ele já havia plantado o traseiro no melhor assento, no vértice das duas partes do sofá.

— Você ouviu a patroa — rosna Robert.

Topher revira os olhos e passa a mão pelos cabelos escuros raspados bem curtos. Mas acaba cedendo e escorrega até o chão. Nikki dá um chute nele com o salto do tamanco.

— Pega uma bebida para mim, Toph.

— E eu achava que já era iniciado — brinca ele.

— Vai logo — dispara Nikki, com os dentes cerrados. Seu rosto está vermelho e inchado; o olhar, fixo. Faço uma nota mental: tenho que ficar quieta pelo resto da noite. Não posso me colocar no caminho dela.

— Senta aqui comigo — diz Henry, como se lesse minha mente. — Por aqui. Vamos lá.

Eu o sigo até a outra ponta do sofá. Enquanto nos sentamos, Nikki pressiona alguns botões no controle remoto, atenuando as luzes para destacar a frente da sala.

— Cena um! — grita ela. — Aos seus lugares!

Larry Kramer se levanta e se arrasta até a frente da sala. Ele limpa a garganta e esvazia a lata que leva na mão.

— Ah — começa. — Estou muito animado.

Ao meu lado, Henry irrompe em gargalhadas. Mas por pouco tempo.

— Esse número é sempre hilário — sussurra. Sei que era para eu estar rindo, apreciando a humilhação de Larry. Mas uma sensação ruim se instala no meu estômago. Quero sair de mim mesma.

Larry continua lendo os "uuuuh" e "aaaah" escritos no pedaço de papel, enquanto o resto do grupo joga batatas fritas, guardanapos

A MESA DOS JOGADORES

amassados e copos vazios nele. Quase não consigo ver a cena e tomo outro gole do meu drink para combater a náusea que agita meu estômago. Parecia mais divertido no ano passado.

Larry limpa a garganta novamente e chega ao fim esperado da cena. Seu rosto está todo vermelho.

— Er — diz. — Obrigado.

Topher dá um salto com o punho musculoso no ar.

— Uau, Kramer! Sacanagem de primeira!

— Visceral ao extremo! — grita Robert.

Olho para Nikki, mas evito contato visual. Seus olhos estão fixos em Sierra McKinley, que se mexe nervosamente na cadeira, trocando sussurros com outro calouro. Os rostos de ambos estão pálidos.

— Próximo! — grita Nikki.

Sierra se levanta, seguida por Jared e Bryce.

— Não sei se vou conseguir assistir — sussurro para Henry. Henry belisca meu joelho.

— Você só precisa assistir por alguns segundos — diz. — Depois, pode sair para pegar uma bebida ou algo assim.

Concordo com a cabeça e aperto minhas mãos, como preparação para ver meu irmão mais novo passar uma vergonha imensa. Por minha causa. Porque eu o trouxe para cá.

— Ação, perdedores! — grita Nikki.

— Oi, rapazes — começa Sierra, com uma voz baixa e bem aguda. — O que vocês estão fazendo aqui na piscina?

— Somos os salva-vidas — diz Bryce, com a voz uma oitava abaixo do normal. — Quer dar um mergulho?

— Oh, claro que sim — diz ela. — Fico muito feliz de ver que vocês estão aqui para cuidar de mim.

O diálogo afetado continua, e eu começo a relaxar. Não vai ser tão ruim.

— Que tédio! — grita Nikki, atirando um copo de plástico no palco improvisado. Robert coloca o braço em volta do ombro dela e se inclina para sussurrar algo em seu ouvido. O rosto de Nikki se contrai em um sorriso, e sua cabeça chacoalha furiosamente. — Quero ver mais atuação! — comanda. — Encenem!

Horrorizada, observo a galera inteira repetindo estas palavras.

— Encenação! Encenação!

Não consigo ficar sentada. Eu me aproximo de Nikki e coloco a mão no seu tornozelo.

— Nikki, relaxa — sussurro. — Você está indo longe demais.

Ela me afasta com um movimento do pé. Nem mesmo olha na minha direção enquanto segue entoando seus comandos.

— Encenação! Encenação!

Só Quentin continua em silêncio ao meu lado, observando espantado a galera pegar fogo. Jared, Bryce e Sierra ficam paralisados, sem saber como agir.

Balanço a cabeça para Jared, com a esperança de que ele leia minha mente. Não, penso. *Você não precisa fazer isso.*

Mas Bryce toma a iniciativa e se posiciona atrás de Sierra. Ele acena para Jared ficar na frente dela. À medida que o burburinho aumenta na sala, minha cabeça começa a latejar. O rosto de Sierra fica vermelho e inchado, e não posso mais permanecer ali.

Saio do sofá e atravesso a multidão de segundanistas sentados em cadeiras dobráveis, fascinados pelo espetáculo.

A porta dos fundos fica a poucos metros dali, e o alívio que sinto quando a abro é imenso. Caio de joelhos no deque de madeira e me encosto na parede da casa. Tento controlar minha respiração e olho para cima. Mas as nuvens estão ocultando as estrelas. Fecho os olhos e tento escutar meu coração. *Respire*, digo a mim mesma. *Respire*.

A porta se abre, e um tecido bem leve percorre a minha cabeça. Nikki.

— Qual é o seu problema? — As palavras saem em uma voz alta e cristalina. Nunca tinha visto esse lado dela. Sinto vontade de sair correndo dali.

— É demais — sussurro. — Você está humilhando aqueles três. É o meu irmão.

Nikki dá um passo à frente e me encara de cima.

— Não estou te reconhecendo — digo. Mas seu rosto está duro como pedra.

— Você se lembra do nosso Showtime? — pergunta Nikki.

— Claro. — Achei bem fácil na época: Quentin e eu lemos uma cena estúpida de pornô softcore. Fomos os últimos, e todos estavam tão chapados que ninguém prestou atenção. Sem nenhum interesse do público, a apresentação durou sessenta segundos.

— Foi um desastre — ela diz, já com a voz mais suave. Faço uma força para lembrar a apresentação de Nikki, mas não consigo. Só me vem a imagem de Shaila ganindo, arquejando e gemendo exageradamente com sua voz rouca, em meio aos aplausos da galera. — Eu estava com Robert — continua Nikki. — Perto do fim, Jake Horowitz se levantou no fundo da sala. — Ela para. — Você não lembra, né? — Balanço a cabeça e mordo o lábio. O vento sopra do oceano, e um arrepio percorre minha espinha.

— Aff — diz Nikki, expressando seu desconforto. — Jake tirou Robert de lá e disse: 'É assim que se faz, seu perdedor! É assim que você tem que transar com ela!' — Pequenas lágrimas surgem nos cantos dos olhos de Nikki, e a lembrança invade meu cérebro. Na frente de todo mundo ali, Jake simulou um monte de coisa com ela, que depois desapareceu pelo resto da noite. Na hora de ir embora, Shaila teve muita dificuldade para tirá-la do banheiro do terceiro andar da casa dos Calloways. Nikki nunca tinha mencionado aquela dor. A vergonha que sentiu. E não fizemos nada para impedir. Deixamos isso acontecer com ela.

— Nikki — começo, tropeçando ao me levantar. Mas ela logo me corta.

— Os meninos sempre mandaram. Agora é a nossa vez de fazer as regras — diz. — Se a gente segurou a barra, eles também podem. Como estamos hoje? Duras na queda. Vadias brilhantes. É um favor que fazemos para eles.

Sei que Nikki está errada. Muito errada. Mas, olhando seu rosto lindo e furioso, sei que não posso fazê-la mudar de ideia. Ela é minha amiga. Minha melhor amiga agora. Só tenho que assistir um pouco mais.

Fico calada, e Nikki sabe que isso significa que estou do lado dela. Ela levanta a cabeça e volta para dentro da casa, me deixando sozinha na noite fria. Fecho os olhos e desejo que tudo isso acabe, que a formatura ocorra logo, que tudo evapore.

Sinto uma pequena vibração na perna. Pego meu telefone e vejo o nome de Rachel. Meu estômago se agita.

Sei que já faz um tempo, mas que tal? Quer nos ajudar? Precisamos de você, Newman.

Fico olhando as palavras formando um borrão na tela. Talvez eu também precise deles.

Onze

QUANDO CHEGUEI EM casa naquela noite, olhei para as estrelas no teto do meu quarto. Estou exausta, mas o sono não vem. Tento me lembrar dos momentos antes de tudo mudar. Antes de ficar com medo. Dos Jogadores e, mais ainda, de mim mesma. O que fomos capazes de fazer? Até onde vamos? Quanto nós sacrificaremos? Quando meu mundo mudou?

Tudo sempre volta àquela noite de novembro do primeiro ano. Era uma sexta-feira, mais quente do que deveria. No dia seguinte ao Dia de Ação de Graças. Lembro porque comi torta de maçã no café da manhã e ainda podia sentir o sabor do recheio espesso e doce em meus lábios quando Adam me mandou uma mensagem.

Fica pronta às 21h, Newman. Vamos sair.

Minha pele formigou. Eu sabia que ele estava namorando a Rachel, mas estava planejando sair *comigo*. Não importava que os Calloways estivessem no Hamptons para o feriado. Ou que o Adam e seus amigos passaram as últimas semanas envergonhando a mim e aos meus amigos, forçando-nos a estar sempre disponíveis. Naquela noite, ele me procurou sozinho.

Ok, respondi. *Preciso levar o pacote dos Jogadores?*

Não. Noite de folga. Você merece.
O resto do dia foi cheio de trabalho árduo, e, por volta das 21h, comecei a pirar. *Para onde iríamos? O que aconteceria depois?* Quando mamãe me perguntou o que eu faria, só falei que sairia com o Adam. Ela não fez mais perguntas. Isso era uma vantagem, é claro, ter meus pais confiando em que o Adam não me levaria para fazer nada obscuro e perigoso.

Finalmente, ouvi as notas familiares dos acordes de guitarra violentos vindos da sua Mercedes.

— Tchau, mãe — gritei.

Saí porta afora e me forcei a diminuir meu ritmo de caminhada para não correr para o lado do carona. Ainda assim, quando abri a porta, Jake estava lá também. Ele abaixou a janela e deu um sorriso malicioso.

— Para trás, Newman.

A vergonha aqueceu meu pescoço, e minha pele ficou pegajosa. Afundei no couro e tentei chamar a atenção do Adam. Mas ele manteve o olhar fixo à frente. Inclinei-me para a frente para entender o que eles diziam acima da música, mas era inútil. Suas vozes foram abafadas pelo coro lamentoso vindo do aparelho de som.

Então, recostei-me e olhei pela janela, tentando descobrir o que fazer com minhas mãos. Foi uma viagem curta, porém, e logo estávamos na casa do Adam.

— Fam está na cidade — disse ele. — Vamos. — Ele acenou para que Jake e eu o seguíssemos até a grande varanda envolvente.

Sentei-me no balanço e senti o chão se mover enquanto me balançava para frente e para trás, flutuando no espaço. Adam afundou ao meu lado, e a madeira rangeu.

A MESA DOS JOGADORES

Jake se apoiou em uma poltrona de vime e tirou uma garrafa de algo escuro do bolso da jaqueta.

— Aqui, Newman — disse ele.

Tomei um gole e tinha gosto de veneno. Então tomei outro e me esforcei para não fazer uma careta.

— Te falei que ela aguentava — disse Adam. Ele cutucou meu ombro com o dele, e tentei sorrir, como se achasse esse pequeno encontro tão normal que fosse chato. Adam pegou a garrafa do meu colo.

— Certo, neném. Você deve estar se perguntando por que está aqui — disse ele.

Antes que eu pudesse falar, Jake entrou na conversa.

— Vamos nos encontrar com todos individualmente antes de distribuir os piores pops.

Faz sentido, pensei, embora me perguntasse por que estava sozinha com eles, por que não esperaram para fazer isso quando Rachel, Tina e os outros estivessem por perto também.

— Nós só queremos sair, ver o que te faz vibrar, quem você realmente é — continuou Jake. — O Adam aqui me contou tudo sobre você, mas quero conhecê-la por mim mesmo. Então, vai bebendo, Jill — disse Jake, inclinando-se e apoiando os cotovelos nos joelhos. — Qual que é a tua?

Adam me deu um tapinha no ombro com a garrafa, e tomei outro gole. Coragem. O gosto estava ficando mais suportável, e minha garganta quase parou de queimar. Então comecei a falar. Comecei a vomitar palavras estúpidas sobre como amo astrofísica e como passei o verão em Cape Cod com o melhor telescópio da Costa Leste. Adam olhou para baixo e chutou contra as tábuas do piso, fazendo-nos balançar para frente e para trás. O impulso revirou meu estômago.

Jake balança a cabeça.

— Diga-me algo interessante, Newman. Você tem algum segredo profundo e obscuro?

— Quê?! Não. — Eu rio. Eu não tinha feito nada digno de sigilo. Eu era um tédio completo.

— Vamos lá. Tem que haver alguma coisa. Não vamos contar a ninguém. Você é uma Jogadora agora. Ou... quase. Estamos todos juntos nisso — disse Jake. Adam acenou com a cabeça, mas não encontrou meus olhos. — Que tal... qual é o seu maior medo?

O vento aumentou, e passei meus braços em volta da minha barriga. Pensei por um segundo, inclinando a cabeça para o céu. Ele estava coberto de estrelas brilhantes e piscantes. A luz da varanda do Adam estava acesa, mas não precisávamos dela. Encontrei a Ursa Maior, o Grande Carro parecendo uma matrioska, logo abaixo da Estrela Polar. Respirei fundo.

— Tenho medo do escuro — falei finalmente. Tentei rir, mas o som que saiu foi de giz e estranho. — É por isso que amo tanto astronomia. Não existe escuridão absoluta no céu noturno.

Jake não riu. Nem Adam. E finalmente me acalmei. Foi como se eu tivesse passado em um teste. Jake se inclinou para a frente. Seus olhos, negros e arregalados, sustentavam meu olhar com uma ferocidade que me assustou. Ele colocou a mão no balanço para nos impedir de nos mover.

— De onde veio esse medo?

— Ah, você é psiquiatra agora? — perguntei. Mas ninguém riu. Tomei outro gole — uísque de cereal, assim defini — e apenas disse: — Não sei. Meu pai me apresentou às constelações quando eu era criança, e elas sempre fizeram eu me sentir segura. Até tenho aquelas estúpidas estrelas brilhantes no teto do meu quarto. Não consigo dormir sem um pouco de luz.

A MESA DOS JOGADORES

— Vá mais fundo, Newman — disse Jake. Seus olhos se estreitaram, e ele se inclinou ainda mais, para que as pontas dos seus dedos roçassem meus joelhos.

— Talvez... — comecei a falar. — Talvez seja porque sempre me senti inferior. — As palavras estavam borbulhando agora. Coisas que eu nunca nem me deixei pensar, quanto mais dizer em voz alta. — Como se eu não fizesse parte da Gold Coast Prep. Como se eu tivesse algo a provar. Como se eu tivesse que ser perfeita. — Pensei nos meus pesadelos de ansiedade, aqueles que começaram depois que vim para a Prep e que agora arruinavam meu sono nas noites anteriores aos grandes testes ou apresentações. Como a ideia de não estar à altura dos meus colegas brilhantes me fazia querer correr e me esconder.

Jake recostou-se na cadeira, aparentemente satisfeito. Mas senti que ele precisava de mais.

— Sei que não sou boa o suficiente, mas tenho medo de que todo mundo descubra.

Isso o fez sorrir.

— Você acha que outras pessoas se sentem assim também?

Pesei a questão na minha mente, pensando em Nikki e Shaila.

— Não sei. Acho que todo mundo tem medo de alguma coisa — falei. — Como Shaila, que você pensaria que não tem medo de nada, mas tem pavor de altura. Não pode nem pensar. Ela nem anda na roda-gigante do Oyster Fest comigo.

— Ah, é? — perguntou Jake.

Concordei.

— Ela é um bebê quando se trata dessas coisas. Todos temos algum medo, acho. Talvez ela também tenha um motivo mais profundo para isso.

Adam chutou o chão novamente e nos fez balançar para a frente e para trás. Nenhum deles disse nada por um tempo, e inclinei minha cabeça para encarar o cobertor de estrelas em silêncio.

Depois de alguns minutos, Adam finalmente falou:

— Estou com fome. Pizza?

A conversa continuou enquanto eles debatiam os méritos de Mario e Luigi, os dois pontos de divisão concorrentes na cidade.

Mas fiquei quieta, revendo o que acabara de revelar sobre minhas próprias deficiências e, inadvertidamente, sobre as da Shaila. Ela teria sua própria reunião também. Todo mundo teria. O que ela diria sobre mim? Seria por acidente ou de propósito? Eu tinha falado demais?

Tentei empurrar a culpa para a boca do estômago, para me convencer de que não havia traído a confiança dela. Mas eu sabia, de alguma forma, que acabara de dar munição aos Jogadores. E eles a usariam. Eu só não sabia quando. Ou que de alguma forma isso levaria à última noite da Shaila.

Essa semana toda estou lenta e cansada, meus pensamentos, dispersos. Marla provavelmente estava certa sobre fingir que está tudo bem, mas ainda estou pensando na mensagem de Rachel, a que deixei sem resposta, e na expressão nos olhos da Nikki enquanto ela ficava mais cruel durante o Show. Quando vejo a mensagem de Henry, sexta à noite, sei que é exatamente disso que preciso para me distrair das coisas.

Nos vemos hoje? Minha casa?, pergunta ele.

Alguns minutos se passam.

Meus pais saíram.

Mordo o lábio e sorrio. Henry tem sido extremamente doce desde a outra noite na Nikki, bolando pops mais fáceis para Jared completar e cuidando dele nas noites dos meninos. Ele é o único de nós que se recusa a falar sobre a inscrição na faculdade, ou rejeição, que acontecerá na próxima semana. Ele diz que isso é muito estressante e que deveríamos relaxar. Vê-lo seria uma distração bem-vinda de Rachel, Graham e de Shaila, também. Agora, eles são todos personagens dos meus pesadelos. Eu poderia passar uma noite sem eles.

Além disso, Henry é tão *transparente*, que com ele tudo é fácil, me sinto à vontade e segura. Ele alterna rapidamente entre o jornalista prodígio e o *rapaz* tipicamente norte-americano. Seu único defeito é a necessidade constante de agradar aos pais. Foi para isso que ele usou os Arquivos, para obter aqueles guias de estudo de matemática. É a matéria na qual ele é mais fraco, e justamente para a qual ele sabia que precisava de notas máximas em cálculo, estatística e economia para entrar na Wharton. E, embora ele zombe da ideia de trabalhar para "o homem", assim como o pai, todos nós sabemos que ele fará exatamente isso.

Às vezes, olho para ele e parece que consigo ver todo o seu futuro: um diploma em administração, um estágio chique, um apartamento espaçoso na cidade. Ele viveria imerso nos *e se*, consumido pelo fato de ter desistido de seu sonho de ser repórter de linha de frente para trabalhar até meia-noite se preocupando com planilhas. Mas ele ainda teria tudo: a esposa com peitos grandes e com um bom gosto impecável, a mansão em Gold Coast e uma casa de férias no Leste. Às vezes, me pergunto se essa esposa serei eu e se ficaremos juntos para sempre, simplesmente por causa da Shaila. Como eu poderia ficar com alguém que não a conhecia? Como se pode viver com alguém que nem minimamente conheceu uma grande parte de você?

Mas, novamente, o pensamento daquela vida, de ter tudo prescrito, faz meu estômago dar um espasmo. Varro a imagem do Henry adulto e insatisfeito da minha mente e volto às suas mensagens. Só preciso pensar no *agora*, isso é tudo. Minha boca se contorce em um sorriso.

Esta noite, quando todo o resto parece ser um ponto de interrogação, ficar um tempo na casa do Henry não é a pior opção. Pelo menos, não terei que *pensar* em calouros, no Graham, na Rachel ou de quem era o sangue manchado numa camisa feia três anos atrás.

Estarei aí às 19h, respondo.

Tá!, escreve ele. *Vou pedir sushi.*

Henry mora na parte nova da cidade, perto do mar, onde as famílias têm seus próprios barcos, onde os quintais são basicamente campos de futebol e onde as casas das piscinas têm cozinhas completas e banheiras vitorianas. Chego na entrada de sua garagem e digito os números na caixa de código, fazendo o portão de ferro forjado abrir. Quando chego à porta da frente, 400m depois, Henry está esperando do lado de fora, vestindo seu moletom da CNN e segurando uma sacola de delivery.

— Oi, linda — diz ele. Ele me envolve em um abraço e me dá um beijo molhado e faminto na boca. Eu o sigo para dentro de casa, pelo saguão de mármore para a cozinha ampla e arejada.

Henry vasculha o saco e tira uma quantidade enorme de comida: rolos de maki e pedaços brilhantes de sashimi aninhados em recipientes de plástico, pequenas caixas de salada de algas marinhas e vagens de edamame salgado. Meu estômago ronca com a visão.

— Alguém exagerou um pouco — digo. Henry cora e encolhe os ombros até as orelhas.

— Eu não me lembrava do que você mais gosta, então peguei um pouco de cada coisa. — Ele me entrega um par de pauzinhos de madeira e me olha com aqueles olhos grandes e sinceros.

Coloco um pedaço de um roll picante de salmão na boca.

A MESA DOS JOGADORES

— Está perfeito — digo, sem me preocupar em mastigar.

— Bom. — Ele inclina os braços sobre o balcão de mármore à sua frente, e seus antebraços parecem troncos de árvore descendo pelas suas costas, enrolados até os cotovelos. — Quer subir? — pergunta ele, um brilho nos olhos. Esperançoso. Confiante.

Minhas entranhas formigam, como se eu tivesse bebido muita soda, mas preciso tirar Graham e Shaila da cabeça.

— Com certeza.

Henry agarra minha mão, e nós subimos dois degraus por vez. Quando ele abre a porta do quarto, fica claro que planejou esta noite. Uma música suave sai dos alto-falantes, e pisca-piscas cintilam sobre sua cama perfeitamente arrumada. Eles refletem nos jornais emoldurados na parede, primeiras páginas do dia em que ele nasceu. Até mesmo uma vela queima no parapeito da janela, bem ao lado da foto dele apertando a mão de Anderson Cooper. É tudo muito... fofo.

— Brega — digo, escondendo o quanto fiquei feliz por ele ter preparado o cenário assim para mim.

— Vem cá. — As bochechas de Henry ficam um pouco vermelhas. Suas mãos são fortes e grossas, mais calmas do que deveriam. Ele nem sempre foi assim, não quando começamos a ficar. Nós dois tínhamos nos envolvido com algumas outras pessoas, outros Jogadores de outras turmas. Mas nenhum de nós dois tinha transado. Nunca houve a oportunidade de aprender ou de fazer perguntas de uma forma que parecesse segura ou livre de julgamento. Então, quando estávamos juntos, cada encontro era uma nova aventura, um novo desafio para nos lançarmos.

Uma noite, depois de se atrapalhar para destravar meu sutiã sob as estrelas a bordo do seu barco, *Olly Golucky*, Henry anunciou que queria ficar melhor nisso, em tudo.

— Quero fazer do jeito que você gosta — sussurrou ele em uma voz que derreteu as minhas entranhas. — Me mostra — disse ele, sua respiração quente no meu pescoço.

Então eu fiz, guiando sua mão do mesmo jeito que eu fazia quando estava sozinha. Mostrei a ele como eu movia meus dedos e como ele poderia imitar o movimento. Fiquei tímida no início, envergonhada por ele saber que eu fazia isso sozinha, que tinha encontrado prazer quando parecia tão inatingível. Mas Henry me ouviu e foi testando, com gentileza e ternura. Sua testa franziu em determinada concentração até que eu lhe dei uma confirmação e então consenti para ele ir mais longe, continuar explorando. Ele começou a me estudar e a meu corpo como se fosse um livro didático, com mais intensidade do que para qualquer outro teste. No final do verão, ele estava com a nota máxima, e não só pelo esforço. Ele disse que as minhas reações foram o que mais o empolgaram. Tudo isso me fazia estremecer também, sua busca incessante pelo meu prazer.

Agora, no quarto dele, ele sabe exatamente o que fazer. Logo, suas mãos estão no meu rosto e depois no meu pescoço, esfregando as minhas costas, por dentro da roupa. Seus lábios correm da minha boca para o meu ouvido e, em seguida, para o meu colo, traçando uma constelação até o meu decote e mais para baixo.

Afundo na cama, envolvendo minhas pernas em sua cintura. É fácil deixá-lo assumir o comando, dizer *sim, aí mesmo* e *continua*. Henry gosta de agradar. Ele fica ansioso para ver o êxtase no meu rosto, para me deslumbrar. Em momentos como este, fico muito grata que o meu primeiro, o meu verdadeiro primeiro, tenha sido alguém que trata o meu corpo como algo para surpreender, para atravessar, mas apenas com um guia. Ele sabe que não cabe a ele conquistar o território.

Ele está sem as calças, e sua boxer é fina. Sinto cada saliência dele enquanto ele levanta minha saia e tateia meu corpo com as pontas dos

A MESA DOS JOGADORES

dedos macios. Ele sabe onde pressionar agora, o quão forte me tocar. Eu me inclino para ele, e deixo as minhas mãos vagarem também, sobre seus músculos curvos e sobre a pele macia das suas costas. Seu cabelo é macio, e ele acaricia meu pescoço como um cachorrinho.

Mas, logo, sei que estarei em um daqueles momentos em que não posso impedir meu cérebro de se sobrecarregar. Tento tirar todos os pensamentos da minha cabeça, me concentrar no rapaz apaixonado à minha frente. Em vez disso, começo a me perguntar o quão bem eu me lavei no banho de tarde, e se cheiro mal, se sou *apertada*. Essa palavra estúpida e sem sentido. E os rapazes obcecados por isso. *Ela era apertada? Muito apertada? Aposto que já está frouxa.* A única coisa pior do que ser *frouxa* é ser *vulgar*.

Henry percebe a minha hesitação e diminui a velocidade, subindo as mãos.

— Tudo bem? — pergunta ele. Ele tira a cabeça do meu pescoço e me olha preocupado.

— Aham — digo. — Continua.

— Certeza? — pergunta ele.

— Sim. — Colo minha boca na dele e empurro meu corpo mais perto, como se fôssemos nos fundir. Quero que ele faça todo o resto que não seja nós dois desaparecer. — Você tem camisinha? — pergunto, já sabendo a resposta. Henry estende a mão para a mesa de cabeceira e tira um embrulho de papel-alumínio da gaveta. Ele o abre, e o som atinge meus ouvidos. Eu me inclino em seus travesseiros e observo seus movimentos. Ele olha para mim com aquele sorriso doce, o cabelo desgrenhado. Meu coração se pacifica, quero ser uma só com ele de uma vez. Tenho sorte de estar com ele. Disso eu tenho plena certeza.

— Pronta? — pergunta ele.

— Sim — digo, totalmente certa.

— Você é tão linda! — Suas palavras são abafadas em meu cabelo, e fecho os olhos com força.

— Você também. — Enterro o rosto no seu peito, e me vem à mente alguém com cabelos mais escuros, com um sorriso assimétrico. Mas ele aparece em fragmentos, uma série de começos e cortes. Ele se vai, e outra imagem surge na minha cabeça. A foto de Shaila e Graham, abraçados firmemente em seus uniformes da Gold Coast. A foto que rasguei.

O suor do Henry goteja em mim, e de repente essas imagens somem. Henry se mexe em cima de mim, gemendo. Ele não vai parar até saber que estou satisfeita, que acabou para mim, então gemo e me forço contra ele. Dou a ele todos os nossos sinais de conclusão. É mais fácil do que explicar a loucura na minha mente, ou por que ela se instalou lá.

Leva um ou dois minutos antes que ele acabe, soltando um suspiro lento e trêmulo. Henry desmaia ao meu lado.

— Jill — sussurra ele no meu ouvido. Rolo para longe dele, e a nossa pele se separa com um doce som crepitante. Dou graças aos céus por meu peito estar coberto e puxo seus lençóis de seda até os ossos do quadril. Ele envolve um braço na minha cintura. — Foi incrível.

Voltando ao oitavo ano, Shaila e eu pesquisamos como falar "orgasmo" em vários idiomas diferentes, só por diversão. Acontece que os franceses o chamam de *la petite morte*. A pequena morte. Nós explodimos em um ataque de risos quando descobrimos.

— Ah, meu Deus — disse Shaila. — E você sabe o que isso significa, certo?

— O quê? — perguntei, segurando minha barriga dolorida de tanto rir.

— Cada vez que um cara goza, uma parte dele morre. O quão distorcido é isso?

— Não! — ofeguei.

— Você sabe o que isso nos torna? — continuou, sem esperar que eu respondesse. — Fortes. Poderosas. *Assassinas.* — Ela cruzou os olhos e mostrou a língua, e, juntas, caímos em sua cama rindo ainda mais.

Agora, sempre que o Henry goza, penso na Shaila. Na pequena morte.

— Ei, volta para mim — diz ele, me puxando para ele. Ele coloca as mãos nas minhas bochechas, e olho para ele de um jeito que não fazia há semanas. Seus olhos estão arregalados, perscrutadores; e seu cabelo, normalmente impecável, está amassado, úmido no encontro com a testa. Seus cílios são grossos e longos, como os de um desenho animado. Ele confia completamente em mim, é o que sinto. Ele está cada vez mais vulnerável. Tudo o que quero fazer é correr.

— Tudo bem? — pergunta ele.

— Sim — digo.

Isso basta para ele, porque me envolve em um abraço profundo até o meu queixo repousar no seu ombro, moldado em seus músculos.

— Você também gozou, certo? — sussurra ele em meu cabelo.

— Aham — minto, tentando imaginar minha própria pequena morte. — Claro que sim.

Doze

PARA OS PAIS da Gold Coast, o planejamento para a faculdade começa assim que você atravessa os portões de latão em seu blazer azul-marinho. Durante as práticas esportivas, os alunos usam moletons estampados com os nomes das faculdades para as quais pretendem ir. Yale, Harvard, Princeton. Penn, se você quisesse se divertir ou fazer muito dinheiro. Wesleyan, se for artista. Stanford, se odeia seus pais e quer fugir deles.

E, no início do último ano, se você não tiver se decidido para onde se candidatar, é um perdedor, cujo futuro é incerto. O conselho de admissão não permitiria que você entrasse com base no seu desejo ardente ou em ter percebido, ainda no útero, que era seu destino estar lá.

Mas, na nossa cabeça, quem decidia para onde iria, primeiro, eram os melhores alunos, aqueles que mereciam entrar. E, se você fosse aceito, deveria se preparar para a guerra.

Vi isso acontecer no primeiro ano, quando Jake Horowitz foi aceito em Princeton, já na pré-inscrição, e Tina Fowler foi adiada, embora seus pais fossem ex-alunos e ela sempre tivesse usado aquele moletom laranja neon horrível durante os treinos de vôlei. A sua fúria quase separou os Jogadores quando ela gritou com ele durante o almoço em uma sexta-feira. Todos ficaram aliviados por ela ter sido aceita na primavera.

Portanto, não foi fácil quando, no último ano, os meus amigos foram aceitos, com inscrições bem recebidas e muita esperança. Até Robert, que fracassou nos SATs, mesmo com todo o tempo extra que conseguira, acreditava que estava destinado a voltar para Manhattan, para estudar gestão musical na NYU. Corriam rumores de que seus pais fizeram uma doação "casual" de um milhão de dólares para a universidade.

Tudo isso faz com que hoje, 1º de dezembro, o dia em que receberemos notícias da primeira rodada de inscrições, seja algo também conhecido como tortura.

Acordo suando, ofegante, lençóis de algodão enrolados em meus punhos. Mal consigo recuperar o fôlego. Mas eu não sonhei com a Brown, em entrar ou não. Sonhei com Shaila, seus olhos arregalados e cheios de medo, saindo da sua bela cabeça. Sua boca aberta, gritando por ajuda. Respiro profundamente e tento tirá-la da mente. Outro pesadelo? Apenas estresse. Só isso. Reforço essa certeza, mas meu coração continua a disparar em uma velocidade rápida demais para se acalmar.

Inclino a cabeça para trás e acabo batendo na cabeceira de madeira, e esfrego minhas têmporas, desejando que Shaila desapareça. Procuro o celular na mesa de cabeceira com os dedos trêmulos, esperando que rolar algum feed indefinidamente me salve. Mas, antes que eu abra o Instagram ou o YouTube, vejo uma mensagem de Rachel. Claro.

Você mudou seu número ou algo assim?, escreveu. *Não desiste da gente.*

Jogo o telefone nos cobertores com tanta força que ele salta para o chão. Meu medo se foi e fiquei com raiva. Por que a Rachel fica *me* perseguindo? Por que não a Nikki, o Quentin ou mesmo o Henry? Por que ela não pode simplesmente me deixar em paz, em particular hoje? E por que diabos estou realmente pensando em ajudá-la?

Mamãe enfia a cabeça no meu quarto.

— Você está bem, Jill? — pergunta ela, suas sobrancelhas formando um V. — Pensei ter ouvido alguma coisa.

— Sim — digo, sem olhar para ela.

— Grande dia, querida. — Seu rosto se suaviza em um sorriso caloroso. — Aconteça o que acontecer, tudo vai dar certo.

Resmungo e jogo as cobertas, passando por ela para o banheiro.

— Tanto faz.

Pelas próximas horas, faço o possível para não pensar em Shaila, Rachel ou Graham. Em vez disso, concentro-me na agonia insuportável de esperar que nosso destino chegue.

Todos parecem sentir o mesmo. Uma lança elétrica sinistra atravessa o refeitório e, mesmo na mesa dos Jogadores, juntos, não conseguimos dissipá-la.

Se Shaila estivesse aqui, ela não estaria preocupada em entrar em Harvard. Ela estaria sentada ao meu lado revirando os olhos por nós sermos tão *surtados*. Ela nos acalmaria, certa de que *tudo vai dar certo para todos nós, galera*. Eu a imagino com o uniforme da Gold Coast Prep, mastigando um pedaço de massa de biscoito com um pé apoiado na minha cadeira, com seu joelho visível acima da mesa. Essa era a verdadeira Shaila, não o fantasma assustador que assombra meus sonhos.

— Então, ah, o que está pegando? — arrisca Quentin.

Nikki dá uma meia risada, mas esfrega o polegar contra o quartzo rosa em volta do pescoço. Ela está receosa pelas notícias de Parsons, embora seja perfeita para o programa de merchandising de design. Seu portfólio apresentava vestidos que eu morreria para comprar.

— Robert, você está bem? — pergunta ela.

Mas ele permanece em silêncio, provavelmente pela primeira vez na vida, e dá um gole no refrigerante, esmagando a garrafa de plástico em um movimento rápido e preciso. Acho que ele não está tão confiante.

— Onde está Marla? — pergunto.

— Não vai almoçar hoje, foi treinar — diz Henry, enquanto coloca a bandeja ao lado da minha. — Tentar se distrair.

— Que inferno isso tudo — admito.

Todos murmuram em concordância e voltam para a comida. Ficamos em silêncio até o sinal tocar.

O resto do dia é a mesma bela porcaria. Foi como se o Sr. Beaumont tivesse se esforçado para deixar sua explanação dolorosamente longa sobre *Ulisses* ainda mais chata do que deveria ser. Faltando apenas cinco minutos para acabar a aula, ele nos olha com pena.

— Que tal relaxarmos agora? — pergunta ele. — Fiquem à vontade para mexer em seus celulares.

Em segundos, todos abrem as páginas de admissão e os e-mails, embora saibamos que ainda faltam horas para qualquer resposta. Quando finalmente chego em casa, eras depois, passo por mamãe, papai e Jared, e me tranco no meu quarto. Sento na cama, escondo o celular debaixo do travesseiro, e abro o portal de admissões da State. É melhor acabar logo com isso.

Insiro minhas informações e mastigo uma cutícula perdida enquanto a página carrega.

Parabéns! surge na tela, com uma chuva de confetes.

Meu batimento cardíaco se desacelera. Graças a Deus! Excelente presságio!

Respiro fundo e abro a página da Brown. Meus dedos ficam pesados enquanto digito meu login, e minha garganta seca quando a mensagem aparece.

De repente... dou um grito.

Aconteceu.

Eu consegui.

— Você entrou? Conseguiu? — grita papai do corredor.

— Sim! — minha resposta sai sufocada.

Mamãe abre a porta e me envolve em um abraço.

— Querida — grita ela. — Tudo valeu a pena!

Minhas bochechas estão suadas, e meus ombros tremem. Deixo-a me segurar como se eu fosse uma criança de novo. Descanso a cabeça no seu pescoço, e ela me comprime como se eu fosse pequena bola. Tudo *realmente* valeu a pena. Meu futuro está traçado. *Eu consegui.*

Jared salta pelo corredor, ofegante.

— Dentro? — pergunta ele.

Concordo com a cabeça. O sorriso dele fica gigante.

— Eu sabia. — Então ele envolve seus braços em mamãe, papai e em mim, e bate seu ombro no meu. Mamãe finalmente desembaraça todos nós, e segura meu queixo

— Vamos comemorar — diz ela. Seus olhos também estão molhados. — Fiz macarrão com queijo.

Depois do jantar, mamãe enfia a cabeça na geladeira, remexe e sai com uma garrafa de champanhe verde gelada, o topo embrulhado em papel-alumínio.

— Você merece, pequena — diz papai. Ele pousa a mão grande e firme em meu ombro, pisca e leva um guardanapo ao rosto. — Você trabalhou tão árduo por isso. E passou... — Ele aperta meu braço na mesa e acena para mamãe. — Você nos deixa tão orgulhosos! Quatro copos! Um para Jared também. Isso só acontece uma vez na vida.

Jared sorri. Nossa empolgação é *contagiante*. Ele vai lavar a louça e, antes de nos dispersarmos, ele se aninha no meu ombro para um abraço.

A MESA DOS JOGADORES

— Você já contou ao Adam?

— Vou fazer isso agora.

Ele concorda com a cabeça.

— Ele vai ficar muito feliz. — Jared me aperta novamente, e sou tomada pelo amor pelo meu irmãozinho. Aconteça o que acontecer com os Jogadores, com o Graham, este momento é nosso.

Corro escada acima e pego o celular com as mãos trêmulas. Digito o número do Adam e espero tocar. Tento me lembrar de tudo que quero dizer. Quero ouvir tudo sobre os shows de improvisação ruins que veremos juntos, o único lugar em Providence em que vale a pena comprar bagels, a parka grossa de que vou precisar usar para lutar contra o frio da Nova Inglaterra. Quero saber em qual dormitório devo morar. Preciso de um carro?

Ele atende no quarto toque, mas eu mal consigo ouvi-lo. Uma forte música Eurodance toca ao fundo, abafando meus pensamentos.

— Alô?! — grita ele. — Jill?!

— Eu entrei — digo, sem fôlego. — Eu entrei. — Dizer essas palavras em voz alta parece mentira, como se eu estivesse sonhando.

— Quê?! — grita ele. — Não estou te ouvindo. Me manda mensagem!

A linha fica muda. Ele deve estar em alguma festa, alguma tipo aquelas em que eu também estarei no próximo ano.

Mando uma mensagem para ele com os dedos ainda trêmulos

EU ENTREI NA BROWN! VEJO VOCÊ NO ANO QUE VEM!

Ele responde no mesmo instante. *AAAHHHH!!!!!*

Abaixo o celular e respiro profundamente, inalando e depois deixando tudo ir. De repente, tudo ao meu redor parece ilusório, como coisas do passado de outra pessoa. Vejo o futuro com clareza, quero avançar pelos próximos meses e esquecer Rachel e Graham, e aquele sangue que manchou sua camisa.

Mas então ouço sussurros atrás da porta do armário no final do corredor, onde mamãe guarda coisas aleatórias, como papel de embrulho e rolos extras de papel-alumínio.

Giro a maçaneta lentamente e a puxo alguns centímetros, só para entender as palavras.

— Vamos descobrir — diz mamãe, o tom abafado e nervoso.

— Simplesmente não consigo fechar as contas — diz papai, exasperado e exausto. — Não saberemos se ela receberá algum dinheiro até a primavera. Se não, ela terá que pegar empréstimo. E vai ficar sobrecarregada com dívidas por décadas. Não podemos deixar isso acontecer.

— Quer dizer, podemos pagar *uma parte* — sussurra mamãe. — E ela ainda está concorrendo a uma daquelas bolsas integrais. Quando ela nos decepcionou?

— Eu sei, eu sei. Mas... e se ela não conseguir? — Ele parece culpado apenas por sugerir isso.

— Sempre há a State — diz mamãe. — Honras.

— Mas é o sonho dela.

— Ela vai conseguir. Eu sei que vai. — A voz de mamãe vacila, e papai suspira pesadamente.

— Vamos dar um jeito — diz ele. — Nós sempre damos.

Ouço os sons abafados de um abraço e fecho a porta devagar, em silêncio. Meu coração bate a um milhão por hora, e cerro os punhos, lutando contra as lágrimas e chicotadas insuportáveis da culpa. Um grande peso se instala no meu peito. *Preciso ser boa o suficiente*, penso. *Tenho que ganhar esse dinheiro. Eu preciso.*

— BEM-VINDOS À Road Rally, danadinhos! — Nikki fica em cima do capô da sua BMW e balança garrafas de vinho espumante em cada mão. Como uma profissional, ela estoura as duas e as borrifa na sua frente, encharcando os Jogadores calouros que estão torcendo a seus pés. Passou-se uma semana depois que as aceitações foram anunciadas, e todos os Jogadores veteranos foram aceitos nas universidades que escolheram. Até mesmo Robert, cuja doação do pai parecia ter afetado a decisão. Ele explodiu nosso grupo de mensagens com palavrões por horas antes de decolar com Nikki em um Uber para a cidade, onde foram para uma churrascaria absurdamente cara sob a ponte Williamsburg. Depois do jantar familiar, sentei-me na banheira de hidromassagem do Henry com ele, Quentin e Marla até que nossa pele se enrugasse como ameixa. As estrelas estavam particularmente brilhantes naquela noite, e me esforcei ao máximo para tirar a conversa dos meus pais da minha cabeça. Sem sucesso. Eu não conseguia, ainda não consigo, esquecer seu tom desesperado, a necessidade de eu conquistar, conquistar, conquistar.

Agora estamos parados na entrada sinuosa da casa de Nikki, prontos para o último evento dos Jogadores do semestre: uma caçada noturna que chamamos de Road Rally. Esperamos que seja uma distração disso tudo.

Na multidão, os alunos mais novos sussurram entre eles, comparando notas para o que está por vir. Jared parece empacotado no centro de sua pequena equipe, um braço central dessa unidade que montamos como Lego. Depois de meses de provas e testes, eles pensam que sabem o que os aguarda, mas esta noite é o próximo nível. Road Rally sempre é. Quando Jared me perguntou sobre isso no início da semana, depois que Nikki espalhou a notícia de que aconteceria, tentei esboçar um sorriso.

— É divertido — falei. — Segue o fluxo.

— Pior que o Show? — perguntou ele, um sorriso sabido. Tentei estudar seu rosto, para descobrir como aquela noite o fez se sentir. Se uma vergonha secreta se enterrava bem no fundo dele, ou se ele expulsara tudo da mente, como se faz com um inseto. Não consegui me obrigar a questioná-lo.

— Vai ser tranquilo — falei, em vez disso. Mas a caça ao tesouro anual sempre me deixa inquieta. No passado, essa noite era uma besta que mastigava todos nós e nos cuspia aos pés de quem estava no comando. A única coisa pior foi a iniciação.

Quando fomos chamados para a casa do Adam, no primeiro ano, eu tinha passado a tarde inteira tentando descobrir como ficar na equipe dele. Eu não teria por que me preocupar. Assim que entrei no quintal, Adam agarrou meu cotovelo e sussurrou no meu ouvido:

— Você está comigo. — Saltei atrás dele até o carro, onde Shaila e Jake Horowitz já estavam nos esperando; nossa equipe de quatro fora formada.

— Estão prontos? — perguntou Jake, antes de bater no painel. Vamos ao que interessa!

— Você está bem? — Baixei a cabeça e sussurrei para Shaila. Sua cabeça estava voltada para a janela, observando Graham entrar no carro de Tina Fowler.

A MESA DOS JOGADORES

— Sim. Eu simplesmente não entendo por que os casais têm que se separar.

— Apenas parte das regras — disse Adam, virando-se no banco da frente. — Rachel e eu não estamos juntos. Não se preocupe — disse ele, dando tapinhas no joelho dela. Vai ser divertido.

Balancei a cabeça de forma encorajadora e bati ombros com Shaila. Secretamente, fiquei emocionada por estar com ela. Foi a primeira vez que ficamos juntas sem o Graham em semanas.

— Aqui. Vai ajudar. — Jake se abaixou e tirou uma garrafa de água enorme, cheia de um líquido laranja. — Bebam.

Shaila arrancou-a das mãos dele e bebeu ansiosamente, antes de passá-la para mim.

— Primeira parada — disse Adam, fazendo uma curva rápida para o ShopRite. Senti como se a bebida tivesse me dado pernas extras.

— Pegue aquela bolsa — disse ele, apontando para o porta-malas. — Vocês estão de biquíni, certo? — Concordamos. Sempre fomos as únicas a seguir as instruções. — Excelente. Vamos lá.

Abrimos as portas do carro e corremos para dentro da loja, seguindo os meninos por alguns metros. — O corredor congelado! — gritou Adam.

— Rápido! — disse Jake. — Tira a roupa! — Ele pegou duas cadeiras de jardim, colocou-as lado a lado e nos entregou óculos de sol cor-de-rosa e copinhos combinando.

Tirei minha camiseta e shorts, sem deixar tempo para me sentir constrangida.

— Vamos, Shaila! — falei.

Ela se jogou na cadeira ao meu lado e fizemos nossas melhores poses de modelo de catálogo de moda praia enquanto Jake fazia uma foto. *Mal posso esperar para colocar em um porta-retratos*, pensei. *Icônico.*

JESSICA GOODMAN

— Vocês são tão sexy! — disse Jake. Eu ri e apertei os olhos sob as luzes fluorescentes do supermercado. A pele de Shaila parecia translúcida, e ela sufocou um soluço.

— Vamos marcar mais um da lista já que estamos aqui — disse Jake. — Vocês precisam se beijar.

Congelei e tentei chamar a atenção da Shaila. Mas ela não olhou na minha direção. Em vez disso, mordeu o lábio e esperou que eu desse o primeiro passo.

Olhei para o Adam em busca de ajuda. *O que eu faço?*

— Isso vai ser um tesão — disse ele, mostrando sua covinha. Ele ficou com os braços cruzados na frente do peito, os olhos encorajadores. Respirei fundo e tentei ignorar a batida insana no meu peito. Achei que minha pele se abriria. Então me virei para a Shaila e fechei os olhos, esperando que ela me encontrasse no meio do caminho. Separei os lábios e pensei no Adam, como me senti quando ele tocou minha pele na rede, meses antes. O flash do celular brilhou, e a boca quente da Shaila pressionou a minha. Sua língua deslizou contra meus dentes, molhada e instável. Meu corpo inteiro começou a tremer. Shaila deve ter percebido, porque ergueu a palma da mão na minha bochecha e segurou meu rosto firme por uns segundos.

Depois de um momento, nos separamos, e os olhos escuros e furiosos da Shaila encontraram os meus. Ela desceu a mão e colocou os dedos em volta do meu punho.

— Nunca deixe que eles vejam que te atingiram — sussurrou ela. Antes que eu pudesse responder ou mesmo acenar com a cabeça, ela já estava de pé, vestindo a calça jeans.

Foi só um beijo, falei para mim mesma. Mas, uma vez no carro, tive que me sentar nas minhas mãos para mantê-las imóveis.

A MESA DOS JOGADORES

Esses dois itens ainda estão na lista, eu acho, mas, esta noite, quando Quentin distribui as pranchetas fixadas com as listas de verificação, não consigo vê-las no escuro.

— Vocês têm que estar aqui à meia-noite. Se vocês se atrasarem...

— Nikki para. Um sorriso diabólico se espalha em seu rosto, e ela bate as duas garrafas nas mãos. — Desclassificados!

Ninguém jamais havia sido desclassificado, pelo que eu sabia, mas ouvimos rumores sobre um carro no início dos anos 2000 que não cumpriu o prazo. Todos eles, mesmo os mais velhos, perderam o status de Jogador e o acesso aos Arquivos. Eles foram vetados em todas as reuniões sociais durante o resto do ano. Reza a lenda que sua aceitação na faculdade também foi revogada.

— Então, vocês apresentarão suas listas de verificação e seus souvenirs para os juízes: Jill, Quentin, Henry e euzinha aqui. Todos vocês pagaram uma entrada de US$10 esta noite, e o carro que ganhar ficará com tudo! — As pessoas buzinam e gritam ao nosso redor.

— Um agrado extra — diz Nikki, com um sorriso.

Henry aparece ao meu lado, pega minha mão e a joga para o alto.

— Nos matem de orgulho! — diz ele. Inclino a cabeça para cima e dou uma espiada na Ursa Menor. Em seguida, as estrelas gêmeas, a constelação de Gêmeos. Imagino as pequenas figuras de palito dançando umas com as outras, e meu estômago se acalma.

Nikki revira os olhos e pisa no carro.

— Tudo certo, Jogadores! Vocês têm cinco minutos para encontrar as suas equipes. — Ela puxa um apito do bolso e o leva aos lábios. — Preparar! Apontar! Fogo!

— Jill! Henry! Venham cá! — grita Quentin do outro lado do cascalho. Ele segura uma última prancheta e finalmente consigo espiar a lista.

SUA MISSÃO, SE DECIDIR ACEITÁ-LA, É COMPLETAR O MÁXIMO DE TAREFAS POSSÍVEL ANTES QUE O TEMPO SE ACABE. SE A ATIVIDADE OCORRER FORA DAS VISTAS DOS JUÍZES, VOCÊ DEVE DOCUMENTÁ-LA NO SEU CELULAR. OS JUÍZES MARCARÃO OS PONTOS À MEIA-NOITE.

☐ Traga-nos uma placa de carro com os números "69".

☐ Pule no oceano de roupa.

☐ Pule no oceano sem roupa.

☐ Coloque um piercing em uma parte do corpo... QUALQUER UMA.

☐ Faça uma roupa com lixo e use-a pelo resto da noite.

☐ Faça donuts no campo de futebol da Gold Coast.

☐ Coloque um moletom da Gold Coast Prep na estátua de Teddy Roosevelt na Cartwright High.

☐ Dê uns amassos com alguém de outra turma.

☐ Quebre um prato em um local público e grite: — Opa!

☐ Vaporize com o Sr. Beaumont.

☐ Faça um drive-thru no Dairy Barn... nu.

☐ Amarre um sutiã no topo do mastro da Gold Coast.

☐ Dê um amasso com alguém do mesmo sexo.

☐ Deite-se em uma cadeira de praia, de biquíni, com uma bebida tropical, no ShopRite.

☐ Coma 4 pizzas, 15 pães de alho e 2 galões de sorvete do Luigi em 15 minutos. NÃO PODE VOMITAR!

A MESA DOS JOGADORES

— Jill, você está pronta? — Henry mantém a porta do Bruce aberta para mim, e deslizo no banco de trás com Nikki, nossos joelhos colados. Ele decola, e nos dirigimos ao nosso primeiro destino, o Diane's. O minúsculo sino toca quando empurramos a porta, e ela se vira nos encarando, um olhar diferente do que recebo quando venho aqui com o Adam ou com o Jared.

— Olhe para vocês, queridosos — diz ela em seu sotaque. Ela vai até a mesa perto da janela e coloca alguns cardápios nela.

— Oioioi, docinho — diz Quentin. — Você não está *marvilhosa?* — Ele se curva, como se estivéssemos na presença da realeza. Da realeza de Gold Coast, pelo menos. Diane revira os olhos.

— O que posso fazer por vocês? Road Rally esta noite, certo? — pergunta ela. Levanto a cabeça.

— Como você sabe? — pergunto.

— Ah, querida, vocês não escondem nada de nós. Todos nós sabemos quando vocês fazem suas pequenas fertinhas. — Seu sotaque está mais forte do que o normal, o que significa que ela provavelmente exagerou no café noturno. — O que vai ser?

— Palitinhos de muçarela e batatas fritas — diz Henry. — Por favor. — Ele abre um sorriso cheio de dentes para ela.

— Ótima pedida — diz Diane. — Deixa eu falar com vocês, amigos, nada de jogos aqui! No ano passado, aquele garoto do Gardner tentou roubar todas as nossas garrafas de ketchup. Nada legal isso. — Ela aponta um dedo, a unha pintada de um vermelho brilhante que combina com seu cabelo.

Nikki se inclina e sussurra:

— Temos que dar uma aliviada.

— Todo mundo sabe de tudo. Se alguém quisesse acabar com essa merda, já teria feito — diz Henry, esticando os braços até abraçar a todos nós. Seus dedos pressionam meu ombro.

Ele tem razão. Todo mundo na Gold Coast sabe. Eles são coniventes, fazem vista grossa. *São adolescentes sendo adolescentes. Eles só estão descarregando a energia.* A abordagem indireta de nossas vidas sociais entrou em ação no segundo ano, quando nossas notas estavam estáveis, um milagre depois do que aconteceu.

Quando chega a meia-noite, estou pronta para que toda esta noite acabe. Minha cabeça está latejando por causa dos muitos shots de gelatina atômica, feitos no pedágio de Mussel Bay enquanto víamos Jordana Washington perfurar o lóbulo macio e carnudo de Raquel Garza. Raquel mordeu uma laranja e estremeceu enquanto o resto de sua equipe uivava de alegria, marcando mais um item na lista.

Nikki está totalmente envolvida no seu papel de Toastmaster, segurando seu celular e esperando as atualizações de Marla e Robert, que se ofereceram para liderar duas das equipes.

— Eles não estão respondendo, porra — diz ela, enquanto corremos de volta para sua casa. — Eles *sabem* que têm que me dar a confirmação a cada trinta minutos. Isso é ridículo. — Nikki cruza os braços e agarra a garrafa de vodca entre seus pés, no chão do carro.

— Relaxa, Nikki — digo baixinho, esfregando minhas têmporas no ponto em que uma dor de cabeça insistente tomou conta.

— Não preciso ouvir isso de *você* — diz ela, sua língua me chicoteando.

Henry e Quentin trocam um olhar no banco da frente, mas permanecem em silêncio. Luto contra as lágrimas e cerro os punhos, tentando me lembrar de que ela só está estressada. Ela só quer que esta noite seja divertida.

Mas, quando todos voltam para a casa dela e os motoristas designados entregam suas planilhas para Quentin, me sinto aliviada e grata pelo fim do Road Rally. As equipes estão amontoadas em pequenos grupos. É fácil identificar as novas amizades, pequenas amarras es-

A MESA DOS JOGADORES

tendidas entre novatos e calouros. Essas histórias se tornarão piadas dentro de alguns meses, uma lenda em poucos anos.

— Ei — diz Jared, sem fôlego. Ele bate seu ombro no meu, e, quando olho para seu rosto, pairando alguns centímetros acima de mim, vejo que seus olhos estão dilatados, seu rosto, corado. — Selvagem, hein?! — diz ele, sorrindo e erguendo as sobrancelhas. Ele está estranho e cansado.

— Você está bem? — sussurro, minha respiração, uma nuvem de gelo. Mas ele já está voltando para sua equipe, trotando como um cavalo irrefreado.

— Juízes, reúnam-se! — chama Nikki. Reviro os olhos e me arrasto até ela, Quentin e Henry.

Henry passa primeiro as fotos no celular da Marla, apontando flashes de bundas nuas e latas de cerveja, alguém encharcado de mostarda, até parar em uma imagem. O queixo do Henry cai, e ele me cutuca.

— Anh... Jill...

— Quê?! — Minha cabeça lateja mais forte do que antes, e a pequena área de pele acima do meu olho começa a doer. Ele me entrega o celular da Marla. Um borrão de carne e cabelo platinado aparece. Um rapaz e uma garota, com poucos pedaços de tecido entre eles. A foto foi feita na areia, o que dificulta saber onde começa a praia e termina o rapaz. Os dois estão com as bocas coladas, ares de paixão, mas não há dúvida de quem está na foto. Jared e Marla.

Um rubor sobe pelo meu peito. Minhas mãos começam a tremer, e fecho os olhos, mas, ainda assim, só consigo visualizar seus corpos nus rolando na areia.

Deslizo para ver a próxima foto e vejo a minúscula caloura Sierra McKinley só de biquíni, olhos arregalados de medo. Ela está parada em frente ao ShopRite sozinha. Deslizo novamente e vejo outra garota, que não consigo identificar, inclinando-se, encontrando os lábios de Sierra em uma confusão de bocas abertas. A menina, uma estudante do segundo ano, acho, parece exausta, cabelo pegajoso, a parte de baixo do biquíni caída. Mas é no rosto de Sierra que me fixo. Seus olhos estão abertos, o medo óbvio. Ela não queria isso, não na frente de todos, não por opção. Seu olhar está fixo em alguém ao lado, na esperança de um reconhecimento. Amplio o canto da tela, tentando discernir quem ela está procurando por ajuda. Reconheço de imediato o rosto de Jared. Espero que ele esteja desconfortável, que pelo menos tenha desviado os olhos. Para mitigar a humilhação da Sierra.

Mas, em vez disso, ele está rindo, gargalhando na verdade e levantando a mão para cumprimentar outra pessoa. Ele não parece meu doce e gentil irmãozinho. Ele parece outra pessoa. Ele parece um Jogador. Vasculho o círculo em busca do Jared. Ele não está aqui. Em vez disso, encontro o alvo mais fácil.

— Mas que merda é essa? — quase grito, atacando Marla. Todo movimento ao nosso redor para.

— Qual é o seu problema, Jill? — diz ela, cruzando os braços.

— O meu problema? — zombo. — Você se esfregou com o meu irmão! Você não pode fazer isso.

— Isso é sério? É Road Rally. Isso não *significa* nada. — Ela ri.

— Marla, ele é meu *irmão* — cuspo a palavra como se fosse veneno. Parece que minha cabeça está prestes a sair do meu pescoço. Um círculo se formou ao nosso redor. Temos plateia.

— Qual é o seu problema? — grita Nikki. Ela deu a volta para o lado de Marla para elas ficarem na minha frente como uma parede. — Isso tudo é uma *brincadeira*. Ela não estuprou ele. Né, Jared?!

Os Jogadores se viram e encaram meu irmão. Lá está ele, parado no fundo do círculo, encostado na parede, próximo à porta lateral da

A MESA DOS JOGADORES

Nikki. E, pela primeira vez, eu o vejo como o rapaz que ele está se tornando, igual a todos os outros. Ele é alto, tem ombros largos e está corado, ciente do que está acontecendo. Ele anseia por gastar toda a sua energia reprimida e furiosa, assim como o resto de nós. Mas por que tem que ser *assim*?

Jared sorri. Eu me pergunto se ele faz isso porque decidiu que sua irmã mais velha, Jill Newman, não é tão legal. Que não precisa me acompanhar ou seguir as mesmas regras que eu. Que pode criar as suas sem se preocupar com as consequências.

— É claro — diz ele. — Eu só estava me divertindo.

— Viu?! — interpela Nikki. — Pare de drama. — Juro que sinto meu coração se partindo em dois. Meu peito lateja, e minha garganta se aperta. E então, de repente, eu não me importo. Com os Jogadores, com Nikki ou Marla, com nada que se relacione com isso tudo. Nada disso faz sentido. Nada disso é real. Agora consigo perceber!

— Jesus, Nikki — digo. — Olha para você mesma. Vagabundeando por aí como se você *governasse* os Jogadores, como se *governasse* Gold Coast. Você sabe que você só é representante de turma porque a Shaila morreu e você tomou o lugar dela. Se ela ainda estivesse viva, se tivéssemos protegido ela, ela teria sido eleita no segundo ano. E em todos os outros! Ela seria Toastmaster. E você só seria *mais uma*.

Alguém engasga, e o ar ao nosso redor fica estagnado e tenso. Os olhos da Nikki estão úmidos e pretos, cheios de raiva e fúria. Seus punhos estão cerrados, mas ela não diz uma palavra. Ela sabe que é verdade. Toquei a ferida, e não dá para voltar atrás.

Agora, eu sei o que tenho que fazer. Eu me estabilizo.

— Quer saber? — digo devagar. Examino o círculo, encontrando os olhos das pessoas que mergulhei em ketchup, forcei a fazer esquetes vis, incitei a fazer trabalho de corno, a colar em provas. Algo no fundo do meu peito explode em mil fragmentos. — Isso tudo é uma grande palhaçada.

Paro e fecho os olhos, respirando na noite fria.

— Estamos todos seguindo as regras e nem sabemos de onde elas vieram. Só estamos tentando nos sentir vivos, fugir de tudo. Mas nada disso importa. É tudo inventado. É tudo mentira — paro, percebendo que lágrimas e ranho estão escorrendo pelo meu nariz. — Prometemos que este ano seria diferente. — Uma bufada me escapa. — Mas a Shaila ainda está morta. O Graham está preso em algum lugar alegando inocência e todos nós somos só... — Suspiros soam ao redor do círculo, e me contenho. Ninguém sabe sobre o sangue, que outra pessoa pode ser culpada.

Pelo menos, ninguém daqui.

Viro a cabeça para o céu. Está nublado agora, sinistro e agourento. Não enxergo nada! Ninguém diz uma palavra, e os únicos sons vêm do oceano batendo violentamente na areia atrás da casa de Nikki. Ele bate como um coração. Pela primeira vez em muito tempo, estou totalmente certa das palavras que estão prestes a sair da minha boca.

— Eu estou fora.

Eles ficam quietos, mas tudo ecoa na noite. Os olhos de Nikki se estreitam, e ela dá um passo para trás. A boca de Marla cai aberta, em estado de choque. Apenas Quentin fala e, quando o faz, apenas solta um lento e baixo "Nossa...".

Evito olhar para Henry, em cuja reação não consigo parar de pensar. Espero um pouco e me viro, caminhando lentamente para a estrada, para longe de tudo isso.

Eu estou fora.

Quatorze

ACORDAR NA MANHÃ de segunda-feira é como emergir de uma névoa. No mesmo segundo em que abro os olhos, lembro-me do que fiz, da linha que tracei e quem terei que enfrentar em poucas horas. Ninguém falou comigo desde o Road Rally. Nem Jared, que ficou trancado no quarto dele ontem, fingindo estar doente. Nem Nikki, cuja ausência já sinto no fundo do estômago. Nem mesmo o doce Henry, que eu achava que, de todos, me apoiaria e viria conversar.

O peso da minha decisão afastou todas as preocupações que eu tinha sobre pagar a Brown, e sobre Graham, Rachel e Shaila; respiro, tomando fôlego em respirações curtas. Ninguém nunca tinha saído dos Jogadores. Ninguém nem chegou perto. Mas não me sinto uma pioneira. Eu me sinto perdida e abandonada, embora eu que tenha partido. Eu me pergunto se exagerei, se os shots de gelatina atômica e o frio me deixaram mais brava do que cabia. Se minha atitude foi *altamente* egoísta... pensando exclusivamente em mim.

Mas, quando me lembro das fotos, a carne do meu irmãozinho na de outra pessoa e, em seguida, vendo-o rir de Sierra, a pontada da traição me atinge. Marla perderia o juízo se ficássemos com um dos seus irmãos. Irmãos são proibidos. Incorruptíveis. E Jared está mudando.

Ele está virando alguém que me assusta, que me lembra daquela noite terrível e de como a presença dos rapazes dominava tudo o que tocavam. Alguém que reconheço e odeio.

Então, em vez de fazer as pazes, pego meu celular com as mãos trêmulas. Cato as mensagens da Rachel antes que eu me convença a não o fazer. Olho nossa última conversa e me vem o cheiro do seu apartamento, da sua nova vida. Parece um portal. *Responder não significa perdoar*, julgo.

Aperto meus olhos e prendo a respiração, como se pudesse conjurar Shaila, para que ela me diga se aprova, se ela, também, cederia à curiosidade, à possibilidade de redenção. Deixo todo o ar sair da minha boca e tento encontrar a voz de Shaila dentro da minha. *O que a Shaila faria?*

Não há tempo para isso agora. Mamãe bate o punho na minha porta.

— Henry está aqui! Você vai se atrasar!

Exalo, e meu coração se acalma. Alguém ainda está do meu lado. Henry só precisava de um tempo para se acalmar. Ele voltou. Estamos bem. Então, visto meu uniforme da Gold Coast, mesmo que pareça uma camisa de força, e empurro a porta da frente, onde Bruce está parado na garagem. Apenas mais uma segunda-feira. *Ainda sou Jill Newman*, digo a mim mesma. Ninguém pode tirar isso de mim.

Coloco a mochila no Bruce e subo.

— Oi — digo.

— Oi.

— Por um segundo, pensei que você não fosse falar comigo de novo. — Lágrimas picam meus olhos. Eu não sabia que precisava disso. Dele. Mas preciso. E quero.

— Eu pensei nisso — diz ele. Seu rosto redondo aparenta misericórdia, e os cantos da sua boca se viram para baixo. — Mas está tudo bem. Todo mundo vai te perdoar. Em algum momento todos nós dizemos coisas que não queremos dizer. Explodimos.

A MESA DOS JOGADORES

Henry sai da garagem, mas o ar fica viciado, e meu estômago embrulha. Minha boca está seca quando abro para falar.

— Eu não me arrependi da minha decisão.

Henry franze a testa, mas mantém os olhos na estrada. Seu cabelo loiro ainda está mais escuro na raiz, úmido do banho.

— É claro que se arrependeu, lindinha. Você não pode sair dos Jogadores. — Ele busca minha mão no console, para segurá-la, mas mantenho meus dedos moles. Sua pele é cerosa ao toque.

— Eu não me arrependo. Se isso são os Jogadores, eu estou fora. Não posso ver isso acontecer com o Jared. Não posso compactuar... — Balanço a cabeça.

Henry leva a mão de volta ao volante, marcando dez e dois. — Isso tudo tem a ver com o que você disse sobre o Graham na outra noite? Você realmente acha que ele está falando a verdade? Qual é?!

Quero muito contar a ele o que Rachel me contou, sobre o sangue. Mas me lembro da sua reação quando o questionei na noite da iniciação, da maneira como ele recuou no artigo da *Gazette*. Ele não entenderia. Ele quer que isso suma, assim como os outros.

— Não — sussurro. — Tem a ver com todo o resto.

Henry suspira e vira à esquerda.

— Você vai mudar de ideia.

— Você não está me ouvindo. — Minha voz fica trêmula, mas preciso fazer as palavras saírem. Eu sei o que tenho que fazer e me preparo para mais um laço que estou prestes a cortar. — Nós precisamos terminar.

— Quê?! — Um sedan para na nossa frente, e Henry pisa no freio. Estamos a uma quadra do estacionamento da Gold Coast, mas não sei se posso ficar na presença dele por muito mais tempo. Não sei se posso vê-lo desmoronar, se consigo lidar com a raiva dele quando tenho que cuidar da minha. — Você não disse isso, Jill.

Engulo em seco.

— Sim, eu disse. Eu não quero mais ser uma Jogadora. E você acha que pode mudar a minha mente. Se é assim, você não me conhece. É melhor terminarmos logo agora.

Henry vira rapidamente para o estacionamento dos veteranos e joga o Bruce na vaga em um movimento rápido. Ele olha para a frente, totalmente ilegível.

— Henry?! — interpelo.

Ele olha para mim com aqueles olhos lindos, agora brilhantes e úmidos. Seu lábio superior começa a tremer. Eu já me odeio por machucá-lo assim. Mas então seu futuro lampeja na minha frente novamente. O trabalho administrativo que ele não quer. Um armário cheio de ternos de grife. Uma mansão no Leste. Nós nunca daríamos certo. Se não fosse a minha saída dos Jogadores, seria outra coisa.

Pisco, e, quando abro os olhos, Henry está apoiado sobre o volante, com os ombros subindo e descendo.

— Jill, por favor — diz ele, sua voz quase um sussurro.

Algo se repuxa dentro do meu peito, mas me inclino mais para trás no meu assento, para longe dele. Por que eu não quero resolver as coisas? Seria muito mais fácil se eu o fizesse. Tudo seria simples.

— Me desculpa.

Um gorgolejo sai da garganta do Henry, e sua respiração fica pesada.

— Eu amo você — diz ele. É a primeira vez que ele diz isso. Palavras que tenho sonhado em ouvir. Palavras que eu mal podia esperar para serem ditas para mim. Mas minhas mãos estão úmidas e luto contra a vontade de fugir do carro. Eu não sinto nada. E percebo que nunca quis ouvir essas palavras dele. Eu queria ouvi-las de outra pessoa.

— Tenho que ir — digo.

A MESA DOS JOGADORES

— Espera! — Henry levanta o corpo do volante e se vira para mim, com os olhos vermelhos e as bochechas inchadas.

Mas não consigo. É demais para mim vê-lo desse jeito. Repulsivo. Grotesco. Balanço a cabeça e me empurro para fora, deixando-o sozinho no Bruce. Bato a porta atrás de mim e não olho para trás. O estacionamento vibra com conversas e palavras afiadas abafadas. Eu me forço a inspirar, depois expirar, para engolir os gritos que quero desesperadamente soltar. Ouço a voz da Shaila na minha cabeça, a frase que ela repetia quando mais precisávamos. *Não deixe que eles vejam que te afetam.*

O sinal toca, e percebo que nenhum lugar será seguro hoje. Então, sigo em frente, a cabeça baixa, a pele em chamas, e corro pela porta da frente, passando pela sala dos veteranos e indo para Física AP.

Quando chego lá, meu lugar habitual, ao lado da Nikki, já está ocupado. Amos Ritter, um calouro cheio de espinhas do time de beisebol, recosta-se na cadeira giratória do laboratório bem à vontade, tirando dois fichários e uma calculadora gráfica. Ele não é um Jogador, mas é tão querido que recebe convites para festas, tapas nas costas quando toma uma cerveja rápido o suficiente. Ele é uma das pessoas que animam as festas. Nikki só o conhece porque ficou com ele depois do Baile da Primavera do ano passado.

Tento fazer contato visual com ela, mas seu cabelo escuro bloqueia seu rosto do meu campo de visão. Sua pele é perfeita de longe. Eu me pergunto se o cravo que a fez enlouquecer na semana passada ainda está lá. Quando pego o único lugar vazio, provavelmente, o lugar habitual do Amos, abro o caderno e tento me concentrar, gravando tudo o que o Dr. Jarvis diz, embora simplesmente não importe.

Por 52 minutos excruciantes, imagino todas as coisas que Nikki está pensando sobre mim, todas as coisas horríveis e cruéis em que ela deve acreditar, que sou *fracassada*, uma traidora, que não sou uma amizade que valha a pena manter.

Eu a imagino gritando comigo, dizendo as piores coisas que penso sobre mim em voz alta, e pressiono meu lápis na palma da minha mão, quase rasgando a carne. Sua relutância em olhar para mim dói mais do que se ela se levantasse e dissesse "Eu te odeio".

Já perdi uma melhor amiga. Não suporto a possibilidade de perder outra. Quando o sinal toca, quero correr para a mesa dela e fingir que está tudo bem. Quero descrever a expressão no rosto do Henry quando parti seu coração e perguntar a ela por que diabos não senti remorso. Quero minha melhor amiga. Mas, em vez disso, demoro para arrumar minhas coisas, com medo de encontrá-la aqui no laboratório. Quando ergo o olhar de volta, ela já se foi.

Não consigo entrar no refeitório para almoçar, ver meu lugar vazio na mesa dos Jogadores, agora com cinco pessoas. Em vez disso, encontro um recanto no fundo da biblioteca e descanso minha cabeça na mesa de madeira. Estou escondida aqui e finalmente fecho os olhos, deixando as lágrimas caírem em silêncio. O intervalo do almoço passa, mas é doloroso ficar sentada aqui sem propósito. Puxo o celular do bolso e toco no aplicativo indefinido, aquele que contém as chaves de tudo, aquele que vai me salvar no teste de inglês do Sr. Beaumont esta tarde.

— Só vai ser verdadeiro ou falso, gente — disse ele na semana passada. — Tenho que prepará-los para o exame AP.

A tela é carregada, e digito a senha com a memória muscular. Uma roda girando e girando novamente e uma mensagem que nunca vi aparece.

Senha incorreta. Tente novamente. Um rosto triste pisca abaixo do cursor e me encara de volta.

Não havia o que fazer a não ser rir. Claro. Eu deveria ter esperado isso. Não mereço esse banco de dados enorme e idiota. Nenhum de nós merece. Todo o tempo, o esforço e a dignidade que sacrifiquei para ter acesso a ele... não significaram nada.

A MESA DOS JOGADORES

Então me dei conta de quem fez essa escolha. A única pessoa que pode alterar a senha. Nikki.

Minhas mãos tremem, e minha visão embaça. Eu a imagino deitada na sua cama de dossel com o notebook no colo, tomando essa decisão, carregando a página, clicando *Confirmar*. Sorrindo de alegria pelo meu suposto fracasso. Ela se tornou um monstro.

Pela primeira vez desde o Road Rally, eu me pergunto: *Isso tudo vale a pena?*

Tento me conter. Eu tento de verdade. Mas meus dedos voam sobre a tela do meu celular mais rápido do que meu pensamento para os impedir.

Henry e eu terminamos. Clico em *Enviar* antes de me dar tempo de reconsiderar.

Que merda, digita Adam de volta quase imediatamente. Minha respiração se acalma. *Você está bem?*

Vou ficar. Fui eu que terminei.

Nunca fui com aquele cara.

Prendo o riso na manga da camisa e evito o olhar desagradável da Sra. Deckler. Digito as palavras mais assustadoras de dizer em voz alta: *Eu também saí dos Jogadores.*

Que merda em combo!

Quero dizer que sinto muito, que ele não cometeu um erro quando me escolheu, há três anos. Que ainda estou do lado dele. Mas outra mensagem chega, agitando minhas entranhas em uma bagunça pegajosa e inoportuna.

Você ainda é a minha favorita. Isso nunca vai mudar.

Fui reprovada no teste de inglês. Bombei como nunca na minha vida, tirei 65, um número que nunca nem sequer tinha visto escrito em vermelho. O Sr. Beaumont coloca o exame corrigido na minha mesa com uma nota, também em vermelho. VAMOS CONVERSAR. Enfio o pedaço de papel, junto com meu orgulho, em uma bola e guardo tudo na mochila.

Quando a aula termina, tento me esgueirar por atrás dos outros e escapar. Mas ainda tenho que esperar um pouco para Nikki sair primeiro. Essa dança estranha me deixa vulnerável, e o Sr. Beaumont aproveita a oportunidade.

— Jill — diz ele. — Espere aí. — Ele fica de braços cruzados, como um irmão mais velho desapontado, e caminha em minha direção para fechar a porta. — Sente-se.

— Vou me atrasar para a próxima aula — murmuro.

— Jill, você é uma das minhas alunas mais promissoras. Você só teve um desempenho ruim dessa vez. Acho que precisamos conversar um pouco.

— *Jogar conversa fora?* — zombo. Mas, quando olho para ele, ele está sério. Seus olhos estão arregalados de preocupação, e suas mãos estão entrelaçadas em uma pequena torre na frente dele. Seu cardigã está fechado de maneira errada, de modo que um botão fica para fora na parte inferior e outro, brilhante e redondo, na parte superior, deixando o colarinho ligeiramente torto. As olheiras caem sob seus olhos, como se ele tivesse bebido muitos uísques na noite anterior, e o meio da sua testa precisa de uma boa pinça. Ele parece muito diferente de como estava naquela noite no posto de gasolina, três anos atrás. Muito mais desgastado. Naquela época, ele brincava, divertia-se por ter pegado seus "primogênitos" fazendo algo tão ultrajante.

Agora ele só parece amarrotado. De jeito nenhum ele era um ex-Jogador, de jeito nenhum eles o teriam deixado entrar. Talvez sob tudo isso, em algum ponto, ele tivesse tido *algo de especial*, mas o homem na minha frente não é especial. *Talvez, eu também não.*

— O que aconteceu? — pergunta ele.

— Não sei.

— Ok, mas eu, sim.

— Não consegui estudar o bastante, acho. — Cruzo meus braços, desafiadora e infantil. Parece errado falar com uma autoridade assim, mas, depois de anos trapaceando com os professores para tirá-los do nosso rastro, também parece uma vitória.

O Sr. Beaumont suspira e se recosta na cadeira até que as pernas dianteiras dela se levantem do chão. Eu me pergunto se ele vai cair para trás.

— Olha, Jill, eu não sou idiota. Você sabe que fui um de vocês, certo?

— Eu vi os anuários. — Eu o imagino atlético e magro, com o cabelo mais grosso e uma camisa do colégio. Foi apenas há dez anos. Ele e Adam não se cruzaram por poucos anos.

— Escute, Jill. Eu sei o que está acontecendo.

Agora me pergunto se isso é uma admissão, um reconhecimento daquele momento no posto de gasolina e de todos os outros pequenos entre esses. O que mais ele viu? Quanto ele sabe sobre o que fizemos? Por um segundo, a esperança se instala no meu peito. Pelo menos, isso significa que outra pessoa entende.

— Vocês, adolescentes, têm que lidar com muita coisa — diz ele lentamente. — Mais hoje do que eu tinha, na minha época. Eu sei a proporção da pressão que colocam em vocês aqui. E, depois de tudo com a Shaila... — Ele para de falar, e não sei dizer se as suas palavras estão codificadas, se ele está tentando me dizer algo. — Eu sei que vocês duas eram muito próximas. Eu também sinto falta dela.

Beaumont se inclina para a frente, o que faz com que as pernas da frente da cadeira batam no chão. Sinto seu hálito. Menta tentando mascarar o tabaco. Mentol, talvez. Ele coloca a mão em cima da minha, e sua pele queima. Sinto os calos nas pontas dos seus dedos. Ele está perto demais. Quero sair correndo.

Em vez disso, espero um segundo até ele terminar, para ele dizer o que preciso que ele diga. Que eu estava certa em sair. Que as coisas vão melhorar depois que eu sair daqui. Mas ele não diz nada disso. Fica por isso mesmo.

— Estou bem — digo, tirando minha mão debaixo da dele. — Não consegui estudar. Foi só isso.

— Ok, então — diz ele, colocando as mãos sobre os joelhos. — Por que você não refaz o teste na segunda-feira? Sei que você é melhor do que isso. — Ele crava o 65 vermelho sangue na minha frente, o dedo grosso.

— Obrigada.

Beaumont sorri largamente, satisfeito com a forma como tudo aconteceu, ele interpretando muito bem o papel de professor prestativo e apoiador.

— De nada.

Após a aula, eu me forço a aguentar as reuniões do Science Bowl e das Olimpíadas de Matemática, e, quando finalmente chego em casa, é um doce alívio. Fecho a porta da frente atrás de mim e encosto a cabeça na madeira, mais grata do que nunca por estar longe de tudo. Segura. Finalmente. Mas não por muito tempo.

— Jill. Venha aqui agora mesmo. — Mamãe está sentada à mesa da sala de jantar com uma taça de vinho tinto. Papai está atrás dela com os braços cruzados sobre o peito. As mangas amarrotadas de sua camisa estão enroladas até os cotovelos, e sua gravata está solta, pendurada em volta do pescoço. — Quer nos contar algo? — diz mamãe, antes de virar a boca em uma linha reta.

— Me fala o que você quer ouvir. Não consigo fazer isso hoje. — Largo a mochila e afundo em uma cadeira ao lado dela. Ela suspira e dá um tapinha na minha cabeça.

— Eu sabia que essa escola seria muito para você. — Mamãe toma um longo gole e coloca o copo de volta na mesa. Papai enxuga o rosto

A MESA DOS JOGADORES

com as mãos e percebo ele exausto, que não precisava disso esta noite. Uma onda de vergonha passa por mim. — Eu sei o quanto você se esforça, como você prosperou e se destacou além do que podíamos imaginar. Meu coração afunda com a fraude em tudo isso, a trapaça, as notas. Estou exausta por todo o esforço de fingir.

— Mas essa nota? Jill, você não é assim.

— O Sr. Beaumont falou com vocês? — pergunto.

Ela balança a cabeça, seu cabelo escuro balançando de um lado para o outro.

— O diretor Weingarten.

Ele só liga quando a merda atinge proporções catastróficas. Isso é péssimo.

— Ele está exagerando, mãe. Está tudo bem. Só foi uma prova ruim. O Sr. Beaumont vai me deixar refazê-la na segunda-feira.

— O que houve, querida? — pergunta papai. — Está tudo bem?

— Sim — sussurro. — Está tudo bem.

— Tem certeza? — Seus olhos estão suplicantes. Ele quer que eu saiba que posso lhe dizer qualquer coisa, mas... não posso. Não é isso o que eles realmente querem. Nenhum pai realmente quer isso. Eles só querem que eu seja perfeita. Um pequeno troféu para eles ostentarem e bajularem quando as coisas vão bem. Eles não querem uma trapaceira, alguém que inflige dor aos outros sem pensar duas vezes. Eles não querem saber como corrompi Jared, sem volta, ou como fico aterrorizada à noite me perguntando quem realmente matou a Shaila e se tudo o que sabemos é uma mentira. Eles não podem saber das dezenas de maneiras como os decepcionei.

— Está tudo bem — digo novamente.

— Ok, então — cede papai.

Os ombros de mamãe ficam tensos, e ela toma outro gole, estalando os lábios.

— Olha — diz ela. — Eu não tenho nem como dizer o quanto temos que trabalhar para manter você e seu irmão na Gold Coast, o quanto sacrificamos. Você se saiu muito bem sob toda essa pressão e já entrou na Brown. Você está muito perto! Você nos deixou muito orgulhosos. Vamos avançar, só isso.

Ela tenta relaxar, dando um meio sorriso triste, mas seus olhos a traem. Preocupações. Dúvidas. Eu *sei* o quanto ambos têm pensado na bolsa e como preciso desesperadamente conquistá-la para realmente ir para Providence. Ainda não acabou, e todos nós sabemos disso.

As rugas em volta da boca da mamãe estão mais profundas do que nunca, e penso em todas as coisas de que eles abriram mão porque decidiram nos mandar para a Gold Coast. Ter dinheiro para uniformes, viagens de campo, planos de refeições sofisticados e taxas do Science Bowl. Para nos fazer sentir que fazemos parte de tudo isso. Para nos dar o mundo. Eu pensava que, por ter sido escolhida para ser Jogadora, eu havia ganhado um tíquete dourado, conseguido entrar nos escalões superiores da sociedade. Que tinha feito o que meus pais queriam. Que tinha me tornado o troféu. Digna.

Mas eu não fiz nada disso. Era tudo uma mentira. Notas falsas. Amigos falsos. Amiga morta.

Preciso reverter esse cenário.

— Eu sei — digo suavemente.

— Bom. — Mamãe pega a taça de vinho e tira milímetros da boca. Ela inala profundamente, em seguida, drena todo o líquido.

Quinze

TIRO UM 93 no teste salvador de inglês, e uma explosão de orgulho queima meu peito quando o Sr. Beaumont joga o papel na minha mesa. *Melhor,* escreveu com a caneta vermelha grossa. *Muito melhor.* Sorrio para mim mesma, sabendo que desta vez estudar pesado realmente valeu a pena. Consegui essa nota sozinha, e ninguém pode tirar isso de mim. Talvez eu *consiga* me sair bem no teste para a bolsa de estudos da Brown. Meu cérebro começa a traçar um guia de estudo, girando em torno de números e equações que preciso memorizar.

Passo por Henry no corredor e resisto ao impulso de estender a mão e agarrar seu punho para compartilhar as notícias. Ele mantém os olhos fixos na frente dele, acenando para os subs enquanto caminha para o vestiário. Eu me pergunto se ele está sofrendo, se está usando uma armadura só para sobreviver ao dia. Ele desaparece no ginásio com seu equipamento de lacrosse, e viro a esquina, correndo para a porta da frente.

O vento de janeiro chicoteia meu cabelo em volta do meu rosto. Estar tão perto do mar torna os invernos insuportáveis. É por isso que tantas pessoas fogem para Palm Beach ou para o Caribe nas férias de primavera. São só 16h, e o sol está quase se pondo.

JESSICA GOODMAN

Esfrego minhas mãos no banco da frente do carro da mamãe (ela me deixou pegá-lo esta manhã) e espero que esquente um pouco antes de eu começar a dirigir. Então meu celular vibra.

Por favor, que seja ele, penso. Já faz uma semana que nem ouço notícias do Adam. Ele foi a um congresso de redatores patrocinados por uma escola em Oregon, onde, ele me avisou, não tinha Wi-Fi. Ele já deve estar de volta. Ele deveria ter me mandado mensagem.

Mas não é o Adam. É a Rachel.

Então...

É uma palavra ameaçadora, implacável, com um milhão de possibilidades.

Última chance. Vou visitar o Graham neste final de semana. Achei melhor avisar.

Inspiro profundamente. Fecho os olhos e imagino Graham, onde quer que esteja, seu queixo inclinado, seu cabelo cor de areia. Ele sempre foi grande, não musculoso como Henry ou macio como Quentin. Meio sólido, como uma parede ou um sofá. Havia confiança no seu jeito de andar, a maneira arrogante com que empinava a cabeça. Ele jogava futebol no outono porque dizia que gostava de bater nas pessoas e ver o medo em seus olhos quando o viam chegando. Lacrosse na primavera, pelos mesmos motivos. Ele gostava de acertar os mais novos com força no peito com o taco de metal e vê-los se contorcerem. Mas ele sempre ficava jovial depois dos jogos, implacável em sua necessidade de que as pessoas lhe dissessem que estava tudo bem.

— É muito divertido — dizia ele, empurrando o ombro do Henry com mais força do que o necessário.

O Sr. Calloway nunca apareceu em nenhum jogo da Gold Coast, nem em um carnaval nem em um evento para arrecadar fundos, embora tenha estudado aqui. Essas obrigações escolares ficavam para a sua esposa, Muffy Calloway. Ela era a típica socialite, virava o nariz para minha mãe por ela ser escultora e professora, por não ser membro do Gold Coast Country Club, por ser judia. O nome dela era tão fantasticamente absurdo que provocava todo o tipo de piadas obscenas esperadas do Graham. Mas sempre que alguém queria fazer o mesmo — Robert, uma vez — ele fechava o punho e fingia desferir um soco no estômago. Com fogo nos olhos e um sorriso torto no rosto, Graham não aceitaria nada do tipo. Era melhor estar por dentro da piada do que fora dela.

No meio do primeiro ano, descobri que Muffy Calloway nem sempre foi um saco branco e triste que usava apenas cashmere com monograma, pérolas nas orelhas e uma gargantilha grossa combinando em volta do pescoço. Ela já foi Monica Rogers, apenas outra caçadora do Mayflower de algum lugar fora da Filadélfia.

Graham revelou isso para mim uma noite em sua casa quando seus pais estavam fora da cidade. Shaila saiu, para algum outro cômodo, algum outro ambiente que sozinho já parecia uma casa inteira, e Graham roubou uma garrafa de licor *do bom* do armário de bebidas. Seu hálito cheirava a pepperoni e me perguntei se o meu também.

— Vamos dividir — disse ele, rindo. — Rápido, antes que alguém descubra.

Eu ri e o segui para o escritório. Alguns goles depois, entramos em algum universo alternativo estranho onde nossos cérebros se fundiram e era normal compartilhar segredos um com o outro. Confiei nele para dizer que estava preocupada que Shaila e eu estivéssemos à deriva.

— Ela tem você — falei timidamente.

Graham bateu no meu ombro com o punho.

— Eu nunca vou substituir os amigos dela. — Ele tomou um gole direto da garrafa fina. — Você conhece nossa amiga do Hamptons, a Kara Sullivan? Ela disse a mesma coisa.

— Mesmo?

Ele assentiu.

— Mas ela tem ciúmes de *você*. — Ele apontou o dedo grosso na minha direção. — Eu disse a ela que a Shaila pode ter mais de uma melhor amiga.

Pensei na Nikki, também. Como todas orbitávamos a Shaila, disputando seu afeto e interesse. Como determinamos que ela era a mais merecedora de ser esse centro?

— Você sabe que ela não vive sem vocês. — Graham se virou e me olhou nos olhos. — De verdade.

O pensamento me confortou de maneiras que eu não sabia que precisava. Eu me perguntei se Nikki já tinha falado com ele assim. A conversa mudou para nossas famílias, Jared e Rachel, principalmente. Então Graham tomou outro gole e começou a falar sobre Muffy.

— Você não faz ideia do buraco do inferno que minha mãe teve que enfrentar para levar sua bunda lisa e ossuda até a Gold Coast. Lamentável.

— Ela não é tão ruim — falei, tentando me lembrar de uma época em que não a tinha visto usando um conjunto de suéter combinando.

— Ela só se mudou porque conheceu meu pai em Buffalo Wild Wings quando ele estava em uma viagem de negócios. — Graham tomou outro gole. — Ela sentiu o cheiro do seu cartão de visita Goldman Sachs, aposto. Começou a se chamar de Muffy. Assassinou Monica e todos os seus parentes "lixo", como diz — disse ele, gesticulando aspas no ar. — Ridícula.

A MESA DOS JOGADORES

Soltei uma risadinha nervosa, mas Graham balançou a cabeça. Seu tom mudou.

— Não é engraçado, Newman — disse ele, me olhando fixamente nos olhos. — Agora ela pisa em ovos o tempo todo, com medo de fazer um movimento errado e se tornar Monica novamente. Estamos todos por um fio.

Na época, suas palavras foram, sei lá, estranhas. Atribuí isso ao álcool, principalmente. Agora, elas parecem uma premonição.

O que você me diz?

As mensagens da Rachel acenam para mim, e o pequeno cursor azul pisca continuamente.

Você vem?

Penso nas pessoas daqui, nas pessoas que pensei serem minha casa. Agora Nikki e Quentin me evitam a cada passo. Marla mal fez contato visual comigo, embora eu saiba que ela está curiosa sobre a inocência do Graham também. Henry continua piscando seus olhos de cachorrinho para mim no corredor, mesmo quando Robert me mostra o dedo médio. Mamãe e papai estão decepcionados comigo, com medo de que eu não retorne seu investimento. Jared zomba de mim toda vez que me vê, soltando fogo pelo nariz. Adam sumiu. O que eu tenho a perder?

Estou dentro!

Rachel é uma boa motorista, melhor do que eu me lembrava, ou esperava. Consciente. Delicada. Ela deixa o silêncio pairar entre nós enquanto as árvores passam chicoteando na Merritt Parkway, e o velocímetro passa de 100km/h. Os bancos de neve se congelaram em pequenos montes de gelo, e nós somos o único carro na estrada que consigo ver. Sábado, 8h da manhã, no final de janeiro deve ser uma hora impopular para ir para o oeste de Connecticut.

— Me dá um? — pede ela, sem tirar os olhos da estrada. Pego o saco de papel gorduroso no meu colo e tiro um minidonut polvilhado, ainda um pouco quente, desde a hora que o peguei no Diane's. O único pedido de Rachel. Assim como nos velhos tempos. Ela aperta um com dois dedos e deixa o açúcar cair em seu peito como neve. Ela não faz nenhum movimento para tirá-lo. — Hmmm — geme ela com a boca cheia de farinha e manteiga. — Nada como *pow-do*. — Ela coloca o resto na boca. — Sinto falta daquele lugar. — Mesmo que sua voz soe animada, Rachel parece triste. Sua pele é pálida, e seus cabelos grossos e ondulados pendem em cordas fibrosas nas costas dela. Seus olhos estão fixos, obcecados, e seu suéter é mais largo do que qualquer coisa que já a vi usando. Pequenos buracos de traça perfuram as mangas.

— Posso te perguntar uma coisa? — digo.

— Já perguntou. — Sua boca se curva em um sorriso. — Manda.

— Por que você não está na faculdade? — É o que quero lhe perguntar desde que ela me convidou para a sua casa na cidade, tão longe de Cornell, onde deveria estar cursando o meio do penúltimo ano. — Você não tem mais um ano?

— Eu me formei cedo. Ficava lá todo verão. Seis aulas por semestre. Fazia muito mais aulas do que todo mundo. Era a única coisa que fazia eu me sentir melhor... como se eu fosse normal — diz ela, balançando a cabeça. — Mas todos sabiam. Eles me olhavam como se *eu* tivesse sido acusada de assassinato. Não dava para fugir dessa merda lá. — Rachel suspira e apoia um cotovelo na janela, encostando a cabeça na palma da mão. — Sabe, você é a única pessoa com quem conversei em três anos, além do Graham, que me conhece de antes, que sabia como éramos. Mas, agora, todos com quem trabalho, meus novos amigos, minha namorada, Frida, para eles sou apenas Rachel. Ninguém sabe porra nenhuma. — Ela sorri. — É libertador.

— Então, por que... — pergunto. — Por que retomar tudo isso agora? — Minha curiosidade é legítima. — *Vale a pena?*

— O que você faria? — pergunta. — Se toda a sua cidade natal assumisse que você também foi culpada de *algo, sei lá o quê*, só por causa da sua família? Se toda a sua vida fosse virada de cabeça para baixo pelas pessoas em quem você mais confiava no mundo? Porque é assim que é.

— Mas todo mundo vai saber — digo. — Todas as novas pessoas da sua vida. Você vai virar *notícia*, provavelmente. — O artigo original que vi não a mencionava; mas, se fosse verdade, se Graham *fosse* inocente, Rachel estaria no olho do furacão.

Rachel sorri novamente, mas seus olhos ficam embaçados.

— Ele é meu irmão caçula — diz ela baixinho. — Você não tem um irmão mais novo?

— Tenho. — Concordo com a cabeça.

— Com a idade do Bryce, certo?

— Aham.

— Ele é Jogador? — pergunta ela, como se já soubesse. Concordo com a cabeça. — E se fosse com ele? Se seu irmão fosse acusado de *assassinato*? E se a pessoa que morreu fosse alguém que você conhecia muito bem, com quem passava muito tempo, você sentiria a perda deles todos os dias?

Aquela pessoa *foi* perdida para mim. A Shaila se foi. Se Jared tivesse feito isso... Não consigo nem imaginar o que faria. Balanço a cabeça.

— Se ele diz que não foi ele, se a prova de sangue não mentir, então eu quero a verdade. Quero saber quem foi o responsável. E quero que ele pague. — Ela agarra o volante com força e acelera. — Estamos perto — diz ela.

A etapa final da viagem é cheia de estradas sinuosas e saídas mal sinalizadas. Passamos por elas em silêncio. Rachel faz uma curva fechada para a esquerda, e uma placa cinza de madeira aparece, quase escondida atrás de uma cortina de galhos. Mal consigo distinguir as letras brancas maçantes: Centro Juvenil de Danbury. Eu me pergunto quem mais está trancado aqui, mantido tão longe do resto da sociedade. Não fora da rede, mas parcamente ligado a ela.

Cascalho e sal se atritam com os pneus, e, a cerca de 800m, na estrada, nos aproximamos de uma cerca de arame. Ela se abre como se operada por um guarda fantasma, e avanço, esticando o pescoço para ver o que está à frente. Quando emergimos de outro caminho estreito, a fina faixa de concreto se expande até o tamanho de um campo de futebol, marcado por linhas pintadas de branco. O estacionamento está quase cheio de BMWs, Mercedes e Audis. Marcadores úteis e objetivos ficam suspensos acima.

VISITANTES POR AQUI, lê-se nas letras em bloco da Marinha com uma seta embaixo. PACIÊNCIA É UMA VIRTUDE, diz outro em letra cursiva.

— Toc, toc! Precisam de ajuda? Uma mulher de meia-idade com bochechas flácidas e cabelos grisalhos aparece, ao lado da minha janela, de macacão cáqui e sorriso ansioso. Seu crachá diz Veronica, anfitriã de visitantes.

Olho a Rachel, mas ela já saiu do carro, vindo para o meu lado.

— Oi, V.

— Ah, é você. Que bom vê-la!

— A você também. — Rachel esfrega as mãos enluvadas e abre a minha porta. — Vamos lá.

O ar está cortante e gelado. Ele queima minha garganta. Eu me pergunto em que diabos me meti.

A MESA DOS JOGADORES

— Esta é a Jill — diz Rachel quando desço do lado do passageiro. — Ela é uma amiga. — Mas então se interrompe e repensa. — Ela conhecia o Graham.

Verônica acena com a cabeça, sem demonstrar emoção, nenhum sinal de reconhecimento.

— Bem-vinda a Danbury, então — diz ela. — Venham comigo.

Nós vamos, mas mal consigo acompanhá-las, arrastando meus pés para a frente para alcançar Rachel. Eu deveria ter perguntado mais a ela sobre este lugar, sobre o que Graham tem feito nos últimos três anos. Em vez disso, estou totalmente alheia a tudo ao nosso redor. Veronica abre uma porta de metal e nos leva por um amplo corredor decorado com painéis e desenhos a tinta até chegarmos a um par de portas francesas e um cubo que mais parece uma sala de espera de médico do que as cadeias que vi na TV.

— Por aqui. Você precisará preencher alguns formulários por causa da primeira visita. — Ela clica no teclado, e uma resma de papel voa da impressora. — Aqui está a caneta, querida.

Rachel bate os nós dos dedos contra a bancada de fórmica e bate o pé impacientemente no chão. Acelero minha parte, marcando caixas até chegar à página final, onde rabisco meu nome.

— Feito — digo.

— Finalmente — murmura Rachel. Mas, quando a olho, ela logo murmura: — Desculpa —. Não posso culpá-la por estar ansiosa, por querer ver Graham o mais rápido possível. Eu estaria da mesma forma com o Jared.

Um homem grande e corpulento de uniforme roxo faz sinal para que o sigamos, e o próximo corredor é estranho, frio e forrado de ladrilhos, como uma escola. Mais obras de arte feitas à mão estão penduradas nas paredes.

Quando chegamos à outra porta, metálica e maciça, o cara para e se vira para nós.

— Rachel, você conhece as regras, mas só um lembrete, você só pode ficar por uma hora. Sem toques. Seja positiva.

— Obrigada, TJ — diz Rachel. — Vamos? — Ela se volta para mim. Engulo o nó na garganta e separo meus dedos. Eu nem tinha percebido que eles estavam entrelaçados.

TJ empurra a porta do que parece ser um refeitório e faz um movimento amplo com a mão como se fosse um mordomo ou garçom em um restaurante chique. Meu estômago dá cambalhotas e examino a sala freneticamente. Eu o vejo antes que ele me veja.

Lá, do outro lado da sala. Graham.

É demais para mim. Mas me obrigo a olhar, a vê-lo de longe. Ele está com um uniforme verde-claro, não algemado, como eu esperava. Passa os dedos pelos cabelos, um tique nervoso que me dá déjà vu. Ele fazia isso antes de grandes testes ou dos pops dos Jogadores. Seu queixo exibe a barba por fazer, o que o deixa mais velho do que eu me lembrava, muito mais do que me sinto agora. Ele está curvado, embora pareça que cresceu alguns centímetros. E está magro. Quase esquelético, com ângulos mais nítidos e sombras mais escuras.

Sua cabeça se vira para nós lentamente, e seus olhos encontram os meus. Eles se alargam quando nos vemos pela primeira vez em quase três anos. Rachel já está ao seu lado e me forço a andar, diminuindo a distância entre nós.

— Oi — diz ele. Uma mistura de choque e excitação. Curiosidade, talvez.

— Oi.

Graham se senta em uma pequena mesa circular, e sigo o exemplo, refletindo seus movimentos.

A MESA DOS JOGADORES

Ele me lança um sorriso tímido, como se não nos conhecêssemos desde criança. Como se eu não conhecesse todos os seus segredos.

— Hum, como você está? — pergunto, porque não sei o que falar.

A princípio, as palavras são esparsas e ele tropeça nelas, como se tentasse se lembrar de como conversar. Ele fala sobre o tempo e aponta outras pessoas ao redor da sala, da nossa idade, conversando com pessoas mais velhas que parecem ser seus pais ou irmãos. Ele aponta para um garoto asiático-americano que fica sentado em silêncio enquanto sua mãe toca uma gravação de um iPhone.

— É do irmão dele — diz Graham. — Ele se recusa a vir visitar, mas Andy sente muito a falta dele. — Rachel concorda e franze os lábios.

Ele não diz de onde essas pessoas vieram ou o que fizeram para chegar aqui. Ele divaga sobre a comida e sobre o frango tikka masala, seu favorito, mas que ele se empolgava mais com a noite de espaguete à bolonhesa. Ele menciona como aprendeu a jogar críquete com alguns dos conselheiros britânicos de sua "coorte" e que se interessou por arquitetura.

— Li quase tudo que temos sobre Norman Foster e Zaha Hadid. Mal posso esperar para visitar a ponte que ela construiu em Abu Dhabi, é, tipo, lendária — diz ele.

— Então, você acha que está prestes a sair? — digo.

Os olhos do Graham se voltam para Rachel, e ela acena com a cabeça, dando a ele um tipo de permissão. É um ritual do qual não faço parte. Um sinal entre eles. A boca de Graham fica pequena. Ele se agacha mais na cadeira e enrola os membros no corpo.

— Não fui eu, Jill. — Sua voz é baixa e comedida, profunda e cheia, como se ele tivesse praticado. Ele tenta ser convincente. Passa a mão pelos cabelos.

Rachel se inclina e pousa os braços na mesa.

— Por que você não começa do começo? — diz ela. Seus olhos estão arregalados e carinhosos, maternais, mas urgentes.

Graham acena com a cabeça e respira fundo. Ele fecha a boca com força. Então as palavras saem.

— Não me lembro muito do que aconteceu — diz ele. — Mas eu me lembro de tudo o que levou... àquilo. Você não? — Seus olhos escuros fazem contato direto com os meus. É quase íntimo demais para suportar.

Um nó se forma na minha garganta.

— Você lembra, certo? — volta a perguntar. Aceno uma vez.

Eu acho que sim. A brisa da primavera de Ocean Cliff. O ar tão salgado que picava meus poros. Nenhum inseto ainda. Era muito cedo para os mosquitos. Alívio quando percebi o que tinha que fazer. Como cada gole parecia veneno na minha garganta. Então, a escuridão me engolindo, me enchendo de um medo paralisante. Foi tudo muito pior do que pensei que seria.

Aperto meus olhos e tento ver Shaila em tudo isso. Eu a imagino roendo as unhas ásperas quando percebeu o que *ela* precisava fazer. No momento em que seu rosto passou de determinado a aterrorizado.

— Sim — sussurro. O rosto de Graham fica frio.

— Você lembra o meu pop da iniciação?

Como poderia esquecer? Jake foi com todos eles, fomos informados.

— Você tinha medo de aranha, certo?

— Tarântulas — diz Graham. Ele estremece. — Levaram uma dúzia, e tive que ficar com elas rastejando por mim naquele box de vidro por horas.

— Quatro — digo. — Quatro horas. — A minha também foi assim.

— Não — solta ele. — Duas. O meu só tinha apenas duas horas.

Rachel murmura algo baixinho.

A MESA DOS JOGADORES

— Quê?! — pergunto.

— Os dos meninos eram mais curtos. Sempre foram — diz ela suavemente, com a cabeça baixa.

Claro que eram.

Graham continua falando, no entanto.

— Implorei por algo para beber. Qualquer coisa para tirar a mente dali. Obviamente, eles me atenderam.

Uma imagem do Graham em pé no chuveiro se insinua na minha mente. Eu não *vi* isso, é claro. Estava muito ocupada tentando sobreviver à minha iniciação. Mas imagino que eles o tenham sequestrado em outra seção da casa da piscina, jogando criaturas peludas e assustadoras em sua cabeça enquanto o alimentavam com xícaras de tequila barata sobre o batente de vidro da porta.

Olho para Rachel, mas seu rosto está afundando nas suas mãos.

— Depois disso, mal me lembro do que aconteceu — diz Graham. — Em um minuto eu estava chorando como um bebê, no próximo, estava em algum lugar da praia coberto de sangue. Você imagina como me senti?

— Você imagina como *Shaila* se sentiu? — Uma pequena bola de raiva começa a se formar dentro de mim.

A boca de Graham forma uma linha reta e dura.

— Não — diz ele, firme. — Você sabe que eu a amava, certo? Com todas as minhas forças. Só tínhamos 15 anos. Mas eu faria *qualquer coisa* para ela. Ela era o meu mundo.

Seu rosto está inchado e vermelho.

— Ela era o meu também — digo, lutando contra as lágrimas.

— Eu sei. — A voz do Graham se suaviza. — Posso continuar?

Aceito e aceno.

Graham inspira profundamente.

— Só me lembro da comoção, todo mundo dizendo que algo aconteceu com Shaila. Jake e Adam correndo pela praia pedindo ajuda. Derek Garry também. Eu os vi vindo em minha direção e acenei para eles. Em seguida, havia policiais. Aqueles estúpidos policiais de trânsito da Gold Coast parando em seus carrinhos de areia, puxando as algemas. Eles nem sabiam como usá-las.

Eu já estava em casa a essa altura, me recuperando, sentindo pena de mim mesma, preocupada por ter sido arruinada por algo sobre o qual eu não tinha controle. Eu não tinha ideia do que estava por vir.

— Eles me algemaram e me levaram direto para a estação. E então, naquela mesma noite, eles me trouxeram aqui. Não saio há três anos.

— O que exatamente é este lugar? — sussurro.

Graham suspira e se recosta na cadeira.

— Uma instalação — diz ele. — Como um reformatório, mas chique. Podemos obter nossos GEDs e fazer atividades como cerâmica e outras coisas.

Devo parecer confusa, porque ele continua tentando explicar.

— O sistema de justiça criminal é totalmente injusto. Se você é rico, é mais fácil.

Rachel bufa nas palmas das suas mãos.

— É a verdade, e é uma merda — continua Graham. — A maioria de nós tem grana. Os outros são patrocinados por algum benfeitor ou organização sem fins lucrativos ou algo assim.

— Quê...

— Eu sei — diz ele. — Mas eles vão me transferir para a Federal quando eu fizer 18 anos, em junho.

— Mas por quê...!? — começo. — Esta é sua última chance.

Graham acena com a cabeça, e seu rosto fica vermelho, como se ele estivesse envergonhado.

Rachel levanta a cabeça das mãos.

— É por isso que procuramos mais evidências — diz ela. — O sangue. A camisa. É a nossa última chance de provar tudo antes que o prendam para sempre. — Seus dentes parecem fluorescentes enquanto ela morde o lábio vermelho brilhante.

— A polícia me interrogou por horas — diz Graham. Foi há muito tempo. Mamãe e papai estavam nas Ilhas Cayman e não deixaram a Rachel entrar na sala comigo. Não foi isso?

Rachel balança a cabeça e morde o lábio.

— Fiquei tentando ligar para Dan Smothers. Ele é o advogado do nosso pai. Ninguém respondeu. Nossos pais conseguiram o primeiro voo, mas já era tarde demais.

— Eu desabei sozinho naquela sala de polícia idiota por horas. Eles me contaram a história, e assenti depois de um tempo. Disse a eles o que eles queriam ouvir. Eu só queria fazer tudo parar. Eu queria ir para casa. Pensei em simplesmente ir para casa.

— Eles nem mesmo provaram nada — diz Rachel, calmamente.

— Mas seus pais não lutaram contra isso? — pergunto. Não consigo imaginar mamãe e papai me deixando ser despachada para este lugar. Eles nunca acreditariam que fiz algo assim. Eles fariam qualquer coisa para me proteger. Disso tenho certeza.

— Papai só queria fazer tudo parar — diz Graham. — Ele estava se preparando para a chamada de um grande investidor. Smothers disse que assim seria mais fácil. Que um julgamento pioraria tudo. Muita publicidade. Muffy não queria lidar com isso. Muito drama.

— Eles fizeram alguns acordos com os Arnolds — diz Rachel. — Dinheiro na jogada.

Um olhar fugaz passa entre eles.

— Muito dinheiro — diz Graham. — Nossas famílias têm história. É assim que eles lidam com as coisas, pelo que vejo.

— Essa merda toda — diz Rachel. — Ninguém tem coragem de enfrentar isso. Claro que os Sullivans ficaram longe de tudo.

— Você não fala muito com Kara... — digo.

— Pois é. Ela nunca estendeu a mão, nunca — bufa Graham.

Imagino os pais de Graham e Shaila crescendo juntos, comprando lotes de terra no Hamptons com seu outro amigo Jonathan Sullivan. Imagino que todos tenham ficado muito felizes quando tiveram filhos ao mesmo tempo. Eles devem ter ficado emocionados em vestir Graham, Shaila e Kara com aquelas roupas de algodão azul combinando na praia, fazer fotos deles rolando em cangas com monogramas. Isso destruiu tudo.

— Meus pais não vêm me visitar — diz Graham. — Muffy diz que sou louco, que nem sou mais filho dela. Papai vive ocupado.

— Ah, tão ocupado... — diz Rachel, revirando os olhos.

— Eles sabem que você está usando a fiança para testar o sangue? — pergunto. Rachel concorda.

— Sabem, só não querem se envolver.

Ficamos todos em silêncio por alguns segundos até Graham dizer baixinho:

— Você nunca desistiu de mim. Você é a única! — Ele olha para cima, e seus olhos estão marejados de lágrimas.

Rachel agarra sua mão por baixo da mesa, fora das vistas, e penso no Jared e em como eu faria exatamente o mesmo, não importa o custo, não importa o quanto ele me odeie neste momento. Você não desiste do seu sangue.

— Então, o que tudo isso significa? — pergunto.

A MESA DOS JOGADORES

— Alguém mais estava lá — diz Graham. — Alguém me culpou. Por três anos, eu pensei que era um monstro, mas... não foi minha culpa. Não fui eu.

Suas palavras penetram em meu cérebro e começam a girar violentamente. Não consigo entender nada.

— Mas quem? — pergunto. É a única peça que falta. Quem mataria a Shaila? E por quê?

Graham inala profundamente e fecha os olhos.

— Tem mais uma coisa. Que não contei a ninguém. Nem a você, Rach. — Rachel ergue as sobrancelhas e se inclina. — Antes da iniciação, descobri que ela estava me traindo.

— Não — digo automaticamente. Não é possível. De jeito nenhum ela teria escondido isso de mim.

— Ela estava — diz ele. — Ela estava estranha há semanas, me evitando, inventando desculpas para não sair comigo. Sempre dizia que estava ensaiando para o musical. Ou decorando suas falas ou indo ao escritório com Beaumont. Sempre tinha alguma coisa.

Era realmente assim que ela estava no final? Não sei. Um pouco mais indiferente, talvez. Mas ela estava estressada com a iniciação e estrelando o musical de primavera. Era *Rent* naquele ano, e ela foi escalada como Mimi. Claro que ela estava nervosa. Ela acertou em cheio nas performances, obviamente, cantando aquela música de velas como Rosario Dawson. Mas pareceu relaxar depois disso, não? Ela deveria.

Nikki estava trabalhando no figurino, abrindo buracos em pares de meia-calça transparente caríssimos, costurando microshorts de couro para caber no corpo de Shaila perfeitamente. Adam estava lá também, ajustando o roteiro para que ficasse mais "família".

— Eles estão me fazendo neutralizar o texto —, disse Adam quando todos nos amontoávamos no Diane's, em uma manhã de domingo.

— Ouça Shakespeare aqui — disse Nikki.

Shaila e Nikki riram de felicidade, como se fosse uma piada interna que elas tivessem feito nos bastidores.

Graham e Rachel estavam lá também. Eles riram comigo, como se também fizéssemos parte daquilo. Como se soubéssemos sua linguagem secreta.

Eu *vi* Shaila o tempo todo antes da iniciação. Claro que vi. Ela estava cansada de interpretar Mimi. E estava bem com Graham, é claro. Mas... talvez não. Talvez ela estivesse focada em outra coisa. Em outro *cara*.

— Esqueci meu celular um dia no semestre de primavera — continua Graham — e precisava do guia de geometria. Ela me deu o dela para eu procurar e, porra, eu sabia que não deveria, mas, quando ela foi ao banheiro, vi as mensagens. Não consegui evitar. Havia centenas delas, com algum cara, falando sobre todas as merdas que estavam fazendo nas minhas costas. — Ele fecha os olhos. — Ainda me lembro de uma de cor. *O Graham nunca vai descobrir.* — Seus cílios tremem, e ele bate os nós dos dedos na mesa. — Adivinhe?! Eu descobri.

— Quem era? — pergunto.

— Não sei. Não reconheci o número. Não era nem o código de área da Gold Coast. Provavelmente, um número descartável.

— Você a confrontou?

Graham balança a cabeça. — Eu estava esperando a hora certa. Mas...

— Ninguém pode saber disso. — Rachel o interrompe.

— Por que não? — pergunto.

— Seria um motivo — diz Rachel. Graham acena com a cabeça.

— É, ainda mais munição contra mim. Cara ciumento mata a namorada após descobrir pulada de cerca? Um clássico.

Bufo, porque ele está certo. Shaila estava traindo? A ideia revira meu estômago e de repente estou com calor, suada e com um pouco de náusea.

— Onde é o banheiro? — pergunto rapidamente.

Rachel aponta para o canto da sala. Quando fecho a porta, sento-me no vaso frio de cerâmica e penso nas palavras de Graham, tentando dar sentido a tudo o que ele disse. Sua admissão deve ser um alívio para ele. Mas Graham não parecia mais leve nem confortado. Ele era como a concha de alguém que eu conhecia, um fóssil descoberto em uma vida que vivi. Eu me pergunto se, em algum lugar abaixo da superfície, um caminho social permanece entorpecido pela dor que ele causou, procurando uma maneira de sair dessa bolha de parede almofadada, faminto por manipulação, cansado do tédio.

Às vezes é difícil saber quais qualidades definem você e quais foram atribuídas pelos outros tantas vezes que você começou a acreditar nelas e a reivindicá-las como suas. Mamãe sempre me disse que eu era confiante, uma característica que ela adorava, mas temia que me colocasse em apuros. Por causa disso, passei a me considerar ingênua, alguém de quem os outros tiram vantagem. Tão perto do Graham, me pergunto se é isso o que está acontecendo agora, se estou confiando nele simplesmente porque ele está aqui, bem na minha frente, quando Shaila não está. Nessa minúscula tenda de aço, me ocorre que o Graham pode estar mentindo.

Lavo as mãos lentamente e volto para me sentar em frente a ele e Rachel.

— Por que devo acreditar em você? — pergunto, olhando-o diretamente nos olhos.

— Você acha que sou um merda. — Graham balança a cabeça e olha para o chão.

Mantenho meu rosto imóvel, segurando minhas cartas com força contra o peito. Quero acreditar nele, mas a sua verdade significa que outra pessoa que conheço é culpada. Não tenho certeza se posso suportar isso.

Rachel bate as mãos na mesa com força suficiente para que TJ se vire para nós.

— Jill — sibila ela. — Confie nele. — É um comando, não uma sugestão.

— Você pode acreditar em mim ou não — diz Graham calmamente, comedido. — Vou limpar meu nome com ou sem você. De que lado da história você quer estar? — Ele cruza os braços, agora desafiador, seguro de si, mais parecido com o Graham que conheço. — Você gostava da Shaila tanto quanto eu.

TJ chega à nossa mesa e gentilmente coloca a mão no ombro do Graham.

— O tempo acabou, Calloways. — Ele dá um sorriso. — Vocês podem voltar na próxima semana.

Rachel se levanta e troca mais olhares secretos com o irmão. Eles parecem conectados, amarrados um ao outro. Chego a sentir Rachel lutando contra a vontade de abraçá-lo. A linguagem secreta dos irmãos é tão íntima que sinto necessidade de desviar o olhar. Graham olha mais uma vez na minha direção antes de se virar para recuar, arrastando-se por um corredor branco. Seus longos braços estão pendurados ao lado do corpo, os dedos remexendo-se enquanto ele se afasta cada vez mais. Logo, não podemos mais vê-lo.

Ao meu lado, Rachel deixa escapar um longo jorro de ar.

— Vamos.

Dezesseis

UMA SEMANA DEPOIS, ainda estou atordoada, pensando em tudo o que aconteceu em Connecticut, quando vi os panfletos pela primeira vez. Eles estão pregados no quadro de cortiça do Diane's, cobrindo um anúncio de babá e outro de aulas de piano. Impressas em cartolina grossa, provavelmente roubadas do departamento de arte da Gold Coast Prep, as letras gritam comigo.

**WONDER TRUCK
ÚNICA APRESENTAÇÃO
NO GARAGE
HOJE, 25 DE JANEIRO
ÀS 20h
US$5**

— O Jared vai ser uma estrela. — Diane vem por trás de mim e cutuca meu ombro com o dela. Ela pisca para mim. Como são 7h de um sábado, estou sozinha no restaurante, exceto por alguns idosos comendo tigelas de mingau de aveia em silêncio. Achei que seria seguro vir aqui tão cedo para começar a estudar para o exame da bolsa de estudos em cima do *pow-do* e do bacon, mas eu deveria ter pensado melhor. Os Jogadores, Jared agora incluso, estão por toda parte.

— Eu o vi aqui outro dia com o garoto Millah conversando sobre o show — diz Diane. — Você deve morrer de orgulho dele. — Ela sorri amplamente para mim, a bagunça vermelha de cabelos saltando no topo de sua cabeça.

Engulo o nó na garganta e me forço a concordar.

— Ah, sim — digo. Minha boca parece estar cheia de areia. — Me vê um *pow-do* para viagem?

— É para já. — Diane desaparece atrás do balcão, e me inclino contra a parede e fecho os olhos. Jared vai fazer um show. *Por que eu não sabia disso?*

Quero desesperadamente enviar uma mensagem para Nikki ou Quentin e saber os planos deles para hoje. Ou pedir ao Henry me buscar para irmos juntos. Obviamente, vai ter um esquenta dos Jogadores, Ubers até o Garage, uma pós-festa para celebrar. Quero perguntar a Jared por que ele não me contou, gritar com a mamãe que fui deixada de fora de tudo, incluindo da nossa família. Quero reclamar disso com Rachel, embora eu saiba que ela só vai querer falar sobre a visita da semana passada ao Graham, algo que eu definitivamente não estou pronta para processar.

Em vez disso, mando uma mensagem para a única pessoa que não me descartou completamente. Ainda.

Você estava sabendo do show dos meninos hoje?, digito para o Adam. Se estiver livre, ele vai responder.

Aham.

Você vai?, digito com os dedos trêmulos. Sinto tanta falta dele, que dói. Quero que ele me envolva naqueles típicos abraços de urso. Que leia para mim o seu novo roteiro. Que sorria e me revele aquela covinha.

Sim.

Quer fazer alguma coisa antes?

A MESA DOS JOGADORES

Não posso, escreve. Isso me dói. Mas então ele começa a digitar novamente, aquelas três bolhas batendo no ritmo. *Tenho um projeto com o Big Keith antes.*

Mastigo meu lábio. Posso pedir para ele me salvar? Ele não percebe o quanto eu preciso disso? Dele.

Saquei, escrevo.

Vejo você lá, Newman, fica fria. Tô contigo.

Meu estômago se revira, e o calor se espalha pelo meu peito. Nós dois ainda somos nós.

Se você apertar os olhos com bastante força, a rua principal de Gold Coast se parece um pedaço do SoHo, mais do que com o que de fato ela é: um trecho de concreto próximo à areia. Há uma pequena butique de hidratantes de xelim com etiquetas de preços de três dígitos e algo chamado "glitter de coração", um estúdio de ciclismo que atende a mães exuberantes que bebem sucos verdes caríssimos, um sushi bar com um menu omakase sobre o qual uma vez um crítico de comida do *New York Times* disse que "valia a pena deixar os cinco boroughs por ele" e a única relíquia do passado da Gold Coast, o Garage.

É a única casa de shows ao norte da Long Island Express que registra regularmente shows de lugares distantes de Nova Jersey, e houve a vez em que meus pais juraram terem visto Billy Joel escondido em uma mesa nos fundos, a noite inteira, bebendo vinho vintage e enviando doses de vodka para loiras na primeira fila. Mas isso foi nos anos 1990. Agora, é um vestígio da *velha* Gold Coast, aquele que atraiu ceramistas descolados, como minha mãe, e ex-advogados corporativos que queriam passar o resto de seus dias vagando pela praia em uma casa dos tempos anteriores à Guerra Civil. Aquela Gold Coast estava cheia de pessoas que não tinham armários cheios de polos Brooks Brothers

203

e cozinhas abastecidas com Waterford Crystal. Sempre achei que o Garage resistiu porque é um lembrete do quão longe se pode cair.

O primo do Robert, Luis, se tornou o booker daqui alguns anos atrás, depois de perceber que havia toda uma vida noturna inconquistada fora dos limites de Nova York. Ele sempre nos deixou entrar de graça. Suponho que deve ter se esforçado muito por Jared e Bryce, conseguindo um horário nobre em uma noite de sábado. Mas, quando chego, há uma fila dando volta no quarteirão. Desconheço dezenas de jovens da Gold Coast e alguns alunos da Cartwright, que às vezes tentam invadir as festas dos Jogadores. Adesivos e graffiti cobrem as paredes externas do local, um contraste gritante com o mar de colarinhos, calças cáqui bem passadas e jaquetas de lã que custam os olhos da cara. A maioria das garotas está em seu melhor momento depois da escola, balançando em botas pretas altas destinadas a um clube de Manhattan ou a uma semana do rush da fraternidade. Julgo mentalmente um grupo de alunos do segundo ano que perderam a mão para a ocasião.

Quando chego à frente da fila, Luis está no caixa. Sorrio quando percebo que ele se lembra de mim.

— Cinco dólares — diz ele, seu rosto como pedra. Meus dias de cortesia acabaram. Entrego a ele uma nota amassada e entro.

O ar está úmido e viciado, e, de repente, percebo que estou sozinha. Eu me pergunto quem realmente olha para mim, quem se importa comigo, e se a minha presença será material para a fábrica de fofocas por semanas. Então eu me pergunto se achar isso é só narcisismo. Ninguém realmente se importa. É disso que preciso me lembrar. Vou até o bar, um pedaço viscoso de madeira em forma de C, aninhado sob uma bandeira anarquista, e empurro os saltos altos e as golas viradas para cima. Mas, antes de chegar ao balcão pegajoso, alguém toca minhas costas.

— Ei, Newman.

A MESA DOS JOGADORES

Eu me viro e dou de cara com o Adam, jaqueta jeans preta e óculos redondos de acrílico. Ele parece cansado, com o rosto desalinhado e um pouco triste, mas me entrega uma lata de soda gelada com sabor de grapefruit. Dou graças aos céus por não ser cerveja.

— Você veio — digo. — Deus é mais!

Ele sorri e coloca o braço em volta de mim.

— Não perderia isso por nada. — Ele toma um gole da sua bebida, igual à minha, e acena com a cabeça em direção ao canto do palco. Sigo seu olhar e vejo os Jogadores me olhando. Henry faz uma cara de desagrado e enfia as mãos nos bolsos. Robert levanta o dedo médio mais uma vez e Marla desvia os olhos. Mas são as reações de Nikki e Quentin que mais me doem. Os dois apenas me encaram, seus rostos ilegíveis. Quero estar entre eles novamente, a par dos segredos, dos rituais, das nossas piadas internas. Em vez disso, bebo meu Seltzer.

— Você não está com medo de ser visto comigo? — pergunto.

Adam meneia a cabeça para eles e acena. Apenas Quentin levanta a mão de volta.

— Shhh, nunca — diz ele. — O que eles podem fazer comigo?

Meu rosto fica vermelho quando as luzes se apagam, tornando o Garage um abismo totalmente preto. Um solo de guitarra percorre o ambiente. Aplausos explodem e um holofote brilha no palco. Minha pele se arrepia, e uma gota de suor escorre pelas minhas costas.

— Somos o Wonder Truck e vamos quebrar tudo! — grita Bryce no microfone. Atrás dele, Larry Kramer e seus 2,13m se empoleiram na bateria, quase tão alto sentado quanto Bryce de pé. Adam solta um assovio e grita para a multidão.

— É isso aí, Miller! — Seu corpo vibra ao meu lado.

O salão se transforma em um tornado, pessoas pulando por toda parte, esbarrando umas nas outras. Os Jogadores, mesmo os calouros, estão bem na frente do palco, jogando os braços para cima. Um grupo da equipe de debate está se espremendo em um canto, roçando uns nos outros bem antes do que seria apropriado.

Fixo meus olhos no Jared. Ele está do lado direito do palco, com o rosto vermelho e exaltado. Sua testa está úmida, e seu baixo está apoiado em um joelho, que se projeta no proscênio. Ele balança para a frente e para trás, estabelecendo um ritmo sólido para os acordes de guitarra ásperos do Bryce. O suor escorre da sua testa, e suas pálpebras tremem. Reconheço seu rosto hiperfocado, o mesmo de quando ele se concentra nos exercícios de geometria ou de quando tenta ler um livro denso. Mas agora sua boca se estende em um sorriso fácil. Isso aqui não é trabalho. É o grande momento da sua vida.

Quando a música termina, Jared sacode o cabelo e enxuga o rosto na camiseta branca. Ele olha para cima enquanto a multidão aplaude, e seus olhos examinam a sala. Seu olhar permanece onde estou por apenas um segundo e me pergunto se ele me viu através das luzes ofuscantes. Eu me pergunto se ele sabe que estou aqui, que estou torcendo por ele.

Antes que eu perceba, eles correm para outra música, alta e rápida. O Garage parece um pula-pula, expandindo-se e contraindo-se a cada passo. As tábuas do assoalho rangem e cedem.

— Eles estão destruindo! — grita Adam por cima da música. Sua voz está quente e úmida no meu ouvido. — O Jared é incrível!

Ele é, quero responder. Ele realmente é. Mas agora só consigo me concentrar em Nikki e Quentin, dançando juntos no canto, cantando todas as músicas, letras que não conheço e que não fui convidada a aprender. Sinto falta deles nos meus ossos, como sinto da Shaila, mas de um jeito pior, porque eles ainda estão aqui, e do outro lado da sala.

— Preciso tomar um ar — grito para o Adam. Espero um pouco, achando que ele vai me seguir, mas ele não vem. Em vez disso, ele balança a cabeça e mantém os olhos focados no palco, levantando o punho no ar.

A MESA DOS JOGADORES

Giro os calcanhares e me espremo pelo mar de corpos suados, até chegar à porta lateral. O metal pesado balança para a frente quando o abro com o ombro, e o vento congelante me atinge, chicoteando meu rosto e soprando meus cabelos. De repente, consigo respirar de novo. Estou livre. Eu me inclino contra a parede de tijolos e levanto o queixo, avistando Áries, o carneiro. Rastreio seus chifres e o imagino dando cabeçadas nos outros andarilhos noturnos, galopando pelos céus. Meus dedos estão congelados de frio, mas não me importo. É bom não os sentir, deixar pelo menos uma parte de mim se entorpecer.

Não fico sozinha por muito tempo. A porta se abre, trazendo os sons do Garage para o beco. Os acordes da guitarra são carregados pela noite.

Nikki emerge da escuridão e pisa no concreto congelado com seus coturnos pretos de grife. Eu me pressiono contra o prédio, esperando que ela não me veja.

— Eu sei que você está aqui — grita ela.

Estremeço. Não estou pronta para nada disso. Nunca fui boa em brigas ou confrontos. Quando Shaila ainda estava aqui, era ela quem se levantava por todos nós. Foi ela quem deu um tapa na mão de Derek Garry quando ele tentou levantar meu vestido durante um pop. Foi ela quem disse para a Liza Royland *chupar um pau* depois que ela esvaziou os pneus da minha bicicleta no ensino fundamental. Foi ela quem denunciou o treinador assistente Doppelt por nos secar nos vestiários após a educação física. Shaila era o nosso cão de guarda. Eu era o cachorrinho tentando não mijar no chão.

Aqui, no frio congelante, percebo que não quero brigar com a Nikki. Não quero sentir raiva dela. Quero abraçá-la e fingir que não estamos em times opostos. Quero saber se ela acreditaria no Graham, se estaria tão faminta pela verdade quanto eu, se visse o que vi. Se ela soubesse o que sei. Respiro fundo.

— Sim, estou — digo, dando um passo à frente.

Nikki caminha na minha direção até ficarmos cara a cara, exatamente da mesma altura. Sua boca se contorce em uma carranca magoada, um beicinho. Seus olhos estão selvagens. Ela tomou alguns drinks. Não muitos, mas o suficiente para sentir as entranhas queimarem, para reunir sua coragem de aspirante a Shaila. Talvez eu precise buscar o mesmo dentro de mim.

— Estou puta com você — diz Nikki, cruzando os braços e inclinando o quadril. — Estou muito puta.

— Estou puta com você também. — Minhas palavras são mais vacilantes do que as dela. Instáveis.

— Você disse que faríamos isso juntas. Aí você fugiu, porra. Você me deixou sozinha!

— *Eu* deixei *você*? — debocho. — Você tem Quentin, Marla, Robert. Henry, até. Você tem todo mundo. Sou eu que estou sozinha — rebato.

— Não é a mesma coisa sem você — diz ela. — Você sabe.

— Você foi contra tudo o que dissemos que faríamos — luto contra as lágrimas que ameaçam turvar a minha visão.

— Isso não é verdade.

Mordo o lábio. Quero gritar.

— Você está bem consciente de tudo. Você piorou muito os pops. Você tem o poder agora e está agindo igual a *eles*. Derek, Jake e todos os outros meninos que nos colocaram no inferno.

Os olhos da Nikki se estreitam.

— Não, não estou.

— Como você pode não ver isso? — Sinto que estou perdendo o controle, como se começasse a delirar.

— Não sou a rainha do universo, Jill. Qualquer um pode dizer não. Não estamos *forçando* ninguém a nada.

— De certa forma, você é — digo. Minha garganta está arranhada, eu a sinto em carne viva. — Nós estamos no comando. Eles, não.

A MESA DOS JOGADORES

Quando éramos calouras, alguma vez você sentiu que podíamos dizer não? Pense em como eles se sentem agora.

—Comportamento típico, Jill. Você só está tentando se proteger. Então, se alguma coisa acontecer, se alguma coisa acontecer com seu precioso irmãozinho, *você* não será a única culpada. Você sempre deixava a Shay assumir as responsabilidades por você. Agora você está fazendo isso comigo.

Meu queixo cai, estou boquiaberta. Tropeço para trás, sentindo como se tivesse levado um tapa na cara. Eu sei exatamente do que a Nikki está falando. O Desafio do Solstício de Inverno. A noite em que Shaila quase sacrificou tudo por mim.

Era uma noite de sexta-feira, excepcionalmente quente, de fevereiro, e todos nós fomos chamados ao porão do Jake para um pop completo. Entrei em pânico quando recebi a mensagem. Eu precisava estar no Desafio das Olimpíadas de Matemática às 8h da manhã seguinte. Havia apenas dois encontros de fim de semana por ano, e eu havia especificamente solicitado que tivesse esses dias de folga.

—Claro—disse Adam, quando perguntei. — Não vão te atrapalhar.

Mas eu sabia que não tinha como deixar de participar. Não com Jake ditando as regras.

Merda, enviei para a Shaila. *Eu não posso beber hoje...*

Não se preocupe. Eu te protejo!

Enviei a ela um milhão de emojis de coração e mãos de oração antes de partir para aceitar nosso destino.

Quando chegamos à casa do Jake, havia alguns meninos do terceiro ano lá também. Mas nada do Adam nem de nenhuma das garotas. Jake nos mandou para o que parecia um pequeno armário. A princípio, cheirava a cedro e lavanda. Havia duas garrafas de vodca em cima de bancos estreitos.

— Bebam — disse Jake, em seu tom profundo e monótono. — Bebam até o fim.

Os caras atrás dele riram e deram alguns gritos. Robert zombou.

— É só isso?

Um sorriso lento e assustador se espalhou pelo rosto do Jake.

— Sim — disse ele. — É só isso.

Então ele se virou e fechou a porta. Um pequeno clique nos informou de que estava trancada.

— Parece fácil — disse Robert. Ele pegou uma das garrafas e levou-a aos lábios para tomar um gole. Mas, depois de um só golezinho, ele cuspiu tudo no chão. — Aaarrgh, nojento, está quente.

Shaila gemeu e se sentou no banco. Então seus olhos se arregalaram.

— Gente. Mais alguém está ficando com calor? — Ela puxou o casaco de lã pela cabeça, expondo um pequeno pedaço de pele entre as calças e a blusa.

Estava *muito* quente. E só piorava. Subia um vapor do chão. Olhei para cima. Também descia pelas ripas do teto.

— Jesus — disse Quentin perambulando pela pequena sala. — Isto é uma sauna.

Ficamos todos em silêncio até conseguir concatenar o que realmente estava acontecendo. Jake estava aumentando o aquecimento. Até o limite. Passei a perceber a fervura nas axilas e entre os dedos dos pés. Respirei profundamente e engoli muito ar quente. O pânico começou a subir na minha garganta, e senti que desmaiaria.

— Vamos acabar com isso — disse Marla. Ela tirou o suéter e deu um longo gole. Seu rosto se contorceu enquanto ela engolia. — Isso é cruel.

Ela passou a garrafa para Henry e ficou no final do círculo que tínhamos feito, até que Nikki a colocou aos meus pés.

Peguei a garrafa e pensei no dia seguinte. Que eu seria expulsa da equipe se tivesse um desempenho péssimo, que isso afetaria a minha bolsa de estudos e a minha chance de entrar para a Ivy, que arruinaria toda a dedicação dos meus pais. Tudo aquilo pelo que *eu* tanto lutava. Minhas mãos começaram a tremer, e pisquei para conter as lágrimas. Era demais para mim.

— Não posso beber — falei, quase em um sussurro, para ninguém em particular. — Olimpíada amanhã. Vou estragar tudo.

Por um momento, ninguém falou nada, então a Shaila pegou a garrafa.

— Eu bebo por ela. Que seja.

Ninguém pareceu se importar, e meu pânico foi cedendo. Apertei a mão da Shaila, como um *obrigada* tácito, enquanto ela bebia mais e mais.

Logo, estávamos todos vermelhos e pingando de suor. Minha garganta estava arranhando de desidratação. Henry enxugou o rosto na camisa, embora ela já pingasse.

— Tenho que me deitar — disse Nikki. Sua pele tinha ficado da cor de um tomate, e seus longos cabelos escuros estavam emaranhados ao redor do rosto.

— Vamos. Falta pouco — disse Shaila, a fala arrastada. Ela ergueu a segunda garrafa, que ainda tinha cerca de um terço da bebida. Era impossível saber quanto tempo havia se passado, mas Shaila já estava cambaleando.

— Você está bem? — sussurrei no seu ouvido.

— Sim, sim, sim — disse ela. Mas, quando olhei seu rosto, seus olhos estavam turvos e sua boca, frouxa. Seu olhar me atravessava.

Na verdade, todos estavam nesse nível, entrando e saindo da realidade. Cada vez mais deteriorados. Mas Shaila parecia estar em uma realidade própria.

— Quanto você bebeu? — sibilei.

— Estou bebendo por você, lembra? — disse ela, sem maldade. Ela até deu um sorriso. — É para isso que os amigos servem. — Então ela ergueu a garrafa e deu outra golada. Sua garganta subiu e desceu enquanto o líquido deslizava para o seu estômago.

Graham balançou a cabeça e tirou a garrafa das mãos dela. — Não, minha linda, já basta. — Então ele virou o que restava e colocou a mão sobre a boca para segurar tudo no estômago.

— Jake! — gritou Robert, batendo na porta com a outra garrafa vazia. — Acabamos!

— Finalmente! — Jake soltou a trava, e saímos da sauna em um emaranhado de algodão e galhos molhados. O ar foi um alívio, e todos nós engasgamos, tentando sugá-lo o mais rápido possível. Shaila saiu por último, tropeçando, e imediatamente caiu no chão, recostando-se na parede.

— Não estou bem — disse ela, a voz fraca.

— Nossa! — murmurou algum Jogador júnior. — Ela está estranha.

Jake se agachou ao lado dela e a olhou fixamente. Então olhou para o resto de nós, e para mim. — Ela bebeu mais do que todos os outros, não foi?!

Ficamos em silêncio.

Na mesma hora, Shaila se virou para o lado e, com um longo arroto, vomitou um fio bege pegajoso no chão de madeira.

— Ah, nojento — disse Jake, dando um chute no ar. — Ela vomitou nas minhas calças exclusivas!

Shaila caiu para a frente, tombando na diagonal. E desmaiou.

— Gente — falei, minha voz tremendo —, precisamos fazer alguma coisa.

— Ah, merda — sibilou Nikki. — Precisamos levá-la ao hospital.

Os mais novos gemeram.

— Isso acontece todo ano — disse um deles. Acho que foi Reid Jefferson, a estrela da equipe de debate. — Ela precisa de uma lavagem estomacal. Eu levo ela. Ele vestiu a jaqueta.

— Você é idiota? — perguntou Jake. — Somos todos menores de idade. — Os olhos dele estavam cheios de fúria. Talvez medo. — Saiam da minha casa. Todo o mundo. Deem o jeito de vocês.

A MESA DOS JOGADORES

— Quê?! — disse Henry. — Você está falando sério?

— Parece que eu estou brincando? — perguntou Jake. — Não vou para Princeton se descobrirem que quase matei uma idiota do primeiro ano.

Os meninos ao redor dele assentiram como se isso fosse uma escusa legítima. Congelei, sem ver nenhuma saída para o desastre. Mas Marla assumiu o comando.

— Vem, gente. Vou ligar para os meus irmãos. — Ela colocou o braço de Shaila em volta do ombro. — Graham, segura do outro lado. Confere se ela está respirando. Jill, pega as coisas dela.

Segui as ordens quieta, grata por ter algo para fazer, e peguei a jaqueta e a mochila de Shaila. Corri escada acima, seguindo Marla. Nikki choramingou baixinho atrás de mim, apavorada e bêbada.

— Vamos — falei, agarrando-a.

Quando saímos, o frio nos arremessou na realidade, e o ar ficou azedo de pavor. Estava escuro, muito escuro, sem nenhuma estrela à vista.

— Aqueles idiotas — murmurou Graham. Todos os outros se amontoaram em silêncio, esperando a caminhonete dos irmãos da Marla vir correndo pela estrada escura. Finalmente, um par de faróis acenou em nossa direção.

— Que merda é essa, Mar?! — James, o mais velho, estava no banco do passageiro e baixou a janela para ver o que estava acontecendo. — Vocês têm merda na cabeça?

— Sem essa agora — disse ela. — Por favor. Só me ajuda, ok? Temos que levar a Shaila para casa. — Seus olhos imploravam a eles enquanto murmuravam sua desaprovação. Marla se virou para mim. — Os pais dela estão aí?

— Estão no Hamptons. — Balancei a cabeça em negação.

— Ótimo. Me ajuda a levantá-la.

Graham, Marla e eu colocamos o peso morto de Shaila no banco de trás enquanto ela dizia coisas incoerentes. Soltei uma lufada de ar. Ela estava acordada.

— Não tem espaço para todo mundo — disse Marla. — Nikki, Jill, venham comigo. A gente fica na casa da Shaila esta noite.

Nós nos amontoamos no banco de trás e deixamos os meninos parados na escuridão gelada. Eu me empurrei para o outro lado, então Shaila ficou apoiada entre Marla e eu. Assim que colocamos o cinto de segurança, Cody, um dos irmãos da Marla, começou a dirigir. James aumentou o volume do rádio e ninguém disse uma palavra enquanto seguíamos pelas estradas sinuosas e arborizadas em direção à propriedade dos Arnolds.

Quando chegamos à casa da Shaila, passamos as horas seguintes em seu banheiro, enquanto ela vomitava e vomitava até que só restasse bile verde. Marla pegou umas compressas de água fria, Advil, e Gatorade, que encontrou na despensa do andar de baixo dos Arnolds. Nikki esfregava suas costas e prendeu seu cabelo em um rabo de cavalo apertado enquanto Shay cambaleava para a frente sobre o vaso sanitário indefinidamente.

Quando amanheceu, finalmente fui embora.

— Está tudo bem — disse Marla. — Pode ir. Eu faria o mesmo se tivéssemos campeonatos de hóquei na grama hoje. — Nikki ainda estava dormindo.

— Obrigada — falei, tentando não chorar.

— Você faria isso por mim — disse ela. — Nós cuidamos uns dos outros. — Eu estava pasma com a sua calma, como Nikki conseguia esconder os seus medos. Jurei a mim mesma que lhe retribuiria e que iria em seu socorro quando chegasse a hora. Mas essa hora nunca chegou. Marla sempre foi a mais estável de nós. Ela nunca perdeu a compostura. Era com ela que podíamos contar. E nunca mais falamos sobre aquela noite. Nenhum de nós.

A MESA DOS JOGADORES

O fato de Nikki trazer isso à tona agora, quando a última coisa que quero fazer é pensar em como deixei Shaila me proteger sem nem sequer ter tentado salvá-la, significa que ela quer sangue.

Nikki mostra os dentes, e dou um passo para trás, colando minha coluna contra a parede.

— Eu pensei que você fosse a minha *melhor* amiga — sussurra ela.

— Já perdi uma.

Meus ombros cedem. É tão cansativo lutar. Só quero envolvê-la nos meus braços e lembrá-la de que *nós* somos os sobreviventes. Precisamos nos unir. Mas há uma raiva dentro de mim de que simplesmente não consigo abrir mão. Não sei se ela entendeu. Se ela entender o dano que podemos causar... *ter* causado.

— Jared já mudou — digo. — Todos eles. Até você. Aproveitando que é Toastmaster para agir como se fosse a dona da Gold Coast. — Quero cuspir fogo. Quero fazê-la queimar, sentir a dor. — Você sabe que tenho razão. O que eu disse no Road Rally. Esse posto seria da Shaila se ela estivesse aqui. Mas ela não está, e ele é seu. Isso te deixa feliz, não deixa?! Você ter tomado o lugar dela. — Os olhos de Nikki estão vermelhos e esbugalhados, mas continuo provocando-a, explorando as suas inseguranças mais profundas. — Não deixa?! — digo novamente, mais alto.

— Cala a boca! — grita ela, cobrindo os ouvidos com as mãos. Nikki balança a cabeça, e seus olhos ficam marejados. — Para de dizer isso!

Fecho a boca. Em vez de ficar satisfeita comigo mesma, me sinto podre.

— Faltam poucos meses — gagueja ela. — Você quer jogar tudo fora agora?

Balanço a cabeça como se eu fosse Áries, o carneiro. Ameaçadora. Indisciplinada.

— Eu já joguei.

Dezessete

ESTOU PARADA NA beira de Ocean Cliff. O vento é tão forte que me balança para a frente e para trás, ameaçando me jogar do outro lado da borda. Mas não consigo me mexer! Não consigo chegar a um terreno mais seguro. Avisto Nikki a distância e tento acenar para ela, mas meus braços permanecem ao meu lado. Tento chamá-la, mas minha boca não se abre. Então, de repente, ela corre em minha direção; seus olhos ardentes e furiosos; sua boca, um buraco negro; e, em um movimento, ela me empurra.

Estou caindo para longe, rápido. Estou sozinha, mergulhada na escuridão.

Até que um som trovejante me acorda. Meus olhos piscam, e minha mão vai automática para o meu coração. Outro sonho. Outro pesadelo. Mas o barulho dispara novamente, uma vibração densa.

Procuro meu celular. O nome da Rachel pisca na tela. *Pergunta rápida: a Shaila alguma vez escreveu cartas para você?*

Sim, digito de volta. *Durante os verões. Quando estávamos longe. Por quê?*

Encontrei uma que ela me mandou no ensino fundamental. Fiquei pensando se ela escrevia para outras pessoas... para falar sobre "você sabe quem"

A MESA DOS JOGADORES

Meus dedos congelam. Ainda não sei dizer se acredito na inocência do Graham, mas a ideia de que Shaila estava traindo-o é plausível. Houve algum indício em alguma das suas cartas? Sem chance. Ela só as escreveu quando estávamos longe, e ficamos juntas o ano anterior inteiro.

Para mim, não, digito.

Ah. Mais alguém?

Não sei, escrevo.

A gente consegue descobrir?

Se entrarmos furtivamente na casa dela ou alguma coisa assim, digito, uma piada, claro.

Você faria isso????? Os pais dela vão a Palm Beach todo inverno. Provavelmente não haverá ninguém em casa!, responde Rachel.

Você só pode estar de sacanagem!

??????

Deixo o celular cair no edredom. Valeria a pena? O que posso encontrar?

O pensamento permanece comigo enquanto estou na escola, sentada sozinha na biblioteca, estudando para o exame da bolsa da Brown, minha nova atividade favorita, durante a reunião das Olimpíadas de Matemática e, ainda, na mesa de jantar, enquanto Jared me brinda com o silêncio sobre o salmão e a batata-doce assada, enquanto mamãe e papai falam sem parar sobre o trabalho e como o tempo está terrível este ano. Sacudo a perna sob a mesa, inquieta e nervosa. Não suporto mais. Levanto a cabeça.

— Podem me dar licença? — digo. — Esqueci um livro na escola e tenho que voltar e pegá-lo antes que fechem as portas.

Mamãe e papai nem erguem os olhos.

— Claro — diz papai. — Volte logo, ok? Está ficando tarde. — Papai tira as chaves do bolso e as entrega para mim.

Aceno e sigo para a porta. Meu cérebro gira, revirando o que estou prestes a fazer. Se alguém estiver em casa, vou embora. É isso que digo a mim mesma.

Não vou à casa da Shaila desde antes de ela morrer, mas sei o caminho de cor. É como uma memória muscular. Desço a East End Street, passo o semáforo, subo a Grove Avenue e atravesso a cidade pela Main Street. Passo pelo estúdio de spinning que a mãe do Adam adora, pelo Garage e, mais longe da cidade, pelas estradas secundárias arborizadas; dirijo pelos estábulos nos quais Shaila equitava quando criança. Freio levemente enquanto passo pela pequena ponte que separa a propriedade dos Arnolds do resto da Gold Coast e, de repente, estou na porta da enorme entrada de automóveis alinhada por árvores. Paro e desligo o motor.

Agarro o volante para evitar que as minhas mãos tremam. *Eu vou mesmo fazer isso?*

Aperto os olhos e reviro meu cérebro pela milionésima vez. *O que a Shaila faria?* Ela continuaria. Eu sei que ela iria.

Minhas pernas estão bambas quando desço do carro e o vento sopra na pele exposta do meu pescoço. Todos os carros sumiram. Um sinal claro de que os Arnolds fugiram da cidade no inverno.

Se o Sr. e a Sra. Arnold estivessem em Palm Beach, teriam deixado a chave em um cofre preso à casa de hóspedes nos fundos. Seu código para tudo sempre foi o dia de nascimento da Shaila, 1603. Inalo o ar frio profundamente e o deixo encher meus pulmões, que me deem coragem.

Então eu corro. Primeiro, pelo bosque denso que divide sua propriedade entre gramado e floresta, então estou fora de vista, longe das câmeras de segurança que instalaram depois que Shaila morreu. Está tão escuro que mal consigo ver meus pés abaixo de mim. O medo bate em meu peito, mas digo a mim mesma que tudo isso acabará em breve.

Estou quase lá. Posso ver o brilho da Lua iluminando a casa a alguns metros. Corro por entre as árvores e saio do quintal dos Arnolds, um campo amplo que acomoda uma piscina e uma quadra de tênis.

A MESA DOS JOGADORES

Daqui, posso ver a janela do quarto da Shaila, preta, assim como o resto da mansão. Respiro fundo e me arrasto para o canto mais distante do quintal, onde a casa está intocada. O cofre ainda está lá, montado na porta da frente. Visto luvas e digito o aniversário da Shaila, dedos trêmulos. A luz muda de vermelho para verde, e a trava se abre. Suspiro. A chave está exatamente onde sempre esteve, apenas esperando para ser usada.

Eu a pego e vou para a porta lateral da casa principal, aquela que está escondida e só é usada para entregas ou bufês, quando os Arnolds fazem coquetéis chiques. Não é para convidados. Quando chego à entrada, tiro minha jaqueta e minhas botas e as deixo amontoadas do lado de fora da casa. Nada de rastros de lama ou de sujeira.

A chave gira, e a porta é destrancada. Espero um segundo, por um alarme ou... o que for. Nada acontece. Entro na casa da Shaila. O ar está pesado e viciado, e me pergunto quando seus pais estiveram aqui pela última vez. Ninguém os viu desde o primeiro dia de aula. Nem na cidade nem no supermercado. Mas isso é normal. Eles pararam de socializar depois que ela morreu.

Ando na ponta dos pés pelo primeiro andar, mais por curiosidade do que qualquer outra coisa. Tudo está como da última vez que vim, há três anos. A boa porcelana ainda está empilhada em um grande armário de madeira na grande sala de jantar. O piano Steinway é tão polido que vejo o meu reflexo. A escada em espiral ainda está decorada com corrimões com tema festivo em vermelho e verde, embora seja meados de fevereiro.

E Shaila está em *toda parte*. Seu rosto, capturado na sua primeira comunhão, me espia de uma pintura na sala de estar. A foto de sua turma do quinto ano está pendurada no corredor. Lá está ela em seu melhor momento de Páscoa, fazendo caretas com os pais, na escada.

Começo a subir os degraus que sei de cor, deslizando a mão pelo corrimão. Viro à direita e me arrasto pelo corredor. Mas, no quarto dela, eu paro.

Pressiono a testa contra a porta e sinto Shaila atrás de mim, me incentivando a seguir em frente. *Você consegue fazer isso. Você deve fazer isso. Você precisa fazer isso.* Giro a dura maçaneta de madeira e a empurro, e entro no mundo de Shaila. Está tão escuro aqui que não consigo ver nada. Procuro meu celular e ligo a lanterna, acendendo um holofote na minha frente. Quando tudo aparece, suspiro. O quarto da Shaila está exatamente como da última vez que estive aqui.

Sua cama de madeira escura, com dosséis esculpidos em espiral, fica no meio do quarto, a cabeceira maciça contra a parede oposta. O edredom de seda lilás com botões delicados costurados em cada quadrado está perfeitamente no lugar. Um porco de pelúcia, que Shaila adorava na escola primária e depois jogou de lado quando menstruou, está sentado na frente dos travesseiros olhando para o nada.

Minha garganta arranha, e resisto à vontade de me enrolar no edredom da Shaila para ver se ainda tem o cheiro dela. Tenho uma missão e me forço a permanecer no caminho certo, a procurar alguma coisa, qualquer coisa, que possa nos dizer se ela já contou a alguém sobre trair Graham. Vou primeiro para seu closet, onde ela costumava esconder garrafas de bebida pela metade e cartuchos de vape. Vasculho a pilha de camisetas, joelheiras de vôlei. Nada de cartas. Fecho as portas e vou para o armário dela, mas só tem seus velhos uniformes da Gold Coast engomados. Eles não guardaram nem minimamente o cheiro dela.

Caminho em direção à cômoda, onde tantas vezes passamos delineador e batom, observando a nossa transformação no espelho. Ele ainda está salpicado das manchas de tinta de cabelo vermelha de uma época no ensino fundamental em que Shaila insistia em colorir as pontas, só um pouco, só por diversão. Corro os dedos sobre o vidro e tento riscar os pontos, mas eles ficam parados, colados. Escondida, no canto do espelho, está uma foto, um instantâneo de Shaila, Nikki, Marla e eu nos preparando para o Baile da Primavera dos calouros. Usávamos

A MESA DOS JOGADORES

vestidos brilhantes e muita maquiagem. Shaila arrumou nosso cabelo naquela noite, e nunca me senti mais linda.

Meu coração bate forte olhando os nossos sorrisos largos. Os braços de Shaila estão em volta de Nikki e Marla, e me agarro ao lado de Nikki. Todas nós parecemos muito felizes. Não imaginávamos que Shaila morreria dentro de um mês.

Abro a câmera do meu celular e faço uma foto, querendo sorver aquele momento para sempre. Então estendo a mão e puxo as bordas, sacudindo-a para fora do canto do espelho. Mas está presa, enfiada profundamente na pequena abertura. Com cuidado para não rasgar a foto, eu a afasto lentamente, pouco a pouco, até que outra coisa aparece.

Um pedaço de papel pautado de caderno, dobrado meticulosamente em um pequeno quadrado, repetidamente, sobre si mesmo. Ele estava preso entre a foto e o espelho, com ela o cobrindo.

Agora, sem nada para ancorá-lo, o papel cai. Eu o pego e o abro com os dedos trêmulos. A escrita volumosa de Shaila é tão reconhecível que perco o fôlego. Meu coração bate forte em meus ouvidos, e tenho que me apoiar contra a cômoda enquanto desdobro a página. Examino as palavras rapidamente, mas nada faz sentido, não a princípio. Eu me forço a inspirar, expirar e começar do início.

———

10 de abril

KARA! Aconteceu uma coisa importante. Estou apaixonada. APAIXONADA!

Mas... não é pelo Graham. Por favor, não me odeie. Eu já me odeio por ter entrado nessa situação. É uma tortura! Você é a única pessoa para quem eu posso contar. Ele disse que isso estragaria tudo e que teríamos que terminar se as pessoas descobrissem. Que as nossas vidas estariam A-CA-BA-DAS. Que ele teria problemas sérios. Como um problema estilo desastre nuclear, que destrói muitas vidas.

Mas, merda, estou explodindo de empolgação e felicidade. Não quero manter isso escondido. Quero contar para o mundo inteiro. Meu amor por ele dilacera tudo. Não consigo respirar quando estamos separados e me mata quando o vejo nos corredores ou andando pelo campus e tenho que fingir que não há nada entre nós.

Tudo começou um dia depois da escola, no estacionamento atrás do teatro. Ele me disse que eu estava enlouquecendo-o. Foi a palavra mais marcante que já ouvi, e até agora não acredito que ele a usou para me descrever. Então, ele se inclinou e tocou seus lábios nos meus. Eram tão macios e deliciosos! Eu queria mais, imediatamente. Mas o fato é que não fiquei envergonhada com o meu desejo. Ele pareceu gostar. Acho que isso vem da experiência. O Graham sempre parece tão assustado com isso...

Na outra vez, ele perguntou se eu queria fazer aquilo, e eu disse que sim. Doeu um pouco, mas ele gemia no meu ouvido de um jeito que me deixou em chamas. E então foi ficando incrível. Ele disse que eu era a mais macia do mundo. Isso fez a minha mente explodir.

Eu quero tanto contar para a Jill! Ela é a única que entenderia, mas de certa forma esse é o motivo pelo qual ela não percebe. Sempre falávamos sobre perder a virgindade, como seria, com quem gostaríamos de fazer isso. Ela ficaria tão brava por isso já ter acontecido e eu não ter contado a ela!

Achei que isso faria eu me sentir mal... ou suja. Mas não me senti assim. Eu só me senti mais forte, como se tivesse poder, como se nós fôssemos iguais. Ficar bêbada é divertido, mas ficar com um cara assim é o melhor porre que já tive.

Eu sei que eu deveria terminar com o Graham, mas é que eu... eu não quero. Eu também gosto dele. Gosto da maneira como ele olha para mim e do jeito como coloca o braço em volta de mim no refeitório. Gosto do que temos, do entrosamento das nossas famílias e de como o nosso relacionamento faz com que a Rachel goste ainda mais de mim, como se eu realmente fosse importante. O que eu vou fazer?

A MESA DOS JOGADORES

Estou relendo a carta pela terceira ou décima vez quando ouço um grito. O barulho me faz cambalear para a frente, na cômoda, e meu coração sobe para a garganta. Olho pela janela. Foi só um galho raspando no vidro. Tento acalmar meu batimento cardíaco, mas sei que preciso sair daqui rápido. É muito perigoso ficar. Eu fui estúpida só por vir.

Dobro o pedaço de papel ao meio e depois ao meio novamente, e o coloco no bolso da calça jeans. Eu me arrasto até a porta e me viro, dando uma última olhada no quarto da Shaila. A imobilidade assustadora, os segredos que ela guardava, tudo me faz querer vomitar. É como se ela pudesse voltar para casa e se jogar na colcha a qualquer momento. Mas ela não vai fazer isso. Ela nunca vai voltar. Não fazer uma bagunça aqui, ou não me dizer a verdade — sobre quem a matou e por que exatamente ela sentiu a necessidade de esconder esse grande segredo de mim. Eu teria entendido. Eu teria ficado do lado dela. Em vez disso, ela correu para a Kara Sullivan. Do Snooty, Upper East Side. Pisco as lágrimas e mordo meu lábio com força.

Fecho a porta e refaço os passos que dei para vir até chegar à varanda dos fundos dos Arnolds, estremecendo enquanto fecho de volta o zíper do casaco e coloco a chave de volta no cofre. Respiro profundamente e olho para o céu. Está muito nebuloso para ver qualquer coisa esta noite, e o quintal está tão escuro que meus olhos começam a doer.

Eu desapareço na escuridão.

Quando chego em casa, leio a carta de novo. E então de novo. E de novo e de novo, até memorizar a coisa toda e conseguir recitá-la de cor, sem nem mesmo pensar. Já é tarde, passa da 1h. A única coisa que ouço é o vento uivante e o leve barulho da chuva que se transforma em neve. Quando leio a carta da Shaila pela última vez, sinto as lágrimas se avolumando, ameaçando cair e estragar a escrita espessa e fervilhante dela. Limpo meu rosto com a manga, desesperada para preservar suas palavras, suas palavras assustadoras, selvagens e urgentes.

Eu queria que ela estivesse aqui. Queria que Shaila comentasse cada frase, para explicar por que escondeu seus pensamentos mais íntimos de mim. Por que os compartilharia tão livremente com Kara.

Minha cabeça lateja enquanto tento entender tudo isso, tudo o que Shaila fez nas minhas costas, quem ela realmente era. Eu a conhecia?

Mas não quero pensar nisso agora. Quero descobrir quem é o cara sobre o qual ela escreveu e o que ele sabe. O que ele fez.

Só posso ligar para uma pessoa. Rachel atende no primeiro toque.

— Você ainda tem o número da Kara Sullivan? — pergunto, nem mesmo me preocupando em dizer olá.

— Jesus, Jill. Estou dormindo. — Sua voz está rouca e grogue.

— Me desculpa. — Repouso a cabeça contra o travesseiro e fecho os olhos. De repente, percebo que estou exausta.

Rachel suspira.

— Kara Sullivan? Tenho certeza, está em algum lugar. Por quê?

— Uma carta — digo. — Da Shaila para ela. Precisamos conversar com ela.

— Espera — diz ela. — Você realmente foi lá?

—Sim — sussurro.

Ouço um abafamento, como se a Rachel tivesse colocado a mão sobre o fone.

— Um segundo, lindinha. — Em seguida, o barulho dos lençóis e alguns passos.

— Desculpa — murmuro novamente.

— Tudo bem. A Frida tem sono leve, só isso. — Uma porta se fecha atrás dela. — O que foi isso, Jill? Me conta tudo.

— Ninguém estava em casa. Então, eu... só fiz o que achei que a Shay faria. Peguei a chave sobressalente. Entrei.

— Corajosa.

— Achei uma carta para a Kara. A Shaila deve ter esquecido de mandar. Ou decidiu não o fazer. É datada de poucos meses antes de ela morrer.

— O que ela diz?

— É verdade — digo, sem fôlego. — A Shaila estava traindo o Graham.

— Com quem?

— Não sei. Ela não disse.

Rachel fica em silêncio por alguns segundos.

— Temos que falar com a Kara — sibila ela.

— Pois é. — A última vez que vi a Kara foi no funeral da Shaila. Ela usava um vestido de seda preta muito chique para a ocasião. Seu cabelo estava perfeitamente penteado, caindo pelas costas em ondas, de alguma forma intocado pela umidade da Gold Coast. Ela segurava um pedaço de papel. Eu lembro. Talvez tenha sido outra das cartas da Shaila.

— Vocês se conhecem há muito tempo, né?!

Rachel não hesita.

— Eu a conheço desde que ela nasceu. Até cheguei a ser babá dela uma ou duas vezes.

— Você consegue encontrá-la? Podemos falar com ela?

— Os Sullivans se afastaram depois de tudo. Mas vou dar um jeito, ok?

— Tudo bem.

— Vou mantê-la informada.

Desligamos, mas sei que não vou conseguir dormir. Em vez de tentar, abro o Instagram e procuro a Kara. Como será que ela está hoje em dia? Ela ainda é distante e pretensiosa como há três anos?

Leva poucos toques para eu chegar ao seu perfil. Ela tem milhares de seguidores e posta fotos regularmente em lugares pitorescos da cidade. Lá está ela tomando um brunch no Balthazar. Olhando as enormes instalações no MoMA PS 1. Sentada ao lado da quadra em um jogo do Knicks.

Rolo mais a tela até chegar a um post de junho. Aniversário da morte da Shaila.

Lá estão elas, época do jardim de infância, sentadas juntas na praia, com as pernas bronzeadas estendidas à frente. O cabelo escuro da Kara desaparece nas mechas douradas da Shaila, e seus braços estão em volta uma da outra com muita força. *Minha melhor amiga, minha irmã. Você se foi muito cedo. Para sempre sua best, K. #ShailaArnold*

Engasgo com a hashtag. Que oportunista! Mesmo assim, não consigo sair do seu perfil. Em vez disso, rolo e rolo até cair em sono profundo.

Encontre-me hoje às 11h. 71st, entre Madison e Park.

A mensagem chega enquanto engulo uns waffles na mesa da cozinha e estudo os cartões que fiz para o exame da bolsa. A casa está vazia e silenciosa, já que mamãe, papai e Jared estão fora, aproveitando alguma atividade de sábado de Gold Coast. Meu garfo faz barulho quando o deixo cair na pia e, em poucos minutos, estou fora, caminhando 1,5km até a ferrovia de Long Island.

Quando saio do metrô, no Upper East Side, fico chocada ao ver como ele é diferente da área em que Rachel mora. Cada casa é perfeitamente bem cuidada, com belos portões de metal e floreiras cheias de vegetação, embora ainda seja inverno. Não há um pedaço de tinta lascada à vista. Até os cachorros são bem-vestidos. Pequenas bolas de pelo embrulhadas em minúsculos suéteres de lã e jaquetas brilhantes

A MESA DOS JOGADORES

desfilam, arrastando seus donos atrás deles. As ruas são largas, e as vitrines, arejadas e convidativas. Não admira que Kara nunca tenha ido visitar Gold Coast. É chocante como a cidade é bonita. Mas também extremamente sufocante.

— Aí está você! — Rachel desce rapidamente pela Madison, segurando uma garrafa térmica de café em uma das mãos. Meus ombros relaxam ao vê-la. Com seu batom vermelho brilhante, casaco grande com estampa de leopardo e gorro de néon, ela parece tão deslocada quanto eu com minhas leggings gastas e o moletom do acampamento de ciências.

Rachel me puxa para um abraço, e seus olhos estão selvagens de empolgação.

— A casa dela é por aqui. — Ela aponta para uma das casas perfeitamente cuidadas. É feita de pedra prateada cinza, com janelas altas que sorriem ameaçadoramente para nós.

— Qual é o apartamento dela? — pergunto. Rachel me encara.

— A estrutura toda. A mãe dela ganhou no acordo de divórcio.

— Uau — respiro.

Rachel aperta um botão no interfone, e cerro os punhos.

— Quem é? — responde uma voz brusca.

— Você sabe quem é, Kara. Eu sei que você pode me ver — diz Rachel. Ela se lança para a câmera na porta como se quisesse assustá-la.

A porta se abre, e Kara fica na nossa frente, com os braços cruzados. Ela está vestindo um suéter de cashmere cor de camelo, jeans de aparência cara e mules de couro preto com pelos saindo dos lados. Grandes diamantes redondos cravejados em cada lóbulo da orelha. Seu cabelo parece ter sido bagunçado recentemente.

— Oi — diz ela, seca.

— Você não vai nos convidar para entrar? — pergunta Rachel, a voz doce.

Kara fica olhando para ela, mas se vira e entra. Nosso convite, acho. As sobrancelhas de Rachel se erguem enquanto ela me olha por cima do ombro. Eu a sigo pela casa e tento não ofegar. Obras de arte penduradas em todas as paredes. Não apenas pinturas aleatórias compradas em algum mercado de pulgas ou na Ikea. Arte real. Arte que poderia ser pendurada em um museu. Obras gigantescas que retratam a arquitetura de meados do século em West Coast. Telas enormes com faixas de cores que se parecem com as peças de Rothko que vi em um livro de História da Arte AP, avançada.

Kara lê a minha mente, ao que parece.

— Presentes — diz ela. Sua boca se transforma em um sorriso satisfeito. Ela aponta para uma pintura de um homem em frente a uma piscina. — Esse foi de David Hockney. — Ela faz uma pausa na frente de outro quadro, que parece um pôster. Letras maiúsculas grandes formam uma frase. *Não consigo olhar pra você e respirar ao mesmo tempo.*

— Esse foi de Barbara Kruger — diz Kara. — Era a favorita da Shaila.

Um silêncio desconfortável paira sobre nós três.

— Olha, sei que você não pretendia me ver... — Rachel quebra o gelo.

— Isso é um eufemismo. — Kara bufa.

— Quê?! — pergunto, olhando para elas.

Mas nenhuma delas nem sequer me olha de volta. Em vez disso, seus olhos ficam fixos uns nos outros, como se estivessem se preparando para a batalha.

— Minha mãe me mataria se soubesse que você está aqui.

— Onde Mona está, aliás?

A MESA DOS JOGADORES

— Saiu. — Kara desaba em um sofá de camurça de pelúcia e cruza os braços sobre o peito. Então ela se vira para mim. — Minha mãe me proibiu de falar com a Rachel, ou basicamente com qualquer pessoa da Gold Coast, depois que tudo aconteceu. Ela não queria que eu me envolvesse em nada... desagradável. — Ela empurra o cabelo brilhante para trás das orelhas. — Palavras dela, não minhas.

— Tanto faz, Kar. — Rachel revira os olhos.

— Seja legal. Você tem sorte de eu falar com você.

— Tá bom, então por que você está fazendo isso?

O rosto de Kara se suaviza. Por um segundo, ela parece uma estudante normal, não uma princesa das artes da cidade de Nova York.

— Eu sinto falta dela — diz ela, em um sussurro. — Eu sinto falta... de tudo. Os verões no leste com todo mundo. A maneira como a Shay bufava quando ria. Como fazia os melhores biscoitos de chocolate. Como a Shaila ouvia, tipo, *mesmo*. Ninguém em Manhattan é assim. Ela era a minha melhor amiga. E agora ela se foi. Tudo o que nos une é apenas... — Ela respira profundamente. — Mamãe ainda vê os Arnolds algumas vezes, quando eles voltam para a cidade. Mas não querem me ver. Eles dizem que eu os faço se lembrarem muito dela. Que é muito doloroso.

Meus ombros ficam tensos. Nunca pensei que Kara tivesse um relacionamento real com Shay. Sempre pareceu tão performático, tão superficial... Mas talvez o vínculo delas fosse real. Tão real quanto o meu. O que significa que Kara está sofrendo todo esse tempo também.

Kara levanta o queixo, e a sua voz fica cortada e polida novamente.

— Mas vamos acabar logo com isso. Você tem alguma coisa que me pertence?

Pego a carta no bolso. Meus dedos tremem quando estendo o braço para Kara. Ela arranca a carta das minhas mãos, e seus olhos examinam a página, escaneando tudo freneticamente. Ela cruza as pernas e mexe o pé sem parar.

Os olhos de Rachel encontram os meus, e esperamos mais um minuto para Kara falar.

Mas ela continua em silêncio, lendo a letra cursiva de Shaila sem parar.

— E então? — pergunto.

— Vocês podem me dar um minuto? — pergunta Kara baixinho, sem levantar o olhar. Seus olhos brilham. — Privacidade, posso?

Rachel franze os lábios, como se estivesse tentando não demonstrar nenhuma emoção.

— Claro. Vou pegar um pouco de ar. Jill?

Balanço a cabeça.

— Posso usar o banheiro?

— Segundo andar, terceira porta à direita. — Kara aponta para as escadas no corredor.

Rachel recua para a varanda, e subo as escadas, olhando as fotos que se alinham na parede. Elas são impressionantes, com certeza, não foram feitas por amadores. Há uma Kara criança, nua, ao lado da mãe em um vestido de grife e diamantes. E novamente seus doces 16 anos olhando para a câmera, luminosa, a pele perfeita. Acho que ela nem sequer passou pelas esquisitices comuns dessa fase.

Chego ao segundo andar e conto as portas, procurando o banheiro. Mas paro quando vejo algo roxo através de uma porta entreaberta. É a colcha da Shaila. Então Kara tem uma igual. Eu me pergunto se elas as escolheram juntas.

Antes de me deixar pensar muito nisso, abro a porta com a ponta dos dedos.

A MESA DOS JOGADORES

O quarto de Kara é imaculado. Parece que pertence a uma jovem chique do século passado. Tudo é de mármore e vidro. Colares decorados com pedras preciosas ficam planos em uma caixa de joias em cima de uma cômoda enorme. Fotografias em preto e branco estão penduradas nas paredes. Assinadas por Robert Mapplethorpe. Preciso me segurar para não rir, é tudo muito exagerado.

A única coisa que indica que ela está no ensino médio é o troféu de tênis universitário em uma prateleira de cima.

Ando na ponta dos pés em torno de sua cama, tentando não fazer barulho contra o piso de madeira, até que estou em sua mesa de cabeceira, ao lado da parede. Sinto um frio na barriga. Em uma moldura preta simples, há uma foto de Kara e Shaila. Elas deviam estar na escola primária, porque Shay parece mais jovem do que quando a conheci. A câmera está apontada para elas, mas elas se encaram, sentadas em um banco de madeira com a praia ao fundo. Ambas seguram casquinhas de sorvete e sorriem, bocas escancaradas e meladas. Elas parecem duas garotas que compartilham segredos; que os mantêm, também.

Kara faz parecer que tem suas coisas sob controle, mas acho que ela está tão confusa com tudo isso quanto eu.

— Você se perdeu aí? — Kara chama, do andar de baixo.

Respiro profundamente. — Estou indo! — Sigo para as escadas, tentando deixar a porta exatamente como estava quando entrei.

— Estranha — diz ela quando volto para a sala. Rachel está de costas, apoiada em uma poltrona de veludo azul-petróleo.

— Então, o que você acha? — pergunta Rachel.

— Tudo o que Shaila me disse era confidencial — diz Kara, levantando o queixo. — É o mínimo que posso fazer por ela agora.

— Nem vem — diz Rachel. — É só nos dizer o que você sabe.

— Por que eu deveria?

— Porque temos evidências de que o Graham é inocente, de que outra pessoa matou Shaila.

Um lampejo de choque passa pelo rosto da Kara, mas desaparece no mesmo instante.

— Porque você conhece o Graham e a mim desde que conheceu Shaila — continua Rachel — e você deve lealdade a ele tanto quanto a ela. Você não pôde salvar a Shaila, mas pode ajudar a salvar o Graham.

— Merda — diz Kara, mordendo o lábio vermelho perfeito. A minha mãe me mataria! — Ela esfrega as mãos no rosto e se recosta no sofá. — A Shaila estava traindo-o — diz ela, a voz instável.

— Você sabe com quem ela estava saindo? — pergunta Rachel.

— Ela não chegou a me contar. — Kara aponta o dedo para a letra da Shaila. — É o que ela diz aqui, ele pediu a ela que não contasse para ninguém, e ela não contou.

— É isso? — pergunta Rachel. — Isso é tudo o que você sabe? — A voz dela está frenética, desesperada.

Kara suspira e se inclina para frente. Ela apoia os cotovelos nos joelhos, e seu cabelo escuro cai em volta do rosto.

— Foda-se — murmura. — Tem uma coisa. Perto do final do ano, poucas semanas antes de morrer, Shay disse que esse cara estava ficando assustador. Ele estava meio que *viciado* nela. Obcecado.

— Sério? — Meu coração está disparado.

— Ele deu um par de brincos de diamante para ela. — Kara empurra o cabelo para trás de seus próprios brincos. — Acho que ela disse a ele que amava os meus, então ele procurou um par igual a eles. Acho que isso foi demais para ela. Quer dizer, cada um tem dois quilates. Meu pai os comprou para mim quando nos deixou. — Ela sacode a cabeça. — Tipo um prêmio de consolação. Mas a Shaila ficou desconfor-

A MESA DOS JOGADORES

tável com o presente. Ela disse que não poderia usá-los, que as pessoas fariam muitas perguntas. Shay devolveu, e ele enlouqueceu. Ele disse que ela era ingrata. Acho que foi quando ela quis terminar. Foi isso que ela me disse, pelo menos.

Kara se senta sobre os pés. Enrolada assim, ela parece uma jovem normal, como se vivêssemos no mesmo planeta, pelo menos.

Rachel e eu nos encaramos de novo. Se Shaila estava prestes a se livrar desse cara misterioso, é um motivo perfeito.

Kara verifica o relógio.

— Vocês precisam ir. Minha mãe vai voltar logo.

Rachel se levanta, mas fico hesitante em sair.

— Espere — digo. — Ela mandou outras cartas para você, certo? Podemos ler algumas? Só para ver se a gente encaixa as peças?

Kara abre a boca, e percebo que é a minha última chance.

— Eu amava a Shaila tanto quanto você. Ela era a minha melhor amiga também — digo. — Eu só quero saber o que realmente aconteceu.

A testa de Kara franze, e ela balança a cabeça em negação.

— Por quê? — Rachel deixa escapar.

Os olhos da Kara começam a se firmar, e ela suspira profundamente antes de falar.

— Minha mãe as levou — diz ela. — Eu tinha todas em uma caixa, e, depois que a Shaila morreu, ela disse que eu não deveria viver no passado, que isso só me traria dor de cabeça. Não sei onde ela as guardou, se é que guardou.

— Kara... — começo. — Eu sinto muito. — Não sei o que faria se não me restasse um pedacinho da Shay na minha vida.

Kara balança a cabeça.

— Tudo bem. Quer dizer, não está nada bem. Mas o que eu posso fazer?

Concordo com a cabeça. Eu sei o que é se sentir impotente.

Rachel está prestes a dizer alguma coisa, quando nós três congelamos, ouvindo o som dos passos se aproximando da porta da frente. Então, uma chave gira a fechadura.

— Merda, é a minha mãe — diz Kara. Seus olhos se arregalam de medo. — Depressa, vocês podem se esgueirar pela porta lateral — diz ela, nos conduzindo pela cozinha reluzente. Ela abre a porta devagar para que não faça barulho. Sem aviso, Kara nos abraça com força, muito inesperado pensando no jeito como ela estava quando chegamos, e pressiona a carta da Shaila na palma da minha mão. — Pega esse cara, ok? — Antes que eu possa responder, ela nos solta e fecha a porta com cuidado.

— Vou acompanhá-la até o trem — diz Rachel, sua voz é quase um sussurro.

Saímos do beco estreito, voltamos para a rua e caminhamos pela calçada em silêncio por um ou dois minutos antes que ela fale.

— Precisamos mostrar a carta aos advogados na próxima semana — diz ela. — Posso ver de novo?

Desdobro o papel e lhe entrego. Rachel demora um pouco, lendo cada frase uma vez, depois duas. Ela suspira.

— Olha — diz ela. — Essa linha bem aqui. — Rachel a lê em voz alta. — "Tudo começou um dia depois da escola, no estacionamento atrás do teatro." Ela também diz que ele é experiente.

— Ah, meu Deus. *Caralho.* — Eu paro abruptamente.

— O estacionamento atrás do teatro... — diz ela. — Não é exclusivo para quem trabalha lá?

Dezoito

NUNCA ENTENDI PESSOAS que não queriam ser amadas, que diziam não se importar com o que os outros pensavam delas. Claro que eu me importava, porra. Eu queria, e quero, ser amada e incluída, respeitada e admirada. É por isso que passei o meu primeiro ano dedicando toda a minha habilidade para servir copos de cerveja e comprar *pow-dos* do Diane's para os alunos mais velhos nas noites em que fazíamos eventos. Eu ria das piadas mesmo que não fossem engraçadas ou se fossem feitas à nossa custa. Enfiava as garrafas vazias nos sacos de lixo depois das festas enquanto os meninos continuavam jogando flip cup ou beer pong. Eu endossava fofocas da Gold Coast Prep que não tinham a ver comigo. Melhor alimentar o boato do que ser o tema dele.

Então, durante o primeiro ano, em uma noite na praia quando Tina Fowler sussurrou: "Posso te contar um segredo?", balancei a cabeça enfaticamente. Fiquei emocionada por ela ter me escolhido para ouvi-la. Estávamos deitadas lado a lado, e Tina rolou, fazendo partículas de areia voarem no meu cabelo. Ela se inclinou para perto.

— Ouvi dizer que um dos professores está com uma aluna. Eles fizeram aquilo no carro dele, *na escola*, depois do expediente. — Seus olhos pareciam maníacos enquanto ela falava, graças ao rímel desajeitado e ao delineador excessivamente preto. Ela nunca soube se maquiar, mas sempre parecia bonita graças ao pequeno espaço entre seus dois dentes da frente. Todos a achavam adorável.

— Nossa — falei, e olhei para a fogueira que estava a alguns metros. Os meninos ficaram em volta das chamas em um círculo, jogando no calor gravetos, papelão e tudo o mais que encontrassem. A risada deles cobria o som das ondas se quebrando. Era início de abril, então estávamos todos usando roupas de flanela, enrolados em cobertores de lã trazidos de vários SUVs para nos mantermos aquecidos.

— Que caos! — Mas seu rosto não denotava ter a exata dimensão do quanto aquilo era complicado. Ela abriu um sorriso tão largo que vi seus caninos. Eles eram afiados como presas.

— Totalmente — falei.

— Aposto que é o Sr. Scheiner — disse ela, franzindo o nariz como se tivesse cheirado algo podre. — Ele parece um pedófilo com aqueles óculos de arame.

Eu ri.

— Ou o treinador Doppelt. Shaila o denunciou por ser assustador no vestiário.

Tina tapou a boca com a mão.

— Minha nossa! A Rachel também disse que ele ficava secando todo mundo! — Ela se inclinou para mim, batendo no meu ombro com o dela. — Ah, não seria incrível se fosse o Sr. Beaumont? O cara é uma raposa.

Naquela época, o Sr. Beaumont era jovem. Ele ia para a sala pouco antes de o sinal tocar e bebericava seu enorme café gelado, não importava como estivesse o tempo, sentado em uma mesa na primeira fila. Normalmente, com a Shaila. Às vezes, com a Nikki. Nunca perto de mim. Quando ele nos perguntava sobre os nossos fins de semana, seu

A MESA DOS JOGADORES

grande sorriso bobo se espalhava por seu rosto de uma forma que parecia que era uma armadilha e *havíamos caído nela*. Ele estava do nosso lado. Estávamos todos lá para superarmos juntos.

— Sério. — Tina tomou um gole da garrafa ao lado dela. — Eu daria a minha vida pra ficar com ele. Ele mal fez 25 anos. Tem chance.

— Talvez no próximo ano — brinquei.

— *Este* ano para alguém, aparentemente. Boa, garota! — gritou ela. Alguns pares de olhos se voltaram para nós, e desabamos em uma pilha de risos, caindo de volta na areia úmida. Eu estava feliz por estar perto dela, por ser incluída, por não ser chamada de *subzinha estúpida* ou por recitar os nomes do meio de todos em ordem alfabética para a frente e depois para trás. Fofocar sobre o professor bonitão não importava. Era praticamente um esporte. Tudo o que importava era estar do lado bom de Tina, pelo menos, por uma noite. Ela era uma *sênior*, e eu, insignificante como um girino.

Aquele pequeno momento parecia totalmente insignificante então. Foi apenas um boato estúpido. As pessoas pararam de falar sobre ele nas férias de primavera. Trocaram o disco. Lila Peterson tocando uma punheta no auditório para um cara, acho. Isso a seguiu até ela se formar. Claro, não consigo lembrar quem era o cara. Engraçado como isso funciona.

Mas... e se o boato sobre o Beaumont fosse verdade?

Uma pessoa saberia. Uma pessoa que memorizou a história da Gold Coast como se fosse interrogado sobre ela. Mas ele também não está falando comigo. Eu preciso dele, porém, é por isso que espero ao lado da porta traseira de Quentin depois da escola na segunda-feira, como uma stalker. É o primeiro dia quente em meses, tão ensolarado que preciso proteger os olhos com as mãos.

Quentin tira o blazer e afrouxa a gravata enquanto caminha na minha direção. Quando ele olha para cima, para de repente e joga a cabeça para trás.

— Ah, Jill. Qual foi? — A aspereza na sua voz me faz estremecer.

— Eu só quero conversar — digo.

— Você não percebeu que não faço mais isso com você?

— Achei que você poderia abrir uma exceção, só uma vez. — Lanço-lhe um sorriso, um sorriso agradável, espero.

Quentin revira os olhos.

— Entra.

Entro e me sento no banco do carona, e coloco o cinto enquanto Quentin liga o motor. Ele engata a ré com força e sai do estacionamento como um dublê.

— Isso tudo é medo de ser visto comigo? — brinco.

— É por aí. — Sua boca está em uma linha dura.

— Preciso da sua ajuda. É sobre o Graham...

De repente, Quentin pisa no freio. Estamos no meio da Breakbridge Road, um trecho estreito e perigoso entre a escola e Gold Cove, mas Quentin descansa a cabeça no volante, sem fazer nenhum movimento para se mover.

— Qual é, Jill. Não quero voltar nisso. Todos nós decidimos deixar para lá.

— Eu sei, mas...

Sua voz ácida me corta.

— *Alguns* de nós queremos deixar isso no passado. *Alguns* de nós queremos seguir em frente, dar o fora daqui e esquecer o que aconteceu.

Suas palavras queimam. Como ele pode querer esquecer a Shaila?

A MESA DOS JOGADORES

— Se você pudesse ser menos egocêntrica agora, veria que todos nós só estamos tentando sair daqui vivos — gagueja ele.

— Egocêntrica? — Balanço a cabeça. — Você está de sacanagem? Eu sou a única pensando na Shaila. Eu sou a única que se importa em descobrir a verdade. — Sinto as lágrimas quentes se avolumando nos meus olhos. A esmagadora solidão que tenho sentido nos últimos meses me atinge.

Quentin põe o pé nos pedais e estamos nos movendo novamente, subindo a enseada. Ocean Cliff se mostra através das nuvens.

— Bom, enquanto você estava fora, fazendo sabe-se lá o quê, deixando os Jogadores, obcecada pela Shaila, alguns de nós tentamos descobrir uma maneira de realmente sair daqui, ir para a faculdade.

— O que você quer dizer?

No outono, Quentin havia entrado no prestigioso programa de belas-artes de Yale. Ele ficou emocionado naquela semana, assim como todos os outros.

— Nem todo mundo nesta escola é rico, sabe? Nem todo mundo tem um pai abastado, ou mesmo um pai. Nem todos conseguem simplesmente *arcar* com seus planos. — A voz dele falha. — Parece que a minha vida é incrível. Tenho muita sorte de ter minha mãe e os Jogadores. Estou entre as pessoas mais privilegiadas do mundo. Eu sei disso. E, ainda assim, em relação a todos os outros aqui, ainda me sinto um merda, porque não temos... seis casas. Ninguém aqui tem uma porra de perspectiva. Marla e eu conversamos sobre isso o tempo todo.

Meu coração se divide em dois. Aqueles de nós que *só pareciam* ter dinheiro nunca conversamos sobre se *na realidade* tínhamos. Para algumas pessoas, era óbvio, como Nikki e Henry. Mas com base nas casas, carros, férias e joias, e como a mãe do Quentin era uma romancista best-seller, e eles tinham uma daquelas casas coloniais em Gold Cove, eu pensava...

Ele deve pensar o mesmo de mim. Ele não sabe que ralo muito todos os dias, que fico sozinha durante o almoço para estudar para este estúpido exame de bolsa de estudos da Brown.

— Sinto muito — sussurro.

— Não quero que você sinta pena de mim — ladra ele. — Mas não quero passar o último ano pensando no passado. Foi uma bela experiência, ruim o suficiente na primeira vez. É que... é exaustivo. Tenho que pensar no futuro.

— Quem é egocêntrica agora? — digo, esperando que soe tão engraçado quanto eu planejei.

Quentin dá um sorriso afetado e liga o rádio na estação dos anos 1980, que ele sabe que eu amo. "Alone", do Heart, flutua pelo alto-falante, e solto uma risada. É tão preciso.

— Sou bolsista — digo. É a primeira vez que digo isso em voz alta para alguém. Uma vergonha penetra fundo no meu estômago; não pela *bolsa*, mas pela necessidade que sinto de escondê-la.

— Sério? — Quentin se endireita. Concordo com a cabeça.

— Com base no mérito. Para exatas. Tenho que manter uma média de, pelo menos, 93.

— Consegui a bolsa de artes visuais — diz ele com um sorriso. — Integral, desde o ensino fundamental.

— Também não sei como vou pagar a Brown — digo, pausadamente. — Tem prova, e se eu tirar nota máxima, tenho bolsa. É o que tenho feito na hora do almoço, longe dos Jogadores. Estudo. Mas não sei se consigo. Não sem ajuda.

— Você acha que precisa daqueles Arquivos estúpidos? — Quentin ri. — Você é Jill Newman. Você nasceu para estar nesse programa.

A MESA DOS JOGADORES

Você só tem que mostrar a eles. — Ele para no sinal vermelho e se vira para mim. — Faça o seu trabalho, Jill. Consiga.

Olhando para seu cabelo ruivo ondulado e sua tez sardenta perfeita, meu coração se parte pela bondade do Quentin, e as lágrimas picam meus olhos. Quero, mais do que qualquer coisa, dar um abraço nele. Repousar a cabeça no seu ombro flácido e me enrolar em uma maratona de *Real Housewives*. Quero dizer a ele que é mais fácil se preocupar com Shaila do que se preocupar com o futuro e com correspondermos às expectativas de todo mundo.

Às vezes é mais fácil fingir que a vida termina depois do colégio. Isso não faria tudo valer a pena?

Então me lembro do que vim perguntar a ele.

— Só quero saber uma coisa — digo. — Você se lembra de quando era calouro, que corria um boato de um professor que saía com uma aluna?

— Nossa, sim!

— Era o Beaumont, não era?

— Sim —, diz ele, sem perder o ritmo. — Aquele ano fui voluntário no departamento administrativo. Uma vez ouvi a secretária, a Sra. Oerman, atender a uma ligação de um pai irritado. Alguém reclamando de comentários do filho sobre o Beau *agir como aluno*. A Sra. O. ficou tão assustada que não conseguiu parar de tagarelar sobre isso o dia todo. Ela disse ao Weingarten. Ela tinha que fazer isso. Quero dizer, alguém alegou que havia abuso acontecendo na Prep. Isso não é brincadeira. Aconteceu de verdade!

— Isso foi investigado?

Quentin balança a cabeça. — Nada. Você conhece nosso querido mestre. Sempre fingindo que está tudo bem. Ele não queria lidar com nenhum drama, barraco, descobrir alguma coisa que preferia não saber.

Quentin está certo. Essa é só mais uma das sujeiras da Prep. Sempre mantendo as aparências. É a mesma mentalidade que admite pouquíssimos negros por ano. O governo não gosta de discutir isso, mas a faixa de mesmice está lá, gritante e óbvia. Claro, existem iniciativas de diversidade, programas de extensão, mas, como Nikki disse uma vez:

— Eles são somente para constar. Se Weingarten quisesse perspectivas diversas nas nossas salas de aula, ele não as teria? Contratar mais professores negros também? Apenas mais uma razão que me faz querer sair daqui o quanto antes.

Meu coração bate em um baque elétrico que chega a refletir na ponta dos meus pés. De repente, me lembro do posto de gasolina. A piscadela que Shaila deu para o Beaumont. Ele secando ela com a caixa de cerveja no guidão. Um sorriso dançou em seu rosto. Eles estavam falando sua linguagem secreta?

— Tudo bem? — pergunta Quentin. — Você está horrível. Sem querer ofender.

— Aham — digo. Quero falar muitas coisas para ele, contar-lhe sobre Kara, a carta e os brincos. Mas, em vez disso, apenas pergunto:

— Estamos bem? — Quentin olha na minha direção e o canto da sua boca se contorce em um sorriso. Ele coloca a mão no console entre nós, a palma para cima. Eu a agarro e aperto, como se isso fosse salvar as nossas vidas.

Quando ligo para Rachel, ela está sem fôlego de empolgação.

— O que você descobriu? — pergunta ela.

— Bem, nada — digo. — Não tenho provas.

— Mas você tem um palpite?

— Lembra aquele boato que estava circulando? Sobre o Beaumont ficar com uma aluna? — Meu estômago se revira, mesmo dizendo as palavras em voz alta. Tento não os imaginar nas coxias.

Rachel fica em silêncio como se estivesse tentando pensar, lembrar-se do que aconteceu antes. Quando ela fala, parece frenética, como se estivesse desesperada e exausta.

— Puta merda. — Ela faz uma pausa. — Na verdade, estou indo a Long Island entregar a carta aos advogados. Você pode me encontrar lá? Eles precisam saber como a conseguimos.

— Eu...

— Olha, não é arrombamento se você tem a chave, ok? — Rachel nem espera a minha resposta. Em vez disso, recita o endereço e o horário, mas meu cérebro gira. Está tudo acontecendo muito rápido. É realmente possível que o Sr. Beaumont tenha feito alguma coisa contra a Shaila? Que a tenha *matado* e ainda culpado Graham?

Mas então me lembro do que ele me disse em seu escritório.

Eu sei o que está acontecendo.

Em poucas horas, estou em um prédio comercial quadradão e feio. É um conjunto cinza indefinido próximo à Rota 16, em Port Franklin, a 18km de Gold Coast. Rachel me encontra no estacionamento, olhos enormes, sem piscar. Seu rosto está magro, muito magro, como se ela tivesse perdido alguns quilos que nem tinha da semana passada para cá.

Só preciso falar com os advogados por alguns minutos. Formalidades, na verdade. Eles são altos e magros em roupas caras e cortes de cabelo elegantes. Eles vão avaliar a escrita. Vão revirar a vida do Beaumont. Aparentemente, ele já foi fichado por dirigir alcoolizado, então não será difícil trazê-lo para o interrogatório, disseram.

Eu nem mesmo serei citada. Ninguém vai me ver aqui. Ninguém saberá que estou envolvida.

Só quando chego em casa, enrolada no sofá com meu guia de estudos, é que começo a me sentir desconfortável, como se tivesse plantado uma bomba e agora só esteja esperando ela explodir. Para testemunhar a carnificina.

Meu celular vibra forte, e deixo minhas anotações caírem no sofá.

!!!, digita Rachel. Em seguida, ela envia um link para um tuíte da *Gold Coast Gazette*.

PROFESSOR DA GOLD COAST PREP LEVADO PARA INTERROGATÓRIO RELACIONADO AO ASSASSINATO LOCAL. ASSISTA AGORA!

Clico no link e prendo a respiração enquanto o vídeo carrega. Quando isso acontece, a imagem ocupa toda a minha tela. O clipe está escuro e granulado. Uma casa ou um prédio residencial, talvez. Não, não é isso. É o Departamento de Polícia de Gold Coast iluminado apenas pela Lua. Sem postes de rua à vista. Só um pequeno trecho de concreto. Um pouco de areia ao fundo. Ouço o rugir tênue das ondas se quebrando ao longe. Em seguida, um chyron aparece no terço inferior da tela.

Uma repórter em um terninho bem passado entra no quadro, e aumento o volume.

— O que você... — grita mamãe, entrando na sala de estar.

— Shhhhhh!

Mamãe se abaixa e olha para o meu celular.

— Ah, meu... — murmura ela enquanto olha por cima do ombro.

As palavras da repórter são nítidas, mas cortadas pelo alto-falante do meu celular.

— O Departamento de Polícia de Gold Coast trouxe Logan Beaumont, de 28 anos, para ser interrogado esta noite, depois das novas informações de que Beaumont pode ter tido envolvimento no assassinato de Shaila Arnold, uma garota de 15 anos que foi morta aqui em Gold Coast três anos atrás. Seu colega de classe e namorado Graham Calloway foi condenado pelo crime logo depois que ela foi encontrada morta. Calloway agora alega inocência.

A foto do Sr. Beaumont usada na escola pisca na tela. Seu sorriso alegre e o cabelo despenteado o fazem parecer jovem e gostoso, como um professor que estava do nosso lado, um professor pelo qual os alunos *teriam* crush. Um professor capaz de manipular, de abusar do poder.

As fotos de turma de Graham e Shaila também aparecem. Eles combinam em seus blazers Gold Coast. Lado a lado, parecem irmãos.

— A polícia ainda não se posicionou — continua a repórter. — Mas, agora, estamos acompanhados por Neil Sorenson, um advogado que representa Graham Calloway. Sr. Sorenson, como isso afeta o seu cliente?

Um dos vigaristas esguios da cidade que conheci está ao lado dela. Ele está vestido com o mesmo terno, a gravata ainda perfeitamente colocada em volta do pescoço fino.

— Por muito tempo, acreditamos que a confissão de Graham Calloway foi coagida, que ele não cometeu esse crime hediondo. Estamos construindo o caso de Graham para apelar e, enquanto fazemos *nosso* trabalho, encontramos novas pistas que podem revelar a verdade sobre o que realmente aconteceu com Shaila Arnold. — O Sr. Sorenson olha diretamente para a câmera. O cara claramente foi treinado para falar em público. — Nós só esperamos que a Polícia de Gold Coast faça o trabalho *dela*, quer isso signifique investigar Logan Beaumont ou outra pessoa. Todos nós só queremos justiça para Shaila Arnold.

— Obrigada, Sr. Sorenson. Também acabamos de receber uma declaração da Gold Coast Prep, a elite K entre doze escolas particulares, onde Logan Beaumont atualmente leciona, e de onde Shaila Arnold e Graham Calloway eram alunos. A declaração diz o seguinte: "O Sr. Beaumont é um membro respeitado e querido da comunidade da Gold

Coast. Nunca recebemos relatórios confiáveis de irregularidades desde o início de seu emprego. No momento, conduzimos a nossa própria investigação." Aí está, Gold Coast. Reportando ao vivo do GCPD, sou Linda Cochran.

O vídeo é cortado, e a tela escurece.

Quando me viro para olhar para mamãe, sua mão está sobre a boca e ela está navegando pelo celular em um ritmo rápido.

— Meu Deus — murmura ela. Você sabia disso?

Balanço a cabeça. Ela bate o celular na mesa de centro e se acomoda no sofá ao meu lado, descansando a mão no meu ombro. Resisto à vontade de recuar ou me afastar.

— Querida — começa ela. — O Sr. Beaumont tocou em você alguma vez? Ele te machucou? — Imagino sua mão queimando a minha em sua sala de aula, do jeito que seu hálito cheirava a pasta de dente e cigarros. Sinto o jantar subindo pela minha garganta.

Balanço a cabeça em negação. Nunca. Mamãe aperta minha pele.

— Preciso ligar para Cindy Miller. — Ela se retira da sala. O silêncio machuca meus ouvidos, e meu cérebro chia.

Pego o celular com a mão trêmula.

Assistiu?, escreve Rachel. *Pode ser a solução!*

Não consigo mandar uma mensagem de volta, mas há outra mensagem. Do Quentin, também compartilhando um link para o tuíte.

Foi POR ISSO que você me perguntou sobre o Beaumont????, escreve ele.

Sim.

Merda!! Isso é sério?

Não sei, digito. *E se for?*

PORRA!!!!!!!!!, responde Quentin. *A escola vai estar INSANA amanhã. Weingarten vai investigar. Você viu isso?*

Imagino o que ele encontrará.

Imagino o que a polícia fará. Se for o caso.

Mordo meu lábio e digito, sabendo que minhas próximas palavras poderiam quebrar o que restou da nossa amizade toda recauchutada. Mas quero saber a opinião dele. Clico em enviar.

Fico pensando se o Graham é inocente.

Ele espera um pouco.

E depois mais.

Finalmente, começa a digitar. As palavras aparecem.

Acho possível.

Meu cérebro estala, como se não conseguisse conectar os pontos rápido o suficiente. Enfio o celular debaixo da almofada do sofá, como se assim eu pudesse fugir, mas ele vibra novamente. Quando o pego e olho para a tela, vejo o nome do Adam. Meu coração se apazigua e me sinto mais calma, sabendo que ele está ali.

Você viu a matéria sobre o Beaumont? Pesado...

Estou tão confusa..., digito em resposta.

Eu também, responde ele.

Em seguida, outra mensagem dele aparece. *Acho que a Rachel está por trás disso. Você acabou falando com ela?*

Meu corpo fica tenso. A única coisa que não posso dizer a ele. O único ato de traição. Eu disse que desistiria há tantos meses que não acreditaria em nada do que ela disse. Mas aqui está ela a poucas mensagens. Algo se repuxa dentro de mim e sinto que tenho que mentir para ele. Ninguém pode saber que estou envolvida nisso.

Não.

Dezenove

O SOL APARECE lentamente na janela, mas já estou acordada há uma hora, tentando memorizar as equações do meu guia de estudo para a prova da bolsa de estudos da Brown, que eu mesma fiz. Números e fatos flutuam na página, mas não consigo me concentrar. Hoje, não.

Pego minha pasta e guardo os cartões, e fecho o notebook pela manhã. Não adianta fingir que estou estudando. Não quando tem algo me incomodando sobre essa história do Beaumont. Como eu estava tão alheia naquela época? Devia haver pistas, algum tipo de sinal que Shaila deixou para trás.

Rolo freneticamente as fotos no celular, procurando o rosto de Shaila. *Diga-me, Shay. Diga-me o que perdi.* Quando vejo minhas fotos mais recentes, lá estamos nós. Marla, Nikki, Shaila e eu nos preparando para o Baile da Primavera. A foto que vi no quarto dela. A formalidade é notória na Gold Coast Prep. Estávamos ansiosos por isso desde o ensino fundamental. Adam tinha me dito que o conselho da escola faria tudo, que alugou uma máquina de fumaça e contratou um DJ renomado. O tema daquele ano foi "baile de máscaras".

Shaila e eu passamos a semana inteira conversando sobre o que usaríamos, que tipo de música tocaria e quem se pegaria atrás das escadas. Graham e ela ainda estavam tão bem naquela época. Pelo menos, era o que eu pensava. A noite seria um escândalo, tínhamos certeza disso.

Shaila rejeitou a sugestão de Graham para fazermos um esquenta e, em vez disso, convidou Nikki, Marla e eu para irmos à casa dela para nos prepararmos.

— Você não quer aparecer com o seu namorado? — perguntou Marla.

— Tenho muito tempo para sair com ele — disse Shaila. — Nós só temos um Baile da Primavera como calouras, e quero que o desfrutemos juntas.

Meu rosto corou de empolgação, e nós quatro nos sentamos em um pequeno círculo no chão acarpetado de Shaila, esfregando glitter dourado nas nossas bochechas. Shaila nos deu batons de cereja combinando com um brilho labial Chanel que ela pegou da mãe.

Quando pedi um penteado, ela empilhou meu cabelo no alto da minha cabeça, em uma bagunça elaborada e cacheada.

— Audrey Hepburn melhorada — disse maliciosamente. — Você.

— Eu quero! — gritou Nikki.

Shaila torceu as longas madeixas da Nikki em um coque baixo e puxou algumas mechas para a frente.

— Muito chique anos 1990. — Em seguida, ela enrolou o cabelo platinado da Marla em uma coroa de trança, fazendo com que parecesse um halo.

Quando chegamos, Nikki e Marla correram para o ginásio nebuloso à nossa frente, mas Shaila prendeu o braço no meu para que nos pavoneássemos lado a lado. Quando passamos pela estante de troféus e vimos nosso reflexo, ela segurou meu olhar no vidro.

— Confirmado — disse ela. — Somos fabulosas.

O ginásio estava escuro e coberto de balões de néon, então as vigas de madeira mal estavam visíveis. De vez em quando, confetes caíam no chão, tornando as quadras de basquete brilhantes escorregadias. Todos amarraram máscaras de renda em volta do rosto, protegendo-se da realidade. Shaila nos levou até o canto onde o resto dos Jogadores estavam, uma pequena parte das arquibancadas.

— Nossa — disse Henry quando chegamos. Ele usava um terno cinza-carvão, os suspensórios pendurados. Ele estava encantador.

— Onde está o Graham? — perguntou Shaila.

— Ali. — Henry apontou para um bufê de tigelas e copos de ponche. — Mas eu o deixaria respirar um pouco.

— Por quê? — Os lábios rosados da Shaila se tornaram uma carranca.

— Bom, para começar, ele está meio chateado por vocês não terem vindo antes.

— Ele vai superar. — Shaila revirou os olhos.

— Mas, dois, Jake deu a ele um pop brutal. — Graham estava aninhado perto do Jake, que parecia lhe dar uma grande garrafa de água sem marca cheia de um líquido claro.

— O que ele está fazendo? — perguntei a Henry.

— Jake o encarregou de batizar o chá gelado.

Meu olhar mudou para a mesa de lanches. O professor de física, Dr. Jarvis; a bibliotecária, Sra. Deckler; e um punhado de outros professores se aglomerou em torno dela como guarda-costas.

— Isso não é arriscado? — disse Nikki, em um sussurro, no meu ouvido.

Engoli em seco e balancei a cabeça. Mas tudo era arriscado naquele ponto. Uma bola de terror surgiu no meu estômago após o incidente da sauna e nunca foi embora. Sempre haveria algo pior a caminho.

Shaila inclinou a cabeça em direção às vigas.

— Seu funeral — disse ela. Presumi que estava chateada com Graham por estar chateado com ela. Shaila então chamou Marla.

— Vamos lá. Vamos nos divertir. — Shaila jogou o cabelo dela para trás do ombro e caminhou em frente, para a pista de dança. Nenhum de nós protestou.

Shaila estendeu as mãos, e todos nos juntamos, formando um círculo no meio do ginásio. Sua sobrancelha se suavizou, e ela jogou a cabeça para trás, balançando suas ondas de mel nas costas. Quando a música atingiu o pico, ela nos puxou para si e nos abraçou com força.

— Olhe em volta. Olhe para todos os outros — sussurrou Shaila para o amontoado. — Eles querem ser a gente.

Marla riu, e Nikki gargalhou. Eu amava a todos eles naquele momento. Eu amava que Marla não *precisava* de muito. Eu amava que Nikki só queria se divertir o máximo possível. Eu amava que Shaila fosse rápida em perdoar, e que o fizesse de todo o coração. Eu amava o jeito como fazia tudo ficar interessante, divertido, sempre preocupada com isso. Eu amava que houvesse olhos queimando nossas costas. Eu amava saber que éramos especiais. Vigiados. Gritamos o refrão, e Shaila girou em torno de nós, uma por uma, como se fôssemos pequenas bailarinas em uma caixa de música. E, quando olhei para fora do nosso círculo, em direção ao resto de nossos colegas, repeti na cabeça as palavras de Shaila. *Eles querem ser a gente.*

Até que meu olhar se desviou para o canto da sala, onde Graham passava o peso de um pé para o outro. A garrafa havia sumido de suas mãos. Meu peito se apertou.

A Sra. Deckler então apareceu ao seu lado e o agarrou pelo cotovelo. Meu queixo caiu quando ela o levou embora, pelo corredor.

Parei de dançar e me virei para Shaila.

— Você viu aquilo? Acho que o Graham acabou de ser expulso.

Os olhos de Shaila seguiram os meus até onde Graham estava.

— Jesus!

— O que aconteceu? — disse Nikki, sem fôlego.

— Graham foi pego — disse Shaila sem emoção. Sua voz tremeu por apenas um segundo.

— Você acha que ele vai ser suspenso? — Os olhos de Nikki se arregalaram. Shaila revirou os olhos.

— Não seja ridícula. Ele é um Calloway. Ele ficará bem.

Os ombros de Nikki desabaram, e ela apenas acenou com a cabeça antes de se virar para encontrar Marla perto das tigelas de batatas fritas.

— Não vamos deixá-lo estragar a nossa noite — disse Shaila. Ela parecia preocupada, talvez até um pouco triste. — Vamos. — Continuamos dançando até as luzes do teto acenderem, mas não era a mesma coisa. A alegria elétrica havia desaparecido, e logo estávamos no Lexus da Sra. Arnold voltando para a casa de Shaila para uma festa do pijama. Shaila abriu a porta do quarto. — Fico do lado externo da cama — disse ela, jogando as cobertas de volta em seu colchão king-size. Ela geralmente ficava grudada na parede, imprensada entre mim e o gesso frio.

— Mas quero meu lado — choraminguei.

— Nada disso. É meu por esta noite. Apenas no caso de eu precisar de um pouco de água — raciocinou Shaila. Horas depois, me virei de bruços e acordei com um raio de luz brilhando no banheiro, logo ao lado do quarto dela. Sentei-me e vi o cabelo da Shaila pela fenda. Ela estava de costas para mim e usava uma camiseta velha e surrada do Beach Club. Falava baixinho, em tons abafados.

— Não — disse ela, exasperada. — Não posso simplesmente *sair*. A Jill está aqui. Ela está dormindo. — Ela suspirou e ficou quieta por alguns segundos, ouvindo quem falava do outro lado da linha. O Graham, imaginei.

— Eu também quero ver você, é só que...

Outro rápido silêncio.

— Tá bom. — Sua voz se suavizou. — Você vem aqui? — Ela fez uma pausa. — Tá bom. Me encontra no final da garagem.

Ela manteve o telefone no rosto e se virou para o espelho. Eu a vi, pálida e sem maquiagem. Ela parecia muito novinha, como a Shaila que conheci no sexto ano. Ela olhou fixamente para seu reflexo, franzindo os lábios e alisando a testa.

— Eu também te amo — sussurrou ela ao telefone.

Fingi estar dormindo enquanto Shaila andava na ponta dos pés pelo quarto, pegando um moletom, a carteira e um par de chinelos. Observei enquanto ela saía sorrateiramente do quarto. Tentei desesperadamente rastrear seus passos fracos enquanto ela caminhava para a porta da frente. Eu a imaginei descendo a calçada, para longe de mim e em direção a algo muito melhor, com muito mais vida.

Na época, pensei que Graham tinha se esgueirado para se desculpar por ter sido expulso do baile, por estar com raiva dela. Eles voltaram ao normal quando ele voltou para a escola, após uma suspensão de dois dias. Talvez seja assim que os relacionamentos funcionem, pensei. Você briga em público, faz as pazes em particular e finge que nada aconteceu.

Mas agora é dolorosamente óbvio: ela estava com outra pessoa, alguém que estava escondendo de nós o tempo todo. Alguém... como Beaumont. Talvez o próprio, aliás.

Estremeço pensando em seus dedos calejados e seu rosto barbado, tudo muito próximo à Shaila.

Mas agora que a verdade pode finalmente ser revelada, pela primeira vez em meses, eu quero ir para a escola. Quero ouvir sussurros, ouvir a tagarelice do que as pessoas pensam que é a verdade. Demoro um pouco para me preparar. Passo hidratante no rosto, faço as sobrancelhas à pinça e arrumo a cama com cantos apertados. Enfio minha camisa branca e grossa na saia xadrez e a aliso sobre as coxas.

Quando me olho no espelho, sei que ainda sou eu.

— Sinistro, hein? — Jared aparece na porta, meio vestido. Sua gravata está solta em volta do pescoço e sua camisa está para fora da calça, batendo contra a calça cáqui folgada. Ele se parece com os meninos mais velhos, os Jogadores. São as primeiras palavras que ele me diz em semanas. — Sr. Beaumont, quero dizer.

— Falando comigo agora? — pergunto, voltando-me para o espelho. Ajusto a gola, enrolo uma mecha de cabelo em volta do dedo.

— Vamos — diz ele. — Posso pegar uma carona com você?

— Você não vai com o Topher?

Jared encolhe os ombros até as orelhas. — Não sei. Achei que poderíamos conversar um pouco. Pegue o carro da mamãe hoje.

— De repente, valho seu tempo de novo? — implico.

— Você quer mesmo complicar as coisas? — Jared bufa.

— Quero.

— Você não sabe como tem sido difícil — lamenta ele. — Quantos pops tive que fazer. Coisas que nunca pensei... — A testa dele se franze.

Cruzo os braços sobre o peito e imagino o pior. Meu irmãozinho correndo pela cidade depois da meia-noite. Comendo comida de cachorro e tentando não chorar. Mentindo para mamãe e papai sobre aonde estava indo. Trapaceando nos testes só porque podia. Tudo o que eu fiz quando ele ainda estava no ensino fundamental. Mas de

A MESA DOS JOGADORES

jeito nenhum o dele seria tão ruim. Os caras não tiveram que fazer metade das coisas que fizemos. Eles sempre foram incumbidos de atividades como a de bartender e encher os flutuadores das piscinas. Nunca pediram para se curvarem de biquíni no meio do inverno. Nunca precisaram rir quando Derek Garry buzinou seus seios ou bateu na sua bunda, como se fosse uma *brincadeira. Relaxa*, diziam eles. Nunca pediram nudes. Nunca foram punidos com pops ainda mais idiotas quando não cumpriam os que deveriam.

Jared arrasta um pé com meia contra o piso de madeira.

— Acho que estão complicando mais para mim por sua causa — diz ele em voz baixa. Respiro profundamente.

— Saio em cinco minutos — digo. — Com ou sem você.

Passo por ele e desço as escadas, fico longe de seus olhos, lutando contra o desejo de desafiá-lo sobre o que ele *pensa* que sabe sobre mim e sobre os Jogadores.

Na escola, os corredores são assustadores e silenciosos, pontuados apenas pelos sons de armários de metal batendo e pelos sussurros abafados. Cada um anda como se tivesse acabado de ver a cena de um crime. Vertigem. Ansiedade. Fome de informações e emoção por estarmos vivos.

Quando chego à aula de inglês e me sento na minha cadeira, a mais próxima a Nikki, o Sr. Beaumont não está lá, obviamente. Em vez disso, uma sub com cara de bebê e franja oleosa puxa o projetor para baixo.

— Vamos, hum, assistir a um filme hoje — diz ela em um guincho agudo. — *O Grande Gatsby*. Aquele com Leo. Vocês o leram no outono, certo? — Ela tenta sorrir, mas, como ninguém retribui, ela franze a testa, vira as costas e aperta alguns botões. As luzes se apagam, e a música começa.

Logo após a cena de abertura, meu celular vibra, e o nome de Nikki pisca para mim.

Banheiro em cinco.

Eu me viro e a vejo olhando para mim, com as sobrancelhas levantadas. Ela joga a mão no ar.

— Tenho que ir ao banheiro.

A sub anônima nem mesmo se vira. Em vez disso, acena em nossa direção, e Nikki sai furtivamente pela porta dos fundos. Minutos depois, faço o mesmo.

Os banheiros da Gold Coast são bons, para dizer o mínimo. Todos têm pequenos cestos cheios de balas de hortelã, cotonetes e absorventes. Dos bons também. Não do tipo de papelão que parece que vai tirar a sua virgindade. Cada banheiro feminino é equipado com um sofá de couro azul-bebê. Eles geralmente são reservados para veteranas, embora às vezes uma sub caia neles quando pensa que ninguém está olhando. Fiz isso uma vez no primeiro ano e fui imediatamente pega por Tina Fowler. Tive que carregar seus livros de preparação para o SAT por uma semana depois disso.

Quando fecho a porta atrás de mim, Nikki me puxa para a cabine mais próxima do sofá, grande o suficiente para ser uma cabine de maquiagem, e tranca a porta atrás de mim.

— Shaila — diz ela. Sua voz está áspera, como se ela tivesse gritado ou chorado. Ambos podem ter acontecido. — Você acha que foi o Beaumont? — Reviro o que sei na minha cabeça. O quanto quero revelar. Estou tão, tão cansada de mentir. De tentar segurar tudo. Então, em vez disso, decido contar a verdade.

A MESA DOS JOGADORES

— Talvez. Tem tanta coisa que você não sabe... — Respiro fundo e fecho os olhos. Então as palavras saem, tropeçando umas nas outras. Conto a ela sobre as mensagens de Rachel. Seu apartamento apertado e aconchegante. A viagem até Danbury. A maneira como Graham chorou quando falou sobre o sangue. A entrada furtiva no quarto de Shaila. A minúscula carta que achei dobrada atrás da nossa foto. A expressão no rosto de Kara quando mostramos a ela. Os diamantes cintilantes que alguém presenteara Shaila. Como Shaila só confiou seu segredo a Kara. Como esse segredo pode ter causado sua morte.

— Não sei se há alguma prova de que é o Beaumont — digo. — Mas deve haver. Teve esse boato. Shaila escreveu que ele era mais velho. Talvez a polícia encontre alguma coisa.

Envolvo meus braços em volta da minha barriga, me apertando, e me sento no vaso. A porcelana está fria na parte de trás das minhas pernas. Penso que Nikki vai sair correndo do banheiro, falar de mim, contar para os outros, estragar tudo o que já fiz. Mas, em vez disso, ela dá um passo para trás e desliza pela parede para se sentar no chão de ladrilhos, apoiando o queixo nos joelhos.

— Eu sabia — diz ela.

— O quê?

— Eu sabia que a Shaila estava traindo o Graham. Ela me disse. Uma noite, quando ela estava brisada. Ela disse que nunca entenderíamos. — Nikki balança a cabeça. — Era o típico jeito dela, agindo como se soubesse mais do que nós. Mais *experiente*. Fiquei chocada. Eu disse a ela para terminar com o Graham. Não, isso não estava certo. E você sabe o que ela me disse? "Discordo, meu amor." Ela não deu a mínima para o que pensávamos. Acho que ela nem gostava tanto de mim. Você também não.

As palavras de Nikki doem como um tapa. Eu sempre tive ciúme *delas*. Nunca me ocorreu que Nikki não fosse 100% confiante em relação a tudo, incluindo as suas amizades.

— Shaila teve que *morrer* para você ser minha amiga. Sempre foram você e ela contra o mundo. Até que ela me contou esse segredo. Era a única vantagem que eu tinha sobre ela. Sobre você também. — Os olhos de Nikki estão úmidos e brilhantes. Ela engole em seco. — Ela ficou mais legal depois disso. Eu não sabia que ela também falou para a Kara.

Quero fazer um monte de perguntas a ela, abraçá-la e dizer que temos que ficar juntas agora. Que ela tem que parar com seu discurso de Toastmaster. Seus olhos se fixam no papel higiênico duplo e em seu triângulo perfeitamente dobrado enquanto continua falando.

— Mas ela nunca disse que era o Beaumont. Disse que era alguém mais velho. Mais sofisticado. Alguém que sabia o que estava fazendo. "Você teria sorte de ter alguém como ele", ela me disse. — Nikki se vira para mim, seus olhos agora rodeados de vermelho. — Acho que ela estava errada sobre alguma coisa.

Afundo no chão para me sentar ao lado da Nikki e descanso minha mão no joelho dela. Ela deita a cabeça em cima dos meus dedos. Seu cabelo cai para o lado, roçando o piso de cerâmica.

— Achei que tudo tivesse acabado — diz ela.

— Não vai acabar até que saibamos quem fez isso.

— Eu pensei que *sabíamos*.

— Eu também.

Ficamos assim por muito tempo, pelo menos, pelo resto do tempo de aula, até a Nikki falar.

— Sinto sua falta — diz ela, tão baixinho que mal consigo entender.

— Eu também sinto a sua. É muito solitário aqui. — Tento esboçar um sorriso. Fraco, mas ainda um sorriso.

— Não é a mesma coisa sem você — diz ela. — Marla foi embora depois de entrar no time de hóquei na grama em Dartmouth. Robert está obcecado em complicar os pops cada vez mais. Ele está perseguindo o Jared, você sabe.

Ah, então Jared estava certo.

— Henry não te superou, mesmo fingindo que sim — continua Nikki. — Ele fica de mau humor, tentando nos dar sermão sobre o poder do jornalismo sem fins lucrativos. Dá vontade de falar: "Cala a boca, já entendemos!"

Solto uma risada.

— Pelo menos, você tem o Quentin — digo. O doce, leal e talentoso Quentin, rabiscando o rosto perfeitamente simétrico de Nikki em guardanapos de papel, embalagens de papelão, telas elegantes. Eu me pergunto se ele contou a ela sobre nossa a conversa em seu carro. Sobre como nós nos resolvemos também.

— Sempre há o Quentin.

— E os subs. Todos eles te adoram.

— Não pelos motivos ideais. — Nikki balança a cabeça.

— Sei bem.

Ela pega minhas mãos e segura meus dedos com força.

— As coisas vão ser diferentes agora — sussurra ela. — Elas precisam ser.

Expiro e aperto suas mãos.

— Somos amigas de novo? — pergunto.

Nikki joga os braços em volta do meu pescoço. Sua pele é quente e pegajosa, reconfortante como a de uma criança. Ela cheira a velas aromáticas caras. Suas lágrimas caem em manchas molhadas na minha camisa branca, e quando nos desembaraçamos, parece que eu derramei água na frente.

Voltamos para o corredor de braços dados, segurando sorrisos e sussurrando uma no cabelo da outra. Tento ignorar os olhos semicerrados que se movem em nossa direção. Os olhares questionadores. Aqui, a palavra viaja mais rápido que a brisa.

— O quê, ela te chupou ou algo assim? — Robert se inclina contra o metal frio e olha para Nikki com olhos cheios de expectativas. Eles devem estar juntos esta semana, mas ele ainda é um idiota completo.

— Cala a boca, idiota — diz Nikki. Ela aperta meu cotovelo. — Nós somos descoladas.

— Assim mesmo? — pergunta Robert. Uma sobrancelha se levanta.

— Sim — diz ela, um sorriso na voz. — Assim mesmo. — Ela me cutuca com o ombro, e envolvo um braço em volta da sua cintura.

— Que seja. Não consigo nem começar a lidar com o que quer que seja — diz ele. — Porque a merda ficou estranha. Olha. — Robert pega o celular e abre uma manchete do GoldCoastGazette.com. A foto da escola do Sr. Beaumont está colada na tela, e o título está escrito em letras maiúsculas.

BEAUMONT ESCLARECE TODOS OS ERROS DO CASO ARNOLD

— Quê? — pergunto, sem acreditar. — Pensei...

Robert balança a cabeça. — Não foi ele. O cara ficou no Hamptons o fim de semana todo com a namorada e os pais. Algum lugar em Amagansett. Tem até fotos dele dançando com uma banda cover de merda em um bar.

— Mas... — diz Nikki, a voz arranhando. — Isso não significa que ele não *estava* com a Shaila, certo? Ela estava traindo o Graham. Ela me disse isso.

As sobrancelhas de Robert se erguem. — Sério? Quer dizer, eu não sabia que ela era esse tipo de garota.

— E de que tipo ela era? — digo, a raiva subindo pela minha espinha.

A MESA DOS JOGADORES

— Calma, Newman — diz ele, revirando os olhos. Antes que eu arranque os olhos dele fora, ele continua falando. — Mesmo que ela estivesse com o Beaumont, o que seria nojento, ele não a matou. Não tinha nem como. Caso encerrado.

— Pelo menos, agora temos certeza de que foi o Graham — diz Nikki. Ela chuta a bota de couro contra os armários. — Monstro do caralho.

Mas não consigo afastar a sensação de que algo ainda não está certo. — Eu não sei. E se não foi ele?

Robert bate o pé no chão.

— Jill — diz ele. — Deixe. Para. Lá. — Ele pontua cada palavra com uma palmada, juntando as mãos bem na frente do meu rosto. As pessoas se viram para olhar. Elas são óbvias e nem se importam.

— Eu não posso simplesmente deixar para lá — sibilo.

Nikki dá um passo para trás, seus olhos voando para o teto.

— Isso está me dando enxaqueca. — Ela aperta a ponta do nariz e joga a cabeça para trás como se estivesse com uma hemorragia nasal. — Não sei se consigo continuar falando sobre isso.

— Você não precisa, mas eu, sim. Eu... farei isso — digo. Giro nos calcanhares e corro para a porta. Ouço Robert resmungando atrás de mim, mas não me importo.

— Deixa ela — diz Nikki, sua voz gentil, mas distante. — Ela precisa tirar isso da cabeça.

Disparo para fora e entro no estacionamento. O ar ao meu redor é sufocante, viciado. Imagens de Beaumont, Graham e Shaila piscam na minha frente. Quero colocá-los de lado, esquecer tudo e voltar a ser uma pessoa *normal*. Uma Jogadora. Tão perto do fim. Mas só consigo pensar em Graham e Shaila, e em como a relação deles era uma mentira. E nós éramos apenas efeitos colaterais.

Meu celular vibra assim que entro no carro, é uma mensagem do Adam.

Você está bem? Acabei de ver as notícias. O Beaumont é inocente?

Ah, eu sei. Todo mundo aqui está pirando. Não faço ideia do que está acontecendo.

As palavras voam dos meus dedos. Quero tanto confiar nele, perguntar o que ele sabe, mas me contenho, não querendo que ele saiba que o traí. Que Rachel e eu estivemos tramando isso o tempo todo.

Aposto que a Rachel está por trás disso, escreve ele. *Só mais uma confirmação de que Graham é culpado.*

Luto contra as lágrimas. E se ele e Nikki estiverem certos? E se perdi meu tempo tentando acreditar que o assassino da minha melhor amiga era inocente? E se tudo isso for em vão?

Meu celular vibra novamente, e recuo.

Pensei que tínhamos pegado o culpado. É Rachel.

Eu também, digito de volta. É verdade.

Deve haver outras pistas. Alguém mais? Alguma ideia?

Suspiro, totalmente exausta com a ideia de bancar a Nancy Drew de novo. É tudo... demais para mim.

Não posso falar agora, escrevo. *Tenho muito o que estudar para o exame de bolsa de estudos.*

Não desista de mim agora, Newman!

Jogo o celular no banco do carona, e ele cai no chão, zumbindo de novo e de novo, com mais mensagens da Rachel. Mas deixo ele onde está e ligo na estação das antigas. Aumento o volume no máximo, deixando que os sintetizadores e os crescendos pop abafem seus pedidos de ajuda.

Vinte

É INCRÍVEL A quantidade de espaço que foi liberada no meu cérebro quando parei de tentar tornar a vida dos subs um inferno. Quando *não* penso compulsivamente nos Jogadores, na próxima festa ou no último boato interessante. *Ou* em quem diabos matou a minha melhor amiga. Resta muito tempo para estudar. Para deixar os fatos e os números marinarem na minha mente, para que eles se tornem parte de mim. Tanto que na manhã do exame da bolsa eu nem fico nervosa.

Acordo às 5h30, antes do alarme. Já está quente para abril, e o céu está uma confusão de rosas e roxos. Finalmente consigo me sentir calma. Eu me sinto preparada. Pequenos números e símbolos dançam em um ritmo harmonioso dentro da minha cabeça, e eu sei, simplesmente sei, que estudei o máximo que pude.

Chego à sala de física às 6h45, e o professor de AP, Dr. Jarvis, já está lá, embora pareça que acabou de acordar.

— Cedo, Jill — diz ele, oferecendo-me um sorriso cheio de dentes. — Acho que você quer acabar com isso logo, hein?

— Acho que sim.

Ele acena para eu entrar, e me sento em uma mesa na frente da sala. O Dr. Jarvis lê as instruções em voz alta de um pacote, mesmo que eu seja a única aluna na sala. Ele olha para mim e depois para o cronômetro sobre a mesa.

— E... vamos lá.

Trabalho no piloto automático pelos próximos noventa minutos, resolvendo equações, identificando figuras, escrevendo análises e trabalhando no ensaio sobre *por que* eu mereço a bolsa mais do que os outros alunos fazendo exatamente o mesmo teste neste exato momento. Encho um livrinho azul após o outro, jogando nas páginas tudo o que está no meu cérebro. No momento em que o Dr. Jarvis pigarreia e diz que o tempo acabou, estou retorcida como uma toalha úmida.

O Dr. Jarvis puxa meu exame e o avalia rapidamente. Então inclina a cabeça para cima. Seus olhos são quentes, e sua barba felpuda o faz parecer o Papai Noel.

— Aconteça o que acontecer, quero que você saiba de uma coisa — diz ele. — Foi um prazer ter você nas aulas. Eles terão sorte se tiverem você como aluna.

Engulo o nó na minha garganta. O Dr. Jarvis dá um tapinha estranho e carinhoso no meu ombro.

— Alunos como você não aparecem com frequência. Espero que saiba disso.

Aceno e sinto o calor se espalhar pelo meu peito. Eu fiz esse teste sozinha. Sinto orgulho.

— Obrigada — sufoco.

Ele acena com a cabeça e abre a porta.

— Liberada!

O resto da manhã se dissolve como um cubo de açúcar. Flutuo de aula em aula, com a adrenalina que me conduziu durante o teste. Mas tudo isso para quando a aula de francês termina.

— Ah, Jill. *Un instant, s'il vous plaît.* — Madame Mathias estica a cabeça para cima da gola alta, embora seja primavera e sua sala de aula tenha uma temperatura de cerca de um milhão de graus. — O diretor Weingarten gostaria de vê-la em seu escritório. — As linhas ao redor da sua boca se aprofundam enquanto ela fala. — *Au revoir!*

Não pode ser. Minha mochila de repente pesa uma tonelada, e meu estômago afunda. Caminho em direção ao escritório de Weingarten, com a moldura da porta de cerejeira escura e as estantes flutuantes. A sala de espera cheira a verniz e menta, como se o lugar fosse engraxado no final de cada dia. Afundo em uma cadeira de madeira grossa na frente de sua secretária, a Sra. Oerman.

Ela olha para cima, seus olhos acinzentados redondos e um bob combinando dando a ela um ar de avó. Sua mandíbula treme quando me reconhece.

— Senhorita Newman, é claro. Ele está esperando por você.

Só estive no escritório do diretor Weingarten uma vez, no primeiro dia depois da morte da Shaila. Era o último dia de aula, tão úmido e pegajoso que minha saia grudava na parte de trás das minhas coxas quando eu caminhava. Eu me sentia um cachorro, suando com o calor. Ele convocou a mim, Nikki e Marla para seu escritório e sentou-se em círculo conosco, puxando a cadeira de trás de sua mesa.

— Meninas — disse ele. — Seus dias na Gold Coast nunca mais serão iguais. — Ele foi direto, mas gentil, o que foi revigorante. Todos os outros nos tratavam como se fôssemos feitas de vidro. Os outros professores mal olhavam para nós, só nos davam apertões mornos nos ombros, inclinando a cabeça e olhos tristes e monótonos. *Pobrezinhas.*

Nikki começou a chorar e enxugou o ranho nas costas da manga da camisa, deixando um rastro verde neon deslizando até seu pulso. Marla juntou as mãos, e seus ombros se ergueram. Eu me perguntei por apenas um segundo se ele sabia o que tinha acontecido com *a gente*, não com a Shaila. Se ele trouxesse isso à tona, como reagiríamos? Mas, então, Weingarten falou.

— Tive um amigo que morreu quando eu tinha mais ou menos a idade de vocês — disse ele. — Um acidente de barco em Connecticut. Connor Krauss.

Encarei o centro cristalino de seus olhos. Eles pareciam calorosos e generosos.

— Foi o acontecimento mais importante daquela parte da minha vida — continuou ele. — Me moldou em todos os sentidos. A morte dele me ensinou que a vida é curta e que cada momento é importante, vale a pena. — Ele ergueu o punho para dar ênfase à fala. — Aprendi a amar ferozmente e a usar o meu tempo com sabedoria. Eu queria mais do que tudo que ele tivesse continuado vivo, mas eu não seria quem sou sem essa perda. — Weingarten olhou para nós três com atenção, seu foco saltando de Marla para Nikki e para mim. — Isso vai marcar vocês. A ausência da Shaila vai mudar vocês. Mas nada disso precisa *definir* vocês. Não ignorem isso.

Toda a reunião durou cerca de dez minutos, apenas o tempo suficiente para ele nos mostrar que se importava, mas sem fazer perguntas demais ou desenraizar questões reais. Ele não perguntou por que estávamos todos juntos naquela noite, ou o que tinha acontecido um pouco antes. Ele não quis saber.

Depois disso, ele nos deixou voltar para nossas salas de aula, onde guardamos nossas coisas e deixamos a Gold Coast Prep por três meses.

Esqueci completamente aquela reunião até hoje. Nikki, Marla e eu nunca falamos sobre ela. Nem sei se houve algo similar com Quentin, Henry e Robert, e se houve, por que Weingarten escolheu nos separar por gênero.

Agora me pergunto que versão de Weingarten vou encontrar. O mais intimista, que conversou com a gente. O formal, que se dirige à escola todas as semanas na assembleia das manhãs de segunda-feira. Ou um completamente diferente, o severo autoritário do qual eu só tinha ouvido falar em sussurros nos corredores dos *maus* alunos. Aqueles que foram suspensos e corriam o risco de não se formarem a tempo. Os que *revogaram isso*, cujos pais doaram milhares de dólares apenas para mantê-los aqui, semestre após semestre. Graham foi convocado após o desastre do Baile da Primavera. Mas ele nunca mencionou o que foi dito.

— Srta. Newman, por favor, entre. — Weingarten se levanta atrás de sua mesa e faz um gesto para que eu pegue a cadeira em frente a ele. — Feche a porta.

Eu me empoleiro na borda do assento e espero.

— Ora, ora, ora. — Ele sorri, mostrando todos os dentes. — Tenho que admitir que nunca pensei que chamaria você aqui. Mas parece que temos algo a discutir, mocinha.

Minhas pernas estão pesadas e tento ao máximo cruzá-las, mas elas ficam paradas. Estou completamente paralisada.

— Eu tenho que lhe perguntar, Srta. Newman. Você está cavando o passado. Por quê?

Weingarten se recosta na cadeira, e suas sobrancelhas se erguem, como se ele esperasse uma grande revelação. Meu coração para.

— O que você quer dizer?

— Você se mostrou muito promissora na Gold Coast. Uma média de quase 96 por três anos consecutivos. Além das exigências da sua bolsa. Capitã da equipe da Olimpíada de Matemática. Campeã do Science Bowl. Pré-aceita na Brown. O programa Mulheres na Ciência e Engenharia. Ah, incrível! — Ele suga um gole de ar e, em seguida, o solta em um sopro. — Então, por que, minha querida, você está em uma missão para arruinar a integridade desta escola?

— Quê?! Eu não estou fazendo isso — gaguejo.

Weingarten levanta um dedo e o agita no ar.

— Mas é claro que você está — diz ele. — Apontando o dedo para o Sr. Beaumont. Desenterrando sua querida amiga, a Srta. Arnold, do túmulo. — Ele se inclina e posso sentir seu hálito. Mofado, como uma toalha velha ou a parte interna de um sapato. — Esta escola quase foi destruída quando a Srta. Arnold foi morta. Você sabia? Quase perdemos nossos doadores, nossos investimentos. Poderia ter sido um desastre. — Meu estômago se afunda. Como ele sabe que tenho alguma coisa a ver com o Beaumont?

— Mas lidamos rapidamente com tudo, graças a Deus pelos Arnolds, e por isso fomos poupados — diz ele. — Mas agora, Srta. Newman, você está ameaçando desmantelar tudo o que construímos.

A minha cabeça gira enquanto tento desvendar suas palavras e encontrar seu verdadeiro significado.

— Eu sei que você tem tido algumas *discussões* com os seus amigos. Talvez você esteja se sentindo perdida e indesejável aqui na Gold Coast Prep. Você pode ter se convencido de que descobriu algo obscuro e sujo girando sob a superfície do que você *achava* que sabia sobre a Srta. Arnold. Sobre o seu professor. — Weingarten esfrega as têmporas com o indicador e o polegar. — Mas deixe-me ser bem claro, Srta. Newman. Você não vai arruinar a reputação desta escola. Depois de tudo o que fizemos por você.

— Mas — gaguejo.

— Espere, espere, espere — diz ele, erguendo uma das mãos. — Chamei você aqui para conversarmos sobre as suas últimas semanas na Gold Coast Prep. Sobre o seu futuro. — Weingarten se inclina para a frente e pega uma pasta de papel manilha pesada, cheia de cadernos azuis, com as provas que preenchi horas atrás. — Seu exame. — Ele o joga de volta na mesa com um baque.

Eu me seguro para não pular e arrancá-lo das suas mãos enrugadas.

A MESA DOS JOGADORES

— É você quem dá as notas? — pergunto, minha voz baixa.

Weingarten ri, o som vem do fundo de sua barriga. — Claro que não. Isso é a universidade que faz. — Ele pega os cadernos de prova à sua frente. — Mas eu odiaria que tudo isso fosse uma mentira.

Suas sobrancelhas se erguem até a testa, e seus olhos azuis estão gelados, não mais suaves. Ele sabe. Ele sempre soube.

— Eles não gostam de trapaças na Ivy League.

— Eu não fiz isso — respiro. — Eu estudei. Eu não tive nenhum tipo de ajuda. Eu fiz isso sozinha.

Weingarten levanta a mão.

— Talvez desta vez — diz ele. — Mas não sempre. — Ele junta as mãos atrás do pescoço e estufa o estômago. — Você acha que não sabemos o que acontece aqui? Que não sabemos quem é mentiroso, quem é trapaceiro?

Meu estômago embrulha, e minha boca fica seca.

— Seria muito fácil convencer a Brown de que você teve uma ajuda extra neste exame, que colou em todos. Sua vida estaria arruinada. Todo aquele tempo e dinheiro que seus pais gastaram seriam desperdiçados.

Engulo em seco e forço as lágrimas a ficarem paradas.

— Você tem sido tão *sortuda*, Jill Newman. — Weingarten se levanta e caminha até a janela. Daqui, vejo seu olhar repousar sobre os alunos do primário, talvez do jardim de infância, subindo no trepa-trepa, imaculados em seus uniformes xadrez da Gold Coast. Eles ainda não sentem medo.

— Mas só até agora. Você foi ingrata. Envolveu o Sr. Beaumont nisso. Tsc, tsc.

— Como você... — começo a perguntar. Weingarten ri.

— Você acha que não conheço todos os policiais desta cidade? Que eu não tenho pessoas em toda Gold Coast que *morreriam* para compartilhar informações comigo, para trocar segredos para colocar seus filhos na Prep? E aquele advogado que a Srta. Calloway contratou, o Sr. Sorenson? Turma de 1991 da Gold Coast Prep, tão óbvio. Um pupilo prodígio. Ele me deu um alerta sobre Logan no mesmo dia.

Minhas bochechas queimam, e aperto meus joelhos para evitar que as minhas pernas tremam.

— Srta. Newman, quero ser bem claro — diz ele. — Você está arruinando a nossa reputação. Não vou tolerar mais nenhuma atenção negativa voltada a esta escola. O passado está no passado, e você corre o risco de detonar todo o nosso futuro por causa de uma curiosidade egoísta.

O rosto de Weingarten está vermelho, e os cantos da boca, molhados de saliva. Ele se senta novamente e puxa outro envelope pardo do canto de sua mesa. É mais fino. Novo.

— Vejamos. Jared Newman. Parece que ele puxou sua nota de biologia, pouco mais de 92, do exame do meio do semestre. Muito bem, Sr. Newman! — Seus olhos permanecem nos meus, brincalhões e ameaçadores. — Gostaria de saber como isso aconteceu.

Sua mensagem é clara. Se eu continuar, se eu continuar cagando por toda a Gold Coast Prep, trazendo curiosos indesejados para o nosso campus, ele vai arruinar minhas chances de ir para a Brown. Ele vai me expor. Ele vai expor Jared. E deixará todos os outros escaparem impunes pelo que fazemos só para provar um ponto. Se eu tinha dúvidas sobre continuar ajudando Rachel e Graham, agora elas se foram. Não posso arriscar mais.

— O Sr. Beaumont não teve participação na morte da Shaila. Graham Calloway é um assassino. Os fatos são estes. Preciso que você pare com a sua investigaçãozinha. Não podemos ter mais manchas nesta escola. Você entende o que estou dizendo, Srta. Newman?

A MESA DOS JOGADORES

— Sim. — Minha voz é clara e urgente, e faço o meu melhor para olhá-lo nos olhos.

— Boa garota. — Ele sorri e joga a pasta de Jared em sua mesa, fazendo meus livrinhos azuis voarem. — Bem, é isso. Ainda bem que tivemos esta conversa. Vou enviar seu exame para a Brown depois do meio-dia. — Ele acena com a mão e gira em sua cadeira giratória de modo que suas costas de tweed fiquem voltadas para mim.

Sinto as pernas trêmulas e me viro para a porta.

— Ah, e Jill? — Weingarten olha por cima do ombro para mim. — Envie meus cumprimentos à Srta. Calloway. Sempre foi uma jovem muito promissora. Que vergonha. Que vergonha...

Mamãe abre a porta antes mesmo de eu entrar na garagem. A cabeça do papai aparece atrás da moldura.

— É ela? — pergunta ele.

Meu estômago embrulha, e não vou suportar enfrentá-los. Tudo o que quero fazer é me esconder.

— Oi — concordo, enquanto passo por eles pela porta. — E então? — pergunta mamãe. Ela está vestindo uma túnica de linho e um grande colar grosso. Seu rosto está quente e esperançoso. Ela quer falar sobre o teste.

— Vai demorar um pouco — murmuro. — Você sabe.

Papai junta as mãos atrás das costas.

— Eles deram um prazo? — pergunta ele.

— Não. — Largo a bolsa com um baque no corredor e marcho escada acima para o meu quarto, esperando que eles entendam a dica. Eu simplesmente não posso lidar com suas perguntas agora.

Fecho a porta, desabando na minha cama. Olho as estrelas no teto e, pela primeira vez, noto que elas desbotaram para um amarelo-claro, não mais neon, contra a escuridão. Uma batida leve na porta.

— Docinho? Podemos entrar um minutinho?

Não respondo, mas a porta se abre ligeiramente. — Nós só queremos conversar — diz papai suavemente.

— Tudo bem — cedo. Os dois se sentam aos pés da minha cama.

— Sabemos que tem muita coisa acontecendo... — começa a dizer mamãe. Perco o controle. Um vulcão entra em erupção no meu estômago, e o fogo sobe na minha garganta. Eu me sento.

— Você não tem ideia do que está acontecendo — Começo a chorar. — Você não tem ideia de como trabalhei duro ou de quanta pressão estou sofrendo. — Minhas mãos começam a tremer como se meus nervos estivessem em choque. — Eu *sei* o quanto vocês sacrificaram para que pudéssemos ir para a Gold Coast e tudo o que estou tentando fazer é garantir que vocês não precisem sacrificar ainda mais. Estou dando o meu melhor e pode não ser o suficiente. Vocês terão que aceitar isso, ok? — Papai se mexe para trás, como se eu tivesse atirado uma flecha direto nele.

— Docinho — começa mamãe. — Eu entendo...

— Não — digo. — Vocês não entendem. Vocês não têm ideia de como é entrar lá todos os dias sabendo que posso perder tudo em uma fração de segundo. E tudo o que vocês sempre quiseram é que as coisas fossem *melhores* para mim. Que eu tivesse *sucesso*. — O catarro desce pelo meu rosto agora, e eu me odeio por falar essas coisas com eles assim. Eles não fizeram nada de errado, mas estou muito brava. Estou muito abalada. Eu só preciso colocar tudo para fora. — É difícil para caralho! — grito. — Eu estou tentando! Isso é tudo o que eu posso fazer... tentar.

— Ah, Jill. — Mamãe leva a mão ao meu cabelo e o acaricia. Papai vem se sentar ao meu lado, e, juntos, eles me envolvem em um abraço

A MESA DOS JOGADORES

tão apertado que sinto dificuldade para respirar. No início, tento me afastar, para me libertar de suas garras. Mas eles me seguram com mais força.

— Eu sinto muito — sussurra papai. — Não queríamos que as coisas fossem assim. — Ele se afasta, e seus olhos estão úmidos.

— Nossa realidade foi tão diferente disso tudo — diz mamãe, apontando para fora. — A família do seu pai vivia de salário em salário, e meus pais não se importavam se algum dia nos formaríamos. Queríamos que você tivesse uma realidade muito melhor do que a nossa.

— Mas talvez isso fosse demais — diz papai. — Colocamos muito pressão para você ser...

— Perfeita. — Mamãe me dá um sorriso triste.

Papai acena com a cabeça. — Você não precisa ser perfeita. Você só tem que ser você.

Parece um cartão de felicitações, mas suas palavras me fazem chorar ainda mais.

— E se eu não conseguir a bolsa? — Minhas palavras soam ensaboadas e úmidas, como bolhas prontas para estourar.

— E daí? Nós vamos dar um jeito.

— Mas aí eu não irei para a Brown. — É um fato que todos sabemos que é verdade.

Mamãe concorda.

— Querida, você já tem bolsa integral para o programa de honras da State. — Ela sorri.

— Vocês não vão ficar decepcionados? — pergunto.

Papai me traz para um abraço ainda mais apertado do que antes.

— Nunca.

Vinte e Um

— ESTOU FORA.

As palavras soam mais ásperas do que eu gostaria. Derradeiras. Destrutivas. Mas não me arrependo. Nem mesmo quando o lábio inferior de Rachel estremece e seus olhos refletem uma pitada de raiva.

— Você o quê?! — pergunta ela.

— Não posso mais fazer isso — digo. — Faltam poucas semanas para a formatura. Estou tentando resolver as coisas com Nikki e... é demais. — Balanço a cabeça, e meu cabelo balança em volta dos meus ombros. Decido deixar de fora a parte do *fui ameaçada pelo nosso diretor*.

Aqui, em algum café caro em Alphabet City, me sinto anônima e até um pouco destemida. Ninguém me conhece, exceto ela. Posso falar livremente. Exceto que minhas palavras, no fundo, são uma escusa. Assim como naquela noite na sauna, escolho me proteger em vez de lutar pela Shaila. A culpa vai me consumir, mas tenho que me lembrar de que isso não se trata só de mim. Trata também de proteger o Jared.

— Então, é isso? Uma pista falsa, e você descarta tudo? — Rachel se recosta na frágil cadeira de madeira. A minúscula mesa de fórmica entre nós balança, fazendo com que nossos lattes balancem para a frente e para trás em canecas do tamanho de tigelas de sorvete.

A MESA DOS JOGADORES

— Nós nem temos outros suspeitos — digo. Mas Rachel não reage. — Você não está todos os dias na Gold Coast. Você não sabe *como é*. — O rosto de Weingarten aparece na minha mente, vermelho e furioso, apontando um dedo nodoso para mim.

Rachel estreita os olhos.

— Ok, só me explica, então.

— Fui eu que te mostrei a carta. Sou eu que tenho que lidar com a represália do Beaumont.

— Basta dizer — sibila Rachel.

— O que você quer dizer? — Meu rosto começa a queimar. Já vi essa versão dela antes. Conheço esse tom de voz. É o mesmo de quando ela era Jogadora, incentivando a gente a beber, a dançar, a performar. Sua raiva borbulha na superfície.

— Diga. — Ela mostra os dentes.

Balanço minha cabeça em negação e aperto a caneca na minha frente.

— Você acha que o Graham é culpado. Você acha que Graham assassinou a Shaila porque essa é a saída mais fácil. Isso faz com que tudo vá embora e você continue com a sua vida, fingindo que nada aconteceu. Esquecendo que você já teve uma amiga que morreu, e, cara, que isso é uma merda. Será algo para você impressionar seus colegas de quarto da faculdade no próximo ano ou sobre o qual falará em festas para parecer interessante. Shaila será apenas um pontinho na sua vida perfeitamente organizada. Graham será apenas alguém que você conheceu e que *se deu mal*. — Ela se inclina para que nossos rostos fiquem a poucos centímetros. Vejo seus minúsculos fios de cabelo entre as sobrancelhas, esperando para serem arrancados. — Mas você sabe que ele não fez isso. Você sabe que ele é inocente. Você só é cagona demais para lidar com a verdade.

JESSICA GOODMAN

— Foda-se, Rachel — sussurro entre lágrimas quentes e pesadas.

— Você não sabe o que eu penso. — As palavras surgem como bile, pegajosas e azedas. Há um motivo para eu estar tão fora de mim. Para eu estar *enlouquecendo* há três longos anos. A iniciação mudou tudo, e não foi "somente" por que alguém matou a Shaila.

Estabilizo a minha respiração e continuo.

— Você está me usando agora do mesmo jeito que todos vocês nos usaram antes. Brincar de Deus e mexer os pauzinhos para que fizéssemos o que queriam, só para vocês assistirem — digo de novo, deixando as sílabas endurecidas pousarem com um baque deliberado.

— FODA-SE.

Rachel se inclina para trás, com os olhos arregalados.

— Não era isso o que acontecia.

— É sempre isso o que acontece — digo.

Isso era o que nos diziam repetidas vezes, como se, de alguma forma, isso fizesse tudo ficar bem. Essas simples palavras *legitimavam* tudo. Mas eles não podiam. Ninguém teve permissão para fazer aquilo conosco. Como não tínhamos para replicar.

A iniciação foi a última vez em que nós oito estivemos juntos.

Nós nos reunimos na casa de Nikki às 6h e mastigamos bagels torrados com cream cheese em silêncio enquanto esperávamos a ligação, o sinal de que nossos meses de *trabalho árduo* acabariam logo. Nossa entrada oficial nos Jogadores chegara. Não havia mais escalações. Não havia mais pops. Não havia mais pacotes dos Jogadores. Tudo o que tínhamos que fazer era aguentar as próximas 24 horas.

A minivan parou na frente da casa, e nós entramos em silêncio através de largas portas duplas. Duas figuras encapuzadas envolveram nossas cabeças com vendas e travaram nossas mãos com abraçadeiras. Meu estômago embrulhou, e pressionei meu ombro no de Shaila.

A MESA DOS JOGADORES

Ficamos na minivan pelo que pareceram horas. O único som vinha do estéreo, que tocava a mesma música de Billy Joel sem parar. Até hoje, ainda não consigo ouvi-la. *Only the good die young*. Grande bobagem!

Finalmente, paramos. O cascalho rangia sob as rodas, e o ar tinha um cheiro pesado e salgado, parecido com o de 4 de Julho. Assim que saímos da minivan, nossos tutores removeram as vendas. Estávamos na casa de Tina, embora parecesse que dirigiram até North Fork e voltaram para passar tempo. Seus pais viajaram no fim de semana, e todos os outros Jogadores estavam parados ao redor da enorme casa reformada. Podíamos ouvir a música techno ricocheteando no quintal. As vozes dos Jogadores soaram até que um de nossos captores gritou para eles calarem a boca.

Será divertido, Adam tinha me dito na semana anterior. *Aproveite*.

Fomos levados para o quintal, com todos os outros, e então os motoristas tiraram as máscaras. Rachel e Tina. Meu estômago se acalmou. Eu ficaria bem. Rachel foi a primeira pessoa a ser legal comigo, a me entregar o exame de biologia. Ela gostava de mim porque Adam gostava de mim. E Tina, com seu rímel grosso e aquele pequeno vão entre os dentes, sempre foi tranquila. Estávamos na casa dela. Ela não deixaria nada de ruim acontecer lá. Pensei no momento que compartilhamos na praia, rindo falando do Sr. Beaumont. Eu ficaria bem, achei.

Mas eu estava enganada.

Um cântico ecoou, tão cheio de euforia que me fez estremecer. Demorou um minuto antes que eu entendesse a palavra.

— Em fila! Em fila! Em fila!

Jake emergiu da multidão e se virou para nós com um sorriso malicioso no rosto.

— Vocês ouviram. Em fila! — Ele estendeu uma pilha de cartas de papelão grosso. Havia oito. — O número mais baixo leva a pior.

Então era assim que tudo aconteceria. Cada um de nós teria um teste final.

Procurei o olhar firme de Adam para me ancorar. Ele estava do outro lado, sussurrando para outra pessoa, mas olhou para cima. Adam me deu um sorriso que se abriu lentamente. Sua covinha apareceu. Ele se certificaria de que ficaríamos bem.

Cada um de nós puxou uma carta contra o peito.

Dei uma espiada na minha, e o medo encheu meu estômago. Três. Olhei para cima, ao redor do círculo. Quentin parecia calmo. Henry também. Nikki levou a mão à boca e começou a roer as unhas. O rosto da Shaila ficou branco.

— Revelem-nas! — gritou Jake.

Viramos nossos cartões para Rachel, e ela gritou nossos números.

— Oito, Quentin; sete, Henry; seis, Robert; cinco, Graham; quatro, Marla; três, Jill; dois, Nikki; Ás, Shaila!

Os Jogadores ao nosso redor explodiram em gritos e uivos, dando tapinhas nas costas uns dos outros. Eu só descobriria mais tarde que de alguma forma as garotas sempre tiravam números baixos. Que grande merda.

— Calouros — gritou Adam. — Vocês têm uma hora para se prepararem para o que virá. Estaremos de volta com as suas atribuições.

— Mas, antes de desaparecer, gritou por cima do ombro. — Vocês podem precisar disso também. Coragem. — Ele piscou maliciosamente e jogou um pouco de vodca no gramado. Todo o grupo desapareceu, e ficamos sozinhos na grama. O sol batia em nós, e aquela canção idiota do Billy Joel tocava nos alto-falantes.

— Que diabos — murmurou Nikki. O que eles vão fazer?

A MESA DOS JOGADORES

— Rachel te contou alguma coisa? — Shaila tomou o primeiro gole da garrafa e se virou para Graham, seus olhos eram como pires. Foi a primeira vez que a vi com medo daquele jeito, com medo do desconhecido.

Graham balançou a cabeça, mas parecia um pouco abalado. Lembro-me do seu número. Cinco. Ele tomou um gole.

— Ela só me deu uma pista — disse ele. — Ela só disse: "Conhecemos seus medos."

Meu estômago afundou, e me lembrei da noite em que me sentei na varanda de Adam com ele e Jake. O que eu disse a eles sobre mim... sobre Shaila. Como eu não conseguia dormir sem uma luz noturna, como Shaila não conseguia andar de roda-gigante porque era muito alto.

Todos nós havíamos traído uns aos outros em algum momento daquele ano? Provável. De jeito nenhum eu fui a única. Não se eles sabiam o que realmente assustava cada um daqui. Mas ninguém disse nada enquanto nos enchíamos de vergonha, passando lentamente a garrafa. Afastei-me do grupo e avistei Ocean Cliff a distância. Shaila também.

Ficamos quietos, meditando sobre nossos destinos, até que o resto dos Jogadores voltou para ler o que tínhamos que fazer.

Ficou claro então que Adam, Jake e o resto dos meninos estavam comandando o show. As garotas ficaram atrás, fazendo selfies e animando o evento. Elas nunca estiveram no comando. Nós nunca estamos. Agora sei disso.

— Cada um de vocês receberá uma tarefa personalizada — disse Jake. — Números mais baixos, cuidado. Vocês ficarão com um veterano que supervisionará seu desafio, para garantir que o concluam corretamente. — A multidão atrás dele gritou em apoio. — Prontos?

Quentin era o primeiro: ele teria que assistir a dois filmes de terror consecutivos, já que tinha pavor de zumbis. Tina ficaria com ele.

— Fraco! — gritou alguém.

— Vá à merda, babaca! — rebateu Jake. — A seguir, Jill.

Dei um passo à frente de nossa formação e mantive minha cabeça erguida.

— Medo do escuro, né?! — disse Jake.

— Sim — sussurrei.

— Há um espaço rebaixado no porão — disse ele, apontando para a casa principal atrás de mim. — Você vai ficar lá por quatro horas. Sozinha. — Suspirei profundamente. Eu poderia fazer isso. Eu conseguiria. — Vou verificar você periodicamente.

Meu cérebro estremeceu enquanto ele lia o resto das tarefas, mas foi só quando anunciou o nome de Shaila que voltei a prestar atenção.

— Ocean Cliff — disse Jake.

O grupo atrás dele engasgou. Até mesmo Adam pareceu um pouco surpreso.

— E o que isso tem a ver? — perguntou Shaila, tentando manter a calma. Ela passou seu peso para a frente e para trás de um pé para o outro.

— Pule — disse Jake. Ele sorriu docemente. — E nade de volta para a costa.

Rachel balançou a cabeça, e Tina cobriu a boca.

— São mais de 300km acima do nível do mar — disse Shaila. A sua voz tremia.

— Então? — rebateu Jake. — Outras pessoas já fizeram isso. — Ninguém questionou se era verdade ou não.

— Tudo bem. — Os olhos de Shaila se endureceram.

Adam deu um passo à frente, como se fosse apaziguá-la.

— Eu vou também — disse ele, sua voz mais gentil agora. — Vou monitorar o seu.

O rosto de Shaila se suavizou, e senti meus ombros relaxarem um pouco. Agarrei sua mão e ela apertou a minha de volta. Ela se virou para mim, e seus olhos estavam arregalados e assustados.

— Não demonstre que você está assustada — sussurrou ela. Balancei a cabeça, e então ela se virou e trotou atrás de Adam, em direção ao Ocean Cliff, que se projetava sobre a costa. Essa foi a última vez que a vi viva.

De repente, Jake apareceu ao meu lado.

— Vamos, Newman. — Sua voz era profunda, sem emoção.

Ele me levou até a casa de Tina, que era clara e arejada, decorada em tons de branco, cinza e azul.

— Aqui — disse ele, apontando para um conjunto de escadas atrás de uma porta na cozinha. Eu o segui até um porão inacabado que cheirava a almíscar e a mofo. Franzi meu nariz e tentei ignorar o medo agitando meu estômago. Jake caminhou até o canto de trás e abriu uma pequena porta, na altura dos seus ombros. — É melhor você ficar de joelhos — disse ele. Um sorriso se espalhou pelo seu rosto. Fiz o que ele disse e prendi a respiração enquanto rastejava para o espaço escuro, tateando o chão de cimento frio. O cômodo inteiro era quase do tamanho de uma cama média. Jake se ajoelhou e me jogou um cobertor e uma garrafa de vidro sem marca. — Provisões.

— Obrigada — sussurrei.

— Volto logo — disse ele. Ele fechou a porta, e ouvi a fechadura deslizar para o lugar com um *clique*.

Inspirei profundamente, sentindo o cheiro de gesso e cola. Então estendi o cobertor o melhor que pude e deitei, tentando fingir para mim mesma que estava na minha cama, em casa, olhando as estrelas de plástico no teto do meu quarto. No início, estava tudo bem, só um pouco desconfortável; mal dava para eu me sentar, o espaço era muito pequeno. Então comecei a ouvir coisas, ou pelo menos pensei que ouvia. Ratos rastejando pelas paredes. Batidas do andar de cima. Era muito, muito assustador, muito surreal. Então se tornou uma tortura, como se as paredes estivessem desabando ao meu redor. Meu coração disparou, e meus dedos tremiam. Eu me arrastei até a porta, para ver se conseguia abri-la. Empurrei meu ombro contra a entrada, mas ela permaneceu parada, como se algo tivesse sido empurrado contra ela. Aí comecei a entrar em pânico. Meu peito apertou, e havia apenas uma opção, apenas uma maneira de passar por isso.

Sentei-me no cobertor e levei a garrafa aos lábios. Tomei um gole generoso. O líquido cheirava a gasolina, e era mais forte do que vodca. Mas eu estava grata por ele estar ali... qualquer coisa que me distraísse. Tomei um grande gole e depois outro, deixando o líquido repulsivo dar lugar a uma sensação de entorpecimento e formigamento. Não era apenas forte, tinha um gosto rançoso, químico.

Então, eu apaguei.

Voltei horas depois. Juro que ouvi um grito, um grito violento e horripilante. Foi minha própria voz estrangulada? Estava muito longe? Não importava, porque eu estava segura, achava. Fui movida para algum lugar com uma janela, embora nenhum sol aparecesse. Eu estava em uma cama, eu sabia, porque havia lençóis macios sob minhas pernas nuas. Acima do solo, percebi. Tinha que ser, porque uma chama lambeu a janela. Uma fogueira, julguei, furiosa do lado de fora, no quintal. Muito perto. Então, o grupo estava lá. Consegui ouvi-los. Acabou? Passei? Acho que sim. Mas então por que eu não estava com os outros? Por que eu estava sozinha?

Até que percebi que eu não estava.

— Você cheira a s'more — sussurrou ele as palavras, um pouco ofensivo. Adam deve ter me encontrado. Senti uma pontada de alívio. Em seguida, sua língua deslizou no meu ouvido. O calor abafado e úmido foi chocante, e me retesou, fez com que eu tentasse me sentar. Mas nada.

— Shhh... Está tudo bem. Seu rosto entrou em foco, e, em um instante, percebi que não era Adam. Era Jake. Pairando sobre mim. Prendendo meus braços sobre a minha cabeça. Contra mim. Esperando. Paciente, mas não de fato.

— O quê...

— Você conseguiu — disse ele, duas vezes. — Você passou no teste. Sua língua entrou no meu ouvido de novo, e balancei a cabeça, como se tentasse espantar uma mosca. A sala girou ao meu redor.

Tentei me afastar, mas Jake era enorme, como um tijolo gigante.

— Eu não estou bem — falei, minha cabeça girando.

— Vamos — disse ele, sua boca movendo-se sobre meu pescoço. Vamos comemorar!

Meus membros estavam muito pesados. Eu só queria que tudo acabasse.

— Não — falei, suavemente. — Não. — Jake riu e abaixou as suas mãos, levantando o meu moletom. Seu toque estava congelando, e estremeci.

— Tá vendo? É bom — disse ele. — Você não vai me agradecer por ajudá-la a superar isso? — Tentei me desvencilhar dele, mas Jake puxou meus punhos pelos lados. Eu estava móvel, incapaz de pensar. Eu queria muito sair, me juntar ao grupo, ir para casa, encontrar Shaila. Ela pulou? Ela também tinha passado? Foi mais fácil sucumbir? Meu cérebro deixaria meu corpo? De repente, a porta se abriu com um rangido.

— Cara. — Era Adam. Reconheci a sua voz. — O que você está fazendo?

— Você sabe o que estou fazendo. — Jake virou a cabeça, e, em seu perfil, vi um sorriso largo e assustador. Eu queria correr, usar esse momento livre para rastejar até o chão, para fugir completamente.

— Ela está destruída.

— Qual foi, você é policial agora?

— Vamos tomar alguma coisa. Não vale a pena. — Adam chutou a porta e a abriu mais, para que mais luz entrasse. Jake revirou os olhos, indiferente.

— Tanto faz. — Finalmente, ele se levantou e se retirou do cômodo.

— Você não é engraçado, mano — gritou ele ao sair.

— Adam — tentei dizer, mas minha voz parecia um mingau. Estendi a mão para ele, mas meus braços permaneceram na cama, pesados demais para se levantarem.

— Você está bem? — perguntou ele. Suas palavras estavam arrastadas e um pouco tristes.

— Mmmmm... — sibilei.

— Você tem que descansar disso.

— Mmmmm... — repeti. O alívio foi estarrecedor. Eu queria chorar, me enterrar naqueles lençóis.

— Eu vou trancar a porta, ok? Ninguém vai entrar. A chave está bem aqui na cômoda.

Concordei.

— Diga que está tudo bem, Jill.

— Está tudo bem, sim.

Ele fechou a porta silenciosamente, e rolei, forçando-me a olhar pela janela para a escuridão. *Olhe para cima*, disse a mim mesma. *Ache a Lua. Basta encontrar um totem*. Mas tudo o que vi foi um punhado de luzes cin-

A MESA DOS JOGADORES

tilantes, amontoadas em pilhas como peças de um quebra-cabeça que eu nunca seria capaz de juntar. Era tudo muito bonito, muito caótico. Então caí em um sono tão profundo que doeu. Horas depois, acordei com o som de sirenes e os soluços de Nikki. Com a morte de Shaila.

Só no dia seguinte eu soube que Nikki mal cumprira seu pop. Nikki tinha medo de se perder, então foi vendada e a deixaram a 8km na floresta, forçada a encontrar o caminho de volta para a casa de Tina sozinha, sem celular. Marla quase foi pega enquanto completava o dela, invadindo a casa de verão do treinador de hóquei na grama para roubar o troféu das finais do condado. Seu maior medo era sair do time, perder tudo. Rachel a ajudou a fugir no último minuto.

As tarefas dos meninos eram mais fáceis, menos perigosas, como se os veteranos tivessem menos munição para usar, para torturá-los. Henry teve que publicar uma história falsa na *Gold Coast Gazette*, o que lhe acarretou uma punição e a dispensa do estágio. Robert foi forçado a roubar o Lamborghini do pai e levar cada veterano para um passeio na via expressa. Ele o deixou em casa de volta poucos minutos antes de o pai voltar, por volta da meia-noite. Graham tinha pavor de tarântulas e emergiu até encontrar Shaila, molhada e exausta, após sobreviver a Ocean Cliff. Ele a persuadiu a dar um passeio, quando tudo degringolou e ele a matou. Pelo menos, foi o que nos disseram.

Mas não falamos sobre nada no dia seguinte. Nunca disse nada a eles sobre Jake ou sobre como Adam me salvou. Como eu poderia? Shaila estava morta. Havia coisas maiores com que nos preocuparmos.

Mesmo assim, as palavras de Jake ficaram gravadas em meu cérebro. *Você não vai me agradecer?*

Como se eu devesse a ele um pedaço de mim. Como se ele tivesse direito a um prêmio por me trancar em um armário com uma garrafa de uma bebida nojenta.

A memória faz minhas entranhas desmoronarem e minha cabeça latejar. E se Adam não tivesse me encontrado? Tentei desesperadamente não ficar obcecada com as possibilidades, com o medo e com a realidade embaçada do que havia acontecido de fato.

No dia após a iniciação, em que devíamos estar de luto, havia um pensamento que eu não conseguia tirar da minha cabeça: *Por que os meninos têm poder? Por que eles fazem as regras enquanto lidamos com as consequências?*

A seleção dos pops passou pela minha cabeça. Adam e Jake anunciando instruções. Tina e Rachel de pé nas laterais, torcendo e gritando. Elas pareciam estar no controle, mas nunca estiveram. Momentos piscaram na minha mente, enquanto me lembrava de todas as vezes em que os meninos tiveram vantagem. Humilhando Nikki durante o Show. Agindo como se estivéssemos sendo dramáticas quando Shaila bebeu quase até a morte. Aconteceu tudo de novo este ano. Robert se concentrando em Sierra. Meu próprio irmão rindo dela durante o Road Rally. Os meninos sempre falavam em código quando estávamos presentes, uma linguagem secreta que não era para nós. Sempre éramos mantidas no escuro.

Isso se espalhou como um vírus para Derek Garry e Robert. Em seguida, para meninos como Topher Gardner e, agora, meu irmão.

Será que ficamos paradas e deixamos essa transformação se estabelecer?

A morte da Shaila deveria ter marcado o fim. Eu me pergunto se todas as turmas pensaram que a sua iniciação seria a última. *Vamos mantê-los seguros. Faremos tudo ficar bem. Vamos parar com isso.* Mas não o fizemos. Éramos cúmplices dos jogos doentios e tortuosos que jogávamos uns com os outros. *Prove-se*, provocávamos. *Prove que você é um Jogador.*

A MESA DOS JOGADORES

E a pior parte é que era bom, muito bom ver outra pessoa suportando o que passamos. No ano seguinte, quando estávamos no segundo ano, Nikki, Marla e eu fizemos todo o trabalho sujo do preparo para a iniciação, dirigimos para a casa de Derek Garry no Hamptons na noite anterior, cheias de adrenalina. Fizemos tonéis do ponche especial dos Jogadores, rosa neon; alimentamos a fogueira e gritamos de entusiasmo quando os calouros apareceram com os olhos vendados, tremendo e assustados. Robert, Henry e Quentin tinham um trabalho: conseguir gelo.

E quando o Toastmaster, Fieldston Carter, gritou os estalidos finais, recuei enquanto eles gritavam as atribuições: passe o dia inteiro nua ao sol. Fique de quatro e deixe os veteranos levá-los pela coleira o resto da noite.

Eu sorria enquanto bebíamos cerveja até esquecermos nossa realidade, que essa foi a noite que matara Shaila apenas um ano antes. Só agora percebo que eu achava que logo tudo acabaria. Eu achava que estava pronta para uma competição.

Fizemos isso de novo no ano passado, convencidos de que tudo bem porque ainda não éramos exatamente os veteranos. É por isso que continuei dizendo a mim mesma: *Este ano será diferente.* Tentei empurrar a culpa para longe, para evitar que ela me comesse viva. Mas agora sei que isso também é mentira. A iniciação continuará, conforme o planejado. Jared completará sua transformação horrível. A menos que algo aconteça. Alguma coisa grande.

Rachel limpa a garganta, e estou de volta ao café sujo no centro da cidade.

— Estávamos errados — diz ela. Seus olhos avermelhados estão úmidos, ameaçando transbordar. Sua boca se contrai. — Concordamos com tudo. Nós nos deixamos levar.

— Por que fizemos isso? — digo.

— É fácil se convencer de algo se você simplesmente assumi-lo como verdade.

Ficamos sentadas em silêncio enquanto nossos cafés esfriam. Finalmente, ela fala:

— Você realmente está fora?

Penso em Weingarten, na Brown, no que posso fazer para proteger Jared. Ainda há tempo para ele.

— Preciso saber o que aconteceu com Shaila — digo, com firmeza.

Rachel balança a cabeça e se inclina, nossas testas quase se tocam.

— Quero que você saiba de uma coisa. Os Jogadores... toda essa merda. Não sou mais assim. — Ela me olha bem nos olhos. — Nem você.

Ela tem razão. Aquela Jill nunca teria respondido à mensagem dela no outono. Ela nunca teria concordado em se encontrar com Graham ou ir falar com Kara. Ela teria aplaudido o Show com todos os outros, quando Jared riu de Sierra durante o Road Rally. Ela nunca teria se visto ameaçada no escritório do diretor. Aquela Jill teria se formado com uma média de 96 e um buraco no coração.

Esta não vai.

Vinte e Dois

PRECISO DE VOCÊ.

Essas três palavras são melhores do que qualquer *Sinto sua falta* ou até mesmo *Eu amo você*. Elas enviam uma sensação estrondosa pelo meu corpo, começando nos dedos dos pés e terminando nas pontas duplas dos cabelos. E hoje, no primeiro sábado de maio, elas vêm do Adam, como mensagem de texto.

Big Keith odiou meu último roteiro. Ele disse que estou ficando displicente.

O sol entra pela minha janela, batendo na minha cama, e aperto os olhos para reler as suas palavras. Eu nem sabia que ele estava em casa. Ele deve ter acabado o semestre.

Quer que eu vá aí?, digito.

Sim.

Meu coração está pesado, cheio de uma necessidade desesperada de fazer Adam se sentir melhor. É a melhor distração no momento. Rachel e eu temos revisto arquivo após arquivo do caso da Shaila nos últimos dias, e estou exausta. Mas, considerando minha dívida com ele, nem me imagino dizendo não.

Tomo um banho rápido, coloco um vestido de verão coral e minha jaqueta jeans, e dirijo pelo caminho que sei de cor. Abro as janelas e aumento o volume do primeiro álbum solo de Stevie Nicks. Uma brisa quente flutua pelo carro. Esta era a minha estação favorita em Gold Coast. Aquelas poucas semanas logo após tudo degelar para sempre, mas antes que o calor se torne opressor. Parecia a única época do ano em que tudo borbulhava de possibilidades. Agora o tempo só me lembra de ter perdido Shaila. Dentro de alguns minutos, chego à familiar entrada de automóveis em forma de C dos Millers, e jogo o carro no estacionamento. Quando começo a desafivelar o cinto de segurança, meu celular apita.

Olha o seu e-mail. É a Rachel.

????, escrevo de volta.

Kara encontrou todas as cartas da Shaila. Sua mãe as deixou em alguma caixa no escritório. Kara as avaliou e fez um milhão de fotos. Ela já nos enviou.

Cacete! Ela conseguiu... Meu coração dispara. O que Shaila disse? *Alguma coisa relevante? Alguma pista?*

Procurando, mas não posso dizer ainda. Talvez alguma coisa chame a sua atenção, diz Rachel.

Clico na minha caixa de e-mails e vejo um da Rachel. Tem um anexo gigantesco. O tempo de espera para fazer o download é de minutos, mas pode levar uma eternidade. Bufo e saio do carro.

Ainda estou olhando para o celular, desejando que as letras apareçam, quando Cindy Miller atende a porta.

— Ah, Jill — diz ela com um sorriso radiante. — Você deve ter vindo por causa do Adam. Reunião difícil com Big Keith ontem à noite. — Seu nariz se enruga, como se ela tivesse cheirado algo peculiar. — Tenho certeza de que você vai animá-lo. Você sempre consegue.

— Obrigada, Sra. Miller. — Não consigo evitar, coro.

Ela se afasta, e corro escada acima, empurrando meu celular no bolso. As cartas estarão comigo mais tarde.

A MESA DOS JOGADORES

Empurro a porta suavemente. O quarto de Adam está exatamente da forma como me lembro, decorado com pequenos veleiros azuis. Dois tacos de lacrosse pendurados em um X sobre sua cama king-size. Fileiras de livros preferidos alinham-se em duas estantes flutuantes. Adam está deitado na cama, com as pernas jogadas para o lado.

— Você veio — diz ele.

— Claro. Fecho a porta e sento-me na sua cadeira, do tipo giratória, preta, que sobe e desce com o puxão de uma alavanca. — Como você está?

Adam geme.

— Um lixo. Me sentindo um perdedor sem talento.

— Você sabe que não é por aí.

— Vem cá — diz ele. — Você está muito longe. — Meu coração dispara, e obedeço. Estar com ele sempre significou seguir suas instruções. *Preciso de você. Vem cá.* Eu me deito ao lado dele, até que os nossos corpos se toquem. Cada centímetro da minha pele formiga.

— Você está sempre aqui pra mim, Jill — diz ele. — Mesmo quando eu não te mereço.

— Você sempre me merece — digo baixinho. Sua pele está tão perto que sinto seu calor, os pelos minúsculos de seu braço roçando nos meus. Eu me pergunto se ele tem a mesma percepção de mim. Se ele pode sentir o zumbido nervoso nas minhas veias. Rugindo indefinidamente. *Você me salvou. Você me salvou.*

Adam se senta.

— Jill — diz ele novamente. — Prometa que vai me amar para sempre.

As palavras me chocam. *Como ele sabia?* Mas antes que eu possa dizer qualquer coisa, Adam se inclina, e o espaço entre nós desaparece. Respiro bruscamente enquanto sua boca se pressiona contra a minha. Seus lábios são suaves, e ele tem um gosto doce de menta, como um bolinho de hortelã. Cada fenda de mim está pegando fogo. Ele desliza sua língua molhada contra a minha, e luto contra o desejo de mordiscá-la. Ele coloca uma das mãos no meu pescoço e descansa a outra no meu joelho. Meu corpo queria isso há muito tempo, se moldar ao do Adam, ceder. Deixar todo o resto ir.

Eu o sinto ereto, pressionando contra seus jeans. Algo com que sempre sonhei, desde a primeira noite em que ele foi à minha casa. Envolvo meus braços em volta do seu pescoço e corro um dedo ao longo dos cabelos espinhosos. Isso tudo é real, sinto vontade de chorar.

Mas meu cérebro fica atento. A sala se inclina, como se tudo estivesse escorregando de uma mesa. Adam de repente fica insípido contra a minha boca. Tudo parece... errado. Como se ele fosse fazer isso com qualquer pessoa. *Eu* poderia ser qualquer outra. Só que eu estou *aqui*.

Eu me afasto. — Espera — sussurro. — Não podemos.

Adam solta uma risada suave contra o meu pescoço. — É claro que podemos. Depois de todo esse tempo, finalmente podemos.

Mas tudo está diferente agora! Eu estou diferente agora.

— Não parece certo — digo.

Ele se inclina para trás e se joga contra a colcha, quicando.

— Eu não quero que seja assim. Se você quiser isso — digo, apontando o ar entre nós. — Eu quero que seja real. Do jeito certo. Não porque você está chateado ou triste. Eu quero que seja mais do que isso.

— Você não quer viver o momento? — Ele não olha para mim agora. Seus olhos estão nos pequenos barcos, suas velas brancas balançando ao vento.

Respiro fundo. Se eu disser o que realmente quero, nunca poderei voltar atrás. Escolho essa opção.

— Quero que a gente fique junto ano que vem, quando estivermos na Brown. Eu não quero acabar com isso.

A MESA DOS JOGADORES

Adam se vira para mim e passa o dedo indicador pela minha bochecha.

— Você não vai — diz ele suavemente.

— Adam? — A voz de Cindy Miller ressoa pela casa. Pode vir aqui por um segundo? Meu notebook está travando.

Adam revira os olhos, mas me abre um sorriso tão largo que vejo a sua covinha.

— Já volto. — A cama geme quando ele se levanta, e pisco para conter as lágrimas. Demorou um minuto para estragar tudo. Meu celular vibra na minha coxa.

Você leu????, escreve Rachel. *Não vi nada útil ainda. Mas ela fala do Adam.*

Meu coração bate mais rápido, e minhas palmas ficam suadas.

Clico de volta no meu e-mail e vejo que o download do anexo finalmente foi feito. Clico em abrir e sou saudada por dezenas de páginas com a caligrafia peculiar da Shaila. Examino as palavras, na esperança de encontrar algo, qualquer coisa, que seja uma pista. Pego fragmentos de frases, da prosa efusiva e amorosa da Shaila, seus momentos de empolgação. Mas uma carta datada de meados de março me impede. Uma palavra se destaca. Um nome. Está em negrito, como se Shaila tivesse traçado as letras duas, talvez três, vezes, sem nem perceber. Quando vejo isso, meu coração se parte. Volto para o topo da página e começo a ler.

KARAAAA!

Não consigo nem dizer como estou animada com o verão. Só quero voltar para o Hamps com você e o Graham. Estou loooucaaa de saudaaadeees dos dias que passamos penduradas na casa do Graham, nossos pés balançando na piscina enquanto enfiávamos nossos rostos em sorvete.

Adam disse que também vai sair por algumas semanas. Então será como no ano passado — todos nós juntos novamente. Prometo que ele e eu não vamos abandonar vocês de novo. Você sabe que só estávamos escrevendo as falas daquela peça que ele está fazendo. Ele diz que sou a única em quem ele confia aqui na Gold Coast para fazer jus ao seu texto.

Falando nisso, estou estrelando Rent, mulher!!!! Lembra quando vimos e peça no ensino fundamental e cantamos aquela música por meses? Agora vou fazer isso em um palco real, na frente de pessoas reais.

Adam tem me ajudado a decorar as falas depois da escola, e não consigo nem definir como isso é incrível. Sério, não tem mais ninguém aqui que entenda tanto de tudo isso. Graças a Deus eu o tenho. Preciso ir. O ensaio recomeçará em alguns minutos. Falamos logo, meu amor.

Bjs, SHAY

Minha cabeça gira, e mal consigo respirar. Shaila e Adam saíram no verão antes do primeiro ano? Muito, ao que parece. O suficiente para que Kara reclamasse de ter sido abandonada. Eu sabia que eles tinham ficado amigos durante *Rent*, mas por que eles não mencionaram isso? Shaila dava a entender para mim que o vira uma ou duas vezes com Rachel. Nunca sozinho. Não que eles tinham... alguma coisa.

— Sinto muito. Mamãe é uma idiota total quando se trata de tecnologia. — Adam dá um passo para trás no quarto, com cautela, e fecha a porta atrás dele. — Tudo bem?

Coloco meu celular no bolso e me sento em minhas mãos. Elas precisam parar de tremer.

— Claro — digo, e tento manter meu rosto neutro.

— Certeza?

Concordo com a cabeça. Preciso de um momento para mim. Só mais uns minutos.

A MESA DOS JOGADORES

— Um pouco quente. Me dá água?

Adam dá aquele sorriso doce e torto e sai do quarto.

Solto uma lufada de ar e me recosto em seus travesseiros. Imagens de Shaila e Adam dançam na minha cabeça. Por que eles esconderam isso de mim?

Eu me enrolo de lado, e meu joelho bate contra a mesa de cabeceira do Adam, fazendo com que ela se abra. Estendo a mão para empurrá-la de volta para o lugar, mas ela não se move. Está presa, como se algo a tivesse travado. Alcanço a gaveta e enfio a mão nela, tentando ver o que está lá. Meus dedos roçam em algo macio e aveludado. Mas, quando envolvo minha mão em torno dele e tento soltá-lo, ele permanece firme. Estranho. Sento-me para olhar mais de perto e, quando o faço, todo o ar foge dos meus pulmões. Na mesa de cabeceira do Adam, está uma fina caixinha de joias. Minha cabeça gira enquanto me convenço de que não é o que estou pensando; simplesmente não é possível.

Com os dedos trêmulos, pego a caixa e a libero. É leve e cabe na palma da minha mão. Preciso verificar, saber que não estou enlouquecendo. Cuidadosamente, eu a abro. Um flash de luz brilhante. O sol da tarde reflete em tudo o que está dentro dela, e a luz se espalha pelo quarto, cegando-me por um segundo.

Pisco e olho novamente. Sinto frio na barriga. Dois pinos de diamante cintilantes estão aninhados na caixa. Grandes, redondos e cintilantes, com minúsculas pontas de platina segurando as pedras no lugar. Eles são como os da Kara.

Suas palavras ressoam nos meus ouvidos.

Ela disse que não poderia usá-los, que as pessoas fariam muitas perguntas. A Shay devolveu, e ele enlouqueceu.

Meu coração bate tão forte, que temo que Adam o ouça do corredor.

Eles são da Shaila.

— Uma cerveja serve? — pergunta Adam do outro cômodo. — Refrigerante só lá embaixo.

Fecho a caixa e a recoloco com cuidado dentro da gaveta do Adam. Salto para o lado oposto da cama. A adrenalina corre por mim, e preciso escapar. Esquecer tudo o que acabei de encontrar. Tento encontrar as palavras, mas minha garganta arranha.

— Aham! — É tudo o que consigo dizer, e sai como o uivo de um gato.

— Você tem certeza de que está bem? — pergunta ele, aparecendo no batente da porta. Ele deixa a cabeça pender para o lado. Foi-se o menino bagunçado e chateado que se sentou ao meu lado antes. O verdadeiro Adam, meu Adam, aparece em seu lugar. Mas eu não sei de mais nada.

— Não estou me sentindo bem — digo. É melhor eu ir.

— Ah, qual é?! — diz ele. — Fica comigo. Vamos resolver tudo.

Balanço a cabeça e me levanto. Uma raiva cresce dentro de mim, pulsando através do meu sangue, alcançando a ponta dos meus dedos. Eu quero sair. Eu preciso ir.

Passo por ele e vou para as escadas.

— Jill, espera! — chama ele, atrás de mim. Mas já estou fora da casa, correndo para o carro. Minhas mãos tremem quando coloco as chaves na ignição e engato a marcha à ré, saindo da garagem.

Só quando estou na metade do caminho para o meu destino é que percebo para onde estou indo. A estrada está aberta, e disparei por ela. Uma placa verde surge no alto da Long Island Expressway.

NOVA YORK
50KM

Vinte e Três

FICO PARADA NA frente da porta da Rachel, encharcada de suor. A cidade é tão úmida, que o ar cede. Aqui sempre marca 10°C a mais do que em Gold Coast? Meu cabelo úmido gruda na nuca, e meu vestido de verão é mais escuro do que deveria.

— Anda, Rachel — murmuro. Já devo estar aqui há cinco minutos, zunindo pelo apartamento dela. Ela não atende ao interfone, e começo a entrar em pânico.

Espio pela janela de vidro embaçada, no batente da porta, quando, de repente, alguém cutuca minhas costas.

— Jill?

Eu me viro e vejo Rachel de pé, com os braços cruzados sobre o peito, o cabelo trançado e puxado para o lado. Ela está usando sandálias plataforma e um vestido de cambraia, como se tivesse acabado de ir ao mercado dos fazendeiros, ou a um brunch com a Frida. — Você está aqui!

— Ah, é claro — diz ela. — Eu moro aqui. Por que você está aqui?

— Eu vi uma coisa — digo. Minha voz gorjeia em um tom desconhecido. — Na casa do Adam.

Os olhos da Rachel se arregalam, e ela passa a sua bolsa de lona de um ombro para o outro.

— Vamos subir.

Está ainda mais abafado na escada, e começo a ofegar. Subimos dois degraus por vez, e estou quase sem fôlego quando chegamos ao seu apartamento. Rachel abre a porta e faz um gesto para que eu me sente no sofá, então desliza para o meu lado.

— O que houve?

Balanço a cabeça. Nem sei por onde começar.

— Os brincos — digo. — Aqueles dos quais a Kara falou. Os diamantes da Shaila. Eu os vi na gaveta do Adam hoje. Ele está com eles.

O rosto da Rachel fica branco.

Observo seus olhos enquanto ela junta as peças. Eles se apertam e procuram alguma coisa, e, finalmente, ela os fecha com força.

— Caralho.

— Ela não estava com o Beaumont... — digo. Meu rosto se contorce enquanto luto com as próximas palavras: — Era o Adam.

— Mas o Graham — diz ela.

— É, eu sei — sussurro.

— E... eu.

— É, eu sei — digo novamente.

— Sempre suspeitei que ele me traía quando namorávamos — diz ela. Sua respiração está pesada, rápida. — Sinceramente? Eu achava que era você. — Ela ri. — Ele sempre te adorou.

Meu rosto esquenta, e o meu estômago embrulha.

— Procurei ele no verão passado, você sabe. Por causa disso tudo. — Ela movimenta as mãos. — Eu achava que, depois de todos esses anos, ele podia ter um fraquinho por mim e querer me ajudar a fazer justiça para o Graham. — Rachel solta uma risada triste e suave. — Ele nem mesmo respondeu à minha mensagem.

Lembro-me do que Adam disse quando me contou que Rachel o contatara também. *Ela é maluca.*

— Mesmo já desconfiando que ele me traía, ficar com ele tornou meu último ano mais fácil. Do que se eu estivesse sozinha. Tentando descobrir o que quer que fosse que *isso* era.

Ela aponta a uma foto emoldurada na mesa de centro. Nela, seus braços estão ao redor de uma garota latina com longos cabelos escuros e um grande sorriso vermelho. Deve ser Frida. Os olhos de Rachel estão brilhantes, e, juntas, elas parecem muito vivas, muito felizes.

— Era muito melhor ser o casal bonitão — diz Rachel. — O casal que todos queriam ser. Ele tornou tudo mais fácil também. Nós nos divertíamos juntos. Nós nos amávamos. De um jeito infantil e estranho, mas ainda assim... de algum jeito. Pelo menos, eu achava. — Rachel se recosta no sofá e solta um assobio baixo. — E você sabe o que isso significa, certo?

Acho que sim.

— Ele poderia ter matado... — Levanto a mão para cortá-la. Não consigo ouvir essas palavras agora.

Eu gostaria de poder perguntar à Shaila por que ela fez isso e se ela sabia o quanto doeria. Quero que ela saiba o poder que tem de me destruir, mesmo do túmulo. Eu a quero de volta para que possamos superar isso, nos abraçar e dizer *foda-se ele!* Quero ouvir sua risada profunda e escancarada, e ver seu pedido de desculpas escrito em sua escrita redonda. *Me desculpa, J.* Eu quero gritar.

Sinto vergonha pelo que pensei que sabia sobre as pessoas que amo. *Amei.* Como faço para me recuperar? Como faço para superar isso?

Não consigo.

Pelo menos, não por enquanto.

Porque parece que o meu coração foi pisoteado e que tudo o que eu achava que era verdade está derramado no chão. Rachel começa a falar tão rápido que mal consigo acompanhar. Ela cria um plano, um roteiro para sair dessa bagunça. Uma forma de descobrir a verdade. Em breve, haverá papéis, canetas, detalhes e instruções. Ela faz algumas ligações e abre uma garrafa de cerveja gelada. Sua alegria vibra pelo minúsculo apartamento. Juro que posso vê-la na tinta desbotada espalhada nas paredes, soprando pequenas bolsas de ar até que elas estourem.

Durante tudo isso, agarro uma almofada e fico quieta, alternando entre ouvir e sair da realidade.

Até que Rachel finalmente para de falar. A sala fica silenciosa pela primeira vez em horas, e me pergunto quão tarde será e como será minha vida dentro de uma semana.

Eu me levanto do sofá e me arrasto até a janela. A vista dá para o East River, e, do outro lado do caminho, pequenos flashes de luz brilham de volta para nós, do Brooklyn. Sei que não há esperança de ver estrelas daqui, não com todos os postes de rua e os outdoors de neon e luzes piscando a bordo das balsas. Mas, como sempre faço, olho para cima. Colocando minha cabeça para fora da janela de Rachel e virando-me para o céu, tento ver apenas uma estrela.

A noite se estende indefinidamente, e o ar está leve e quente.

Espero um segundo e depois outro, apenas esperando ver o que quer que seja.

Finalmente, uma nuvem navega ao longo de uma trilha imaginária para revelar uma faixa de galáxia visível apenas por um segundo. Meu coração desacelera até uma batida firme e determinada.

A MESA DOS JOGADORES

Quando finalmente chego em casa, Jared é o único que está acordado, sentado na bancada da cozinha, comendo o resto da berinjela à parmegiana da mamãe direto no prato de vidro.

— Onde *você* estava? — pergunta ele, em tom de bronca.

— Talvez eu que devesse te perguntar isso. — Puxo um banquinho ao lado dele e pego um garfo. Estou tão exausta e sugada que a peça de prata parece pesada como chumbo.

— Nem vem. É meu — diz ele, me empurrando com o ombro.

— De jeito nenhum! Estou morrendo de fome! — Jared cede e abre espaço para mim, em seu campo minado picante e cafona.

— Festa hoje à noite? — pergunto.

Ele meneia a cabeça. — Só uma saída. — Bufo. É claro.

— Na casa do Topher?

— Não. Do Robert. Aquela casa é uma loucura.

Não vou lá desde o ano passado, mas lembro. Todos os cantos cromados e bordas de vidro e móveis desconfortáveis não feitos para sentar de verdade.

— Mas não está a mesma coisa — diz Jared. — Robert saiu com o Lamborghini do pai. Muito exibicionista.

— Idiota — murmuro.

— É sério. Comentaram no grupo que ele foi pego acelerando em direção ao pedágio de Mussel Bay. Foi enquadrado por dirigir alcoolizado, acho. Ele está no condado agora.

— Você está falando sério? — Não é um choque que isso tenha acontecido. Só que Jared diz isso com indiferença, como se não fosse grande coisa, apenas uma chatice com a qual todos têm que lidar.

Jared faz que sim.

— Acho que saberemos os detalhes na segunda-feira.

JESSICA GOODMAN

Balanço a cabeça com a estupidez de tudo isso, de Robert e dos Jogadores.

— Eu soube que você foi à casa dos Millers hoje — diz Jared. — Bryce me contou. Ele ouviu sua voz lá.

Meneio a cabeça e forço uma garfada de comida na boca. Jared olha para mim com os olhos injetados de sangue e meio caídos.

— Vocês estão juntos? — pergunta ele.

Sufoco um nó na garganta e olho de volta para as camadas de berinjela. O queijo por cima esfriou, virando um pedaço achatado de borracha.

— Não.

— Que bom — diz Jared. — Henry não te superou, você sabe, né?!

Meu coração se suaviza e penso no Henry triste, tão doce. Ele nunca foi a pessoa certa para mim, mas pensar na expressão em seu rosto quando terminei com ele ainda parte meu coração.

— Além disso, Bryce disse que o Adam está em uma situação meio complicada. — Ele faz uma pausa, mas eu não comento.

— Estranho, hein?!

— É — digo.

— Acho que ele vai ficar por aí. Pelo menos, até depois das nossas provas finais. Provavelmente esse mês. E aí vai fazer um estágio em Los Angeles. — Jared enfia outra garfada de comida na boca. — Foi o que o Bryce me disse.

Provas finais. São todas na próxima semana. E, antes disso, Nikki havia programado a iniciação. O último teste dos aspirantes a Jogadores.

Guardo o que sei pelo resto da semana, engarrafando, trancando todas as informações. Recuso o convite de Nikki para voltar à mesa dos

A MESA DOS JOGADORES

Jogadores para as últimas refeições, usando o constrangimento entre mim e Henry como desculpa.

— Vamos — implora Nikki. — Só falta uma semana. Além disso, Robert está muito abalado por ter sido enquadrado por dirigir alcoolizado. Sua aceitação na NYU foi revogada e ele vai ter que iniciar uma reabilitação compulsória por ordem judicial após a formatura.

— Bem feito para ele — digo.

A boca da Nikki forma um beicinho, mas então ela acena com a cabeça uma vez.

— Pois é.

Mesmo Robert tendo levado um chega para lá, não quero voltar. Balanço a cabeça e a abraço com força, até nos separarmos no corredor. Preciso de um pouco mais de tempo. Ela sabe o que está por vir, o plano que Rachel e eu fizemos, e então ela cede. É bom compartilhar segredos com ela novamente.

Vou para a biblioteca, onde leio *O Morro dos Ventos Uivantes* todo, para a prova final de inglês AP, depois repasso os cartões para o exame de física, embora já os saiba de cor agora. Tento não checar meu e-mail em busca de novidades sobre a bolsa. Em vez disso, faço tarefas domésticas depois da escola, vou à farmácia, ao hortifrúti e à loja de materiais de arte. Até limpo as caixas no porão, com os meus questionários antigos e projetos de pesquisa do primário. Qualquer coisa para evitar a realidade. Para evitar o que sei que está por vir. E, principalmente, para evitar as mensagens de Adam.

Preciso de você.

Por favor.

Não posso falar com mais ninguém aqui.

Mamãe está me deixando louco.

Por que você está me evitando?

JESSICA GOODMAN

Sinto muito pelo outro dia!

Cada uma é um soco no peito, um lembrete do que achei que éramos. Tudo o que eu pensei que sabia era mentira.

Até que cedi.

Estou com uma virose horrorosa. Supercontagiosa!!!

Ele responde com um emoji: 😣

Quando chego à escola na segunda-feira, a última segunda-feira antes das provas finais, tento ficar invisível. Quero absorver tudo, os sons dos armários quando são fechados, as mesas sempre escorregadias com Windex, o cheiro de novo da biblioteca, mesmo que os livros sejam antigos. Quero me lembrar de como o zumbido matinal passa de lerdo a frenético em tempo recorde. Como os olhos redondos de Weingarten percorrem a plateia durante a assembleia matinal, como se demoram nos meus, esperando para ver se vou ceder.

Até quero me lembrar de como os Jogadores se parecem de longe, como às vezes a mesa deles aparenta uma jangada no meio do oceano, e, em outras, um tubarão caçando a presa. Como a gentileza fácil de Quentin irradia quando ele abre caminho pela fila dos sanduíches, deixando alunos do segundo ano cortá-los enquanto ele decide entre focaccia e ciabatta. Quero lembrar como a confiança de Nikki se infiltra em cada interação e como isso levou anos para ser construído. Quero me lembrar de como Marla arrasta seu taco de hóquei na grama atrás dela como se fosse um cobertor de segurança ou um apêndice extra. Como os lábios de Henry tremem um pouco quando ele lê o programa matinal. Eu até quero me lembrar de como os olhos de Robert examinam o refeitório, absorvendo este mundo, como se ele soubesse que isso pode ser o melhor para ele.

Quero guardar uma imagem deste lugar no meu coração antes que tudo mude de novo para sempre.

Vinte e Quatro

TUDO ACONTECE RÁPIDO depois que as posições já estão arquitetadas. Os dias voam, e de repente é sexta-feira, o último dia de aula de fato. Os corredores estão enlouquecedores, fervilhando de ansiedade. Eu também estou, mas por razões tão diferentes.

Quando o último sinal toca, é como se alguém tivesse colocado fogo na escola. Todo mundo se empurra, correndo em direção à *quase* liberdade.

Vou para o nosso ponto de encontro designado, a casa de Nikki, e encontro Rachel lá, já me esperando. Damos um abraço rápido e esperamos o sol se pôr.

Sento-me no convés, me esparramado na espreguiçadeira, e encontro o máximo de constelações que consigo. É uma noite perfeita. Elas estão todas expostas, dançando e galopando pelo céu. Eu deveria estar apavorada, mas minha respiração está estável e uma calma se instala. Talvez porque finalmente tenhamos um plano.

— Pronta? — pergunta Rachel. Ela está em pé ao meu lado, de jeans e um casaco com capuz preto surrado. Seus olhos estão cansados, e sua pele cede um pouco nos cantos, como se tivesse envelhecido uma década durante este ano de merda. Quero abraçá-la e dizer *obrigada* um milhão de vezes. Quero engarrafar seu sorriso e carregá-lo comigo enquanto faço esta próxima parte sozinha. Sem sua bravura, nada disso teria sido possível. Eu estaria flutuando como um navio sem rumo, quebrando em terra algum dia, talvez. Mas, em vez disso, apenas sussurro:

— Sim — e envio a mensagem. Leva apenas um minuto para ele responder. — Ele está vindo — digo. — Quinze minutos. — Ficamos sentadas em silêncio, uma corrente nervosa correndo entre nós, até que vejo os faróis de sua amada Mercedes vintage. Música punk ruim ecoa do alto-falante e tento me lembrar de que essas notas me fizeram desmaiar.

— Meu coração está *disparado* — sussurra Rachel.

— Está tudo bem — murmuro. Sua mão encontra a minha e nós as apertamos com força.

Tiro meus tênis e caminho até a praia, onde disse a ele para me encontrar. A cada passo, tento ficar mais ereta, mais forte, mais como a Rachel, ou como a Shaila. Eu me agito dentro do casaco. Mas não de susto. De raiva. Uma raiva pura e abrasadora enrolou-se dentro de mim como uma cobra. Estou pronta para liberá-la.

Quando chego à minha marca, volto-me para o oceano. É uma grande bagunça preta turbulenta, quebrando com impaciência. Picos de espuma brilham à distância. Eles são a única fonte de luz além da Lua e das estrelas. *Como posso me sentir em casa com algo tão violento assim?*

— Aqui está você — diz Adam. Ele me dá aquele estúpido sorriso com covinhas e abre os braços para um abraço.

Quero desencadear uma guerra nuclear, mas caminho para seus braços e o deixo descansar sua cabeça na minha, como fizemos centenas de vezes antes.

— Você veio — digo.

— Toda misteriosa, Newman.

Eu o deixo se afastar e recuo. Quero ver seu rosto de cabeça erguida quando ele tiver que dizer a verdade pela primeira vez. Preciso entender tudo o que ele disser, ou nada disso funcionará.

A MESA DOS JOGADORES

— Olha, Adam — digo, a voz tranquila. — Isso não é fácil de dizer, mas preciso conversar com você sobre uma coisa.

Ele levanta as sobrancelhas e coloca as mãos nos quadris.

— Diga.

Respiro fundo e começo, do mesmo jeito que pratiquei com Rachel.

— Eu sei sobre você e a Shaila. — Tento me mostrar triste, como se estivesse com o coração partido e magoada, e não fervendo sob a pele.

— O que você quer dizer? — pergunta ele, a voz suave. Seu sorriso desaparece, e sua covinha vai junto.

— Eu sei que vocês dois eram... ah. — Eu não consigo dizer.

— Anh?! — diz ele. — Não sei do que você está falando.

Balanço a cabeça e encontro os seus olhos.

— Ela escrevia cartas.

— Quê?! — A voz de Adam se torna um sussurro. Meneio a cabeça e franzo os lábios.

— Sobre ter traído Graham. Sobre tudo. Sobre você. — Prendo a respiração e espero que ele fale. Preciso exagerar, fingir que tenho tanta certeza desses fatos que o meu cérebro vai explodir.

— Bom — diz Adam. Ele passa a mão pelos cabelos e troca o peso de um pé para o outro. — Nós dois sabemos que ela era um pouco exagerada, né?! Tenho certeza de que ela aumentou a proporção de tudo.

— Talvez. — Eu me viro para o mar, esperando parecer zangada, com ciúmes.

— O que ela disse? — pergunta Adam. Sua curiosidade o trai.

— Que ela estava apaixonada por alguém que não era o Graham. Que isso separaria os Jogadores. Que era você. — Mordo meu lábio e espero que ele acredite.

Adam inclina a cabeça para o céu e fecha os olhos.

— Cometi um erro. — Meu estômago dá um nó, e Adam baixa o olhar para as ondas. — Você não está, tipo, louca com isso, está? — pergunta ele. Isso foi há cinco anos. Ela nem mesmo... — Adam caminha e se aproxima de mim, como o planejado. — Você e eu temos algo especial, algo diferente, você sabe. Sempre fomos você e eu.

As palavras que eu sempre quis ouvir, agora revestidas de um brilho espesso e oleoso. Quero arremessá-las no Atlântico e vê-las se afogar.

— No próximo ano, finalmente estaremos juntos. Poderemos fazer todas as coisas que você deseja — continua ele.

— Não sei. Tudo está diferente agora. — Balanço a cabeça.

— Quê?! — As sobrancelhas dele se erguem. Não digo nada. Meu estômago revira. — Isso tem a ver com Graham? Toda aquela besteira sobre ele ser inocente? — Seus olhos se estreitam, e ele aponta o dedo para mim, como se eu estivesse em apuros, como se eu o tivesse traído, o que acho que fiz. — Você não acredita nele, né?!

— Ele diz muita coisa que faz sentido.

— Você falou com ele? — pergunta Adam. Sua voz está ficando mais alta.

— Sim — digo, tentando firmar minha voz. — Com Rachel também.

Os olhos de Adam parecem estar prestes a saltar da cabeça.

— Eu disse que ela era louca. — Sua fúria começa a crescer. Ele está quase do jeito que preciso.

— Eu acredito neles — digo, incitando-o.

— O que ela está dizendo agora? Que *eu* matei a Shaila? Que estávamos saindo e que eu matei ela na iniciação e culpei o Graham? — Adam bufa e balança a cabeça. — Que insanidade.

— É? — pergunto, minha voz firme e alta. — Isso é *insano*?

— O que você quer dizer com isso? — pergunta ele. Uma estranha sensação de calma passa por mim.

A MESA DOS JOGADORES

— Faz sentido — digo devagar. — Você deu a ela aqueles brincos, declarou todo o seu amor, e ela rejeitou você. Talvez... — deixo a minha voz ir sumindo.

Os ombros do Adam ficam tensos quando menciono os diamantes. Seus punhos se apertam.

— Os brincos — diz ele, como se estivesse se lembrando deles pela primeira vez em três anos.

— Eu os vi — digo, tentando manter minha voz firme. — Na sua mesa de cabeceira.

Os olhos do Adam ficam frios.

— Depois de tudo o que fiz por você? É assim que você me paga? Sugerindo que *eu* matei a Shaila? Você está fora de si! Vadia imunda.

— Do que você me chamou? — Minha raiva pula na minha garganta, ameaçando me estrangular.

— *Vadia*. Você e todas as outras. Vocês são todas iguais. Fingindo que são *legais*, mas prontas para destruir tudo o que não acontece do seu jeito. — Pequenas manchas de saliva se acumulam nos cantos de sua boca. Preciso que ele continue. *Eu vou suportar isso.*

— Foi isso o que aconteceu com a Shaila? — pergunto. — É por isso que ela está morta?

— Você não faz ideia do que está falando.

— Então me diz — estou gritando agora, e a minha voz vacila, mas sei cada uma dessas palavras de cor. A verdade é tão óbvia agora. Eu só preciso que ele admita. — Me conta o que aconteceu. Me conta a verdade.

Adam balança a cabeça para trás e para a frente, e aperta a sua jaqueta jeans preta em volta do estômago.

— Não — diz ele, com a voz trêmula. — Eu não quis dizer...

Algo dentro de mim se quebra, e a minha raiva ferve. De repente, estou correndo em direção a ele tão rápido que o ar ao meu redor se transforma em gelo. Quando colido contra o seu corpo, Adam cai na areia. Afundo os meus joelhos no chão, montando nele.

— Admita — grito. — Você matou ela! — As lágrimas estão fluindo quente e rápido, e acho que vou vomitar.

— Não faça isso, Jill. — Sua voz está presa na garganta.

— Você matou ela! — grito de novo, tão perto de seu rosto que posso ver os pelos da sua barba nascendo da pele.

— Para com isso! — geme ele, jogando a cabeça para trás no chão. Estou perdendo o equilíbrio. O céu acima de mim muda. Adam segura os meus punhos com as mãos. Seu aperto aumenta, e, em um movimento rápido, ele me vira e me prende na areia. Estou presa. — Eu confiei em você — diz ele. — Você era a única coisa boa que eu tinha nesta cidade de merda, e você me traiu dando ideia pra *Rachel*, você não acreditou em mim. — Sua voz está molhada e distorcida, como se as palavras estivessem presas na sua garganta. — Eu salvei você naquela noite — rebate ele.

— Mas você fez — choramingo. — Você fez!

— Eu não queria — diz Adam. Um caroço se forma na minha garganta enquanto sinto os punhos ficando dormentes. *Continua falando*, imploro a ele na minha mente. *Continua. Diga. Diga!*

— O que você não queria? — grito, meus perdigotos atingindo a ponta do seu nariz. Meu coração dói dentro do meu peito. Quero vomitar.

— Não foi minha culpa! — Ele empurra meus punhos mais para baixo na areia e enfia os joelhos sob minhas axilas. Estou paralisada. Pela primeira vez em toda a noite, percebo que, se Adam matou uma vez, ele pode matar novamente. Eu também poderia ser apenas mais uma garota morta de Gold Coast. Mas, neste momento, preciso saber mais. Preciso saber tudo. As lágrimas correm pelo meu rosto e encontro os olhos de Adam. Eles refletem o oceano atrás de mim, selvagem e implacável.

— Fala o que aconteceu — digo entre os dentes. — Eu mereço saber.

Adam bufa, e, por uma fração de segundo, acho que vejo o meu Adam lá dentro dele, em algum lugar. O cara que me fez ouvir Fugazi e que me levava para comer travessas de batatas fritas e ovos moles no Diane's. O rapaz que timidamente me enviava peça após peça, esperando que elas fossem *boas o bastante*. O rapaz com as covinhas e os óculos de acrílico. O rapaz cujo futuro eu tinha emparelhado com o meu. O rapaz que, de fato, me salvou.

Mas era tudo mentira, tudo calculado para me fazer confiar nele. Meu Adam foi substituído por um monstro que nunca deixarei de ver.

— Nós ficávamos juntos todo o verão — diz Adam, a voz mais suave, embora seus dedos ainda estejam cerrados em volta dos meus punhos. — Quando Graham e Rachel não estavam por perto. Saíamos juntos, bebíamos limonada batizada na beira da piscina dela. Nós tínhamos... um vínculo.

Meu coração se parte. Eu pensava que aquele vínculo era meu. Eu pensava que eu era a garota especial.

— Mas era uma relação muito tranquila — diz ele. — Até o musical da primavera. Lembra? *Rent.* — O rosto de Adam se transforma em um sorriso estranho, e eu me pergunto se ele está imaginando Shaila dançando e cantando no palco com espessas camadas de maquiagem no rosto. — Keith me pediu para corrigir o roteiro, então eu ia lá direto. A Shaila estava... incrível — suspira ele. — Daí em diante era fácil eu me esgueirar pelas coxias depois dos ensaios, colocar meu carro no estacionamento da equipe e ficarmos juntos. Aconteceu que a gente... encaixou.

Seu aperto ainda é forte, mas seus joelhos afrouxaram um pouco. Ele quer me deixar sair. Eu sinto.

— Aí eu dei a ela aqueles brincos, os mesmos que Kara tinha, pelos quais ela estava obcecada. A Shaila me disse que era demais. — A raiva cresce em seus olhos novamente. — Ela não podia continuar fazendo aquilo com o Graham. Nem com a Rachel. Ela me disse que eu não valia a pena. Que ela não queria machucar você, a melhor amiga dela, mais do que já tinha machucado. Que *vocês* duas estavam apaixonadas por mim, como eu provavelmente já tinha percebido. — Sua boca se curva em uma carranca triste, como se eu fosse uma criança patética que precisa da sua piedade. — A culpa a estava corroendo, e tivemos que parar.

Quero cuspir em seu rosto e rasgar sua pele com meus dentes. Quero mostrar a ele quem é a garotinha apaixonada agora. Mas mordo meu lábio e espero que ele continue. Preciso que ele continue. Eu me preparo para o que vem a seguir.

— Eu disse que ela estava cometendo um erro, mas ela insistiu. Eu ainda estava puto na iniciação. Quando chegou a hora de escolher o pop, escolhi Ocean Cliff para ela. Eu nunca a faria pular *de fato*. Só achei que conseguiríamos um pouco de tempo a sós para fazer as pazes. Mas, quando chegamos lá... — Ele faz uma pausa e suga uma lufada de ar por entre os dentes. — Ela me rejeitou. De novo.

Adam me encara com olhos sem vida.

— Sabe o que ela fez?! — diz ele. — Ela riu de mim. Tentei beijá-la uma última vez, e ela riu. — Adam bufa. — Aquela risada estúpida dela, profunda e rouca, como se eu fosse um idiota por tentar. Então eu disse a ela para pular para que acabássemos logo com aquilo e voltássemos para o grupo. Ela se recusou. Ela disse que era mais esperta do que isso. Que ela morreria e isso não valia a pena.

Adam balança a cabeça.

— Mas eu precisava que ela fizesse aquilo. Eu queria ver o medo nos olhos dela. Eu disse que só poderíamos sair depois que ela fizesse, e então ela começou a se afastar. Ela me disse: "Você não manda em mim", como uma criança petulante. Então eu agarrei o seu braço e... a arremessei.

A MESA DOS JOGADORES

Lágrimas escorrem do meu rosto. As imagens me vêm facilmente à cabeça.

— Deve ter sido muito difícil. Ela tropeçou em uma pilha de madeira e simplesmente já era. Ela me empurrou. Então a empurrei de volta, bem contra as pedras, e ouvi sua cabeça rachar. Algo dentro de mim... se perdeu. A próxima coisa de que me lembro é ela deitada na areia perto de uma poça de água do mar. Havia muito sangue. Entrei em pânico. Comecei a correr. Não demorou muito para que eu encontrasse Graham vagando por aí como um bebê bêbado, totalmente apagado. Ele havia se cortado com algum vidro da casa, eu acho, e estava coberto de sangue. Era a saída óbvia. Eu o conduzi na direção de Ocean Cliff e disse a ele para encontrar a Shaila. Quando voltei, fui procurar Jake. Então... bem, você sabe. — Seus olhos se suavizam enquanto ele continua. — Eu disse a todos que a Shay tinha ido tomar banho, mas como Graham e ela não voltaram, Rachel e Tina ficaram nervosas. Então chamei a polícia e disse que vi Graham coberto de sangue no penhasco com a Shaila. E foi só isso. Eles o prenderam no local. E, quando ele confessou, ninguém pensou o contrário.

Ele está relaxado agora, confortado pela própria admissão. Quase revivido.

— Então é isso — digo, tentando moderar a vibração na minha voz.

— É isso. Convivo com isso há três anos — diz ele, como se não conseguisse acreditar que fez algo tão hediondo, como se eu devesse ter pena dele por ter que carregar esse peso. Minhas entranhas se retorcem.

— Seu lixo de merda — digo. Minha fúria se mistura com uma sombra oculta de perdão. A Shaila se sentiu mal. Ela queria que tudo parasse. Eu gostaria de poder abraçá-la agora e dizer a ela que está tudo bem.

Abro minha boca novamente, mas antes que eu possa falar, os olhos do Adam disparam atrás de mim, e sua boca cai aberta. *Ela está aqui. Está na hora.*

— Você conseguiu — diz Rachel. Respiro profundamente, deixando o ar encher meus pulmões. Meus músculos ficam tensos, esperando que Adam se mova, para finalmente me deixar ir.

Mas eu nunca imaginaria o que de fato acontece. Ele me solta, e, em um movimento rápido, fica de pé, colidindo com Rachel em um impacto tão forte que estremeço.

— Não! — grito. Mas não adianta. Ela já está amassada na areia, enrolada em uma bola ao lado de uma pilha de algas marinhas secas. Ela está quase imóvel.

Rachel geme, e ouço o pé do Adam chutar seu estômago. *Aaaah.*

— Você não vai me arruinar! — grita ele, pegando impulso e a chutando várias vezes. A areia voa em uma nuvem ao redor deles.

— Para! — grito. Eu me esforço para ficar de pé e tropeço até eles, minha visão turva de medo. Tenho que fazer alguma coisa, qualquer coisa, parar tudo isso.

Minhas mãos estão tremendo, e eu agarro Adam, um apelo final. *Ele me conhece. Ele vai me perdoar. Ele vai parar com isso.*

Em vez disso, ele se vira para mim, com fúria nos olhos e uma veia latejando no pescoço.

— Adam, por favor — imploro. — Deixa a gente ir.

Ele se curva no nível da cintura, e penso que finalmente, *finalmente* isso vai acabar. Ele vai desistir. Então ele me atinge com algo frio, pesado e grande.

Com um estalo agudo, meu mundo explode e depois desmorona em pó. As estrelas caem do céu, e sinto o gosto do ferro na minha língua. Estou de volta à areia. Não consigo me mover. Minha visão se reduz a um único ponto e tento encontrar Adam em frente ao mar turvo. Mas só ouço sua voz uma última vez.

— Ah, não!

Então, tudo fica preto.

Vinte e Cinco

A ÚLTIMA VEZ que vi a Shaila, a última vez real, aquela que escolho lembrar, foi na casa do Quentin, pouco antes da iniciação. Sua mãe estava fora, dando uma palestra em alguma universidade na Noruega ou no País de Gales, ou talvez na Finlândia, e ele nos reuniu para uma última noite antes de nos tornarmos, *de fato*, Jogadores.

— Um adeus à nossa juventude — brincou. Ainda éramos muito jovens.

Ninguém tinha cerveja escondida, então estávamos todos sóbrios. Um alívio, eu achava.

Nikki pediu uma pilha de pizzas no AmEx dos pais, e Quentin colocou na fila um monte de filmes antigos dos anos 1980. *Curtindo a Vida Adoidado. Clube dos Cinco. Digam o que Quiserem.*

Henry não tinha visto nenhum deles e gargalhava sem parar.

— Você está se escondendo de mim, Q! — gritou ele, quando Cameron bateu no carro do pai. — Pare de me deixar assistir a *Spotlight* repetidamente, cara. — Ele agarrou Quentin com uma chave de braço e lhe deu um pequeno cutucão.

Graham e Shaila sentaram-se embolados na ponta do sofá. Ela colocou os pés descalços sob a bunda dele, que deslizou o braço em torno do ombro dela, fazendo cócegas na pele por baixo de sua camiseta de algodão.

Robert se esparramou no chão e tentou convencer alguém, qualquer um, a lutar. Henry agradecia de vez em quando, antes de colocar Marla para uma tentativa final. Ela o prendeu no chão com facilidade e Robert finalmente cedeu.

— Ela tem irmãos! — choramingou ele. — Isso não é justo!

— Se você quebrar aquela mesa de centro, eu vou te destruir! — gritou Quentin da cozinha. Ele e Nikki assumiram o papel de anfitriões. Lavaram as tigelas de pipoca, retiraram os pratos e enxugaram a gordura da pizza do tapete. Até transformaram uma daquelas misturas de bolo compradas em loja em uma obra de arte de chocolate enquanto todos nós brigávamos sobre qual membro do Brat Pack tinha mais a ver conosco.

Quando eles apresentaram sua criação, uma bagunça de glacê e granulado e velas acesas sem motivo, Marla gritou:

— Ina Garten nunca faria.

Quentin corou, mas Nikki parecia encantada.

— As coisas que fazemos por vocês — disse ela.

— Isso aí! — Graham se levantou para pegar um garfo e cavou bem no meio do bolo, deixando Shaila sozinha no canto do sofá.

— Vem cá — sussurrou ela.

Eu me aproximei dela para que nossos dedos do pé se tocassem. Ela passou os braços em volta de mim e me puxou para ela, então nós duas estávamos deitadas apenas observando nossos amigos, nosso grupo.

Suas mãos estavam úmidas e quentes em meus ombros. Ela me lembrava uma criança pegajosa. Quando meus olhos encontraram os dela, parecia que ela estava chorando.

— Tudo bem? — sussurrei.

A MESA DOS JOGADORES

Ela assentiu e voltou a cabeça para o grupo, todos amontoados ao redor da mesa de centro, comendo colheradas de bolo direto da assadeira.

— Eu amo tanto isso — disse ela, a voz suave. — Quero ficar assim para sempre.

Ouço algumas máquinas apitar primeiro. Em seguida, o farfalhar de papel, os sussurros abafados de preocupação. A sensação volta para os dedos dos pés e depois para as pontas dos dedos das mãos. A pulsação começa a seguir, no lado esquerdo da minha cabeça, logo acima da minha orelha. Continua descendo pelo meu rosto e pela órbita do olho, dentro da boca, seco como um deserto. Tudo dói.

Quando encontro forças para abrir os olhos, caio em um mar branco. Paredes brancas. Algodão branco. Fios brancos. Centro Médico de Gold Coast. Deve ser.

— Ela está bem. — Jared está ao lado da cama. Eu o ouço antes de vê-lo. Sua voz está ansiosa e alta, um pouco embargada.

— Quê?! — Eu me sinto confusa.

— Shh — diz ele.

Ele tem razão. Falar machuca a garganta e queima o céu da boca. Quero dormir por horas, por dias.

— Ela vai ficar um pouco fora de si por um bom tempo — diz alguém com autoridade. Um médico, talvez. — Ela só precisa descansar agora.

Balanço a cabeça. Tão difícil, acho que vai se partir em duas. Eles precisam saber.

— Adam — sussurro.

— Está tudo bem, querida. — Agora é a mamãe. Ela agarra minha mão e segura cada um dos meus dedos nos dela. Papai pousa a mão aberta no meu ombro. — Nós sabemos.

Cedo. Eu me entrego à dor e ao sentimento miserável que a acompanha, e sucumbo ao sono.

Tudo fazia parte do plano de Rachel. Depois que lhe contei sobre os brincos, ela conseguiu juntar as peças. Mesmo que Adam não tivesse feito aquilo, tínhamos que ter certeza. Ele era o último ponto de interrogação.

Ela me disse para eu evitá-lo o máximo que pudesse, plantando sementes de dúvida em sua cabeça para que, quando eu finalmente ligasse, ele não fizesse perguntas.

— Rapazes assim odeiam a palavra não — disse ela. — Mas *detestam ainda mais* ser ignorados. — Ela estava certa.

Então tive que recrutar Nikki. Eu a peguei depois da aula de física e pedi que me encontrasse em sua casa depois da escola, onde expliquei tudo sobre Adam e Shaila, e o que precisávamos para descobrir a verdade.

Seu rosto ficou pálido, e ela segurou minha mão suada em sua mão fria por um longo, longo tempo enquanto estávamos sentadas em seu deque, observando a água bater contra a costa.

— Meus pais só voltam depois da formatura — disse ela. — Pode usar a casa.

Joguei meus braços em volta do seu pescoço e respirei um *obrigada* em seu cabelo. Ela mordeu o lábio e assentiu.

— Vamos pegar esse filho da puta. — Rachel saiu da cidade no final daquela semana com dois gravadores digitais. Sua segurança me acalmou, mas tudo o que eu queria fazer era correr.

Depois da escola, na sexta-feira, quando apareci na casa da Nikki, Rachel estava com sua cara de jogo. Ela estava tão pronta que me assustou.

A MESA DOS JOGADORES

Nenhuma de nós podia comer ou beber, ou mesmo falar de verdade. Mas antes de eu mandar a mensagem para o Adam, Rachel colocou um gravador na frente do meu casaco e um no dela. Nikki ouvia o receptor de dentro de casa, certificando-se de que receberíamos cada palavra, cada pedaço de sua confissão.

Quando ela tivesse tudo, chamaria a polícia. Talvez devêssemos ter deixado eles lidarem com isso sem nós. Eles conferiram todas as evidências e assistiram a tudo se desenrolar. Mas queríamos fazer isso nós mesmas. Para ouvir isso dele. Assumir o controle. De uma vez. Pela Shaila.

— Ei. — Ouço uma voz baixa e suave perto do meu ouvido. — Você está acordada?

O quarto está escuro e gelado, mas aquela mão macia segura a minha. Tento abrir os olhos, mas apenas um cede. Viro o lado bom da cabeça e tento ver quem está lá.

— Nikki?!

— Sim — diz ela. — Sou eu.

— Que horas são?

— Está bem de noite — diz ela. — É domingo.

— Ah, merda — murmuro.

— Tudo bem. — Ela ri um pouco.

Quando meus olhos se ajustam, posso finalmente observá-la. Seus longos cabelos escuros estão sujos e pegajosos, e ela também está com uma bata branca de hospital. Uma pequena pulseira de plástico circula seu pulso estreito.

— Você está machucada?

Nikki balança a cabeça.

JESSICA GOODMAN

— Só estou aqui para observação. — Ela estende os braços como prova. Ela está bem.

— E a Rachel? — pergunto. — Como está?

— Algumas costelas quebradas. Um olho roxo, como você. Ela vai ficar bem. Todas vamos. — Nikki funga e aperta a minha mão com mais força. — Você estava certa — diz ela. — Foi o Adam!

— Eu sei — sussurro. — Onde ele está?

Os ombros de Nikki se erguem e se abaixam enquanto as lágrimas escorrem por seu rosto.

— Lá em cima.

O resto da história se desfaz em soluços sufocados. Quando ela ouviu o que estava acontecendo pelo gravador, Nikki chamou a polícia e disse-lhes para se apressarem. Eles estavam demorando muito, ela pensou. Parecia que não tínhamos muito tempo. Ela entrou em pânico e pegou um taco de hóquei na grama em sua sala antes de correr para a praia. Ela correu para o Adam, na esperança de derrubá-lo. Mas, quando ela colidiu com ele, ela balançou o taco acima da cabeça dele e o nocauteou.

Nikki gritou, e tinha certeza de que ela o havia matado, trazido mais morte, dor e trauma para esta cidade. Para a gente.

Quando as ambulâncias chegaram, eles a encontraram aninhada com Rachel, acordada e tonta. Elas estavam sentadas ao meu lado, me dizendo para aguentar, enquanto Adam estava desmaiado na areia. Nikki disse aos policiais a verdade, que ela bateu nele para detê-lo. Rachel a endossou.

Eles pegaram a confissão que gravamos do Adam ali mesmo na praia. Foi quando verificaram o pulso dele. Ele estava vivo. Vivo e culpado.

A MESA DOS JOGADORES

Nikki observou enquanto eles o colocavam na ambulância e algemavam seu punho à maca. Sua cabeça balançou, e ele gemeu, voltando a si.

— Espero que ele apodreça na prisão — digo, quase um sussurro.

Nikki olha para mim com os olhos vidrados. Cuspe e ranho se acumulam em torno do seu nariz, e ela enxuga o rosto na bata do hospital.

— Eu sei que você o am... — Ela se interrompe. — Sinto muito, Jill. Sinto muito mesmo. — Ela balança para a frente e para trás na cadeira ao lado da minha cama.

Aperto sua mão com tanta força, que meus dedos doem. Repito as palavras que ela me disse uma vez:

— Você não tem que pedir desculpas.

Vinte e Seis

DECIDO VOLTAR À mesa dos Jogadores uma última vez. A história já se espalhou. Os detalhes foram estampados na primeira página da *Gold Coast Gazette*. Caminhões dos noticiários locais invadiram a escola. De certa forma, isso é bom. Não temos que nos explicar. Ninguém pergunta sobre o hematoma sob meu olho ou a bandagem colada na minha testa. Ninguém questiona minhas pulseiras de plástico e as de Nikki, que nos recusamos a tirar. Eles são os lembretes de que tudo foi real.

Rachel foi para Danbury assim que pôde. Ela me mandou uma mensagem dizendo que o Graham sairá em breve. Ele vai morar com ela no East Village, reaproximar-se da vida real antes de fazer algumas aulas da faculdade durante o verão. Não estou pronta para vê-lo. Não sei se algum dia estarei. Adam foi transferido para a prisão do condado, onde aguarda julgamento. Os Millers estavam dispostos a pagar um milhão pela fiança, mas o juiz negou. Dói muito pensar nele agora.

Hoje, Nikki e eu caminhamos juntas pelo refeitório para o nosso último almoço na Gold Coast Prep. O mar de alunos se parte, mas desta vez o ar ao nosso redor está parado. A energia frenética se foi, substituída por uma sensação latente de cautela e desesperança.

Pego um sanduíche de peito de peru, uma banana e um pedaço de massa de biscoito crua, pela Shaila. Pagamos nossa comida em silêncio e caminhamos direto para o centro do refeitório, onde todos os olhos se voltam para nos ver sentar. Deslizo na minha cadeira, aninhada entre Quentin e Nikki. Olho em volta, para Henry, cujos olhos ternos encontram os meus; para Marla, que inclina a cabeça em simpatia; e até para Robert, que está completamente perdido.

— Bem, isso é estranho — começo.

Quentin bufa. Ele envolve seu braço em volta do meu ombro e me aperta contra ele.

Os olhos de Nikki estão escuros e tristes, mas os cantos de sua boca se animam.

— Um último tribunal dos Jogadores? — Ela não espera que ninguém fale. — Convoco esta reunião dos Jogadores para uma ordem.

— Ela bate um garfo contra a bandeja, e alguns subs viram a cabeça para ouvir.

— Esta noite — diz ela, levantando a voz. — Fogueira na minha casa. — Ela se vira na cadeira para Topher, que se inclina tão perto que está basicamente sentado no colo de Quentin. — Espalhe por aí, ok? — Ele concorda com a cabeça. Nikki está de frente para nós.

— Vamos quebrar tudo.

Quando Jared e eu empurramos a porta da frente, mamãe já está na cozinha, vagando pela ilha, preparando uma enorme panela de linguini com mariscos.

— Jill? — chama ela. Seus sentidos maternos se tornaram mais fortes. Acho que por boas razões.

Mamãe aparece no corredor, com as mãos cobertas de óleo e manchas de molho.

— Chegou uma coisa para você. — Ela aponta para a mesa lateral, onde a correspondência se amontoa.

Um envelope grande e grosso com meu nome está no topo da pilha. O endereço do remetente diz "Brown". Meu estômago revira.

— Você quer abrir? — pergunta ela. Jared respira fundo atrás de mim. Eu o alcanço e sinto o peso na minha mão. O papel é feito de cartolina fina, grosso e estampado com tinta. Eu me impeço de rasgá-lo e, em vez disso, fecho os olhos e me lembro de tudo o que aconteceu este ano, de tudo o que vivi. *Eu sobrevivi.*

Tudo se torna óbvio.

— E então? — pergunta mamãe.

Balanço a cabeça.

— Não importa — digo. — Eu não vou para a Brown.

Mamãe franze os lábios. Papai aparece atrás dela, uma expressão preocupada no rosto.

— Eu não quero. Eu quero ir para a State.

— Jill, se é por dinheiro, vamos dar um jeito — diz mamãe, enxugando as mãos no avental amarrado na cintura.

— Nós vamos dar um jeito — diz papai.

Balanço a cabeça. — Não — digo. — Eu não quero. — Coloco o envelope fechado de volta na mesa. Minha voz está firme, e minha mente avalia tudo com clareza. Já esqueci o desejo, a necessidade que sentia de estar lá. Agora que sei a verdade, tudo mudou. A ideia de estar perto do passado de Adam me faz querer vomitar. Tenho outra opção. Meu futuro está na State, e pela primeira vez em muito tempo... estou livre.

Naquela noite, chego à casa da Nikki com Jared a reboque. Os meninos já começaram a fogueira na praia e agora estão de pé juntos na beira do círculo com os braços ao lado do corpo, sem falar muito. Quentin

A MESA DOS JOGADORES

cutuca Henry quando me vê andar até eles. Um sorriso cauteloso se espalha em seu rosto. Uma mecha de cabelo cai sobre sua testa.

— Oi — diz Henry.

— Oi. — Antes que eu possa pensar melhor, eu o alcanço e envolvo meus braços em volta da sua cintura. Seu corpo está tenso no início, mas então ele me puxa para um abraço caloroso.

— Estamos bem, Jill. Estamos todos bem — sussurra ele no meu cabelo.

Algo dentro de mim se vai, e finalmente me sinto perdoada.

Nikki aparece com a enorme pasta verde que contém tudo sobre os Jogadores.

— Ei — diz ela. Seus olhos estão úmidos. — Prontos?

Concordo com a cabeça.

— Sim — sussurra Henry. — Vamos fazer isso. — Os outros seguem o exemplo. Até Robert, que cruza os braços sobre o peito. Sua jaqueta de couro aperta os seus cotovelos.

Olho ao redor do círculo e vejo Jogadores de todos os níveis. Os calouros e os segundanistas se misturam, mudando de um pé para o outro. Jared está com a sua turma em um pequeno amontoado. O clima é sombrio. Amanhã seria a sua iniciação.

Nikki limpa a garganta e segura o fichário acima da cabeça. O grupo fica quieto, esperando que ela faça um discurso final, para passar as regras para o próximo Toastmaster da vez.

Mas, em um movimento rápido, ela joga a pasta na frente dela, direto no meio do fogo.

Topher Gardner engasga, e um punhado de alunos do segundo ano leva as mãos à boca.

Jared olha para mim do outro lado do círculo, um sorriso lento aparecendo em seu rosto.

— Acabou — diz Nikki suavemente, seus olhos treinados nos pedaços de papel que sobem, sobem, sobem em chamas. O fogo assola e cresce mais, até que não consigo mais ver através do seu calor. — Está tudo acabado — grita ela desta vez.

— E os Arquivos? — pergunta Quentin.

— Eles se foram — diz Nikki. — A namorada da Rachel é codificadora. Pedi a ela que destruísse o aplicativo. Tudo se foi para sempre.

— Muito bem, Nik. — Marla concorda.

Os subs ficam de boca aberta. Eu me pergunto se eles queriam que os Jogadores continuassem ou se estão entusiasmados com a ideia de serem como os outros. De ganharem o que acham que lhes é devido. Nós os forçamos a fazer isso, e não é justo lhes tirar tudo. Alguma coisa tinha que mudar. *Este ano será diferente.*

Ficamos juntos em silêncio por mais um minuto antes de Robert levantar a cabeça.

— Veja. — Ele aponta para a casa. Dezenas de pessoas estão caminhando em nossa direção, emergindo de trás dos juncos. Demoro alguns minutos para reconhecê-los. Nossos colegas de turma. Pessoas que nunca vão às festas. O time de xadrez e o clube de jazz. A equipe de hóquei na grama de Marla. Logo, parece que toda a escola se reuniu para assistir aos Jogadores queimarem.

Meu coração bate loucamente no peito. E é assim que deve ser. Não somos melhores do que ninguém. Somos apenas os únicos que não víamos isso. Mas agora sabemos.

— Ei. — Alguém agarra meu cotovelo, e recuo, puxando meu corpo para trás instintivamente. — Está tudo bem. Sou eu. — Henry aparece ao meu lado novamente. — Vem cá — diz ele. — Quero te mostrar uma coisa. — Ele puxa suavemente meu punho, e o sigo até onde a água encontra a areia.

— Feche os olhos — sussurra ele. Faço o que ele diz, desejando não ter medo da escuridão. Não mais.

— Ok, abra — pede ele. — Olha.

A MESA DOS JOGADORES

Agito os olhos e viro a cabeça para o céu. É a galáxia aberta. Um milhão de minúsculas alfinetadas de luz. As estrelas brilham como diamantes. Posso traçar minha vida inteira no mapa perfeito desta noite.

— Incrível! — diz Quentin.

— De tirar o fôlego — ecoa Nikki.

Todos eles apareceram, deixando o resto da Gold Coast Prep sozinho pela última vez.

— Aquele ali parece um idiota — diz Robert, um pouco alto demais.

— Quieto, babaca! — diz Marla. — Você está estragando tudo.

— Que seja!

E, de repente, eu rio. Rio tanto que meu estômago dói e tenho que me curvar para me segurar.

Nikki começa a rir também, e logo todos nós temos ataques de riso, olhando o trecho perfeito do céu que meus amigos encontraram para mim.

Henry é o primeiro a se conter, e logo ficamos todos quietos de novo, olhando para cima. Eu me pergunto quem somos agora e por quanto tempo ficaremos assim. Vamos nos reconhecer em um ano? Em dez? Eu me pergunto quem Shaila teria se tornado se estivesse viva. Quem Graham seria se estivesse aqui também. Eu me pergunto que tipo de dano infligimos uns aos outros e se algum dia aprenderemos a curá-lo. Eu me pergunto se estamos prontos para nos deixarmos ir.

Viro a cabeça ligeiramente e vejo a Ursa Maior, a Lira, a Águia, o Touro. Meus totens. Minhas verdades. Uma estrela cadente voa pelo céu, explode e depois desaparece. Pequenas ondas se quebram suavemente aos nossos pés.

Juntos, olhamos para a escuridão para encontrar a luz.

Nós conseguimos.

Nós estamos vivos.

AGRADECIMENTOS

Agradeço primeiro e sempre à minha indomável agente, Alyssa Reuben. Ela acreditou nesta história desde o primeiro dia e também acreditou em mim. Sou muito grata por sua tenacidade, paciência e orientação.

Um agradecimento adicional a toda a equipe da Paradigm, que agendou ligações, me orientou sobre contratos e que são, em geral, as melhores: Katelyn Dougherty e Madelyn Flax.

Minha editora, Jess Harriton, é um presente para escritores e uma maga contadora de histórias. Ela viu o que este livro poderia se tornar e ajudou a torná-lo muito mais rico, profundo e significativo. Fico maravilhada com sua habilidade e generosidade. Jess, mal posso esperar para fazer isso com você de novo.

Todos os elogios para a incrível equipe de design que criou o conceito e fotografou esta capa atraente e requintada: Christine Blackburne, Maggie Edkins e Jessica Jenkins.

Agradeço a Elyse Marshall, uma publicitária que eu sabia que adoraria assim que ela pediu batatas fritas para a mesa.

E a todas as pessoas da Razorbill e da PenguinTeen que se uniram por causa de Jill e suas amigas, tenho muita sorte de ter uma equipe de apoiadores como esta: Krista Ahlberg, James Akinaka, Kristin Boyle, Kara Brammer, Christina Colangelo, Alex Garber, Deborah Kaplan, Jennifer Klonsky, Bri Lock Hart, Casey McIntyre, Emily Romero, Shannon Spann, Marinda Valenti e Felicity Vallence.

A MESA DOS JOGADORES

Este livro é o começo de tantas possibilidades por causa das pessoas que acreditam que ele pode se estender para além do papel: Meghan Oliver e Matt Snow na Paradigm, estou me sentindo nas nuvens graças a vocês.

Sasha Levites, minha paladina da justiça, um agradecimento todo especial. Sua inflexibilidade e ferocidade são ilimitadas.

Agradeço a Sydney Sweeney, que me mostra como é realmente o trabalho árduo e cujo apoio é incomparável.

Jill e os Jogadores originaram-se na aula de escrita de ficção para YA de Melissa Jensen na Universidade da Pensilvânia (sim, foi uma aula real; sim, foi um sonho). Melissa, obrigada por esta nota nas margens: "Não vejo a hora de você publicar isso!"

Anos atrás, sentei-me no escritório de Laura Brounstein, na *Cosmopolitan*, e ela me perguntou: "O que você quer *mesmo* fazer?" Era uma entrevista de emprego, então a resposta óbvia era *trabalhar aqui*. Mas, para o bem ou para o mal, eu disse: "Quero escrever romances para YA, mas tipo, eventualmente, sabe? Não agora." Sua resposta: "Por que esperar?" Boa conversa, LB.

Aos meus editores da *Entertainment Weekly*, que me incentivaram a continuar escrevendo, obrigada por sempre dizerem *sim*: Tina Jordan, Kevin O'Donnell e Chris Rosen.

Aos membros da equipe da *Cosmopolitan* — passado, presente e futuro —, obrigada pelos memes, conselhos de vida e pelo suprimento infinito de Cheetos e champanhe. A vida é mais doce com vocês nela. Agradecimentos especiais a Faye Brennan, Meredith Bryan, Katie Connor, Sascha de Gersdorff, Mary Fama, Dani Kam, Sophie Lavine, Ashley Oerman, Jess Pels, Michele Promaulayko, Andrea Stanley, Molly Stout, Susan Swimmer e Helen Zook. Allie Holloway fez um excelente retrato meu, e, caramba, ela é boa nisso.

Isabella Biedenharn, Ali Jaffe e Kase Wickman foram alguns dos meus primeiros leitores. Obrigada por suas anotações atenciosas e encorajamento, que me ajudaram a continuar quando não havia fim à vista. Colette Bloom e Marley Goldman leram vários, *vários mesmo*, muitos rascunhos deste manuscrito, e passarei o resto da minha vida agradecendo a eles por seu precioso tempo, feedback e amor. Ei, pessoal, *vocês* tornaram este livro muito melhor.

Aos meus amigos, que me acolheram nos momentos sombrios e que comemoraram comigo quando tudo mudou. Cara, eu sou a pessoa mais sortuda do mundo por ter vocês: Maddie Boardman, Gina Cotter, Lisa Geismar, Mady Glickman, Josh Goldman, Katie Goldrath, Mahathi Kosuri, Ellie Levitt, Lora Rosenblum, Jordan Sale, Andrew Schlenger, Derek Tobia, Lucy Wolf e Ari Wolfson.

Agradeço à minha irmã, Halley, por aprender a fazer stories no Instagram para marcar esta ocasião, e por ser minha campeã eterna. Você é minha heroína. Com muito amor a Ben e Leia por nunca deixarem faltar biscoitos de chocolate e abraços (respectivamente, é claro).

Sou escritora porque sou leitora, e sou leitora porque meus pais, Candyce e David, me levavam a livrarias e bibliotecas desde que me lembro. Eles me deixavam escolher o que eu queria ler e nunca censuraram minhas escolhas. Eles celebravam os livros de bolso, a alta literatura e tudo o mais. Eles me deixavam ler em longas viagens de carro e na banheira. Eles sempre disseram sim aos livros. Obrigada por me darem o mundo e pelo infinito amor e força.

Amo você, Maxwell Strachan. Isto é só o começo.

CONHEÇA OUTROS LIVROS DO SELO

- Edição em capa dura
- Romance e traição

"ESTES PRAZERES VIOLENTOS TÊM FINAIS VIOLENTOS."

— SHAKESPEARE, *ROMEU E JULIETA*

Prazeres Violentos traz uma criativa releitura de *Romeu e Julieta* na Xangai de 1920, com gangues rivais e um monstro nas profundezas do Rio Huangpu.

Todas as imagens são meramente ilustrativas.

ENTRE EM UMA ESCOLA DE MAGIA DIFERENTE DE TODAS QUE VOCÊ JÁ CONHECEU!

- Edição em capa dura
- Uma fantasia mortalmente viciante

O primeiro livro da trilogia Scholomance, a história de uma feiticeira das trevas relutante que está destinada a reescrever as regras da magia.

 /altanoveleditora   /altanovel

Este livro foi impresso nas oficinas gráficas da Editora Vozes Ltda.,
Rua Frei Luís, 100 – Petrópolis, RJ.